Von Colin Forbes
sind als Heyne-Taschenbücher erschienen:

Target 5 · Band 01/5314
Tafak · Band 01/5360
Nullzeit · Band 01/5519
Lawinenexpreß · Band 01/5631
Focus · Band 01/6443
Endspurt · Band 01/6644
Das Double · Band 01/6719
Die Höhen von Zervos · Band 01/6773
Gehetzt · Band 01/6889
Fangjagd · Band 01/7614
Cossack · Band 41/9

COLIN FORBES

HINTERHALT

Roman

WILHELM HEYNE VERLAG
MÜNCHEN

HEYNE ALLGEMEINE REIHE
Nr. 01/7788

Titel der englischen Originalausgabe
THE PALERMO AMBUSH
Deutsche Übersetzung von Thomas Pape

Dieser Roman erschien bereits mit dem Titel »Der Anschlag«
in dem Jubiläumsband ACTION
in der Reihe »Heyne Jubiläumsbände« Band-Nr. 5/13

Copyright © Colin Forbes 1972
Copyright © der deutschen Ausgabe
1989 by Wilhelm Heyne Verlag GmbH & Co. KG, München
Printed in Germany 1989
Umschlagfoto: Photodesign Mall, Stuttgart
Umschlaggestaltung: Atelier Ingrid Schütz, München
Satz: IBV Satz- und Datentechnik GmbH, Berlin
Druck und Bindung· Elsnerdruck, Berlin

ISBN 3-453-02929-1

Für Jane

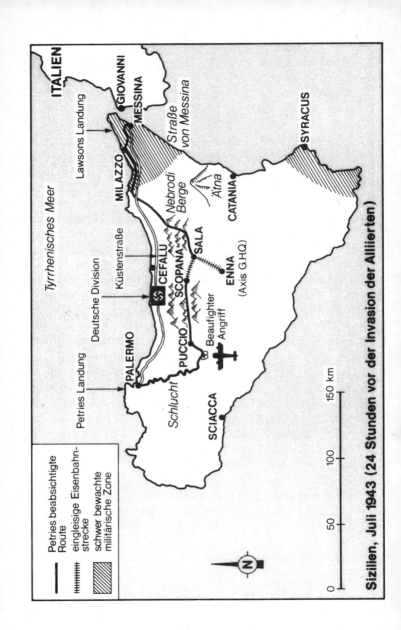

1.
Montag, 5. Juli 1943

»Der ganze Plan ist eine einzige Katastrophe – um lebend zurückzukommen, werdet ihr verdammt viel Glück brauchen...«

Die feindliche Küste, in der Dunkelheit nur ein verschwommener Gebirgsstreifen, lag vor ihnen. Im Geist hörte Lawson wieder Major James Petries eindringliche Worte, während das Flugboot auf die Oberfläche des Mittelmeeres herabsank und mit seinen Schwimmern sprühende Wasserfontänen hinter sich herzog. Die Maschine verlor rasch an Fahrt und schwenkte etwa eine halbe Meile vor der Küste auf Parallelkurs ein. Major Lawson hockte geduckt in der offenen Tür hinter dem Marine-Piloten und starrte in das schwarze Wasser, das dicht unter ihm vorbeischoß. Als das Flugzeug schließlich leicht auf den Wellen schaukelnd zum Stillstand kam, zog Lawson drei Schlauchboote durch die Öffnung und ließ sie auf die Wasseroberfläche fallen. Sanft dümpelten sie in der Dünung. Lawson sandte ein Stoßgebet zum Himmel, der Mond möge hinter den Wolken verborgen bleiben. Doch genau in diesem Moment ergoß er sein silbernes Licht über die acht Männer des Landungskommandos, die hinter Lawson in die schwankenden Boote kletterten, kaum daß die Zwillingspropeller des Flugzeugs zum Stillstand gekommen waren. Lawson spähte zur Küste hinüber, schob sein automatisches Gewehr über die Schulter und beobachtete die Männer seines Trupps. Die warnenden Worte schossen ihm durch den Kopf, die Petrie immer wieder vorgebracht hatte, obwohl es schon zu spät war, den Plan zu ändern.

»Dawnay hätte einer solch verrückten Idee niemals zustimmen dürfen. Acht Männer – mit dir neun – sind zuviel für ein solches Unternehmen, Bill. Sie werden über ihre eigenen Beine stolpern...«

Einer der Männer, der hastig aus der Maschine kletterte, stolperte tatsächlich über die Beine seines Vordermannes. Nur Lawsons rasches Zupacken rettete ihn vor einem kühlen Bad. Ein Glück, daß Petrie in Tunis saß und ungeduldig auf Nachrichten über den weiteren Ablauf des Stoßtruppunternehmens wartete, dachte Lawson grimmig.

Punkt 22.00 Uhr stießen die neun Soldaten, als Bauern verkleidet, ihre Boote vom Flugzeug ab und paddelten auf das von den Achsenmächten besetzte Sizilien zu. Es war eine nervenzermürbende Fahrt über die im Mondlicht silbern schimmernde unheimliche See. Hinter ihnen rollte das Flugboot mit Lieutenant David Gilbey im Cockpit träge in der Dünung. Die Motoren waren abgestellt. Gilbey sollte so lange mit dem Start warten, bis der schwer bewaffnete Stoßtrupp die Küste erreicht hatte.

Lawson hockte im ersten Boot. Er tauchte mechanisch sein Paddel ins Wasser und beobachtete scharf das verlassene Ufer und den Bahndamm etwas weiter landeinwärts, während das Boot die Wellenkämme auf- und abglitt. Rasch warf er einen Blick zurück zum Flugboot, das sie von Tunis hierher zur sizilianischen Küste gebracht hatte. Wenigstens hatte sich Petrie bezüglich ihres Transportmittels geirrt.

»Für eine solche Operation ist ein Flugboot einfach zu laut«, hatte er bei der letzten Einsatzbesprechung gewarnt. Doch seine Einwände waren bei Brigadier Dawnay und seinem Stab auf taube Ohren gestoßen.

»Der Feind wird seinen Anflug bemerken – weil es in nächster Nähe der sizilianischen Küste wassern und die Schlauchboote aussetzen muß. Die Küste bei Messina wimmelt nur so von feindlichen Truppen«, hatte Petrie argumentiert.

Ja, es schien ganz so, als ob Petrie sich in diesem Punkt geirrt hätte – und vielleicht auch in den anderen. Doch diese

Hoffnung konnte Lawsons Befürchtungen kaum beschwichtigen. Denn Petrie, ein alter Haudegen, der schon zehn Einsätze hinter den feindlichen Linien erfolgreich zu Ende geführt hatte, irrte sich in solchen Dingen kaum. Brigadier Dawnay dagegen – Petrie nannte ihn ironisch den Mann aus Eisen, doch nur vom Nacken an aufwärts – war erst vor knapp sechs Wochen aus London herübergekommen.

Sie näherten sich dem einsamen Strand. Alles war ruhig, nur das Platschen der Wellen gegen die Boote und das leise Glucksen der Paddel im Wasser war zu hören. Ein Mann räusperte sich nervös. Lawson blickte über die Schulter zurück. Das Flugboot schlingerte leicht hin und her. Lawson konnte Gilbeys schattenhafte Gestalt vor dem schwachen Schimmer der Kontrollinstrumente gerade noch erkennen. Im Boot rechts neben ihm erkannte er Corporal Carpenters geduckte Gestalt. Er trug den Sender, ein ziemlich unförmiges Ding, auf dem Rücken. Bei seinem Anblick fiel Lawson wieder eine Bemerkung von Petrie ein.

»Um Himmels willen, Bill, wirf den Sender in den Bach. Wenn ihr auffliegt und euch durchschlagen müßt, wird euch Carpenter mit diesem Monstrum nur aufhalten. Du kannst jederzeit das Funkgerät der Widerstandsbewegung benutzen, mit dem Gambari direkt aus Messina sendet...«

Doch Dawnay hatte auf den Sender ebenso bestanden wie auf eine umfangreiche Ausrüstung und die Benutzung eines Flugbootes.

»Vor der holländischen Küste haben wir fast jeden Tag solche Unternehmen durchgeführt«, hatte er behauptet.

Das Ufer lag greifbar nah vor ihnen. In weniger als einer Minute würden sie festen Boden unter den Füßen haben, über den schmalen grauen Sandstreifen auf die erste Deckung, den Bahndamm, zulaufen, der sich hinter der Küstenstraße, die Messina im Osten mit dem weit entfernten Palermo im Westen verband, erhob. Lawson ließ das Paddel ruhen und gab den anderen ein Zeichen. Die Boote zogen sich auseinander, um im Fall eines überraschenden Angriffs möglichst wenig Zielfläche zu bieten. Im Flüsterton erteilte der Major dem britischen Sergeant, der mit unbewegter Miene hinter ihm stand, einen Befehl.

»Ich möchte vor den anderen am Bahndamm sein. Also ein bißchen Tempo, Briggs! Das gilt auch für die anderen beiden.«

»Wir bleiben dicht hinter Ihnen, Sir.«

Es war nur eine Kleinigkeit, von der aber unter Umständen ihr Leben abhängen konnte. Lawson wollte mit seinem Trupp vom Bahndamm aus den Besatzungen der anderen Boote Feuerschutz geben, sollte eine feindliche Streife gerade im falschen Moment auftauchen. Er wandte den Kopf, als hinter ihm die Motoren des Flugboots starteten und ihr nervtötendes Brummen die nächtliche Stille über der silbernen See zerriß. Doch sofort lenkte er seine Aufmerksamkeit der unübersichtlichen Landschaft zu, suchte nach dem leisesten Anzeichen einer Bewegung. Vor ihm ragte der Berghang empor, nirgends war ein Haus zu sehen. Die öde Bucht, in der sie gelandet waren, wurde an beiden Enden von zerklüfteten Felsen begrenzt. Sie war zu klein, um eine größere Landeaktion durchzuführen. Es gab auch keine Drahtsperren, die auf eine Verminung hindeuten hätten können.

Eine Woge hob das Boot und schob es auf den Strand. Lawson sprang heraus, dicht gefolgt von den anderen. Der letzte zog das Boot ein Stück weiter hinauf. Geduckt lief der Major durch den Sand, überquerte das verlassene Asphaltband der Straße und kroch den bewachsenen Bahndamm empor. Oben preßte er sich flach auf den Boden und spähte zu dem Berghang hoch, hinter dessen Buckeln und Felserhebungen sich leicht eine ganze feindliche Armee verbergen konnte.

Plötzlich tauchte aus dem Nichts heraus eine Messerschmitt auf und röhrte mit donnernden Motoren dem Punkt entgegen, wo das Flugboot gerade zum Start ansetzte. Lawson verbiß einen Fluch zwischen den Zähnen. Petrie hatte also doch noch recht behalten. Sie hatten ungefähr fünfzehn Minuten gebraucht, um vom Flugboot aus die Küste zu erreichen, lange genug, um per Funk vom nächsten Feldflughafen eine Kampfmaschine in die Luft zu bringen. Lawson gab den folgenden Männern, die gerade den Bahndamm erreichten und sich auf den Boden warfen, ein Zeichen. Drei Mann sprangen auf und liefen zurück, um die Boote weiter landeinwärts in Deckung zu ziehen. Sie erst jetzt zu bergen, schien eine völlig sinnlose Maßnahme zu sein, und doch bestand die Möglichkeit, daß der Kampfflieger sich nur auf einer Patrouille befunden hatte und dabei das feindliche Flugzeug auf der Wasseroberfläche entdeckte. Es gab immer noch ein Quentchen Hoffnung, daß dem Feind das Landeunternehmen entgangen war, daß der Messerschmitt-Pilot, sein Opfer im Visier, als er aus großer Höhe zum Anflug ansetzte, die winzigen Gestalten nicht bemerkt hatte, die die Boote über den Strand in den Schutz des Bahndammes zerrten.

»Wir sollten machen, daß wir weiterkommen, Sir«, mahnte Sergeant Briggs.

Die Motoren von Gilbeys Maschine drehten nun mit beständigem Röhren, doch das Flugboot hatte noch nicht den nötigen Schub zum Start, als die Messerschmitt ihren mörderischen Anflug beendete und mit aufheulendem Motor zum Sturzflug überging. Lawson ignorierte das Geschehen auf See und starrte zu den zahllosen Klippen und Felsvorsprüngen des Berges empor. Zwischen dem Bahndamm und der nächsten Klippe lag ein Stück freies Gelände von etwa hundert Metern Breite, in dem es keinerlei Deckungsmöglichkeiten gab. Wenn da oben Soldaten im Hinterhalt lagen, konnten sie die Männer des Landungstrupps beim Überqueren dieses Streifens wie die Hasen abschießen.

Corporal Carpenter hatte wie befohlen Stellung am äußersten linken Flügel des Trupps bezogen. Er war für die Flankensicherung des im Moment am wenigsten gefährdeten Abschnittes verantwortlich. Er beobachtete, was sich draußen auf See abspielte. Das Flugboot kam in Fahrt, zog mit seinen Schwimmern Gischtfontänen über das Wasser, und das Brummen der Motoren verstärkte sich, als es seine Nase zum

Start von der Küste abdrehte. Mit ohnmächtiger Wut sah Carpenter den Feind auf sein Opfer herabstürzen und hörte das Rattern der Bordwaffen, als er über den Schwanz des Wasserflugzeuges hinwegtauchte. Das Flugboot zog Qualmfahnen hinter sich her, eine riesige Flammenzunge leckte am Rumpf entlang.

Gilbey hatte die Maschine gerade hochgezogen, als er die Treffer erhielt. Er verlor die Kontrolle über das Flugzeug. Der Gegner zog seine Maschine kerzengerade in den Himmel. Das Flugboot taumelte durch die Luft, der rechte Flügel streifte die Wasseroberfläche und wirbelte den Rumpf um fast hundertachtzig Grad um seine Längsachse. Carpenter hörte deutlich den harten Aufschlag, dicht gefolgt von einer dumpfen Explosion. Eine dunkle Rauchwolke rollte träge über die Wogen, noch ein leichtes Krachen – und dann war Stille. Der Feind war nicht mehr zu hören.

Lawson verfolgte das Unglück ohne hinzuschauen. Wieder vernahm er Petries prophetische Worte:

»Ein Flugboot macht zuviel Lärm...«

Er verbannte die Erinnerung aus seinen Gedanken und gab unverzüglich den Befehl zum Vorgehen. Die acht Männer folgten ihm in seitlich versetztem Abstand den Hang hinauf. Die Automatik-Gewehre hielten sie schußbereit vor der Brust. Die Taschen ihrer Mäntel waren gefüllt mit Reservemagazinen und Granaten. Zwei Männer schleppten besonders schwer. Jeder führte dreißig Pfund hochexplosiven Sprengstoff mit sich für den Sabotageakt, den sie hier durchführen sollten. Sie hielten noch größeren Abstand zu den anderen, um ihre Kameraden nicht zu gefährden.

Carpenter, der vorher genaue Instruktionen erhalten hatte, lag immer noch am Bahndamm in Deckung. Er lockerte ein wenig die Last auf seinen Schultern und bereitete sich darauf vor, den anderen zu folgen. In Gedanken versuchte er, Lawsons Taktik zu ergründen, während er die immer kleiner werdende Gestalt seines kommandierenden Offiziers beobachtete und auf sein Handzeichen wartete.

Plötzlich hallten Schüsse durch die Nacht, aus Gewehren und automatischen Handfeuerwaffen schlug den Männern des Landungstrupps konzentriertes Feuer entgegen. Lawsons Leute schossen zurück, versuchten vergeblich, den Feind hinter seiner Deckung auszumachen. Einige stürmten vorwärts, andere rannten zurück in dem erfolglosen Bemühen, die Deckung des Bahndammes zu erreichen. Doch der feindliche Kommandeur hatte den Zeitpunkt für den Feuerüberfall bestens gewählt. Die Männer des Landungskommandos befanden sich genau im freien Schußfeld, rollten einer nach dem anderen in den Sand und blieben regungslos liegen. Lawson spürte einen fürchterlichen Schlag in der Brust, doch gelang es ihm noch, einen kurzen Feuerstoß abzugeben, ehe er zu Boden stürzte. Er versuchte, sich auf die Seite zu wälzen und sich aufzurichten, schaffte es aber nicht. Mehrere Kugeln streckten ihn nieder.

Nach kaum einer Minute rührte sich nichts mehr auf dem freien Geländestreifen. Vorsichtig kamen die feindlichen Soldaten aus ihrer Deckung.

Kaum eine Minute war verstrichen – doch in dieser kurzen Zeit hatte Carpenter den Sender vom Rücken gestreift, die Klappe geöffnet und die Teleskopantenne herausgezogen. Carpenter war ein waschechter Londoner Cockney, zu Friedenszeiten hatte er seinen Unterhalt als Taxifahrer verdient. Trotz des grausigen Geschehens, dessen Zeuge er eben geworden war, erfüllte er auch jetzt phlegmatisch seine Pflicht. Er verschwendete keinen Blick mehr an die Vorgänge jenseits des Bahndammes, sondern sendete methodisch seine wichtige Botschaft in den Äther.

»Feind durch Flugboot alarmiert. Landetrupp Orpheus ausgelöscht...«

Er gab seine Warnung immer wieder durch, bis ein Gewehrschuß ihm mit grausamer Wucht den Hinterkopf zerriß. Mitten im Satz brach die Botschaft ab.

Zwei Stunden später hielt Major Petrie die traurige Nachricht in Händen.

2.
Mittwochnacht, 7. Juli

Zwei uniformierte Gestalten strebten durch die Dunkelheit der afrikanischen Nacht auf ein großes rechteckiges Zelt zu, dessen Wände der Sandsturm peitschte. In einer Entfernung von etwa zwanzig Metern hatten bewaffnete Posten Stellung bezogen und sorgten dafür, daß kein Unbefugter dem Zelt zu nahe kam. Für 22.00 Uhr war eine dringende Besprechung anberaumt worden. Major James Petrie ging als erster und öffnete seinem Vorgesetzten, Colonel Arthur Parridge, den Eingang.

Mit einem kurzen Blick zum Himmel registrierte Parridge, daß sich der Sturm verstärkte, und trat dann in das Besprechungszelt, dessen einzige Möblierung aus einem langen Tisch und einer Reihe von Stühlen bestand. Eine dünne Schicht Sand bedeckte die Karte, die auf dem Tisch ausgebreitet war. Parridge blieb stehen, klopfte sich den Sand von der Khakiuniform und musterte dabei den öden Raum. Die Flammen der Öllaternen, die an Drähten über dem Tisch baumelten, flackerten unruhig und warfen ruhelose Schatten auf die Zeltwände. Parridge wandte sich an Petrie:

»Halten Sie diesmal gefälligst Ihr verdammtes Maul, Jim!«

»Sie verlangen da sehr viel von mir, Sir – unter den gegebenen Umständen.«

Petrie blickte dem Colonel gerade in die Augen, um seinen Mund lag ein verbitterter Zug. Parridge, schon vorzeitig ergraut, obwohl er erst Ende Vierzig war, brummte unwillig. Unter den gegebenen Umständen! Es stimmte, Lawsons Kommando war ein einziges unsinniges Blutbad gewesen, ein Himmelfahrtskommando, und der Colonel verzichtete darauf, seinen als Bitte gemeinten Rat in einen Befehl umzuwandeln. Statt dessen sagte er:

»Denken Sie daran, morgen früh gehen Sie nach Algier.«

»Zumindest befreit mich das von Dawnays Gegenwart. Das Kommando war ein blutiges Fiasko. Neun gute Männer sind dabei draufgegangen – und wofür? Für nichts...«

»Genau davon sprach ich, als ich Sie bat, sich zurückzuhalten«, antwortete Parridge.

Er durchquerte das Zelt und setzte sich auf den Stuhl, der von Brigadier Dawnays gewohntem Platz am weitesten entfernt war.

»Sie sitzen neben mir!«

Der Colonel deutete auf den Stuhl neben sich, er war offensichtlich bestrebt, Petrie soweit wie möglich vom Brigadier fernzuhalten.

James Petrie war neunundzwanzig Jahre alt, in Friedenszeiten ein Bergwerksingenieur, der für die Dauer des Krieges in die Armee eingetreten war. Seit er Parridges Felucca Boat Squadron im Mittelmeerraum zugeteilt worden war, hatte er zehn Einsätze hinter den feindlichen Linien erfolgreich durchgeführt, eine Aufgabe, bei der die Verlustrate so hoch war, daß nur wenige Offiziere länger als ein paar Monate mit dem Leben davonkamen. Petrie dagegen, seit zwei Jahren bei Parridges Einheit, hatte überlebt, war zum Experten für Aufgaben im Feindesland avanciert. Erst kürzlich war er von Sizilien zurückgekommen, wo er als Verbindungsoffizier den Kontakt zum sizilianischen Untergrund gehalten hatte, einer Bande gefährlicher Mörder und Halsabschneider, wie man sie im gesamten Mittelmeerraum kein zweites Mal fand. Zwei Monate lang hatte er sich auf der Insel darum gekümmert, daß die Sizilianer auch die Informationen, die für einen Invasionsplan der Alliierten von unschätzbarem Wert waren, beschafften und unverzüglich an das Alliierte Hauptquartier weiterleiteten. Bei seiner Rückkehr nach Tunis hatte er seine Meinung über die Sizilianer klar und unmißverständlich zum Ausdruck gebracht:

»Die Deutschen waren es nicht, die mir in Sizilien das Leben schwermachten – unsere sogenannten Verbündeten haben mir ein ums andere Mal den Angstschweiß auf die Stirn getrieben.«

Seltsam, dachte Parridge, daß einige dieser Burschen, die den Krieg verabscheuten, ihn im Grunde ihrer Seele haßten, weil er ihnen ihre besten Jahre raubte, sich bei ihren gefährlichen Aufträgen bestens bewährten und besonders auszeichneten. Vielleicht, weil sie noch frisch und unverdorben waren und ihre Aufgaben mit Elan und klarem Verstand bewältigten, den geistloser militärischer Drill noch nicht abgestumpft hatte – wie etwa den von ›Draufgänger Dawnay‹.

Parridge schob den Gedanken an den cholerischen Brigadier sofort beiseite. Schlimm genug, daß dieser Bastard ihn jedesmal, wenn er das Zelt betrat, geflissentlich übersah. Das größte Problem war Petrie. Es würde schwierig werden, ihn am Reden zu hindern. Dunkelhaarig und glatt rasiert, das Gesicht von der afrikanischen Sonne tief gebräunt, zählte Petrie zu jenen seltenen Individuen, denen sich beim Betreten eines Raumes die Aufmerksamkeit aller zuwendete. Das kräftige Kinn, der strenge Mund, die leicht gebogene Nase und die forschenden Augen, denen anscheinend nichts verborgen blieb, unterstrichen nur den Eindruck eines Menschen mit einer starken Persönlichkeit. Dabei war man leicht geneigt, die ironischen Falten am Mundwinkel zu übersehen, die von seinem Zynismus zeugten.

»Hören Sie, Jim«, sagte Parridge, »ich wollte zwar noch nicht darüber sprechen, bis es ganz offiziell ist, aber ich habe Sie zur Beförderung vorgeschlagen. Wenn Sie von Algier zurückkommen, sind Sie wahrscheinlich schon Oberstleutnant.«

»Vielen Dank, Sir.«

Die gute Nachricht schien Petrie nicht besonders zu beeindrucken. Ein kräftiger Schlag auf den Rücken ließ ihn zusammenzucken. Captain Edward Johnson von der US Army, der gerade das Zelt betreten hatte, ließ sich auf den Stuhl neben ihm nieder.

»Ich dachte, du seist schon auf dem Weg zu den Fleischtöpfen von Algier.«

»Morgen früh, Ed, Schlag sechs. Dies hier ist nun endgültig meine Abschiedsvorstellung.«

»Wie schön für dich! Gib nur acht, daß du bei deiner Jagd nach den verschleierten Mädchen in der Kashbah nicht verlorengehst.«

Captain Johnson, zwei Jahre jünger als Petrie, zündete sich eine Zigarette an. Parridge grinste mürrisch vor sich hin. Brigadier Dawnay war ein eingefleischter Nichtraucher, der erwartete, daß die anderen, besonders die niedrigeren Dienstgrade, seine Tugend teilten. Es würde sicher interessant werden zu beobachten, wie der Brigadier diese Schwierigkeit im anglo-amerikanischen Bündnis zu beheben dachte.

Weitere Offiziere betraten das Zelt und ließen sich am Tisch nieder. Einer deutete auf die Karte und seufzte hörbar. »Großer Gott, Sizilien! Bestimmt steht uns wieder ein Lawson-Kommando bevor!«

Während Petrie sich mit Johnson unterhielt, beobachtete Parridge den Amerikaner. Er gefiel ihm gut. Der dunkelhaarige Mann, der wie Petrie fließend Italienisch sprach, wirkte nach außen hin gutmütig und oberflächlich, war ein Mensch, der gerne und oft lachte. Doch der erste Eindruck täuschte, wie Petrie feststellen konnte, als man ihm Ed für seinen Auftrag in Sizilien zugeteilt hatte. Johnson wußte genau, was er wollte. In Friedenszeiten hatte der Amerikaner beim US-Grenzschutz gedient, einer Regierungseinheit, die gegen Schmuggler und andere unerwünschte Elemente eingesetzt wurde. Er hatte seinen Dienst an Amerikas heißer Grenze nach Mexiko versehen, an der ein Messer in der Regel zu anderen Dingen als zum Schneiden von Speckwürfeln benutzt wurde. In wenigen Monaten würde Johnson ein erstklassiger Landungstrupp-Führer sein.

Das Stimmengewirr ringsum verstummte plötzlich. Die warnende Stille konnte nur eines bedeuten: Brigadier Frederick Dawnay war im Anmarsch. Parridges Haltung versteifte sich. Petrie beendete seine Unterhaltung mit Johnson, lehnte sich in seinem Stuhl zurück und starrte zum Zeltdach empor, an dem der Wind zerrte, vielleicht als Vorzeichen dessen, was auf sie zukam. Captain Stoneham, einer der britischen Planungsoffiziere, die auch das Lawson-Unternehmen zu verantworten hatten, betrat das Zelt und setzte sich auf einen Stuhl dicht am oberen Ende des Tisches. Sekundenlang trafen sich seine und Petries Blicke, dann schaute er rasch beiseite. Wenig später erschien Colonel Lemuel Benson, Johnsons direkter Vorgesetzter. Der Amerikaner nahm bei einer Gruppe gleichrangiger Offiziere Platz, die sich schon um den Tisch versammelt hatten. Ähnlich vielen anderen Operationen hatte diese hier einen bilateralen anglo-amerikanischen Charakter, und bei dieser Konferenz besaß Benson den gleichen dienstrangmäßigen Status wie Dawnay.

Im Zelt wurde es jetzt unerträglich warm, einige Männer wischten sich schon den Schweiß von der Stirn. In diesem Moment wurde der Eingang grob beiseite gerissen und ein kleiner, untersetzter Offizier in einer Uniform mit roten Kragenspiegeln betrat das Zelt. Den Stab in seiner Hand knallte er temperamentvoll auf die Tischplatte. Sofort wußten alle Anwesenden, daß Brigadier Dawnay nicht gerade bester Laune war.

»Behalten Sie Platz, Gentlemen«, brummte er. »Für Zeremonien haben wir heute abend keine Zeit.«

Doch gnade Gott dem Mann, der sich bei seinem Eintritt nicht erhoben hätte, dachte Petrie sarkastisch, als er sich wieder setzte.

»Für die, die bei der letzten Besprechung nicht anwesend waren, will ich nochmals kurz die Lage skizzieren«, fuhr Dawnay fort. »Wir stehen vor einem Problem von großer Dringlichkeit. Die deutsch-italienischen Streitkräfte haben wir aus Afrika hinausgeworfen und bereiten jetzt den ersten Angriff auf das europäische Festland vor...«

Er hielt inne und schnupperte.

»Hier raucht jemand!«

Johnson drückte seine Zigarette aus, und Benson räumte mit langem Gesicht seine Zigarrenkiste vom Tisch.

»Lawsons Unternehmen war ein Reinfall«, bellte der Brigadier, »doch möchte ich denen, die es vergessen haben sollten, nochmals ins Gedächtnis rufen, daß wir einen Krieg führen, und da passieren solche Dinge nun mal. Es gilt, diese Schlappe wett zu machen – und das verdammt schnell. Noch vor wenigen Monaten verfügte der Feind über sechs große Eisenbahnfähren im Pendelverkehr zwischen dem italienischen Festland und Sizilien Mit diesen Fähren konnte er riesige Kontingente Mannschaften und Waffen zur Insel transportieren. Fünf Fähren wurden inzwischen durch Luftangriffe zerstört und sind gesunken. Doch seitdem haben die Deutschen bei Messina starke Streitkräfte zusammengezogen. Wir wissen zum Beispiel, daß über siebenhundert Kanonen die Meerenge sichern. Unsere Kollegen von der Fliegerei behaupten, für sie sei es unmöglich, diesen Riegel zu knacken. Die sechste und letzte Fähre, die ›Carridi‹, schippert immer noch unter dem Feuerschutz der Deutschen auf ihrer Route hin und her und transportiert stetig Mannschaften und Kriegsgerät nach Sizilien.«

Wieder machte er eine Pause.

»Lawson hatte den Auftrag, die ›Carridi‹ zu versenken. Das Unternehmen schlug fehl. Die Fähre muß aber versenkt werden, sonst kostet sie uns möglicherweise den Sieg. Uns bleiben exakt achtundvierzig Stunden, um mit diesem Problem fertig zu werden.«

»Wird diese Sache nicht ein wenig zu dramatisch dargestellt, Sir?« wandte Johnson skeptisch ein.

Dawnay starrte ihn ungläubig an, dann wandte er seinen kurzgeschorenen Kopf Colonel Benson zu. Doch dieser zeigte keine Reaktion. Dawnay nickte und schaute wieder zu Johnson hinüber.

»Es ist verdammt wichtig, daß gerade Sie den Ernst der Lage begreifen«, sagte er barsch. »Denn möglicherweise wird man das nächste Kommando unter Ihrer Führung losschicken, um das Schiff in die Luft zu jagen. Man hat alles mögliche eingesetzt, es zu versenken – Bomber, Torpedoboote und was sonst noch. Noch vor wenigen Stunden hat eine Staffel Torpedo-Bomber versucht, die Fähre zu erwischen. Es ging schief. Unter den Opfern ist auch Staffelführer Weston.«

Petrie zuckte zusammen. Er übersah Parridges warnendes Stirnrunzeln.

»Sir, wollen Sie damit sagen, Weston sei tot?« fragte er.

»Es wurde gemeldet, daß seine Maschine in der Luft explodierte. Die Navy wagt sich wegen der Küstenbatterien und der vielen Schnellboote nicht an die Meerenge, und die R. A. F. kann aus denselben Gründen nicht im Tiefflug an das Zielobjekt heran, wenn es im Hafen von Messina seine Ladung löscht.«

Dawnay ließ seine Blicke grimmig über die braungebrannten Gesichter schweifen.

»Also muß die Armee wieder die Drecksarbeit tun.«

Er hieb mit der Faust krachend auf den Tisch.

»Wir müssen einen zweiten Sabotagetrupp losschicken, und diesmal muß es klappen. Die Männer müssen sich nach Messina durchschlagen und ins Hafengelände einschleichen, das von Nazi-Elitetruppen scharf bewacht wird. Mehr noch, sie müssen an Bord der Eisenbahnfähre gehen, den Sprengstoff in ihrem Bauch anbringen und sie auf den Grund der verdammten Meerenge schicken.«

»Sie sagten, wir hätten achtundvierzig Stunden Zeit, Sir«, unterbrach ihn Parridge. »Wann genau muß alles gelaufen sein?«

»Am Freitag, den 9. Juli, Punkt Mitternacht.«

Einige Offiziere pfiffen verbissen durch die Zähne. Parridge beugte sich vor. Seine Stimme klang rauh und fordernd:

»Dann hat das Sabotage-Team also maximal vierundzwanzig Stunden zur Durchführung seines Auftrages, denn einen Tag und eine Nacht benötigt man für die Vorbereitungen – wenn man damit hinkommt.«

»Daß die Angelegenheit äußerst dringlich sei, erwähnte ich eben bereits.«

»Gibt es Neuigkeiten von Gambari, unserem italienischen Agenten in Messina?«

In Parridges Stimme schwang ein verzweifelter Unterton mit. Zum ersten Mal wurde ihm die Auswegslosigkeit der ganzen Situation richtig bewußt.

»Nur, daß die ›Carridi‹ immer noch schwimmt«, antwortete Dawnay steif. »Und nun möchte ich zu Captain Johnsons besserem Verständnis erklären, warum ich die Situation nicht überdramatisiert habe.

Das Alliierte Hauptquartier hat ausgerechnet, daß wir bei einer Invasion Siziliens den Feind in seiner momentanen Stärke mit unseren Landungstruppen schlagen können. Ich betone, den Feind in seiner momentanen Stärke. Doch liegen uns Meldungen unserer Nachrichtendienste vor, nach denen die 29. Panzerdivision in die Nähe von Neapel verlegt worden ist und jeden Augenblick nach Süden zur Meerenge in Marsch gesetzt werden kann. Wenn die ›Carridi‹ die 29. Panzerdivision auf die Insel übersetzt, nachdem wir gelandet sind, verlieren wir unter Umständen diese Schlacht.«

»Aber doch nicht den ganzen Krieg«, warf Johnson unbeirrt ein.

Colonel Benson ergriff das Wort. »Ed, der Brigadier will doch gerade erklären, wie genau dies geschehen kann.«

»Wenn unser erster Landungsversuch in Europa fehlschlägt«, fuhr Dawnay fort, »werden die Deutschen die freigewordenen Kräfte im Mittelmeerraum an die russische Front werfen. Sie könnten dort den Vormarsch der Roten Armee stoppen und sie weit zurückwerfen. Ganz extrem ausgedrückt, bedeutete dies den Untergang der Roten Armee – und das nur, weil eine einzige Eisenbahnfähre nicht versenkt werden konnte. Die ›Carridi‹ ist das einzige Schiff, mit dem die Deutschen rechtzeitig genügend Truppen und Waffen über die Meerenge transportieren können, um uns zu schlagen.«

»Das leuchtet mir ein«, sagte Benson lakonisch. »Der Brigadier übertreibt nicht, Ed.«

»Es war auch nur eine Frage, Sir«, erwiderte Johnson ebenso lakonisch. »Zusammengefaßt bedeutet das also: Die Eisenbahnfähre muß versenkt werden.«

»Bis Freitag nacht 0.00 Uhr«, wiederholte Dawnay.

Und damit, dachte Petrie, hätten wir auch den genauen Termin für die Invasion auf Sizilien – irgendwann in den frühen Morgenstunden am Samstag, dem 10. Juli.

»Fragt sich nur, wie wir diesmal die Sache angehen«, brummte Benson.

»Captain Stoneham hat einen Plan entwickelt, den ich persönlich voll und ganz billige«, informierte Dawnay seine Zuhörer. Zwar gab es in der Runde keine hörbaren Mißfallensäußerungen, doch die Mienen der Offiziere waren gespannt. Parridge warf Petrie einen warnenden Blick zu. Petrie verschränkte die Arme vor der Brust und ließ keinen Blick von Dawnay, während Stoneham seinen Plan entwickelte: Absetzen des Trupps mit Fallschirmen... sehr nahe bei Messina... die schwer bewaffneten Männer müßten sich ihren Weg gegen jeden Widerstand freischießen...

Bei diesem Punkt nickte Dawnay heftig. Seiner Auffassung nach spielte sich der Krieg nur nach den Regeln eines Hundekampfes ab.

Ein entsprechend großer Trupp müßte abgesetzt werden, um Ausfälle aufzufangen... wenigstens neun Mann... mit einem Sender...

O nein! Petrie hielt sich nur mit Mühe zurück. Die ganze Sache stank, stank noch schlimmer als der Lawson-Plan. Es war eine offene Einladung zum Selbstmord. Parridge mußte die Gedanken Petries gespürt haben, denn er griff nach seinem Arm, warnte vor einer Einmischung. Petrie nickte nur, was alles mögliche bedeuten konnte, während Stoneham fortfuhr.

»An der Nordküste Siziliens wimmelt es nur so vor italienischen MAS-Patrouillenbooten... also keine Möglichkeit, von See aus zu landen... Fallschirmabsprung ist die einzige Möglichkeit...«

Ihr könntet sie ebensogut ohne Fallschirm abwerfen, dachte Petrie bitter. Auf diese Weise ginge das Abschlachten schneller.

Um den Tisch saßen zwanzig Offiziere versammelt, die zur Hälfte zum Stab gehörten. Doch die anderen zehn, die besonders grimmig dreinblickten, schauten immer wieder zu Petrie herüber, der wie versteinert auf seinem Stuhl hockte. Sie warteten darauf, daß er sprach. Parridge spürte es ganz deutlich. Sie erwarteten, daß sich jemand erhob und dem Brigadier sagte, daß dieser Plan reiner Selbstmord, der pure Wahnsinn war. Und sie hatten Petrie, den dienstältesten überlebenden Stoßtrupp-Führer, dazu ausersehen.

»Soweit meine Ausführungen zu diesem Unternehmen, meine Herren«, beendete Stoneham seine Erläuterungen.

»Irgendwelche Fragen? Aber fassen Sie sich bitte kurz«, sagte Dawnay. »Keine? Dann werden wir jetzt das Team zusammenstellen...«

Er nahm einen Bogen Papier zur Hand, doch irgend etwas in der überhitzten Atmosphäre ließ ihn wieder den Kopf heben. Alle Anwesenden schauten zum Ende des Tisches, wo sich Petrie erhoben hatte. Er lächelte entschuldigend zu Parridge hinüber. Als er Dawnay anblickte, verschwand das Lächeln. Mit ruhiger Stimme bat er um Sprecherlaubnis.

»Fassen Sie sich bitte kurz. Der Vollzugszeitpunkt erlaubt uns keine langen Diskussionen«, sagte Dawnay schroff.

»Ich gebe zu bedenken, daß die Zeitspanne auch für einen weiteren Fehlschlag zu knapp ist, Sir. Wir müssen...«

»Was, zum Teufel, wollen Sie damit sagen?«

Der Klang von Petries Stimme war ebenso unschuldig wie sein Gesichtsausdruck.

»Ich war der Ansicht, Sir, daß Sie den Lawson-Plan selbst als völligen Fehlschlag bezeichnet hätten.«

»Sie sprachen von einem ›weiteren‹ Fehlschlag.«

»Stimmt. Ich bezog mich dabei auf Captain Stonehams neuen Plan. Ein Sabotage-Team genau über Messina mit dem Fallschirm abzusetzen, hieße meiner Meinung nach, Männer auf ein Stachelschwein mit Stahlstacheln abzuwerfen. Die Gegend um Messina ist die am stärksten verteidigte auf der ganzen Insel...«

»Dieses Risiko müssen wir eingehen. Bis zur Stunde Null haben wir kaum noch achtundvierzig Stunden Zeit.«

»Um so weniger können wir uns jetzt einen Fehler erlauben, nicht wahr, Sir?«

In genialer Manier hatte Petrie den Brigadier in die Enge getrieben.

»Dieses zweite Team muß unter allen Umständen erfolgreich sein – oder es ist zu spät. Zu spät auch für einen weiteren Versuch. Diesmal müssen wir es schaffen. Die Idee, die Leute abspringen zu lassen, ist ohnehin völlig sinnlos – zum Scheitern verurteilt...«

»Wieso?« schnarrte Dawnay.

»Wegen der Stunde Null, von der dauernd die Rede ist. Die Männer könnten nur bei Nacht abgesetzt werden, und im Mondlicht sind sie leicht auszumachen. Die wichtigste Voraussetzung ist erstens, das Team auf Sizilien abzusetzen, ohne daß der Feind es merkt. Zweitens werden Fallschirmspringer meist weit auseinandergetrieben. Bis sich der Trupp wieder gesammelt hätte, würde wertvolle Zeit verlorengehen. Und auf Sizilien kann man sich ohnehin leicht aus den Augen verlieren. Das Absetzen mit Fallschirm ist also indiskutabel.«

»Sonst noch irgendwelche Einwände?«

Dawnay machte nicht den geringsten Versuch, den beißenden Spott in seiner Stimme zu unterdrücken. Er warf einen Blick auf seine Uhr, als wolle er die Dauer der Unterbrechung festhalten.

»Noch viele, Sir. Ehrlich gesagt, gefällt mir Captain Stonehams Plan ganz und gar nicht. Er hat mindestens neun Männer für den Einsatz vorgesehen – viel zuviele. Selbst als Bauern verkleidet erweckt eine solch große Gruppe immer Verdacht, und im Ernstfall behindern die Männer sich gegenseitig. Außerdem dürfte es schwierig werden, in so kurzer Zeit genügend Leute zu finden, die fließend Italienisch sprechen...«

»Wir müssen halt Ausfälle einkalkulieren«, schnappte Dawnay.

»Wenn nur ein einziger Mann ausfällt, bedeutet dies, das Unternehmen ist entdeckt und damit zum Scheitern verurteilt.«

»Was soll dieser Unsinn, daß alle die italienische Sprache fließend beherrschen müßten?«

»Als Einheimische verkleidet, könnten die Männer sich freier bewegen – und somit schneller. All dies kann entscheidend sein zur Einhaltung der Stunde Null, deren Zeitpunkt Sie selbst vorgegeben haben.«

»Wie groß dürfte denn das Team Ihrer Meinung nach sein, Major Petrie?«

Dawnay beugte sich vor. Die Atmosphäre im Zelt war gespannt. Niemand wagte sich zu rühren, teils, um sich kein Wort entgehen zu lassen, teils, um nicht in das Duell, das sich zwischen den beiden ungleichen Männern entwickelte, hineingezogen zu werden.

»Ich würde nur zwei Männer vorschicken.«

»Ganze zwei Männer!«

Dawnay schien förmlich zu explodieren.

»Auf keinen Fall mehr, Sir. Und noch etwas: Captain Stoneham hat die Ausrüstung aufgelistet, die für ein solches Unternehmen notwendig sei. Das ist viel zuviel. Es handelt sich hier um ein Sabotage- und kein Angriffs-Unternehmen. Das Team muß heimlich durch die feindlichen Linien schlüpfen und an Bord der ›Carridi‹ gehen, ehe die Deutschen überhaupt merken, was gespielt wird...«

Petrie unterbrach sich mitten im Satz, als Dawnay auf seinem Stuhl herumfuhr, auf die Füße sprang und vor dem Mann salutierte, der gerade das Zelt betreten hatte. Alle Anwesenden erhoben sich und salutierten ebenfalls. Der Mann war klein, aber untersetzt und besaß einen drahtigen, durchtrainierten Körper. Seine Uniform zierten die gekreuzten Schwerter eines Generalleutnants. Auf seinem Kopf trug er das Barett des Panzerkorps.

»Ich übernehme, Dawnay«, sagte er knapp. »Nehmen Sie Platz, meine Herren, damit wir fortfahren können. Wie weit sind Sie, Dawnay?«

Der kleine Mann beherrschte die Runde sofort durch seine Persönlichkeit mindestens ebenso wie durch seinen hohen Rang. Petrie verglich ihn insgeheim mit einer gespannten Feder – voll geballter Energie – wie er so neben Dawnay saß und konzentriert dessen Ausführungen lauschte. General Sir Bernard Strickland hatte die Leitung der Konferenz übernommen.

Mit einer ungeduldigen Handbewegung forderte er jetzt von Captain Stoneham den schriftlich fixierten Plan. Rasch überflog er die Notizen, während er Dawnay zuhörte. Einen Augenblick lang starrte er gedankenverloren zu Boden. Parridge rutschte unruhig auf seinem Stuhl hin und her. Ihm wurde klar, wieso auch Petrie an der Besprechung teilnehmen mußte. General Strickland hatte seine Anwesenheit gewünscht und seinen Namen auf die Teilnehmerliste gesetzt. Der kleine Mann erhob sich, zerknüllte das Blatt Papier langsam in seiner Hand und warf es dann auf den Tisch.

»Das nächste Mal bringen Sie gefälligst einen Papierkorb mit, Captain Stoneham – der einzig richtige Ort für einen solchen Schwachsinn. Ihr Plan ist ein kompletter Mist.«

»Jawohl, Sir!«

Stoneham wurde sichtlich nervös.

»Melden Sie sich morgen früh Punkt acht Uhr in meinem

Wohnwagen. Das gilt auch für Sie, Dawnay. Major Petrie, erzählen Sie uns jetzt bitte, wie Sie die ›Carridi‹ versenken würden.«

Petrie trug seinen Plan vor, unentdeckt auf die Insel zu kommen. Der General war quer durch das Zelt zu ihm herübergekommen und lauschte mit hinter dem Rücken verschränkten Händen Petries Erläuterungen. Kein einziges Mal wandte er den Blick vom Gesicht seines Offiziers.

»Wie viele Männer würden Sie für das Unternehmen vorschlagen?« fragte er.

Er lispelte leicht, doch schien dieser Sprachfehler seine fordernde Frage nur zu unterstreichen. Petrie zögerte in Gedanken an Dawnays Reaktion.

»Nun reden Sie schon!« befahl Strickland. »Wenn ich in Sizilien lande, schlage ich den Feind, wo ich ihn finde, doch dazu brauche ich Ihre Hilfe. Denn bis zu meiner Landung muß diese Fähre tief auf Grund liegen.«

»Drei Leute würden genügen«, antwortete Petrie ruhig. »Mehr würden nur den Erfolg des ganzen Unternehmens gefährden.«

»Und Sie meinen, das wären genug?«

»Ich bin sicher. Nummer eins ist der Kommandeur der ganzen Sache. Er muß fließend Italienisch sprechen. Nummer zwei ist der Sprengstoffspezialist – und der ist schon auf Sizilien. Ich spreche von Sergeant Len Fielding, dem Funker, mit dem ich zusammengearbeitet habe, als ich drüben war. Er ist zufällig auch Sprengstoffexperte – und er spricht ausgezeichnet Italienisch. Der dritte im Bunde ist der Stellvertreter des Kommandeurs, und auch er muß die Landessprache gut beherrschen. Einer der beiden Offiziere muß sich ebenfalls im Umgang mit Sprengstoffen auskennen, um die Bomben anzubringen, falls Fielding etwas zustoßen sollte.«

»Ausrüstung?«

»Ein Gewehr für jeden – eines, das man leicht verbergen kann. Dann noch Messer und sechzig Pfund Sprengstoff. Das wär's. Das Team muß im Ernstfall laufen können wie die

Hasen, sich blitzschnell verstecken können und darf dabei nicht durch einen Haufen Blech behindert werden.«

»Ein Sender wäre also ein überflüssiger Blechhaufen?«

»Definitiv ja. Für alle Fälle hat unser Agent Gambari in Messina noch seinen Sender zur Verfügung. Sollten wir eine Nachricht absetzen müssen, könnten wir dieses Gerät benutzen.«

»Und wo geht das Team an Land?«

»In Palermo.«

Ein Seufzen ging durch die Reihen der Anwesenden, als Petrie mit dem Finger die sizilianische Stadt auf der Karte markierte. Zum ersten Mal runzelte Strickland die Stirn.

»Sie liegt über hundert Meilen westlich von Messina.«

»Der Feind wird dort eine Landung nie vermuten – dies ist die eine Voraussetzung für den Plan. Es gibt noch eine zweite«, erklärte Petrie. »Erstens also: dort unbemerkt an Land gehen, wo der Feind es nicht erwartet. – In Messina und der ganzen Umgebung wimmelt es nur so von feindlichen Truppen, Italienern und Deutschen. Seit Lawsons Landeunternehmen ist der Feind an der Nordküste gewarnt und doppelt wachsam. Eine Landung in Messina kommt also nicht in Frage. Außerdem habe ich in Palermo Kontakte, was ebenfalls für eine Landung dort spricht. Doch schwerer wiegt die Tatsache, daß wir von dort aus mit einem Fahrzeug die Insel schnell überqueren können.«

»Auf der Küstenstraße von Palermo nach Messina?«

»Nein, das ist zu gefährlich. Nach unseren Meldungen ist eine halbe Division westlich von Cefalù in Stellung gegangen. Schauen Sie, Sir, man müßte hier diese Route durch das Landesinnere fahren...«

Petries Finger folgte auf der Karte einer gewundenen Linie quer über die Insel. »Dort gibt es nur wenige feindliche Truppen, so daß man sicher schnell vorankäme. Außerdem könnte sich Gambari auf halbem Wege mit dem Team treffen – hier in Scopana. Gambari ist für das Unternehmen sehr wichtig – er kennt den genauen Fahrplan der ›Carridi‹.«

»Hört sich gut an.«

Strickland beugte sich über die Karte. Parridge warf einen Blick auf seine Uhr. Es war jetzt 22.30 Uhr. Der General unterzog sich normalerweise einem strikten Zeitschema: Morgens um sechs Uhr stand er auf und ging am Abend spätestens um 21.30 Uhr schlafen. Der Bruch mit dieser Gewohnheit unterstrich die große Bedeutung, die er dieser Operation beimaß. Strickland brummte zustimmend und blickte zu Petrie hinüber. »Sie erwähnten, daß es von Palermo aus eine Transportmöglichkeit gebe. Wie steht es damit?«

»Ein weiterer Grund, in Palermo an Land zu gehen. Wir brauchen bei dieser Aktion Hilfe.«

Petrie schwieg einen Moment.

»Die Mafia wird uns helfen.«

Strickland rieb sich bedächtig das Kinn. Petrie hatte ihm einen Schock versetzt, doch suchte er dies vor den Anwesenden zu verbergen.

»Sie sprechen von Ihren sizilianischen Freunden im Untergrund?« fragte er.

»Wenn es die einzigen Freunde sind, sollte man sich besser welche beim Feind suchen«, antwortete Petrie.

»Und doch sind Sie der Meinung, wir könnten sie für unseren Zweck einsetzen?«

»Das amerikanische Hauptquartier hat sie monatelang eingesetzt, um an Informationen über die Feindbewegungen auf der Insel zu kommen. Ich selbst habe acht Wochen lang auf Sizilien ihre Aktivitäten koordiniert. Die Amerikaner schickten ihre eigenen Agenten, um mit der Mafia Kontakt aufzunehmen. Sie haben sogar Mafiabosse aus den Staaten aus dem Zuchthaus entlassen, damit sie ihnen behilflich sind.* Mir persönlich gefällt diese Vorstellung auch nicht,

---

* Tatsächlich quartierte man Lucky Luciano, einen notorischen Verbrecher, aus einem Zuchthaus in der Umgebung von New York in ein City-Apartment um. Von dort erteilte er der New Yorker Dock- und Hafenmafia seine Anweisungen. Innerhalb eines Monats war das ganze Gebiet frei von deutschen Saboteuren – durch die Mafia.

doch auf dieser Insel bildet die Mafia das Rückgrat des Widerstandes – eigentlich nur, weil Mussolinis Polizei sie schon vor dem Krieg in den Untergrund getrieben hat. Tatsächlich ist die Ehrenwerte Familie unsere einzige Stütze auf der Insel.«

Colonel Benson meldete sich zu Wort. Strickland wandte dem Amerikaner den Kopf zu.

»Petries Informationen stimmen. Wir haben tatsächlich Leute auf die Insel geschickt, denn wir brauchen dringend die Hilfe einiger Mafiosi bei der späteren Errichtung einer Militärregierung. Sie sprechen den einheimischen Dialekt und sind in der Lage, ihre Leute unter Kontrolle zu halten, wenn wir die Insel als Basis für weitere Operationen benötigen.«

»Das weiß ich alles!« Der General winkte ungeduldig ab. »Major Petrie, ich hatte Sie gefragt, wo Sie in Palermo ein Fahrzeug herbekommen wollen.«

»Von der Mafia. Einen Gemüsetransporter oder einen Pkw. Damit kommen unsere Leute quer über die Insel schnell nach Messina. Ein weiterer Grund spricht für Palermo als Landungsort. Unsere Leute brauchen einen Führer, einen verläßlichen Sizilianer, der dafür sorgt, daß sie nicht verlorengehen.«

»So was gibt es?« wollte Strickland wissen. »Einen verläßlichen Sizilianer? Sie sind eine Bande von Gaunern. Oder sind Sie in Palermo einem begegnet, dem Sie auch nur halbwegs trauen konnten?«

»Ich glaube schon. Nur ein einziger Mann schafft es, das Sabotage-Team in kürzester Zeit über die Insel zu bringen.«

Wieder schwieg Petrie, fragte sich insgeheim, wie Strickland diesmal reagieren mochte.

»Ich spreche von Vito Scelba.«

»Dieser Schurke?« Strickland schien nicht gerade erfreut. »Er ist der größte Halsabschneider im ganzen Mittelmeerraum.«

»Sie unterschätzen Scelba, Sir«, erwiderte Petrie sanft. »Er ist der größte Halsabschneider nördlich des Äquators, schlimmer als jeder kommunistische Widerstandskämpfer, dem ich in Griechenland begegnete. Hauptsächlich seinetwegen habe ich Palermo gewählt. Er ist nicht nur der Boß der Untergrund-Mafia, sondern kontrolliert auch die Hafenmafia in jedem Hafen von Sizilien – einschließlich Messina.«

Petrie schwieg, um seine Worte wirken zu lassen.

»Sie denken dabei an die Docks?«

»Genau daran, Sir. Scelba kann mit Hilfe seiner Leute das Sabotage-Team dort einschleusen – obwohl es mit Sicherheit die am schärfsten bewachte Gegend Europas ist.«

»Und Sie glauben, daß Scelba das alles für uns erledigt?«

»Zur vollsten Zufriedenheit, wenn man seinen Preis bezahlt – der einzige Weg, sich seiner Loyalität zu versichern.«

»Welchen Preis?«

»Ich weiß, daß er ein Amt in der Militärregierung haben möchte, wenn wir Sizilien übernehmen. Er ist ganz versessen darauf. Er wird das Amt des Präfekten über die Provinz Palermo fordern, sich aber auch mit der Position des Bürgermeisters von Palermo zufriedengeben.«

»Das würden dann die Herren mit den Melonenhüten zu entscheiden haben. Haben Sie sich etwa schon mit dem Gedanken angefreundet, ihn für eine solche Position zu empfehlen, als Sie drüben waren?«

Petrie machte mit einer Handbewegung deutlich, daß das nicht mehr seine Sache war.

»Ich würde ihn, wenn es nach mir ginge, nicht einmal als Straßenfeger vorschlagen wollen. Ich glaube, es ist vielleicht ein großer Fehler, die Mafia in unsere Pläne einzubeziehen – auf lange Sicht könnte sich herausstellen, daß wir besser auf die Hilfe dieser Kreise verzichtet hätten. Doch wenn wir dieses Unternehmen durchziehen wollen, brauchen wir Scelba.«

»Das alles ist höhere Politik«, brummte Strickland mißvergnügt. »Mein Job ist es, den Krieg zu gewinnen. Das Sabotage-Team muß morgen nacht an Land gehen. Ich kann dem Sizilianer ja versprechen, daß er Bürgermeister wird, und mir später darüber Gedanken machen. Also bleibt nur noch die Frage, wer geht. Die Voraussetzungen, die der Kommandeur des Trupps erfüllen muß, haben Sie ja schon genannt.«

Strickland zählte sie an seinen Fingern auf.

»Erstens – er muß fließend Italienisch sprechen. Zweitens – er muß sich in Sizilien auskennen. Drittens – er muß etwas von Sprengstoffen verstehen. Und die vierte Voraussetzung haben Sie noch nicht erwähnt, Major. Er muß in der Lage sein, diesen Schurken Scelba zur Zusammenarbeit zu bewegen. Sehe ich das alles richtig?«

»Jawohl, Sir.«

»Ist Ihnen bewußt, Major Petrie, daß nur ein einziger Mann in dieser Runde alle diese Voraussetzungen erfüllt – nämlich Sie?«

»Ich habe mir so etwas schon gedacht«, antwortete Petrie ohne Begeisterung.

Parridge beugte sich vor, damit der General ihn sehen konnte.

»Sie wurden zweifellos noch nicht darüber informiert, Sir, daß Major Petrie beim Morgengrauen seinen längst überfälligen Urlaub antreten soll.«

»Verstehe!«

Strickland musterte Petrie kritisch.

»Dann sollte er sich jetzt schnellstens entscheiden, ob er dringend Urlaub braucht oder sich noch fit genug fühlt, für uns die ›Carridi‹ zu versenken!«

»Ich denke, ich kann den Job erledigen«, antwortete Petrie ruhig. »Ich denke, ich werde Captain Johnson als meinen Stellvertreter mitnehmen.«

»Ihr Denken allein genügt mir nicht!«

Strickland stemmte die Hände in die Seite und blickte dem Offizier hart in die Augen.

»Der Erfolg meiner Invasion kann von der Versenkung der Fähre abhängen.«

»Ich erledige den Auftrag – aber nur nach meinem Plan.«

»Genehmigt. Und jetzt gehe ich schlafen!«

Der General ging zum Ausgang, doch bei Petries Frage wandte er sich noch einmal um.

»Die 29. Panzerdivision, Sir – wie lauten die letzten Positionsmeldungen?«

»Eine gute Frage. Nach dem letzten Bericht liegt sie immer noch bei Neapel.« Strickland runzelte die Stirn. »Doch das war gestern. Mit Luftaufklärern haben wir den Raum regelmäßig fotografiert, doch seit den letzten vierundzwanzig Stunden liegt eine dichte Wolkendecke darüber. Wir vermuten aber, daß die Einheit inzwischen nicht verlegt worden ist.«

Kaum hatte der General das Zelt verlassen, begannen sich die Männer am Tisch leise zu unterhalten. Petrie hatte keinen Blick für sie, er wußte, was ihre Mienen ausdrückten: Sympathie – und Erleichterung darüber, daß sie selbst nicht in die Höhle des Löwen steigen mußten.

Im deutschen Hauptquartier, Abschnitt Europa Süd, saß ein rundgesichtiger, wohlgenährter Mann auf dem Balkon seines neapolitanischen Palazzo und wartete auf das Klingeln des Telefons im Zimmer. Feldmarschall Albert Kesselring war einer der fähigsten Kommandeure der Achsenmächte – vielleicht, weil er sich eine ziemliche Unabhängigkeit bewahrt hatte und weil er, soweit er es verantworten konnte, die dogmatischen Befehle aus dem Führerhauptquartier in Ostpreußen ignorierte. Gerade war er wieder einmal dabei, seine eigene Entscheidung zu treffen, eine Entscheidung, die er auf Grund der Geheimdienstberichte für dringend notwendig hielt. Die nordafrikanischen Häfen quollen über von Kriegsschiffen und Truppentransportern, und von Alexandria aus waren schon starke alliierte Marineeinheiten in See gegangen. In Gibraltar rechnete man stündlich mit dem Auftauchen eines riesigen Konvois direkt aus den USA. Es wurde Zeit zu handeln und Vorkehrungen zu treffen.

Kesselring wartete geduldig in der Dunkelheit der Nacht. Es war etwa 22.00 Uhr. Eine dichte Wolkendecke verbarg den

Mond am Himmel, und der Deutsche betete, sie möge noch eine Weile vorhalten. Endlich läutete das Telefon, das Geräusch mischte sich in den Gleichschritt der Posten vor dem Haus. Kesselring eilte hinein und griff zum Hörer.

»Sind Sie das, Klaus? Wieweit seid ihr?«

»Bereit, Herr Feldmarschall.«

General Rheinhardt, der Kommandeur der 29. Panzergrenadierdivision, machte nie mehr Worte als nötig. Von seinem Zelt aus schaute er auf den Schatten eines Mark IV-Panzers. Die Mannschaft saß in voller Ausrüstung daneben auf dem Boden bereit.

»Klaus, Sie müssen sofort nach Süden vorrücken. Ich weiß, die Brücken sind zerstört, und Sie werden weite Umwege machen müssen, doch beeilen Sie sich um Himmels willen. Gehen Sie so schnell wie möglich auf Position B vor.«

»Sind sie gelandet?«

»Noch nicht, doch sie kommen – bald. Ich habe keine Zweifel daran, wo die Entscheidung fällt, und dann will ich dort sein. Keine Panikstimmung bei euch?«

»Alles normal. Ist das alles, Herr Feldmarschall?«

»Im Moment ja. Auf Wiedersehen, Klaus.«

Am anderen Ende wurde aufgelegt. Kesselring lauschte noch eine Weile den atmosphärischen Störungen in der Leitung. Ob die Gestapo ihn wieder abhörte? Egal – er war vorsichtig genug gewesen, seinen Plan für sich zu behalten, und Klaus würde unverzüglich reagieren.

Mit dieser Vermutung hatte Kesselring völlig recht. Kaum eine Minute nach dem Anruf hatte Rheinhardt seine Befehle erteilt. Innerhalb von dreißig Minuten wälzte sich eine kontrollierte Flut gepanzerter Fahrzeuge im Schutz der Dunkelheit und dichter Bewölkung nach Süden in Richtung Kalabrien auf das Ostufer der Straße von Messina zu.

3.
Donnerstag, 8. Juli, kurz vor Mitternacht

Das Barometer fiel schnell, die See brodelte. Riesige Wellengebirge türmten sich vor dem italienischen Patrouillen-Boot auf, das sich seinen Weg durch die Wasserwüste kämpfte. In den Wellentälern erstarb das Heulen des Sturmes, um dann auf dem nächsten Wogenkamm mit ohrenbetäubendem Lärm über die Männer an Bord herzufallen. Sie waren naß bis auf die Haut, ihre Körper von blauen Flecken übersät, äußere Male ihres Kampfes gegen den Hexentanz des Schiffes auf seinem Kurs zur Nordküste von Sizilien.

»Reichlich ungemütlich«, schrie Petrie dem Kapitänleutnant zur See Vosper am Steuer zu.

»Es kommt noch dicker – schauen Sie mal aufs Barometer«, schrie Vosper zurück.

»Und dabei hätten wir uns gemütlich mit dem Fallschirm absetzen lassen können«, gab Johnson seinen Kommentar dazu.

Der Amerikaner, der wie Petrie auf der Brücke Schutz vor den tobenden Wassermassen gesucht hatte, war von der Aussicht, an Fallschirmleinen baumelnd Siziliens gebirgiger Oberfläche entgegenzuschweben, noch nie sonderlich angetan gewesen. Doch beim Anblick der stürmischen See erschien ihm nun diese Möglichkeit wie ein Sonntagsspaziergang.

Petrie blieb ihm die Antwort schuldig. Er kämpfte eisern gegen den Wunsch an, sich tief hinter die Brückenschanz zu ducken, als ein gläserner Wasserberg den Bug des Schiffes untertauchte und über die Brücke hinwegrollte.

Keiner der Männer an Bord des gegnerischen Patrouillen-Bootes, das den Alliierten in Tunis in die Hände fiel, war korrekt gekleidet. Die britische Crew unter Vospers Kommando trug italienische Marineuniformen. Petrie und Johnson waren in die ärmliche Kleidung von sizilianischen Bauern geschlüpft und trugen abgewetzte Jacken und Hosen unter noch schäbigeren Mänteln. Sie waren unrasiert. In den Manteltaschen steckten die unvermeidlichen Baskenmützen, die sizilianische Bauern tagaus, tagein bei jedem Wetter trugen. Wahrscheinlich wären sie weniger durchnäßt gewesen, hätten sie sich nicht von Zeit zu Zeit auf das Vordeck hinausgewagt, um ja nicht den ersten Blick auf die sizilianische Küste zu versäumen. Vosper hatte sie davor gewarnt, als der Amerikaner dabei beinahe über Bord gegangen wäre.

»Ich habe mir das Boot schließlich nicht für diesen Trip ausgesucht«, sagte er trocken.

Petrie hatte es ausgewählt. Unzählige Schiffe genau dieses Typs patrouillierten vor der sizilianischen Küste, an der der Feind überhaupt nicht mit einer Invasion rechnete, weil sie von den alliierten afrikanischen Stützpunkten am weitesten entfernt lag. Neben Vosper spähte Petrie in den Sturm hinaus. Er schickte ein Stoßgebet zum Himmel, daß ihnen kein anderes Patrouillen-Boot begegnete. Wenn man sie entdeckte, müßten sie das Code-Signal geben, daß der italienische Hafenkommandant von Palermo alle vierundzwanzig Stunden änderte. Wenn man sie erwischte...

»Die Persenning geht baden...«

Johnson hatte die Warnung gerufen und war schon draußen, ehe Petrie ihn daran hindern konnte. Er tanzte über das schlüpfrige Deck zum Heck, wo unter einer riesigen Segeltuchplane ein kleines sizilianisches Fischerboot festgezurrt lag. Die Brecher hatten eine Ecke der Plane losgerissen. Das Schiff erklomm einen Wellenkamm und begann gerade seine Talfahrt, als Johnson das lose Ende des Spannseils packte und es mehrmals um einen Poller wickelte, während er sich mit dem Rücken gegen die Brückenschanz stemmte. Er war kaum damit fertig, als das Boot einen neuen Wellenberg emporglitt. Er taumelte vorwärts und wäre beinahe über Bord gegangen. Gerade noch rechtzeitig umfaßte er den Poller und fühlte, wie sich Petries Hand um seinen Unterarm klammerte.

Seltsam verrenkt hingen beide so sekundenlang auf dem schlüpfrigen Deck, während das Schiff im steilen Winkel den Wasserberg emporschoß. Johnson war überzeugt, daß jetzt alles zu Ende sei. Vosper hatte sich verschätzt, das Schiff mußte jeden Moment kentern, sich rückwärts überschlagen und kieloben absaufen. Er hob den Blick, sah über sich dunkle wirbelnde Wassermassen, sah Petries maskenhaftes Gesicht über sich... und verlor den Halt an dem glitschigen Poller. Nur noch Petries Hand hielt ihn auf dem Schiff fest, dessen Anstieg kein Ende zu nehmen schien. Es war ein Alptraum: Petries linker Arm, mit dem er sich am Handlauf der Brücke festklammerte, wurde unter der Last von zwei Männern rasch taub und verlor schon das Gefühl. Endlich legte sich das Boot waagrecht, Petrie zerrte und schob Johnson in das Brückenhaus. Der Amerikaner sank am Boden zusammen und rang um Atem.

»Fischerboot... beinahe über Bord...«

Petrie sank neben ihm nieder und zog aus seiner Manteltasche eine Flasche mit billigem italienischem Weinbrand hervor. Er öffnete sie und reichte sie dem Amerikaner, der einen tiefen Schluck daraus nahm, das Gesicht verzog und sie zurückgab. Er wischte sich über den Mund und grinste schief.

»Der reinste Fusel – nicht gerade französischer Cognac.«

Der Schnaps schmeckt wirklich wie pures Gift, dachte Petrie, nachdem auch er einen Schluck getrunken hatte. Er reichte Vosper die Flasche. Der schüttelte den Kopf, schrie, er trinke niemals im Dienst, und nahm einen tiefen Schluck.

»Gut gemacht, Ed«, brüllte Petrie dem Freund ins Ohr und schraubte die Flasche wieder zu.

Wie alles, was sie bei sich trugen, war auch die Flasche Brandy in Sizilien erhältlich. Sollte man sie nach ihrer Landung kontrollieren – falls sie jemals die Küste erreichten –, würde man nichts bei ihnen finden, das sie als alliiertes Kommando enttarnen konnte. Einige Dinge würden sie zwar verdächtig machen, doch kaum verdächtiger als gewöhnliche Sizilianer, die alles stahlen, was ihnen zwischen die Finger geriet. Ihre Waffen waren deutscher oder italienischer Herkunft, die aus den Waffendepots des Feindes auf der Insel entwendet worden sein konnten. Sie stammten aus den erbeuteten Beständen der Armee der Achsenmächte, die sich in Tunis den Alliierten ergeben hatte. Selbst die sechzig Pfund Sprengstoff, die in einem Sack verstaut auf der Brücke lagen, waren deutscher Herkunft, und die vier Zeitzünder gehörten zur Standardausrüstung der Wehrmacht.

Obwohl der Sturm mit unverminderter Stärke über sie herfiel und die Wogen von allen Seiten über das Schiff peitschten, wurden die Wellenkämme flacher – und ab und zu brach der Mond durch die Wolkendecke. Das Barometer stieg langsam wieder. Vor ihnen lag die Küste Siziliens als dunkler Streifen. Johnson erhob sich und trat neben Petrie vor das Ruderhaus. Vosper korrigierte den Kurs um einige Grad Steuerbord.

»Da drüben.«

Petrie deutete in die Richtung.

»Sieht aus wie eine flache Wolkendecke, doch ich glaube...«

»Das ist Sizilien. In knapp einer Stunde sind wir da. Pünktlich auf die Minute zur Verabredung mit euren Freunden – wenn sie in einer solchen Nacht überhaupt kommen«, rief Vosper.

»Der Wetterbericht behauptete, der Sturm würde vor der sizilianischen Küste abdrehen«, erinnerte ihn Johnson. »Wenn ich es auch im Moment selbst noch nicht glauben kann.«

In dem unsteten Auf und Ab, aus dem die Welt ringsum zu bestehen schien, hielt Petrie Ausschau nach dem Feind, doch sie hatten das Tyrrhenische Meer mit seinen tanzenden Wogen ganz für sich. Als Vosper das Ruder einem Matrosen übergab und zu ihnen heraustrat, flüchtete sich Johnson in den Eingang des Ruderhauses. Sie hatten die Ausläufer des Sturmtiefs erreicht, das Wetter war trügerisch. Der Wind konnte hier völlig abflauen, um dann plötzlich wieder mit wuchtigen Böen über sie herzufallen.

»Bei diesem Wetter läuft die Fangflotte der Fischer niemals aus«, rief Johnson Petrie zu.

»Kommt ganz darauf an, wie es in Küstennähe aussieht. Vielleicht bläst der Sturm dort nicht so heftig«, schrie Petrie zurück. Dabei beobachtete er mit verkniffenen Augen weiter die See. Vosper wollte gerade ins Ruderhaus zurückkehren, als Petrie ihn am Arm packte und westwärts deutete.

»Was ist das da drüben?«

»Wo? Ich sehe nichts.«

Vospers Stimme klang rauh. Er spähte in die angedeutete Richtung.

»Ich habe einen Schatten gesehen. Da war – da ist es wieder!«

»Ein Schnellboot!«

Vosper stemmte sich gegen den Türrahmen, hob sein Nachtglas an die Augen und spähte sekundenlang in die Finsternis.

»Ja, eine Patrouille. Sie halten genau auf uns zu. Ich glaube, sie haben uns gesichtet. Ihr beiden in eurer Zivilkleidung macht euch jetzt besser unsichtbar.«

Er betrat das Ruderhaus und erteilte seine Befehle durchs Sprachrohr. Schnellboot steuerbord voraus... Geschütze bemannen... Maschinen auf voller Fahrt halten...

Das Patrouillenboot wimmelte plötzlich von Männern. Matrosen in italienischen Uniformen nahmen ihre Posten ein, besetzten auch das 13,2-mm-Maschinengewehr, um den Anschein zu erwecken, das Boot befinde sich auf einer normalen Streife.

Vom hinteren Teil der Brücke aus spähten Petrie und Johnson zu der verschwommenen Silhouette des feindlichen Schiffes hinüber, das gerade wieder in einem Wellental verschwand. Es näherte sich rasch quer zum eigenen Kurs von Steuerbord.

Die Spannung wurde fast unerträglich. Nur Vosper schien davon unberührt. Er nahm ruhig die Signallampe aus ihrer Halterung und öffnete das Fenster.

Petrie betrachtete die Laterne mit gemischten Gefühlen. Dies war genau die Situation, die sie am meisten gefürchtet hatten. Hier lag die Schwachstelle des gesamten Unternehmens. Zu vieles konnte schiefgehen. Die Schiffsgeschütze waren feuerbereit, die zwei 45-cm-Torpedos scharfgemacht, und die britische Besatzung wußte sicherlich ihre Waffen gut zu gebrauchen. Bei einem normalen Seegefecht hätte Vosper unter diesen Umständen eine gute Figur gemacht. Doch hier ging es um mehr als um die Versenkung eines feindlichen Schiffes. Sie durften sich keinen Schnitzer erlauben, nichts durfte geschehen, was den feindlichen Funker veranlassen könnte, eine Warnmeldung an das Marinehauptquartier in Palermo durchzutickern. Selbst wenn sie das feindliche Schiff so schnell versenkten, daß es keinen Funkspruch mehr absetzen konnte, wären die Explosionen an der Küste mit Sicherheit zu hören. Die Operation wäre entdeckt und damit gescheitert. Ihr Rendezvous vor Palermo konnten Petrie und Johnson dann vergessen.

Vosper wartete geduldig am Fenster auf das Erkennungssignal des anderen Schiffes.

»Glaubst du, daß wir es schaffen?« fragte Johnson, als er sich mit Petrie in die Deckung der Brückenschanz duckte.

»Wenn Scelba uns wirklich die für diese Nacht gültige Parole genannt hat, müßte es klappen.« Petrie wandte keinen Blick von Vosper. »Er hat einen guten Mann im italienischen Marinestab sitzen. Die Italiener ändern ihren Signal-Code in der Regel nur alle vierundzwanzig Stunden.«

»In der Regel?«

Johnson schien sich mit dieser Antwort nicht zufriedengeben zu wollen. Vosper gab ihm die genauere Erklärung, während er das gegnerische Schiff nicht aus den Augen ließ.

»Im Normalfall wechselt der Code alle vierundzwanzig Stunden. Doch in schwierigen Situationen wird er auch schon mal als zusätzliche Sicherheitsmaßnahme völlig unerwartet geändert. Unsere Leute machen das auch so.«

»Und jetzt ist eine solch schwierige Situation«, ergänzte Petrie Vospers Worte. »Der Feind weiß, daß die Invasion dicht bevorsteht, daß unsere Truppentransporte schon in See gegangen sind. Ich würde also nicht unbedingt drauf wetten, daß die Parole noch stimmt.«

»Also stecke ich besser mein Geld wieder ein.«

Für Petrie und Johnson, die von ihrem Platz im hinteren Teil des Steuerhauses das weitere Geschehen nicht verfolgen konnten, wurde die Anspannung fast unerträglich. Sie konnten nur Vospers Gesicht beobachten, das aber nach wie vor ausdruckslos blieb und nichts verriet. Jetzt straffte sich seine Gestalt, er gab dem Rudergänger Befehl, den Kurs zu halten. Das feindliche Schnellboot war kaum eine Viertelmeile entfernt, als drüben ein Lichtschein aufblitzte und das Erkennungssignal herübergemorst wurde. Vosper hielt seine Lampe antwortbereit und konzentrierte sich. Für Petrie und Johnson war es wie eine Erlösung, als Vosper ihnen schließlich erklärte, was draußen vorging. An einer Kleinigkeit aber merkte Petrie, daß etwas nicht stimmte. Auf Vospers Stirn zeigte sich plötzlich ein feiner Schweißfilm. Das konnte nur eines bedeuten: das Lichtsignal des Gegners war ihm unbekannt. Seit Scelbas Nachricht mußte das Marinehauptquartier in Palermo den Code geändert haben. Vosper würde nicht wissen, welche Parole er zurückmorsen mußte.

Petrie warf einen Blick zu Johnson hinüber. Auch er schien, nach seinem Gesichtsausdruck zu schließen, das Debakel zu ahnen. In diesem Moment begann Vosper, die Antwort hinüberzusignalisieren. Danach verharrte er unbeweglich an seinem Platz.

»Alles okay?« rief Johnson leise.

»Bis jetzt lief alles programmgemäß. Doch haben sie vielleicht nur das Antwort-Signal geändert. Dann dürften sie uns aber gleich das Ruderhaus unter dem Hintern wegschießen.«

»Na, dann wünsche ich allseits eine gute Himmelfahrt«, brummte der Amerikaner.

Das Warten schien kein Ende zu nehmen. Die Sekunden dehnten sich zur Ewigkeit. Plötzlich drehten die Motoren des Feindschiffes auf.

»In Ordnung«, rief Vosper erleichtert, »sie drehen ab.«

Seine Stimme war brüchig, als er sich an den Rudergänger wandte. »Nach Palermo. Volle Kraft voraus!«

Der meteorologische Offizier in Tunis hatte mit seiner Wettervorhersage recht behalten. Als das Patrouillenboot unter der bergigen Küste auf Parallelkurs ging, hatte sich das Meer beruhigt. Sanft rollten die Wogen im silbernen Schimmer des Mondes, der durch die Wolkendecke gebrochen war. Petrie stand mit Johnson an Deck und schaute zu einem Berg hinüber, der abseits von den anderen Gipfeln aufragte.

»Das ist der Monte Pellegrino, du kennst ihn sicher noch von deinem letzten Aufenthalt in Sizilien.«

»Ich denke, ich suche mir mal meine sieben Sachen zusammen. Palermo liegt gleich östlich davon. He, was sind denn das für Lichter da drüben?«

»Scelba ließ uns wissen, daß die Fangflotte vor dem Hafen von Palermo liegt. Sie fischen hier nachts. Die Lampen am Bug sollen die Fische in ihre Netze locken. Gott gebe, daß Guido dabei ist.«

Beide schwiegen und hingen ihren Gedanken nach. Vosper drosselte die Fahrt, jede Umdrehung der Schrauben brachte sie der Küste näher. Die Silhouette des Berges wuchs stetig, die schwankenden Lichter kamen langsam näher. Die Nerven der beiden Männer auf Deck waren zum Zerreißen gespannt. Vor ihnen lag die gefährlichste Phase eines jeden Landeunternehmens, wenn man sich kaum eine Meile unter der feindlichen Küste entlangschlich und sich der Abstand von Minute zu Minute verringerte. Petrie und Johnson gingen vor dem Ruderhaus in die Hocke, damit man ihre schattenhaften Gestalten nicht sah. Die schwankenden Laternen der Fangflotte trieben langsam auf sie zu, orangefarbene Lichter, die im bleichen Mondlicht seltsam festlich wirkten.

»So weit, so gut!«

Johnson murmelte diese Worte vor sich hin und wischte sich gleichzeitig mit dem Mantelärmel den Schweiß von der Stirn, der ihm schon in die Augen tropfte. Es war kalt an Deck, doch die beiden Männer waren in Schweiß gebadet. Sie waren zwar nur eine Fracht, die Vosper an einem verabredeten Treffpunkt der Mafia zu übergeben hatte, doch trotzdem...

Petrie erwiderte nichts auf Johnsons hoffnungsvolle Bemerkung. Seine Blicke suchten das Meer nach weiteren Patrouillenbooten ab. Wurden sie zum zweiten Male aufgebracht, konnte das ins Auge gehen. Der Gegner konnte sie in dem ruhigeren Küstengewässer näher unter die Lupe nehmen, und die Chance, ihn nochmals zu täuschen, war sehr gering. Es war diese Zeitspanne zwischen dem Erreichen der Küste und der Annäherung an die Fangflotte, die Petrie am meisten gefürchtet hatte. Vosper drosselte die Maschine noch weiter und steuerte das Boot auf die Flotte zu. Dabei bemerkte er einen Kutter, der anscheinend schon seine Netze gefüllt hatte und langsam nach Palermo zurückfuhr.

Keiner der Fischer schien von der Annäherung des Schnellbootes die geringste Notiz zu nehmen, das wie bei einer Routine-Patrouille langsam auf die Fangflotte zulief. Petrie wartete ungeduldig auf das verabredete Signal. Guido sollte mit der orangefarbenen Schiffslaterne vier Blinkzeichen geben, um ihnen die Position seines Schiffes zu markieren. Doch nichts tat sich. Vosper lehnte sich aus dem Fenster des Ruderhauses und rief Petrie leise auf Italienisch zu:

»Kein Willkommenszeichen bis jetzt!«

»Es läuft eben nicht immer alles erwartungsgemäß«, antwortete Petrie und gab Johnson einen Wink. Der Amerikaner folgte ihm zum Heck.

»Wir werden unterhalb des Hafens von Bord gehen.«

Beide arbeiteten rasch und konzentriert. Sie lösten die Taue, mit der die Plane über dem kleinen Fischerboot festgezurrt war. Das Tuckern der Schiffsmaschinen und das Platschen der Wellen gegen den Rumpf wurden übertönt vom Gesang der Fischer, die beim Einholen der Netze ein trauriges Seemannslied angestimmt hatten. Alle Fischer gehörten, wie Petrie wußte, zu Scelbas Cosca, der Mafia-Familie, die trotz vergeblicher Versuche der Carabinieri, sie zu zerschlagen, die Fischerei vor der gesamten sizilianischen Küste kontrollierte. Unter der Leitung von Moro* hatten die Carabinieri sie schon vor dem Krieg in den Untergrund gedrängt, doch wie die Fangarme eines Kraken spann die Ehrenwerte Familie unter der Oberfläche ihre Verbindungen weiter und versuchte ihre Machtstellung bei der hiesigen Bevölkerung zu festigen. Vosper beneidete Petrie keineswegs um seine Aufgabe, mit solchen Leuten zusammenzuarbeiten.

Das Beiboot hing schon im Davit, und auf Vospers Befehl tauchten sofort einige Leute auf, die es ausschwenkten und unter Petries Aufsicht an der dem Hafen abgewandten Seite zur Wasseroberfläche abließen. Es war kein leichtes Unternehmen, denn das Schnellboot machte immer noch leichte Fahrt für den Fall, daß ein feindliches Schiff auftauchte, das Aussetzen des Bootes beobachtete und Palermo über Funk alarmierte. In diesem Fall hätte man das Landeunternehmen abbrechen müssen.

Das kleine Fischerboot glitt sanft ins Wasser, man löste alle Taue außer einem, und Vosper änderte den Kurs, um das Boot näher an die Fangflotte heranzuschleppen. Für einen Augenblick übergab er das Ruder einem Matrosen, trat zu den beiden Männern hinaus und klopfte Petrie aufmunternd auf den Rücken. Johnson warf sich den Sack mit dem Sprengstoff und ihrer sonstigen Ausrüstung über die Schulter.

---

* Polizeichef Moro war von Mussolini, mit besonderen Vollmachten ausgestattet, nach Sizilien entsandt worden, um die Mafia zu zerschlagen.

»Viel Glück, Jim. Bis jetzt hat sich Guido noch nicht gerührt. Aber ich denke, ihr werdet es auch so schaffen.«

»Diesmal muß es einfach klappen«, antwortete Petrie ruhig.

»Vielen Dank für die Überfahrt...«

Er folgte dem Amerikaner in das schwankende Fischerboot, wo Johnson schon den Sack verstaut hatte und an den Schaltern herumhantierte, um den Motor anzulassen. Vosper gab einem Matrosen das Zeichen, die letzte Leine zu lösen. Petrie holte sie ein und wickelte sie locker um die orangefarbene Laterne am Bug. Vorsichtig steuerte Johnson das Boot aus dem schützenden Schatten des Schnellbootes heraus.

Der nächste sizilianische Kutter lag nicht einmal hundert Meter entfernt. Männer beugten sich weit über die Bordwand und holten die Netze ein. Das Boot legte sich unter dem Gewicht des Fanges weit zur Seite, die Laterne am Bug schaukelte bedenklich. Vosper hatte seinen Kurs so gewählt, daß es aussah, als sei er zwischen den zwei Fischerbooten hindurchgefahren. Jetzt erhöhte er die Geschwindigkeit und rauschte mit im Mondlicht silbrig schimmernder Bugwelle davon. Die beiden Männer waren allein, völlig auf sich gestellt – eine halbe Meile von der feindlichen Küste.

Sie schlossen sich der Ostflanke der Fangflotte an.

»Fahr langsamer, Ed«, flüsterte Petrie auf italienisch. »Wir sollten nicht zu nahe herangehen, ehe Guido nicht mit uns Kontakt aufgenommen hat.«

»Wenn er überhaupt kommt.«

»Er kommt, verlaß dich drauf!«

Petrie schwieg und verfolgte das Treiben auf dem nächsten Boot. Die Männer dort mit ihren dunkelhäutigen, knochigen Gesichtern waren sicher nicht die angenehmsten Zeitgenossen, jederzeit bereit, jemanden für weniger als eine Mahlzeit ein Messer in den Rücken zu jagen.

Petrie machte sich Sorgen, daß Guido geschnappt worden war. Ein Geräusch ließ ihn herumfahren. Johnsons Gestalt versteifte sich.

»Was ist los?«

»Wir bekommen Besuch – im falschen Augenblick!«

Das plötzliche Aufheulen von Vospers Schiffsmotoren hatte ihn gewarnt. Der Kommandant des Schnellbootes hielt es anscheinend für notwendig, so rasch wie möglich zu verschwinden. Er drehte eine weite Kurve und hielt Kurs nach Norden, weg von Palermo. Der Grund seiner plötzlichen Eile offenbarte sich im nächsten Moment: Von Osten her näherte sich ein Torpedo-Boot in voller Fahrt der Fangflotte. Petrie beobachtete mit verkniffenen Augen ein Fischerboot, das gerade in diesem Moment auf sie zuhielt. Wenn das Guido war, hatte er den Zeitpunkt für ein Treffen zu spät gewählt.

»Ed, gib mir das Schnellfeuer-Gewehr«, zischte er und ließ das Fischerboot keinen Moment aus den Augen. Johnson hielt mit einer Hand das Ruder, zog mit der anderen die Waffe aus dem Sack und reichte sie Petrie. Das Torpedo-Boot brauste genau auf sie zu.

Das deutsche Schnellfeuer-Gewehr – eine Mauser 7,63-mm-Automatik – ist eine tödliche Waffe, die als Handfeuerwaffe wie als automatische Maschinenpistole benutzt werden kann. Es besitzt ein Zwanziger-Rundmagazin und wird bei Verwendung als Handwaffe in einem hölzernen Holster getragen. Diese seltsame Materialwahl bei einer Pistolentasche hat ihren Grund: Für flächendeckenden weiträumigen Einsatz wird dieses Holster hinten in den Pistolenlauf eingeschoben und bildet so einen Schaft, den der Benutzer der Waffe gegen die Schulter preßt. So kann er jederzeit ein bestimmtes Areal mit mörderischem Feuer belegen. Mit ein wenig Glück und Geschick könnte man damit auch die Besatzung eines Torpedo-Bootes dezimieren.

Petrie sandte ein Stoßgebet zum Himmel, daß ihm ein solcher Einsatz dicht vor der feindlichen Küste erspart bleiben möge.

Das Motorengeräusch des Torpedo-Bootes schwoll an. Zwei Fischerboote trieben langsam auf sie zu. Auf Anweisung von Petrie änderte Johnson ihren Kurs und lenkte das Boot zwischen den beiden Fischerbooten hindurch mitten in die Fangflotte hinein.

Etwas Hartes klapperte gegen ihr Dollbord. Petrie packte die Waffe unter dem Mantel fester, starrte erst auf den Bootshaken zu seinen Füßen und dann auf den Mann, der kaum zwei Meter entfernt die Leine hielt. Die heisere Stimme des Sizilianers klang drängend.

»Ist der Fang heute nacht gut?« fragte er auf Italienisch.

»Für Juli ist der Fang ganz miserabel. Feindliche Unterseeboote machen die Gewässer unsicher«, beantwortete Petrie die Erkennungsparole.

»Ich bin Guido. Kein Wort zur Besatzung des Torpedo-Bootes...«

Petrie mußte das Zeichen übersehen haben, doch plötzlich wimmelte es um sie herum von Fischerbooten. Zwei Männer auf Guidos Boot warfen ein Fischernetz zu ihnen herüber. Johnson hatte den Motor gestoppt und packte sofort zu. Gemeinsam mit Petrie zog er es ins Boot. Das Torpedo-Boot glitt langsam zwischen den Fischkuttern auf sie zu. Hoch ragte sein Bug vor ihnen auf.

Mit einem Megaphon in der Hand trat der Kommandant auf die Brücke. Die Fischer knurrten ärgerlich über die Störung. Petries Hand fuhr wieder unter den Mantel. Die Sache sah nicht gut für sie aus. Das Maschinengewehr auf dem Kriegsschiff war besetzt, und die Matrosen an Deck trugen alle Gewehre. Was, zum Teufel, hatte den Kommandanten argwöhnisch gemacht?

Der Italiener hob das Megaphon.

»Seid ihr heute nacht einem britischen Schnellboot begegnet?«

»Nein, nur einem anderen Patrouillen-Boot«, rief Guido zurück und fuhr fort: »Sie vertreiben uns die Fischschwärme.«

»Und ihr fischt zu weit draußen. Das ist zur Zeit verboten, wie ihr genau wißt.«

»Wir fischen dort, wo die Fische sind. Schließlich wollen Sie ja auch etwas auf den Teller bekommen«, gab Guido verärgert zurück.

»Ich werde diesen Verstoß der Hafenwacht melden«, fauchte der italienische Kommandant.

Die Schrauben drehten auf, und das Kriegsschiff stieß rückwärts aus der Fangflotte, drehte nach Westen ab und schoß auf die offene See hinaus. Petrie entspannte sich ein wenig. Guido hatte also die vorgeschriebene Fangzone verlassen, um sich mit ihnen zu treffen. Dieses kleine Entgegenkommen von Scelba war begrüßenswert.

Der Motor im Boot des Sizilianers sprang an, und Guido deutete zur Küste hinüber. Sie würden jetzt unverzüglich auf Palermo zuhalten. Dort wartete die nächste gefährliche Hürde – ihre Einfahrt in den schwerbewachten Hafen.

Petrie schob die Gedanken daran beiseite, als Johnson die Maschine startete und dem Boot des Sizilianers folgte.

Aus irgendeinem Grund hatte der Kutter, den Vosper nach Palermo fahren sah, dicht unter der Küste die Maschine gedrosselt. Als sich Guidos Boot jetzt nach Süden wandte, nahm auch dieser Kutter wieder Fahrt auf, dicht gefolgt von einer kleinen Flottille anderer Fischerboote. Petrie merkte, daß hier nach einem genauen Plan vorgegangen wurde, einem Plan, der sicherlich Scelbas zwielichtigem Verstand entsprungen war. Die Sizilianer sangen wieder, ihre getragenen Stimmen hallten über die ruhige, ölige See, die jetzt wieder so still und glatt dalag wie eine Weide. Johnson konnte kaum glauben, daß sie noch vor kurzem im heftigen Sturm um ihr Leben kämpfen mußten.

Petrie hatte sich vorne im Bug hingehockt. Sie näherten sich der Hafenmauer. Eine lange, hohe Mole schob sich ostwärts weit ins Meer vor. Wenig später konnte Petrie deutlich die Geschützstellung mit ihrer Sandsackbarriere erkennen, sah die behelmten Gestalten der Soldaten und einen bewaffneten Posten mit geschultertem Gewehr. Johnson folgte Guidos Beispiel und verringerte merklich die Geschwindigkeit. Langsam trieben sie im Schatten der Hafenmauer, die sich hoch über ihnen auftürmte, dahin. Der Amerikaner ließ keinen Blick von dem Sizilianer im Boot vor ihm. Gab es Ärger, würde Guidos Reaktion sie Sekunden vorher warnen.

Petrie verließ seinen Platz am Bug und trat neben Johnson. Um durch die Hafeneinfahrt zu gelangen, mußten sie an einer zweiten, kürzeren Mole weiter landwärts entlangfahren, die sich mit der äußeren Hafenmauer ein wenig überlappte. Es war sehr still, während die Boote an dieser Steinrampe entlangtuckerten. Der Gesang war abrupt verstummt. Vor ihnen stand Guido steif in seinem Boot, als warte er auf etwas Unvorhergesehenes.

»Der Ärger mit dem Burschen ist, daß er anscheinend nie gelernt hat, sich zu entspannen«, flüsterte Petrie.

»Sich entspannen, in einer solchen Situation?«

Johnson fehlten die Worte. Als plötzlich ein schwaches Kreischen über das Wasser zu ihnen herüberdrang, packte er ungewollt das Steuerrad fester.

Langsam schwangen die Hafentore auf, um die Fangflotte einzulassen. Als sie das Ende der äußeren Mauer umrundeten, entdeckte Petrie über sich das lange Rohr einer Flak, das himmelwärts ragte. Sekunden später lag der Hafen vor ihnen, er sah die verdunkelten Kaianlagen und die alten Dächer der Stadt darüber. Der Schlepper, der das Hafentor geöffnet hatte, stieß fauchend Rauchwolken in die Mondnacht.

Langsam folgten sie Guidos Boot und dem anderen Kutter vor ihm. Johnson ging die ganze Sache einfach zu glatt, er wagte nicht, sich zu entspannen aus Furcht, er könne dadurch Unheil heraufbeschwören.

Im nächsten Augenblick flammte ein starker Scheinwerfer auf und tauchte die Hafeneinfahrt in gleißendes Licht. Petrie fluchte lautlos und packte die Mauser fester. Man hatte den Scheinwerfer auf der Spitze der inneren Mole installiert, so daß jedes Boot seinen starken Lichtstrahl passieren mußte.

Und ich möchte wetten, daß die Burschen zählen können, dachte Petrie grimmig. Sie werden schnell feststellen, daß jetzt ein Boot mehr hereinschwimmt, als sie hinausgelassen haben. Vielleicht konnten sie sogar im hellen Scheinwerferlicht die Besatzung der Boote identifizieren.

Das führende Boot vor Guidos Kutter machte kaum Fahrt. Plötzlich durchschaute Petrie das Manöver. Das Führungsboot wartete auf Guido und sie, um als Pulk den Scheinwerfer zu passieren. Er warf einen Blick zurück. Die anderen Boote folgten dichtauf.

Auch bei Johnson war der Groschen gefallen.

»Soll ich ein wenig aufdrehen?«

»Tempo halten«, erwiderte Petrie knapp.

Eine Beschleunigung der Fahrt würde nur unnötig die Aufmerksamkeit auf sie lenken. Petrie ließ seine Blicke über die vertraute Silhouette des Hafens schweifen, suchte nach Kriegsschiffen, nach Truppenstellungen bei den Docks, doch alles schien so, wie er es in Erinnerung hatte. Als ihr Boot neben das Boot des Mafioso glitt, murmelte er leise:

»Hinter dem Scheinwerfer ist eine Maschinengewehr-Stellung. Sollten sie das Feuer eröffnen, halte sofort auf den Kai zu. Ich kümmere mich derweil um den Scheinwerfer...«

Langsam krochen sie vorwärts. Hinter ihnen erhöhten zwei Boote ihre Fahrt und passierten sie an Steuerbord. Vor Guidos Boot schwenkten sie ein und trieben in das Scheinwerferlicht. Deutlich waren die Männer an Bord zu erkennen, wie Petrie grimmig feststellte.

Sie schwammen gerade aus dem Lichtkreis heraus, als etwas geschah, daß wieder nur Scelba geplant haben konnte. Mit lautem Krachen kollidierten die beiden Boote, und die Sizilianer stimmten ein lautes, wütendes Geschrei an, als ob sie miteinander in ein Handgemenge geraten seien.

Der Mann am Scheinwerfer richtete instinktiv den Lichtstrahl nach links auf die kollidierten Boote. Währenddessen glitten Guido und Johnson mit einem Pulk anderer Boote am Ende der Mole vorbei. Dem Italiener wurde klar, daß er die anderen Boote verpaßte, und er schwenkte den Scheinwerfer rasch zurück. Sekundenlang tauchte der starke Strahl Petries Boot in gleißendes Licht, sprang dann aber zum nächsten Kutter hinüber. Und wahrscheinlich haben sie eines der Fischerboote weiter unterhalb der Küste vor Anker gehen lassen, so daß die Zahl stimmt, dachte Petrie. Scelba war ein Mann, der nichts dem Zufall überließ.

»Wir sind am Ziel«, sagte er zu Johnson, als sie in Guidos Kielwasser auf einen verlassenen Pier zuhielten. Johnson brummte nur. Sie befanden sich schließlich immer noch im schwerbewachten Hafengebiet.

Sie hatten den Pier fast erreicht. Das Wasser stank nach Öl und fauligem Fisch. Petrie wußte, was der Amerikaner dachte.

»Ich kenne diesen Pier, Ed. Von ihm aus führt ein unterirdischer Gang aus dem Hafengelände heraus.«

Mit einem unsanften Stoß legte Guidos Kutter am Pier an. Johnson stellte den Motor ab. Sanft stieß das Boot gegen den Rumpf des Kutters.

Sie waren vom Feind unbemerkt auf Sizilien gelandet. Innerhalb einer Stunde würden sie in der Untergrund-Zentrale der Mafia sein, wo dann das Tauziehen mit Vito Scelba begann. Petrie verzog angewidert das Gesicht.

4.

Freitag, 9. Juli – kurz vor Morgengrauen

Don Vito Scelba, die Schlüsselfigur der ganzen Operation, nach Petries Ansicht der einzige Mann auf Sizilien, der die massierten deutsch-italienischen Streitkräfte überlisten konnte, der als einziger – wenn er wollte – ein Sabotage-Team quer über die Insel in die zur Festung verwandelte Stadt Messina einschleusen konnte, wußte innerhalb von fünf Minuten, daß die zwei alliierten Agenten in Palermo angekommen waren. Die telefonische Botschaft eines seiner Leute, der von einem Haus am Hafen das gesamte Gelände beobachten konnte, war kurz und geheimnisvoll.

»Das Korn wurde geliefert.«
»Danke, Nicolo. Bleib auf deinem Posten.«

Scelba legte den Hörer nieder. Nicolo würde wie befohlen sofort das Haus verlassen. Man durfte kein unnötiges Risiko eingehen. Die Carabinieri hatten die Telefone der halben Stadt angezapft, um der Mafia auf die Schliche zu kommen. Scelba zündete sich hinter vorgehaltener Hand eine dunkle Zigarre an und stand dann regungslos in dem großen, unmöblierten Raum. Bis vor drei Tagen hatten in diesem Palazzo, der jetzt vorübergehend sein Hauptquartier war, die Gonzagos, eine der reichsten Familien Siziliens, gewohnt. Sie waren wie viele andere aus der Oberschicht vor den immer zahlreicher vom Himmel regnenden alliierten Bomben auf das italienische Festland geflohen.

Scelba befand sich jedoch nicht allein in dem weitläufigen Zimmer. An den hohen Fenstern beobachteten mit Schrotflinten bewaffnete Mafiosi den Innenhof. Die kleinen, dunkelhäutigen Männer waren jeder mit der wohl teuflischsten Waffe ausgerüstet, die es gab, der Lupara. Der Name stand für drei Dinge: Die Munition, das Gewehr – und die Todesart. Selbst in Sizilien war es streng verboten, Blei zu zerhacken, es in Patronen zu füllen und die Gewehre damit zu laden. Doch diese Waffe gehörte zur Standardausrüstung der Untergrundmafia. Viele Menschen waren schon an der ›Lupara-Krankheit‹ gestorben, einer Krankheit, von der es keine Heilung gab.

Die Gestalten an den Fenstern verharrten ebenso reglos wie der in Gedanken versunkene Scelba. Dies konnte der entscheidende Moment in seiner langen Karriere sein, der Wendepunkt, auf den er so lange, bittere Jahre gewartet hatte. Petrie war zurückgekehrt.

Signor Scelba kannte mehr Einzelheiten aus der militärischen Laufbahn des Majors James Petrie, als der kriegsverpflichtete Soldat ahnte. Er wußte beispielsweise, daß man Petrie normalerweise auf die Zerstörung lebenswichtiger Einrichtungen ansetzte. Sein letzter achtwöchiger Aufenthalt auf der Insel als Verbindungsoffizier zwischen dem Alliierten Hauptquartier und der Mafia fiel gänzlich aus dem gewohnten Rahmen. Scelba vermutete richtig, daß Petrie diesmal wieder einen Sabotage-Auftrag hatte. Das bestätigte auch die dringende Bitte über Funk um Bereitstellung eines vollgetankten Wagens, was auf eine längere Fahrt von Palermo aus schließen ließ. Als Ziel kamen nur zwei Orte und Objekte in Frage: Der Marinestützpunkt Syracus mit seinen Kanonen oder die Eisenbahnfähre ›Carridi‹ in Messina. Seine Agenten auf der ganzen Insel hielten Vito Scelba ständig auf dem laufenden, und so hatte er auch von den verzweifelten, aber bis dato vergeblichen Versuchen der Alliierten, die einzige noch verkehrende Eisenbahnfähre zu versenken, Wind bekommen. Ganz sicher, Petrie wollte in eine dieser beiden Städte – nach Syracus oder Messina. In der Botschaft aus dem Alliierten Hauptquartier, von Petrie selbst unterzeichnet, hatte man um Scelbas persönliche Anwesenheit bei der Ankunft der beiden Agenten aus Tunis gebeten. Die Situation war interessant und versprach enormen Gewinn.

In seiner Kindheit hatte Scelba, kaum des Lesens und Schreibens mächtig, Schafe gehütet. Als Jugendlicher begann er, sich durch Mord und Intrigen in der Mafia hochzuarbeiten. Mit fünfundzwanzig Jahren war er schließlich Capo, Chef einer geheimen Organisation, die noch die Ärmsten der Armen auf Sizilien auspreßte, während sie vorgab, sie zu ›beschützen‹. Als Verwalter eines Großgrundbesitzers kontrollierte Scelba die Arbeiter und half denen, die mit ihm kooperierten, wenn sie in Schwierigkeiten kamen. Die anderen, die sich gegen ihn stellten, starben meist an einem Messer im Rücken, an einem Schluck vergifteten Weines oder an einem Kopfschuß.

Dann war Mussolini an die Macht gekommen, der Faschismus duldete keine andere Machtgröße neben sich. Schlagartig änderten sich die Zeiten für die Mafia. Ende der dreißiger Jahre war Moro mit seiner unbestechlichen Polizei auf der Insel aufgetaucht, einer Einheit, die speziell für den Kampf gegen das organisierte Verbrechen ausgebildet war. Scelba mußte untertauchen.

Er war ein vorausschauender Mann, der genau wußte, daß über kurz oder lang die Alliierten siegen würden, siegen mußten, denn ständig verfolgt von einer faschistischen Polizei, hätte die Mafia keine Zukunft. Scelba sah im Sieg der Alliierten ungeahnte Möglichkeiten – riesigen Machtgewinn für die Mafia, für Vito Scelba. Man konnte die Verbindungen nach Neapel oder Marseille ausbauen – und auch nach New York.

Vito Scelba hatte einen Traum. Er träumte von der Errichtung einer weitverzweigten internationalen Organisation, mächtig genug, Regierungen in den Sattel zu heben oder zu stürzen, ganze Völker durch straff organisierte Verbrecher-Syndikate zu beherrschen. Das Wort ›Verbrechen‹ fehlte natürlich in seinem Sprachschatz. Für Scelba war alles nur Geschäft. Die Tatsache, daß ihm bei der Verwirklichung seiner Ambitionen ein alliierter Offizier helfen würde, entbehrte nicht einer gewissen Ironie. Der Sizilianer wußte genau, daß Petrie ihm nicht über den Weg traute. Beim Gedanken an den Offizier lächelte er grimmig. Es wurde Zeit, daß er sich in den engen Keller begab. Doch er bekam dort unten immer Platzangst.

Scelba warf einen Blick auf seine Uhr. Er rechnete mit Petries Ankunft gegen Mitternacht. Unwillig trat er seine Zigarre unter dem Absatz aus, bückte sich, hob den Stummel auf und steckte ihn in die Tasche. In diesem Raum durften keine Spuren ihrer Anwesenheit zurückbleiben.

Ehe er in den Keller stieg, ließ er seine Blicke nochmals über die von Fresken verzierte Decke, die hohen Spiegel an den Wänden und den kostbaren Marmorfußboden schweifen. Luxus bedeutete Vito Scelba nichts. Sein Lebensstil war bescheiden, und nur zum Schlafen benötigte er ein Dach über dem Kopf.

In scharfem Ton erteilte er jetzt seinen Leuten einen Befehl und stieg dann in den Keller hinab. Der Mafiaboß, der die Unterwelt von Palermo kontrollierte, traf erste Vorbereitungen für einen Anschlag – seinen Anschlag auf die Nachkriegswelt.

»Da drinnen soll er sein? Sind Sie sicher?«

Petrie packte Guido am Arm und zog ihn von der verlassenen Straße in einen dunklen Eingang, während Johnson sich wachsam umschaute. Sie hatten auf vielen Wegen den Hafen verlassen und das Albergheria-Viertel durchquert. Zweimal waren sie beinahe starken Carabinieri-Streifen in die Arme gelaufen. Die ganze Zeit begleitete sie das Motorengebrumm von Armeefahrzeugen.

Petrie starrte auf den Palazzo, eines der größten Häuser in Palermo. Hinter den Einfassungsmauern schwang sich eine elegante Treppenflucht zu einer Terrasse empor, von der eine weitere Treppe zu einer zweiten Terrasse führte. Die Wände des Hauptgebäudes säumten Statuen, verschwommene Figuren, die Petrie im ersten Moment für Wachtposten gehalten hatte.

»Guido«, sagte er jetzt im scharfen Ton, »Scelba kann unmöglich da drin sein.«

Der Sizilianer zuckte bei der lauten Nennung seines Namens erschrocken zusammen.

»Er ist ganz bestimmt hier, Signore. Dies ist die Villa Gonzago. Die Familie ist vor einigen Tagen nach Neapel geflohen. Seitdem steht die Villa leer. Kommen Sie, wir dürfen nicht stehenbleiben. Hier entlang, Signore!«

Guido hatte es sehr eilig, von der Straße zu verschwinden, und Petrie konnte es ihm nicht verdenken. Sie folgten dem Sizilianer über einen Innenhof durch ein zweites Tor zur Rückseite des Palazzo. Man sah in der Finsternis nicht die Hand vor Augen. Guido wühlte in seinen Taschen, zog einen Schlüssel hervor und öffnete eine kleine, hölzerne Pforte. Dahinter flammte eine starke Taschenlampe auf. In ihrem Schein erkannte Petrie eine Schrotflinte, deren Mündung genau auf Guidos Hals zielte. Es folgten ein paar Worte auf Sizilianisch, einem Dialekt, der so sehr vom Italienischen abwich, daß Petrie nur hier und da ein Wort verstand. Der Sizilianer mit dem Gewehr ließ sich von Guido den Schlüssel aushändigen und verriegelte die Pforte im Licht der Taschenlampe, die ein zweiter Mafioso hielt, von innen. Mit einem Handzeichen befahl er den Ankömmlingen, ihm zu folgen, und geleitete sie zu einer Treppenflucht, die in die Tiefe führte.

»Willkommen in Palermo, Major Petrie. Schön, Sie wieder mal bei uns zu sehen.«

»Draußen tut sich einiges, Signor Scelba«, sagte Petrie rasch, während sie sich die Hände schüttelten.

»Was ist los?«

Sie standen sich etwa neunzig Meter unter der Stadt in einem katakombenartigen Weinkeller gegenüber, der von einigen Öllampen am Deckengewölbe spärlich erhellt wurde. Der Geruch von saurem Wein stach Petrie in die Nase, er fühlte die Feuchtigkeit des Gewölbes auf der Haut.

Höflich geleitete ihn der Mafia-Boß zu einem leeren Holztisch in der Mitte des Kellers.

»Sie haben sich für Ihre Ankunft einen gefährlichen Zeitpunkt ausgesucht«, antwortete Scelba. »General Bergoni hält eine Nachtübung ab und hat über die Stadt Ausgangssperre verhängt. Doch das ist nur ein Vorwand für eine Säuberungsaktion in einem bestimmten Viertel. Man holt die Menschen mitten in der Nacht aus den Betten und durchwühlt ihre Häuser vom Keller bis zum Dachboden. Sie sehen, man ist immer noch hinter uns her.«

»Welches Viertel?«

»San Pietro, soviel ich weiß.«

»Nicht die Albergheria?«

»Nein – es sei denn, sie hätten aus Sicherheitsgründen im letzten Moment ihre Pläne geändert.«

Scelba beobachtete seinen Gast amüsiert. Petrie argwöhnte, daß der Capo nur das Risiko seiner Zusammenarbeit mit den Alliierten besonders unterstreichen wollte.

»Trinken wir erst mal ein Glas Wein«, fuhr Scelba fort. »Wie Sie sich vorstellen können, gibt es hier ja genug davon...«

Petrie machte Johnson mit dem Mafioso bekannt. Der Amerikaner ließ sich am Tisch nieder und lauschte dem Gespräch der beiden Männer. Bei seinen früheren Einsätzen war er dem Mafia-Boß nie begegnet, denn Scelba vermied nach Möglichkeit jeden persönlichen Kontakt mit alliierten Agenten.

Johnson betrachtete die anderen Anwesenden. Er konnte sich kaum vorstellen, in einer gemütlichen Runde mit ihnen zu sitzen. Die fünf Sizilianer, die lässig ringsum an den Säulen des Gewölbes lehnten, waren im spärlichen Licht kaum zu erkennen. Doch gehörten sie, wie Johnson an ihren Galgenvogel-Gesichtern ablas, zum Abschaum von Palermo, waren sorgfältig ausgewählt, den Mafia-Boß in seinem Schlupfwinkel zu schützen. Sicher hatte jeder von ihnen schon einige Morde auf dem Gewissen.

Sie standen regungslos im Halbdunkel und hielten die Schrotflinten schußbereit in der Armbeuge. Nur ein Einäugiger vertrieb sich die Zeit damit, mit der Spitze eines breiten Messers in seinen Zähnen herumzustochern. Bei seinem Dienst an der mexikanischen Grenze hatte Johnson so manch gefährlichen Zeitgenossen verhaftet, doch verglichen mit diesem Mob hier waren das die reinsten Heiligen gewesen.

»Auf Ihre Gesundheit – und auf den Erfolg Ihres Unternehmens, Captain Johnson.« Scelba prostete ihm zu.

»Auf Ihre Gesundheit!«

Der Amerikaner hob das Glas und nahm einen vorsichtigen Schluck. Scelba hatte am Kopfende des Tisches Platz genommen. Zum ersten Mal konnte ihn Johnson deutlich erkennen. Der Capo von Palermo, der auf die Sechzig zuging, war auch in Hemdsärmeln und Hosenträgern eine beeindruckende Gestalt mit willensstarkem Kinn und hinter getönten Brillengläsern kaum erkennbaren Augen. Er besaß einen untersetzten, breitschultrigen Körper, war aber einen halben Kopf kleiner als Petrie. Seine ruhige Selbstbeherrschung in einer für ihn so gefährlichen Nacht wie dieser weckte Johnsons Bewunderung. Der Capo hatte die Hände auf die Tischplatte gelegt und zog genüßlich an der dicken Zigarre zwischen seinen wulstigen Lippen. Die Augen hinter den dunklen Gläsern schienen Johnson zu durchleuchten, schienen nach Schwachstellen des Amerikaners zu suchen. Petrie setzte sein Glas ab und sagte mit einem bezeichnenden Blick auf die Mafiosi an den Kellerwänden: »Wir dürfen keine Zeit verlieren, kommen wir zur Sache.«

Scelba sagte ein paar rasche Worte, und die Mafiosi verschwanden über die Teppe, die hinter dem Platz des Capo nach oben führte. Er wartete, bis oben die Tür geschlossen wurde, und schaute dann zu Petrie hinüber.

»Ist es eine wichtige Sache, die Sie so schnell wieder nach Sizilien geführt hat?«

Seine Stimme klang sanft.

»Wie kommen Sie darauf?«

»Die Bitte um ein Fahrzeug...«
»Steht der Wagen bereit?«

Petrie ging ganz bewußt nicht auf die Frage des Sizilianers ein. Er wollte möglichst viele Informationen aus dem Mafioso herausholen, ehe dieser mit seiner umständlichen Feilscherei begann.

»Nein, es hat eine Panne gegeben.«

»Großer Gott! Die Vereinbarung besagte doch, daß ein vollgetanktes Fahrzeug bereitstehen soll.«

»Die Vereinbarung?« Scelba lehnte sich zurück und sprach mit der Zigarre im Mund weiter: »Bis jetzt gibt es noch keine Vereinbarung. Der Funkspruch enthielt die Bitte um ein Fahrzeug. Ich aber habe nur den Erhalt der Nachricht bestätigt. Einen Wagen wollen Sie also – und auch noch mit vollem Tank!«

Die spürbare Ironie in seinen Worten irritierte Johnson, doch Petrie schien davon unbeeindruckt. Ihr Gastgeber fuhr fort: »Wissen eure Kommandeure denn nicht, daß Benzin auf Sizilien streng rationiert ist?«

»Dann besorgen Sie es auf dem Schwarzmarkt!« sagte Petrie brüsk. »Zufällig wissen wir ja genau, wer ihn in Palermo kontrolliert.«

Johnson, der befürchtete, daß Petrie zu weit ging, unterbrach ihn rasch. »Wir müssen Palermo sofort auf dem schnellsten Weg verlassen.«

Der Sizilianer schien erst jetzt wieder seine Anwesenheit zu bemerken. Seine Stimme klang aufgebracht, als er antwortete.

»Captain Johnson, vor knapp fünf Stunden stand ein Fahrzeug für Sie bereit. Doch die Carabinieri stürmten die Garage und konfiszierten den Wagen für ihre Zwecke.«

»Sicher haben Sie einen anderen für uns aufgetrieben«, sagte Petrie bewußt zuversichtlich.

»Sie haben ja sehr großes Vertrauen zu mir – unter den gegebenen Umständen hier. Ich hoffe, das Alliierte Hauptquartier ist sich darüber im klaren, daß wir jede Minute, die wir mit ihm zusammenarbeiten, unser Leben riskieren, daß die Behörden ihre Bemühungen verstärken, uns zur Strecke zu bringen, daß unsere Familien in ständiger Bedrohung leben...«

Etwas im Tonfall des Sizilianers ließ Petrie aufhorchen.

»Wie geht es eigentlich Signora Scelba?« fragte er.

»Sie hat Palermo verlassen. Ich habe sie mit meinem Sohn nach Catania geschickt.«

Mit einem bedeutungsschweren Schweigen versuchte Scelba, die Schwierigkeit der Lage auf Sizilien noch zu unterstreichen. Doch Petrie ließ nicht locker. Ihn beschäftigte die Frage, ob und wieviel der Sizilianer von ihrem Plan wußte oder ahnte. Hatte er seine Familie weggeschickt, um sie während seiner Abwesenheit in Sicherheit zu wissen?

Die nächsten Worte des Capo machten ihm wieder Mut.

»Mein eigener Wagen steht zu Ihrer Verfügung...«

»Sofort?«

»Sobald er repariert ist. Meine Leute arbeiten schon die ganze Nacht daran...«

»Die ganze Nacht? Wann, zum Teufel, werden sie damit fertig? Wir wollen Palermo innerhalb der nächsten Stunde verlassen.« Petries Stimme klang ungehalten.

»Unmöglich, bis zur Dämmerung ist da nichts zu machen. Der Wagen wird an einer Kreuzung vor der Stadt auf uns warten. Durch die Stadt zu fahren ist zu gefährlich.«

»Das ist zu spät, viel zu spät...«

»Ich fürchte, Sie werden sich damit abfinden müssen, Major Petrie, denn der Wagen wird nicht früher fertig. Haben Sie damit eine längere Fahrt vor?«

»Wie kommen Sie darauf?«

»Weil der Tank voll sein soll.«

Scelba hob entschuldigend die Hände.

»Bedauerlicherweise habe ich noch eine schlimme Nachricht für Sie. Der Funker, Sergeant Fielding, wurde heute morgen auf seinem Weg zum Geheimsender von den Carabinieri erschossen.«

Scelba bemerkte, wie sich Johnsons Augen vor Schreck weiteten.

»Keine Sorge, Captain, er trug Bauernkleidung wie Sie und hatte nichts bei sich, das ihn verraten konnte.«

Das war eine böse Überraschung. Petrie zündete sich eine Zigarette an und dachte nach. Er würde also selbst die Bomben im Innern der Fähre anbringen müssen. Und die Verzögerung ihrer Abfahrt aus Palermo kam fast einer Katastrophe gleich. Die Zeit bis zur vorgegebenen Stunde Null wurde dadurch verdammt knapp. Ihnen blieben insgesamt gerade noch neunzehn Stunden, um von Palermo nach Messina zu fahren, in die streng bewachte Sperrzone einzudringen und an Bord der Fähre zu gelangen. Das bedeutete wiederum, daß Scelba sie begleiten mußte, um sie in Rekordzeit über die Insel zu schaffen.

Petrie beendete mit einer Handbewegung ihr verbales Versteckspiel und kam zur Sache.

»Signor Scelba, wir sind auf ein wichtiges Zielobjekt in Messina angesetzt. Ich möchte, daß Sie uns selbst hinüberfahren – oder uns zumindest als Führer begleiten. Wir fahren über die Inlandroute – über Scopana.«

»Unmöglich!« Scelba tat erstaunt. »Messina liegt am anderen Ende der Insel. Die Inlandstrecke ist schwierig zu fahren. Ich könnte Ihnen höchstens einen meiner Männer als Führer mitgeben...«

»Nein!«

Mit einer heftigen Bewegung stellte Petrie sein leeres Glas auf der Tischplatte ab.

»Nicht einer Ihrer Leute – Sie! Sie sind meiner Meinung nach der einzige Mann auf Sizilien, der uns heil hinüberbringen kann.«

»Das ist völlig unmöglich!« wiederholte Scelba. »Ich muß hier alles für die alliierte Invasion vorbereiten.«

»Das haben Sie schon getan.«

Petries Stimme klang hart.

»Der größte Dienst, den Sie uns jetzt erweisen können, ist

der, uns sicher nach Messina zu bringen. Die gleiche Meinung vertritt auch das Alliierte Oberkommando. Wir müssen morgen vor Mitternacht in den Docks sein.«

Mit unverhohlenem Sarkasmus brummte Scelba: »Das ist ja auch nur die am schärfsten gesicherte Zone auf der Insel.«

Er deutete mit dem Zigarrenstummel auf Petrie.

»Dort liegen nur deutsche Streitkräfte – und die lassen sich nicht so einfach überlisten. Euch dort hindurchzuschleusen, ist schlichtweg unmöglich.«

»Auch für jemanden, der die Hafenmafia kontrolliert?« fragte Petrie ruhig.

»Sie verlangen von mir, mein Leben aufs Spiel zu setzen...«

»Das tun Sie schon, seitdem Sie uns Informationen über feindliche Truppenbewegungen zuspielen.«

»Aber nicht für einen solchen Wahnwitz! Über die Inlandroute sind es mehrere hundert Kilometer nach Messina. Jeder Kilometer kann unser Ende, jede Kreuzung eine tödliche Falle sein.«

»Sie werden uns trotzdem begleiten?«

»Nein!«

Scelba schwieg einen Moment und fixierte Petrie über das Ende seiner Zigarre hinweg.

»Selbst dann nicht, wenn Sie mich nach der alliierten Landung zum Präfekten der Provinz Palermo machen würden.«

Da war es! Das Tauschobjekt lag auf dem Tisch. Aus Vorsicht schwieg Petrie, während der Sizilianer ihre Gläser neu füllte. Der Capo hatte ein wenig seine Trumpfkarte gelüftet: Als Gegenleistung für die Präfektur würde er sie – wenn auch nur zögernd – nach Messina bringen. Aber erst nach einem höllischen Tauziehen. Da das Hauptquartier niemals für dieses Versprechen einstehen würde – was auch Scelba wußte –, war es jetzt Petries Aufgabe, ihm den niedrigeren Bürgermeisterposten in Palermo schmackhaft zu machen. Trotz seiner diesbezüglichen Behauptung bei der letzten Einsatzbesprechung in Tunis war sich der Major keineswegs sicher, ob der Capo sich damit zufrieden geben würde.

»Daß meine Leute Ihnen jemals die Präfektur anbieten würden, ist völlig unmöglich«, sagte er brutal. »Wenn es das ist, was Sie haben wollen, vergessen Sie es.«

»Dann können Sie Ihren Auftrag vergessen.«

»Bei Gott, ich werde auch ohne Sie dorthin kommen«, rief Petrie in gespieltem Zorn. »Geben Sie uns das Auto und das Benzin, dann werden wir es schon schaffen.«

»Jedenfalls nicht vor Mitternacht. Sie kennen den Weg nicht...«

»Ich habe eine Karte«, erwiderte Petrie grob. »Schließlich haben wir mit der Möglichkeit gerechnet, daß Sie nicht mitspielen.«

»Er hat eine Karte!«

Scelba schüttelte sich vor Vergnügen. Mit der Hand hieb er mehrmals auf den Tisch.

»Man sollte Sie tatsächlich versuchen lassen, die Feldwege zu finden, die man im Landesinnern als Straßen bezeichnet. Es würde keine zwei Stunden dauern, dann hätten Sie sich hilflos verirrt...«

Er unterbrach seine Worte und beobachtete mit der Zigarre im Mund Petrie, der jetzt seinen Stuhl zurückstieß und aufsprang. Grimmig schaute er auf den Capo hinab.

»Soll ich, sobald ich zurück bin, dem Alliierten Oberkommando melden, daß Sie nicht mit uns kooperiert haben?«

»Vielleicht sollten Sie besser ›wenn‹ anstatt ›sobald‹ sagen«, erwiderte Scelba dunkel.

»Soll ich melden, daß Sie uns jegliche Hilfe verweigert haben?« wiederholte Petrie unbeirrt.

»Das könnten Sie wohl kaum, wenn ich Ihnen den Wagen und das Benzin beschaffe.«

»Wir brauchen auch Sie selbst – das haben Sie eben zugegeben.«

Petrie schwieg einen Moment.

»Soweit ich das beurteilen kann, haben Sie gerade Ihre Hoffnungen auf einen Posten in einer alliierten Administration auf Sizilien begraben, nicht wahr?«

Johnson wand sich innerlich bei dieser Bemerkung. Von seinen Erfahrungen mit der Mafia an der mexikanischen Grenze wußte er, daß die Organisation bei Verhandlungen großen Wert auf etwas legte, das sie mit dem Wort ›Höflichkeit‹ umschrieb. Petrie hatte bis jetzt diesem Begriff in keiner Weise Rechnung getragen, und Johnson fragte sich langsam, wie groß ihre Chancen waren, den Weinkeller lebend zu verlassen. Scelba beobachtete sie nachdenklich über seine Zigarre hinweg, zeigte sich aber durch Petries Drohung nicht im mindesten beleidigt.

»Es ist immerhin möglich, daß die Deutschen euch ins Meer zurückwerfen«, sagte er mit dem Anflug eines Lächelns. »Und wo bleibe ich dann?«

»Nirgendwo!«

Petrie war in der Wahl seiner Worte nicht gerade zimperlich. »Die Carabinieri suchen Sie fieberhaft. Wenn wir verlieren, Scelba, sind Sie ein toter Mann. Siegen wir, bleiben Sie unserer schönen Welt erhalten. Aus meiner Sicht der Dinge haben Sie keine Wahl – doch das ist Ihre Entscheidung.«

»Das hört sich alles recht gut an, doch Sie haben mir nichts anzubieten.«

»Das habe ich nicht gesagt.«

»Wirklich nicht?«

Scelba stemmte seinen Ellbogen auf die Tischplatte, die dunklen Brillengläser gaben ihm ein drohendes Aussehen. Sie kamen jetzt zum Kern der Sache, doch Petrie wußte, daß er genau den richtigen Zeitpunkt für sein Angebot abwarten mußte, um den Sizilianer tatsächlich davon zu überzeugen, daß er seinen Preis nicht höher treiben konnte.

Das schwach erhellte Gewölbe besaß seitliche Alkoven, in die der Schein der Öllaternen nicht hineinreichte. Dort konnten durchaus einige Mafiosi verborgen sein für den Fall, daß der Capo das gesamte Geschäft mit einer Salve aus den Schrotflinten zu beenden wünschte. Es war zwar unwahrscheinlich, doch eine Organisation wie diese war absolut unberechenbar. Petrie glaubte auf einem Pulverfaß zu sitzen, dessen Lunte schon brannte.

»Sie wollen mir ein endgültiges Angebot machen?« fragte der Capo nach langem Schweigen.

»Ja.«

»Und wenn ich Ihnen jemanden mitgebe, auf den Sie sich völlig verlassen können?«

»Nein, dann können wir die ganze Sache vergessen. Wir würden es dann auf eigene Faust versuchen.«

»Sie erpressen mich«, sagte der Sizilianer betrübt. »Ich habe euch wichtige Informationen beschafft, auf denen eure Invasionspläne basieren...«

»Andere Agenten haben aus den übrigen Teilen der Insel ebenfalls wichtige Informationen geliefert.«

»Ich hatte bisher stets den Eindruck, ich sei mehr als nur ein Agent...«

»Ob dies so bleibt, hängt jetzt nur von Ihrem Verhalten ab.«

»Sie sind ein harter Mann, Major Petrie. Ich verstehe nun, warum man Sie nach Sizilien geschickt hat...«

»Man wußte, daß ich mit Ihnen zu tun haben würde.«

Petrie lächelte zum ersten Mal, seit sie das Gewölbe betreten hatten. Auch über das Gesicht des Capo huschte der Schatten eines Lächelns.

»Bis jetzt habe ich noch kein Angebot gehört.«

»Sie werden Bürgermeister von Palermo, sobald die Alliierten Westsizilien kontrollieren.«

»Das ist gar nichts.«

Petrie explodierte.

»Sie wissen verdammt genau, Scelba, daß das ein Top-Angebot ist. Es gibt Ihnen die Macht in Ihrer Heimatstadt. Es gibt Ihnen die Kontrolle über Palermo...«

»Die habe ich schon. Mir gehört Palermo.«

»Dann fahren Sie uns gefälligst auch mit dem Auto aus Palermo hinaus, anstatt es zu irgendwelchen obskuren Kreuzungen zu beordern.«

Scelba beobachtete Petrie unablässig, der wieder eine freundliche Miene zeigte. Jetzt war der Zeitpunkt, die Atmosphäre ein wenig zu entspannen, die Diskussion wieder freundlicher zu gestalten, denn Stolz war in der Organisation ein heiliges Wort. Petrie spürte, daß er sein Spiel mit dem Gangsterboß nicht zu weit treiben durfte.

Er änderte seine Taktik.

»Sie haben doch jetzt bekommen, was Sie schon haben wollten, als wir das erste Mal nach Sizilien kamen«, fuhr er fort. »Sie haben mit hohem Einsatz gespielt – und gewonnen. Ich persönlich würde mich eher zerreißen lassen, als Ihnen dieses Amt zu geben, Vito, egal wie dringend wir Ihre Hilfe brauchen.«

»Sieh da, ein Geheimagent mit einem Gewissen!«

Der Capo ließ seinen rauhen Humor aufblitzen.

»Ihr Angebot ist wirklich kaum der Rede wert, aber um meine Verbundenheit mit den Alliierten zu unterstreichen, nehme ich es an...«

»Bedingung ist, daß Sie uns persönlich nach Messina bringen.«

»Ich werde mein Bestes tun.«

Scelbas Ton wurde wieder hart und geschäftsmäßig.

»Zwei Stunden vor Sonnenaufgang müssen wir aufbrechen, um rechtzeitig zur Kreuzung zu kommen. Doch jetzt sollten Sie zuerst etwas essen. Es gibt zwar nur Pasta und Wein, doch das füllt den Magen.«

Aus einem anliegenden Gewölbe brachte eine Bäuerin das Essen, und Petrie, schon daran gewöhnt, während seiner Einsätze häufiger bei den Mahlzeiten gestört zu werden, aß rasch. Johnson ließ sich Zeit, zumal die Rückkehr von Scelbas Mafiosi seinen Appetit nicht gerade steigerte. In dem Amerikaner verstärkte sich immer mehr das Gefühl des Gefangenseins in diesen Katakomben tief unter Palermo, der Verdacht, in der Falle zu sitzen, und die dunklen Mördervisagen um sich herum waren nicht gerade dazu angetan, seine Laune zu bessern, während er in der schlecht angerichteten Pasta herumstocherte.

Er hatte seinen Teller erst halb leergegessen, als Carlo, Scelbas Neffe, auftauchte, um sie zu warnen.

Carlo, ein großer Mann in Bauernkleidern, eilte auf seinen Onkel zu. Seine Augen besaßen einen hungrigen, tückischen Glanz, und Petrie mißtraute ihm vom ersten Moment an. Ohne lange Vorrede sprudelte Carlo seine Botschaft hervor. Scelba runzelte die Stirn.

»Signore, die Carabinieri sind im Anmarsch – ganze Hundertschaften. Sie gehen mit Panzern und bewaffneten Fahrzeugen vor. Die Albergheria ist umstellt, sie durchsuchen jedes Haus.«

»Wann hat der Einsatz begonnen?« fragte der Capo ruhig.

»Vor über einer Stunde.«

»Und so lange hast du gebraucht, um herzukommen?«

Der Mafia-Boß nahm einen Schluck aus seinem Glas. Etwas in seinem Verhalten machte Petrie klar, daß er eine starke Abneigung gegen seinen Neffen hegte. Es war nichts Greifbares, denn Scelba hatte sich eisern in der Gewalt. Die gefährliche Nachricht von Carlo schien ihn nicht im mindesten zu beunruhigen. Doch während seines letzten achtwöchigen Aufenthaltes auf der Insel hatte Petrie den Capo sehr gut kennengelernt. Jetzt fragte er sich, ob Scelba seinem Neffen überhaupt glaubte.

»Es war sehr schwierig, Don Scelba«, stieß Carlo hervor. »Beinahe hätte man mich geschnappt. Sie sind sehr zahlreich. Noch nie habe ich so viele Truppen in der Stadt gesehen. Sie haben einen engen Ring um die Albergheria gezogen, durch den niemand entkommen kann.«

»Dann sollten wir es auch nicht versuchen. Wir warten hier, bis sie oben vorbei sind.«

Petrie hatte den Eindruck, daß Carlo mit dieser Entwicklung ganz und gar nicht einverstanden war. Er zerknüllte die Mütze in seinen Händen und warf einen zögernden Blick auf die beiden Fremden, die bei Scelba am Tisch saßen. Petrie, der Carlo scharf beobachtete, wunderte sich über dessen Nervosität, die sich auch auf die anderen Mafiosi zu übertragen schien. Sie schauten Scelba an, als erwarteten sie seine Anweisung zur Räumung des Gewölbes. Wenn wir nicht acht geben, dachte Petrie grimmig, gibt es hier noch eine Panik.

Carlos Körper straffte sich.

»Sie durchsuchen jeden Winkel. In einer halben Stunde sind sie hier, wahrscheinlich sogar früher. Conte Lucillos Palazzo wird schon durchsucht. Also werden sie auch hierher kommen.«

»Beruhige dich, mein Sohn. Ich wundere mich, dich in einer solchen Verfassung zu sehen.«

Scelba schwieg einen Moment. Nachdenklich betrachtete er durch die dunkle Brille seinen Neffen, der unbehaglich von einem Bein auf das andere trat.

»Wirklich, so aufgeregt habe ich dich noch nie gesehen. Bedrückt dich sonst noch etwas, Carlo?« fragte er sanft.

»Was sollte sonst sein, Signore?«

»Das frage ich dich.«

»Ich bin nur um Ihre Sicherheit besorgt, Don Scelba. Wenn Sie hier bleiben, wird man Sie finden.«

»Also hast du deine Freunde mitgebracht, um mich zu beschützen?«

Im Gang hinter Scelba rührte sich etwas. Petrie setzte sich unwillkürlich, als er zwei Dinge gleichzeitig bemerkte. Scelbas rechte Hand tauchte über dem Tischrand auf. Sie hielt einen schweren Revolver. Im gleichen Moment erschienen hinter ihm im Gang einige Sizilianer. Sie hielten Gewehre in ihren Händen. Die Situation wurde brenzlig. Petrie verdeckte mit einer Hand den Mund und flüsterte Johnson zu:

»Wenn's hier losgeht, Ed, sofort unter den Tisch...«

Der Neffe packte seine Mütze fester.

»Sie haben mich begleitet, damit ich Sie auch tatsächlich erreiche, um Sie zu warnen...«

»Ich finde deine Sorge um mein Wohlergehen wirklich rührend. Du bleibst doch ein wenig, Carlo, oder?« fragte Scelba freundlich.

»Ich muß nach Hause. Meine Frau... verstehen Sie?«

»Natürlich, Carlo. Nett von dir, mich zu warnen.«

Scelba war die Liebenswürdigkeit in Person, als er sich jetzt erhob, um seinem Neffen die Hand zu schütteln. Den Revolver hatte er auf den Stuhl gelegt und wiederholte nochmals, daß er im Gewölbe bleiben würde, bis der Alarm vorüber sei. Carlo warf noch einen Blick auf die Fremden, lehnte dankend ein Glas Wein ab und verschwand mit seinen Leuten in dem dunklen Gang. Die Mafiosi im Keller entspannten sich, ließen die Waffen, deren Läufe sie wie zufällig auf den Gang gerichtet hatten, sinken und warteten auf Scelbas Befehle.

»Gehört Ihr Neffe auch zur Organisation?« fragte Petrie schnell.

»Natürlich.«

Scelba war die Ruhe selbst. Genüßlich leerte er sein Glas.

»Also, wir brechen sofort auf zur Kreuzung. Wir müssen sehr vorsichtig sein, daß wir nicht den Suchkommandos in die Arme laufen. Sind Sie fertig?«

Er schaute auf Johnsons halbvollen Teller.

»Irgendwie habe ich heute keinen Hunger«, sagte der Amerikaner leichthin. »Ich bin soweit.«

»Gehen wir durch die Katakomben?« fragte Petrie und erhob sich, während Scelba seinen Revolver einsteckte.

»Nein, die Carabinieri werden sie durchkämmen. Aber keine Sorge. Wir steigen über die Dächer. Dann sind wir rechtzeitig bei Sonnenaufgang an der Kreuzung.«

5.

Freitag, 5.00 Uhr bis 9.30 Uhr

Die Kreuzung war der Knotenpunkt mehrerer Straßen, kaum mehr als Maultierpfade, die zwischen niedrigen Mauern aus unbehauenen Felsen sanft zu dem Knoten abfielen und sich auf der anderen Seite wieder die Hänge emporwanden. Petrie beleuchtete mit seiner Taschenlampe den altersschwachen Wegweiser, der schief an seinem Sockel hing. Südöstlich wies er nach Petralia und Scopana, die Richtung, in die sie fahren mußten, nordwestlich ging es nach Palermo, von wo sie kamen, nordöstlich nach Cefalù, das westlich von der Bucht lag, in der Lawson bei seinem Landungsversuch mit seinen Männern den Tod gefunden hatte. Im Südwesten lag Sciacca an der Südküste Siziliens.

Wo zum Teufel blieb Scelbas Wagen? Petrie löschte die Lampe und lauschte mit schräg gelegtem Kopf. Hinter ihm kam Scelba die Straße herab. Kein Geräusch störte die morgendliche Stille, nicht einmal das Zwitschern eines Vogels war zu hören. Die Wildnis im Innern der Insel bot den gefiederten Sängern kaum genügend Nahrung. Petrie war es fast zu still.

»Das hiesige Taxi-Unternehmen ist wohl in den Streik getreten«, witzelte Johnson leise.

»Der Wagen muß hier irgendwo sein«, knurrte Scelba und schaute sich um. Seinen Revolver hielt er schußbereit in der Hand.

Er zeigt es zwar nicht, doch er ist nervös, dachte Petrie. Der Wagen sollte von der Kreuzung aus zu sehen sein. Ein paar Meter oberhalb der Kreuzung wies die Steinmauer ein breites Loch auf. Dort war die einzige Möglichkeit, ein Fahrzeug zu verstecken. Petrie raunte den anderen zu, er wolle sich etwas umschauen. Scelba folgte ihm auf den Fersen. Ihre schweren Stiefel wirbelten Staub auf der sandigen Straße auf. Petrie näherte sich vorsichtig der Mauerlücke und spähte um die Ecke. Etwas weiter weg, dicht an der Innenseite der Mauer, bemerkte er die dunkle Silhouette eines kleinen Wagens, eines Fiats. Soviel Petrie erkennen konnte, war er leer.

»Vorsicht!« flüsterte Scelba ihm ins Ohr. »Einer meiner Leute sollte beim Wagen auf uns warten.«

»Da ist niemand.«

»Dann äußerste Vorsicht!«

Etwa zwanzig Meter hinter der Mauerlücke stieg der Hang hinter einem Geländeeinschnitt, einer kleinen Schlucht, steil an. Nirgends bemerkte Petrie ein Lebenszeichen, doch im trügerischen Zwielicht der Dämmerung konnte man sich auf seine Augen kaum verlassen. Er bedeutete dem Sizilianer durch eine Handbewegung, sich absolut ruhig zu verhalten, und lauschte wieder. Hier stimmte etwas nicht, das fühlte er ganz deutlich. Der geparkte Wagen diente anscheinend als Köder.

»Warten Sie hier«, flüsterte er dem Capo zu, schob sich durch die Lücke und kroch geduckt an der Mauer entlang. Verkrüppelte Sträucher behinderten sein Vorwärtskommen, verzweifelt bemühte er sich, kein Geräusch zu machen, während er sich dem scheinbar verlassenen Wagen näherte.

Er erreichte den Fiat und zwängte sich in den Spalt zwischen Wagen und Mauer. Langsam richtete er sich auf und schaute durch die Scheiben ins Wageninnere. Der Wagen war leer. Oberflächlich betrachtet war alles in Ordnung. Sie hatten ein Auto, brauchten bloß einzusteigen, den Motor zu starten und die Straße nach Scopana zu nehmen.

Das Ganze war einfach. Eine Spur zu einfach.

Petrie kroch zu Scelba zurück, der sich auf der Straße hinter die Mauer geduckt hatte.

»Haben Sie einen grauen Fiat? Okay, dann ist es der Wagen. Doch der Bursche, der auf uns warten sollte, ist verschwunden. Könnte er sich vielleicht aus Furcht davongemacht haben? Ist ja schließlich nicht gerade gemütlich hier.«

»Pietro hätte auf uns gewartet. Hier ist etwas faul.«

»Sie könnten recht haben. Also stellen wir fest, was los ist.«

Zusammen mit Scelba untersuchte er die Umgebung des Wagens, doch sie fanden nichts. Sogar in Sizilien war es zu dieser Morgenstunde bitter kalt. Petrie fühlte, wie die Kälte in die Kleider kroch. Sie näherten sich jetzt der dunklen Schlucht. Sie war etwa zehn Meter breit und tiefer als erwartet. An einer Stelle stürzte sie etwa neunzig Meter tief fast senkrecht zu einem ausgetrockneten Flußbett ab. Petrie kroch an dem Absturz entlang und spähte immer wieder in die Tiefe hinab.

Langsam schälten sich die entfernten Berggipfel aus der Dunkelheit, ihre scharf gezackten Grate nahmen Konturen an. Die einsetzende Dämmerung erhellte auch die Schlucht.

Petrie war zu dem Felsabsturz zurückgekehrt. Jetzt winkte er Scelba heran.

»Sehen Sie da unten diese dunkle Erhebung? Es könnte der Körper eines Mannes sein.«

»Wir sollten verschwinden«, mahnte Scelba. »Erst kürzlich sind auf dieser Straße eine Menge Militärfahrzeuge von Palermo nach Cefalù gerollt.«

»Das weiß ich aus Ihren letzten Meldungen. Doch ich mag keine Geheimnisse. Etwas weiter unterhalb können wir einigermaßen leicht hinuntersteigen.«

Schon kletterten sie einen steilen, gewundenen Pfad hinab, der selbst eine Bergziege hätte abschrecken können. Doch der schwergewichtige Mafia-Boß sprang mit einer Behendigkeit von einem Felsvorsprung zum anderen, die einem wesentlich jüngeren Mann alle Ehre gemacht hätte. Schon bei ihrem waghalsigen Spaziergang über die Dächer von Palermo, einem Ausflug, den nur ein Mann mit überdurchschnittlichen Reflexen bewältigen konnte, hatte Petrie über die Wendigkeit des Sizilianers gestaunt.

Gemeinsam erreichten sie den Grund der Schlucht. Petrie fürchtete noch immer einen Hinterhalt und zog die Mauser. Langsam ging er vor. An einer Felsnase blieb er stehen und lauschte, dann spähte er um die Ecke. Wenige Schritte vor ihm lag der Körper eines Mannes in Bauernkleidern. Blicklos starrten die gebrochenen Augen in den Himmel. Der Mann war tot, kein Wunder beim Aufprall auf nackten Fels aus solcher Höhe. Petrie trat beiseite. Scelba beugte sich mit verkniffenen Lippen zu dem Leichnam hinab.

»Ja, es ist Pietro. Er hat den Wagen gebracht. Er kannte diese Gegend hier wie seine Westentasche, kann also unmöglich aus Versehen abgestürzt sein.«

Petrie bückte sich und drehte die Leiche auf den Bauch. Dicht unterhalb des Schulterblattes ragte der Griff eines breiten Messers aus dem Rücken.

»Deshalb ist er abgestürzt«, sagte Petrie leise. »Oder man hat ihn nachher über die Klippe geworfen. Kann Ihr Neffe Carlo gut mit Messern umgehen?«

»Carlo?«

Scelba schaute Petrie scharf an. »Wie kommen Sie auf Carlo?«

»Weil ich immerhin schon mal acht Wochen hier verbracht habe und dabei ein wenig die Mentalität Ihrer Landsleute studieren konnte. Wie alt ist Ihr Sohn, den Sie mit der Mutter nach Catania geschickt haben?«

»Siebzehn. Aber ich verstehe nicht...«

»Ich dafür um so besser. Und Sie auch! Carlo ist jetzt schätzungsweise vierundzwanzig Jahre alt, nicht wahr? Und er tauchte im Keller mit seiner eigenen Bande auf. Er rechnete damit, Sie allein vorzufinden. Es hätte einen kleinen Unfall gegeben, dessen Opfer Sie sein sollten. Doch Sie waren nicht allein. Also versuchte er, Sie zur Flucht vor den Carabinieri zu bewegen. Auf der Straße wären Sie den Streifen geradewegs in die Arme gelaufen. Meiner Meinung nach ist dies eine für die Mafia typische Situation. Carlo will Ihren Platz und versucht deshalb, Sie aus dem Weg zu räumen. Da ich

Sie kenne, kann er mir nur leid tun. Worauf warten Sie eigentlich noch, Scelba? Auf eine günstige Gelegenheit, ihn zu beseitigen?«

»Vielleicht gebe ich Ihnen später einmal eine Antwort darauf.«

Der Capo erhob sich und schaute zum Himmel empor, der sich langsam grau färbte.

»Doch jetzt sollten wir schleunigst von hier verschwinden.«

Sie machten sich auf den Rückweg. Als sie aus der Schlucht herauskamen, war es hellichter Tag. Johnson richtete sich aus seiner Deckung hinter der Mauer auf, als er ihre Schritte hörte, und pfiff bei Petries Bericht lautlos durch die Zähne. Nachdenklich schulterte er den Sack mit ihrer Ausrüstung und folgte Petrie zum Wagen, während Scelba an der Mauerlücke die Straße im Auge behielt.

»Jemand bringt den Posten um die Ecke, überläßt uns aber freundlicherweise den Wagen, damit wir einsteigen und losfahren können«, überlegte der Amerikaner laut. »Macht eigentlich wenig Sinn, wenn man bedenkt, daß unser Menschenfreund ohne Mühe auch den Wagen über die Steilwand rollen lassen konnte.«

»Kluges Kerlchen«, brummte Petrie. »Du hast den gleichen Gedanken wie ich. Ich an deiner Stelle würde den Wagen nicht starten, Ed.«

Während Johnson den Sack im Fond verstaute, untersuchte Petrie die Motorhaube gründlich nach verräterischen Spuren. Als er nichts fand, kroch er unter den Wagen und leuchtete das Chassis mit seiner Taschenlampe ab. Er hatte keine Zeit für eine genauere Untersuchung, sie lagen nun schon fast vier volle Stunden hinter ihrem Zeitplan zurück. Brigadier Dawnay stände mit Sicherheit schon der Schaum vorm Mund, könnte er jetzt sehen, was sich hier abspielte. Doch genau diese umständliche Vorsicht war es, die Petrie die letzten drei Jahre am Leben erhalten hatte. Auch diesmal wich er nicht von seiner Gewohnheit ab. Als er unter dem

Wagen hervorkroch, schüttelte er auf Johnsons unausgesprochene Frage nur den Kopf, packte den Griff der Motorhaube und drehte ihn langsam. Die Suche nach Sprengkörpern war immer eine Nervenzerreißprobe. Man mußte ständig damit rechnen, daß irgendeinem Witzbold eine neue Art eingefallen war, jemanden in den Himmel zu blasen, eine Technik, die man erst begriff, wenn man schon auf dem Weg zu seinen Vätern war.

Als Petrie vorsichtig die Motorhaube hob, hätte er beinahe laut aufgelacht, doch sicher nicht aus Belustigung. Sie hatten den ältesten Trick aus dem Lehrbuch für dieses Geschäft angewendet. Die Bombe war mit dem Zündmechanismus des Wagens gekoppelt. Hätten sie den Wagen ohne vorherige Kontrolle gestartet, wären sie jetzt schon tot.

»Ed, gib mir mal eine Flachzange aus dem Werkzeugkasten unter dem Fahrersitz. Dann bring mir Scelba her. Er dürfte uns einiges zu sagen haben, ehe wir hier verschwinden.«

Johnson warf einen kurzen Blick auf den tödlichen Sprengstoffbehälter unter der Haube und machte sich dann auf die Suche nach dem Capo. »Hier leben aber freundliche Zeitgenossen«, brummte er.

Petrie kappte die Verbindungsdrähte, hob den Behälter vorsichtig heraus und deponierte ihn in einiger Entfernung vom Wagen in einem Graben. Das gelatinierte Dynamit ›schwitzte‹ schon, was auf seine beginnende Instabilität schließen ließ. Als Scelba herankam und den Sprengsatz durch seine getönte Brille betrachtete, fragte Petrie zynisch:

»Ein Geburtstagsgruß von Carlo? Oder gibt es sonst noch jemand, der Sie lieber drei Meter unter der Erde sähe? Vergessen Sie nicht, diese Aufmerksamkeit da befand sich in Ihrem Wagen und hätte beim Starten ein nettes Feuerwerk entfacht.«

»Ich fürchte, Carlo macht mit den Carabinieri gemeinsame Sache«, erklärte der Capo mit leiser Stimme. »Er weiß nicht, daß ich darüber informiert bin. Ich habe ihm bis jetzt sein Leben gelassen, weil ein enttarnter Verräter auch nützlich sein kann. Über ihn kann man dem Gegner ganz gezielte Informationen zuspielen...«

Als Petrie ihn mitten im Satz stehen ließ und zum Wagen ging, schwieg er verblüfft. Der alte Bastard lügt das blaue vom Himmel herunter, dachte der Major grimmig. Er will bloß interne Zwistigkeiten in der Organisation vor Außenstehenden kaschieren.

Es war eines der obersten Gebote im Mafia-Kodex, der omertà, daß die Ehrenwerte Gesellschaft der Außenwelt keinen Einblick in interne Vorgänge gewährte, welche ›vendetta‹ die Mitglieder auch gerade untereinander austragen mochten.

Als Petrie sich hinter das Steuer klemmte, nahm Scelba ruhig neben ihm Platz. Wenigstens ist der alte Gauner nicht feige oder furchtsam, dachte der Major, während er den Wagen startete und ihn rückwärts durch die Mauerlücke stieß. Aber er hätte gerne gewußt, wie viele Leute Carlo im Ernstfall aufbieten konnte. Aus dieser Richtung drohte momentan keine unmittelbare Gefahr. Schließlich konnten sie von der Kreuzung aus in drei verschiedene Richtungen gefahren sein.

Er hielt an, ließ Johnson hinter sich einsteigen und fuhr dann zur Kreuzung.

Der Morgennebel begann sich zu heben, als die Sonne hinter den Bergen aufging. Petrie überquerte die Kreuzung, schaltete in den niedrigeren Gang und folgte der gewundenen Straße einen steilen Hügel empor in Richtung Scopana. Auch diese Straße wurde beidseitig von hohen Steinwällen begrenzt.

Zur Hölle mit der Mafia! Die Organisation war in vielen Dingen recht altmodisch. Sogar enge Verwandte waren jederzeit bereit, sich aus purer Machtgier gegenseitig umzubringen.

Johnson saß mit der Waffe in der Hand im Fond des Wagens. Neben ihm lag der Sack mit dem Sprengstoff. Er blickte nach links zum Fenster hinaus. Sie näherten sich gerade wieder einer Lücke in der hohen Steineinfriedung. Die aufgeschichteten Felsen waren nach hinten weggerollt. Der Amerikaner schaute hinüber, um einen Blick auf die Landschaft dahinter zu erhaschen. Er erkannte weiter unten die einsame Kreuzung. Plötzlich setzte er sich auf. Hinter der Mauer an der Straße nach Cefalù entdeckte er einen Reiter auf einem Pferd, der dem Wagen nachschaute. Im nächsten Moment riß er sein Pferd herum und ritt in höchster Eile davon.

»Man hat uns beobachtet«, rief Johnson erregt. »Ein Bauer auf einem Pferd – er ist wie der Teufel in Richtung Cefalù geritten.«

»Das erklärt einiges«, sagte Petrie und warf Scelba einen scharfen Blick zu. »Sie wissen jetzt, wohin wir fahren. Also machen Sie jetzt endlich den Mund auf – wenn Sie unseren gemeinsamen Ausflug überleben wollen.«

»Wir müssen mit einigen unangenehmen Überraschungen rechnen«, murmelte der Capo. »Carlo hat Freunde. Sie könnten irgendwo auf der Strecke einen Hinterhalt legen.«

Er zog seinen Revolver aus der Manteltasche.

»Natürlich ist er nur hinter mir her, um mich zu töten, aber da ihr nun mal dabei seid, wird er auch euch umzubringen versuchen. Ich sollte mich doch wohl besser um diesen kleinen Familienstreit kümmern, bevor ich nach Palermo zurückkehre.«

»Wie viele Freunde?« fragte Petrie knapp.

»Nur eine Handvoll...«

Scelba machte mit der Zigarre, die er gerade aus der Schachtel gezogen hatte, eine unbestimmte Bewegung.

»Stört es Sie, wenn ich rauche, meine Herren?«

Petrie blieb die Antwort schuldig. Sie näherten sich der Kuppel des langgestreckten Hügels. Ihm gingen die Worte des Capo über die Fahrt quer durch Sizilien nicht aus dem Sinn:

»Jeder Kilometer kann der letzte sein, jede Kreuzung eine tödliche Falle...«

Die Sonne kletterte über den Horizont, als sie die Straßengabelung am Fuße des Hügels erreichten. Links ging es nach Scopana, rechts nach Sciacca an der Südküste. Petrie bog links ein. Einen Moment lang blendete ihn die aufgehende Sonne, sein alter Feind, den er respektierte und fürchtete. Auf Kreta, doch vor allem in der libyschen Wüste, wo er die erste Zeit bei der Infanterie diente, hatte er lernen müssen, daß die Sonne der ärgste Todfeind des Menschen sein kann. Jeden Tag aufs neue schraubte sich der Glutball am Himmel empor, verbrannte die gepeinigte Landschaft mit seinen sengenden Strahlen, zog auch noch die letzte Spur Feuchtigkeit aus dem verdorrten Boden, der aufbrach und zu Staub zerkrümelte.

»Was ist, Scelba, wenn wir von den Carabinieri angehalten werden? Wird man Sie erkennen?« fragte Petrie.

»Das glaube ich kaum. Wir sind jetzt schon eine halbe Stunde gefahren, haben die Provinz Palermo verlassen und befinden uns in einer anderen Militärzone.«

»Wenn wir angehalten werden, übernehmen Sie das Reden. Wie wollen Sie unsere Anwesenheit begründen?«

»Das ist einfach. Ich bringe euch zu meinem Vetter nach Scopana. Er hat euch als Arbeiter angeworben. Was für Papiere habt ihr?«

»Den Ausweisen nach kommen wir vom Festland – aus Taranto. Das erklärt auch, warum wir kein Sizilianisch verstehen. Die Ausweise wurden von einem Experten gefälscht und dürften jede Kontrolle anstandslos passieren. Also machen Sie sich deswegen keine Gedanken. Wir sind Maurer von Beruf, und der Sack enthält unser Werkzeug.«

»Hoffen wir, daß sie keinen Blick hineinwerfen wollen. Der Beruf paßt ausgezeichnet. Seit der Bombardierung gibt es hier für Maurer viel Arbeit.«

»Deshalb haben wir ihn auch gewählt. Die verdammte Straße wird immer schlechter.«

»Das ist noch gar nichts«, sagte Scelba tröstend. »Sie werden sich noch wundern. Sie sollten sich langsam mit dem Gedanken vertraut machen, daß wir eine sehr lange Fahrt vor uns haben...«

Sie fuhren jetzt durch eine weite Ebene, die in der Ferne von verschwommenen Hügeln gesäumt wurde. Es wurde spürbar warm im Wagen. Scelba hatte als einziger schon beim Einsteigen den Mantel ausgezogen. Auch die beiden anderen Männer entledigten sich jetzt ihrer Jacken. Es war zwar noch nicht sehr heiß, aber im Gegensatz zu Nordafrika besaß die Luft hier einen hohen Feuchtigkeitsgehalt. Petrie ertappte sich dabei, wie er sich mit der Zunge fortwährend die Lippen leckte. An der Kopfbewegung des Sizilianers erkannte er, daß der Capo ihn beobachtete.

Schon so bald zeigten sich also die ersten Beschwernisse ihrer Fahrt. Sie befanden sich nun auf der Hochebene. Das Land vor ihnen war karg und felsig, nur vereinzelt von verkrüppelten Büschen bewachsen. Eine öde Landschaft ohne Wasservorkommen. Die Straße, fast nur noch ein Pfad, wand sich zwischen riesigen Felsbuckeln hindurch, so daß Petrie alle seine Fahrkünste aufbieten mußte, um den Wagen vorm Absturz über einen Steilhang zu bewahren.

Noch schlimmer war der Staub. Er erwies sich als unlösbares Problem, machte die Fahrt zur Tortur. Er bedeckte die verdammte Straße in solch dicken Schichten, daß die Vorderräder – bei ihrer niedrigen Umdrehung – Wolken des gräulichen Puders aufwirbelten, der sich schließlich auf der Windschutzscheibe ablagerte und dem Fahrer die Sicht nahm. Einmal konnte Petrie den Wagen gerade noch im letzten Moment vor einem fast senkrechten Felsabsturz zum Stehen bringen.

Keinen Kilometer vor ihnen wirbelte eine Horde Reiter eine neue Staubwolke auf. Sie ritten nach Osten, in die Richtung, in die Petrie fuhr.

Der Capo legte seine Hand auf den Griff des Revolvers.
»Hast du sie gesehen, Ed?«
»Rechts reiten auch welche«, antwortete Johnson.
Südlich vor sich, ebenfalls etwa einen knappen Kilometer

entfernt, entdeckte Petrie noch mehr Reiter, die einen Parallelkurs zur anderen Gruppe einhielten. Sie kamen viel schneller voran als die drei Männer mit ihrem Wagen, der nur im Schrittempo die scharfen Kurven der Straße nehmen konnte. Die Gefahr war offensichtlich und entnervend.

Petrie zweifelte nicht daran, daß die Reiter zu Carlos Freunden zählten und jetzt vorausritten, um sich irgendwo zum Angriff auf den Fiat zu vereinigen. Der Überfall war nur noch eine Frage der Zeit, und man konnte sich ausrechnen, daß er am Ende der Hochebene stattfinden würde.

Weniger als eine halbe Meile voraus stieg die Straße an, wand sich unter einer Reihe seltsam gezackter Felsen, deren Spitzen hoch in die vor Hitze flimmernde Luft ragten, und an riesigen, gelbbraunen Klippen vorbei. Irgendwo in dieser Wildnis würde die Falle zuschnappen.

»Ed, hol die Feldflasche aus dem Sack heraus. Wir rationieren unseren Wasservorrat. Jeder darf nur einen Schluck trinken. Diese Reiter sind Carlos Leute, nicht wahr, Scelba?«

»Sieht ganz so aus.«

Der Capo hatte die Brille abgenommen und putzte sie mit einem schmutzigen Taschentuch.

»Doch ich bin sicher, Sie finden einen Weg, um mit dem Problem fertig zu werden.«

»Sie haben nur von einigen wenigen Freunden gesprochen«, fauchte Johnson auf dem Rücksitz. »Bei zwanzig habe ich aufgehört zu zählen.«

»Sie haben doch das deutsche Automatik-Gewehr, Major Petrie«, sagte Scelba unbekümmert. »Die Männer da sind nur mit Schrotflinten, Revolvern und Messern bewaffnet.«

Petrie warf ihm einen schrägen Blick zu.

»Und deshalb sollte uns die Tatsache, daß gegen einen von uns sieben Angreifer stehen, nicht stören? Gibt es da vorne einen günstigen Ort für den Angriff?«

»Ja. Dicht bei den Klippen steigt die Straße steil an und mündet dann in eine Schlucht. Ich an Carlos Stelle würde den Hinterhalt an das Ende der Schlucht legen.«

»Wie lang ist die Schlucht?«
»Etwa knapp zwei Kilometer.«
»Umgehungsmöglichkeiten?«
»Keine.«

Sehr schön, dachte Petrie wütend. Er war darauf vorbereitet gewesen, den Deutschen und Italienern ein Schnippchen zu schlagen, doch hier hatten sie es zuerst einmal mit einer Bande Mafiosi zu tun. Eine verdrehte Welt war das. Scelba hatte ihnen helfen sollen. Jetzt mußten sie zuerst Scelba helfen, wollten sie mit dem Leben davonkommen und ihren Auftrag durchführen. Er nahm die Flasche, die Johnson ihm reichte, trank einen Schluck und gab sie an Scelba weiter. Das Wasser schmeckte abgestanden.

Nach einer knappen Viertelstunde stieg die Straße merklich an. Vor ihnen ragten sandfarbene Klippen empor. Durch die offenen Fenster drangen dichte Staubwolken ins Wageninnere, bedeckten die Sitze und vermengten sich mit dem Schweiß auf Händen und Gesichtern. Johnson schmeckte den Staub schon auf der Zunge, seine Lippen waren trocken und spröde. Angestrengt spähte er zu den Klippen empor und entdeckte als erster den großen Reiter, einen hochgewachsenen Sizilianer mit der unvermeidlichen Baskenmütze auf dem Kopf. Regungslos verharrte der Mann am Klippenrand.

»Jim, da oben ist einer!«
»Das ist Carlo«, sagte Scelba ruhig. »Also gut, Carlo, nur noch ein wenig Geduld. Wir kommen.«

Als sie in die Schlucht einfuhren, verschwand die Sonne hoch über ihnen hinter den Felsen. Die Reiter, mit Gewehren und Schrotflinten bewaffnet, verfolgten von den Graten, wie der Fiat fast vierzig Meter unter ihnen seinen Weg durch die Felswildnis suchte. Acht Männer begleiteten den Wagen auf der Nordseite der Schlucht, über ein Dutzend auf der anderen.

»Carlo hat aber viele Freunde«, stellte Petrie zynisch fest.

»Sie sind alle dort oben«, antwortete der Capo geringschätzig. »Allein in den Docks von Messina habe ich mehr Männer zur Verfügung.«

»Gut zu wissen. Wir werden sie später noch brauchen.«

»Schön, daß jemand noch an ein ›Später‹ glaubt«, warf Johnson in einem Anflug von Pessimismus ein.

Verwundert beobachtete er das Verhalten ihrer Verfolger.

»Warum, zum Teufel, formieren sie sich wie eine Beerdigungs-Prozession?«

»Das ist Carlos Art, eine Exekution vorzubereiten. Er zollt mir seinen Respekt.« Scelba hob seinen Revolver. »Wenn er nahe genug herankommt, werde ich ihm meinen erweisen.«

Die Schlucht schien kein Ende zu nehmen. Über ihnen eskortierten die Reiter in gleichmäßigem Trab den Wagen. Petrie war überzeugt, daß der Überfall am Ende der Schlucht stattfinden würde, wo die Klippen zur Straße hin abflachten, wie die Karte zeigte. Carlo konnte dort von beiden Seiten angreifen.

Petrie blickte immer häufiger zu dem Streifen Himmel über den schroffen Felswänden empor. Verbreiterte er sich, näherten sie sich dem Ausgang der Schlucht. Er warf einen Blick auf den Kilometerzähler. Sie hatten jetzt schon über einen Kilometer zurückgelegt und mußten den Ausgang bald erreichen. In einer Kurve sah er, daß sich die Reiterkette auf der Südklippe auseinandergezogen hatte. Einige Männer mußten schon vorausgeritten sein. Er steckte den Kopf aus dem Fenster und schaute die Felswand empor. Auch auf der Nordklippe waren ein paar Männer verschwunden.

»Ed, ich halte jetzt gleich an und steige aus. Du übernimmst das Steuer. Ich gehe zu Fuß voraus und stelle fest, welches Süppchen sie für uns kochen. Wir müssen wissen, was sie vorhaben, ehe es passiert.«

»Sie werden dich entdecken...«

»Vielleicht auch nicht.«

Petrie hielt den Wagen an und ließ den Motor laufen.

»Gib mir die Mauser, Ed. Ich lasse dir den Glisenti-Revolver hier. Ein paar Reiter sind verschwunden. Ich will nur die anderen davon überzeugen, daß sie besser dem Beispiel ihrer Kumpane folgen. Sobald ich ausgestiegen bin, fährst du mit der gleichen Geschwindigkeit weiter. Fertig?«

Er stieg aus dem Wagen und richtete die Mauser auf einen der Reiter hoch über sich. Er hörte einen entfernten Warnruf, dann waren sie verschwunden. Er schwang herum und zielte auf die Südseite der Schlucht, doch auch da war kein Verfolger mehr zu sehen.

Johnson kletterte rasch nach vorn hinters Lenkrad. Petrie lief auf die nördliche Klippe zu und huschte dicht unter der Felswand entlang vorwärts. In der Mitte der Schlucht steuerte Johnson den Wagen langam um die Felsbrocken und über das Geröll, das die Straße bedeckte. Nach Petries Plan sollte das Motorengeräusch des Fiat die Mafiosi in dem Glauben lassen, daß er wieder den Wagen bestiegen habe. Der Engländer versuchte, schneller voranzukommen, doch lose Steinbrocken und Felsvorsprünge behinderten seinen Lauf.

Mein Gott! Ed hängte ihn ab und merkte es vielleicht nicht, da die aufwirbelnden Staubwolken seine Sicht erheblich einschränkten. Petrie sprang über eine kleine Felserhebung im Boden. Erleichtert hörte er, wie ein anderer Gang eingelegt wurde und der Fiat rückwärts die Strecke zurückstieß, die er vorher genommen hatte. Johnsons Manöver wirkte. Als er wieder vorwärts fuhr, befand sich Petrie vor ihm. Sein Herz schlug wild, vom anstrengenden Lauf bekam er Seitenstechen, doch als er um eine Felsnase spähte, sah er, daß die Klippen sich zu beiden Seiten in Steilabbrüchen zur Straße absenkten und sich dabei stetig zusammenschoben, so daß der Ausgang der Schlucht sich zu einem Trichter von kaum neun Metern Breite verengte. Durch das lichte Dreieck, dessen Schenkel sich nach oben hin weiteten, schimmerte der blaue Himmel hindurch. Sekunden später sah und roch Petrie den Rauch, träge quoll er durch den Ausgang in die Schlucht. Der Engländer kletterte eine Felsleiste empor. Er befand sich jetzt über dem Schluchtausgang, der von oben wie ein Trichter wirkte, und konnte das Gelände davor überblicken.

Ein undurchdringlicher Vorhang aus fettem schwarzen Rauch lag dicht vor dem Flaschenhals. Dahinter erstreckte sich eine weite Hügellandschaft. Vereinzelte größere Felsbrocken säumten die Straße direkt vor der Schlucht. Durch ein Loch in dem Rauchvorhang entdeckte Petrie für einen Moment die Verfolger, die abgestiegen waren und ihre Pferde weiter unterhalb an einigen Sträuchern festgebunden hatten. Dann nahm ihm der dichte Rauch wieder die Sicht.

Es war ein kluger Plan, den sich ihre Gegner da ausgedacht hatten. Die Qualmwand sollte den Wagen zum Halten zwingen, die Insassen würden nachschauen, was da los war, und konnten dann von den Mafiosi aus ihrer Deckung heraus erledigt werden. Doch ließ sich diese Strategie, wenn man sie kannte, auch gegen sie verwenden.

Petrie hastete die Felsleiste hinunter und erreichte den Wagen dicht vor dem engen Schluchtausgang. Johnson hielt an und schob den Kopf aus dem Fenster.

»Jim, was ist los?«

»Geh nach hinten. Ich fahre. Ich weiß, wie wir durchkommen.«

Er schwang sich hinter das Steuer und reichte Johnson die Mauser nach hinten. Schweratmend fuhr er fort:

»Sie warten dort vorne auf uns... verbrennen irgendwas, um die Straße einzunebeln. Sie rechnen damit, daß wir anhalten. Aber den Gefallen tun wir ihnen nicht. Ed, gib mir die Flasche mit dem Chianti...«

Rasch faltete Petrie sein Taschentuch, tränkte es mit dem Wein und band es sich als provisorische Maske über Mund und Nase. Nur die Augen blieben frei.

»Macht's genau wie ich, sonst ersticken wir im Qualm. Wir müssen mit offenen Fenstern fahren, um ungehindert schießen zu können. Sind Sie bereit, Scelba?«

Statt einer Antwort zog der Mafia-Boß eine Handvoll Patronen aus der Manteltasche und ließ sie in seiner Hand hin- und herrollen.

»Auf welcher Straßenseite sind sie?« fragte er nur.

»Auf beiden. Sie nehmen die rechte, du die linke, Ed – mit der Mauser.«

»Damit schaffe ich auch beide Seiten«, brummte der Amerikaner, zog einige Reservemagazine aus dem Sack und legte sie griffbereit neben sich auf den Sitz. Er hatte sich schon sein Taschentuch umgebunden und reichte die Flasche an Scelba weiter.

»Und die Straße ist frei – durch nichts blockiert?«

»Da liegt schon einiges im Weg herum, zum Beispiel Felsbrocken von der Größe eines Hauses. Aber die Straße verläuft schnurgerade. Ich denke, wir werden den Durchbruch schaffen.«

»Trotz des Qualms?«

»Das macht die Sache nur etwas schwieriger.«

Mit einem Seitenlick überzeugte sich Petrie, daß auch Scelba sich seine Maske umgebunden hatte.

»Also los, zeigen wir's ihnen!«

Der Fiat kroch durch den Trichter des Schluchtausganges, als sei der Fahrer sich unschlüssig, ob er stoppen oder weiterfahren solle. Aufgrund des Motorengeräusches konnten die Mafiosi nur vermuten, was der Gegner machte. Dichte schwarze Qualmwolken wälzten sich durch den Flaschenhals und stiegen an den Wänden der Schlucht hoch. Jetzt war der Wagen nur noch hundert Meter von den beißenden Schwaden entfernt, noch fünfundsiebzig Meter...

Petrie stieß den Fuß aufs Gaspedal, der Motor röhrte auf, und der Wagen schoß vorwärts. Wenige Sekunden später verschluckte ihn die Rauchwand.

Unverzüglich griffen die Mafiosi an. Am Fenster auf Scelbas Seite tauchte ein Sizilianer mit angelegter Schrotflinte aus dem Qualm auf. Scelba jagte eine Serie von Schüssen hinaus, feuerte auf einen weiteren Schatten, bis das Magazin leer war. Rasch lud er die Pistole wieder und erledigte einen weiteren Mafioso mit rußgeschwärztem Gesicht. Der Wagen raste durch den schwarzen Vorhang, und Petrie packte das Steuer fester. Hinter ihm feuerte Johnson unablässig. Nach Paraffin stinkender Qualm biß in Petries Augen. Er duckte sich, und während er das Lenkrad starr in der gleichen Lage hielt, schickte er ein Stoßgebet zum Himmel, daß er auch tatsächlich genau geradeaus fuhr. Wenn der Wagen bei dieser Geschwindigkeit gegen einen der massiven Felsen prallte, die hinter dem dichten Rauchvorhang nicht auszumachen waren, wäre er nur noch Schrott. Und sie alle wahrscheinlich tot.

Petries Augen brannten höllisch, er stemmte die Arme in die Seiten, drückte das Rückgrat durch und fing mit verkrampften Schultern die Stöße des Lenkrades auf, die sie, hervorgerufen durch das Hüpfen und Springen der Vorderräder, aus dem geraden Kurs zu werfen und an einem Felsen zu zerschmettern drohten. Jeden Moment rechnete Petrie mit dem todbringenden Aufprall.

Das ununterbrochene Rattern der Mauser, der trockene Knall der Schüsse aus Scelbas Revolver, das Dröhnen des Motors und die gellenden Schreie der Mafiosi zerrten an seinen Nerven.

Scelba schoß in rascher Folge, lud seine Waffe im Eiltempo und feuerte sofort, sobald er im Rauch den Schatten eines Mannes auftauchen sah. Schrotkugeln aus den Waffen der Mafiosi prallten gegen die Karosserie, eine Salve hatte hinter Johnson, der tief geduckt auf dem Rücksitz kauerte und nach beiden Seiten feuerte, das Rückfenster des Wagens zerschmettert. Doch bis jetzt funktionierte Petries Plan und stiftete Verwirrung unter den Angreifern. Sie hatten erwartet, den Gegner spielend in die Tasche zu stecken. Statt dessen raste der Wagen mit höllischer Fahrt mitten durch ihre Reihen, und die Insassen überschütteten sie mit mörderischem Feuer.

Neben Johnson, kaum eine Armlänge vom Trittbrett des Wagens entfernt, tauchte ein dicker Sizilianer auf. Das Gewehr hielt er schußbereit im Anschlag. Mit einer Salve aus der Mauser durchlöcherte Johnson ihm den Hals. Der Mafioso wankte, griff sich mit einer müden Bewegung an die Kehle – und versank hinter dem Fiat in dichtem Qualm.

Um das höllische Inferno noch zu verstärken, preßte Petrie die Hand auf die Hupe, lockerte den Druck und betätigte sie erneut, als sie an dem Platz vorbeischossen, wo seiner Schätzung nach die Mafiosi ihre Pferde angebunden hatten. Der Gestank im Wagen wurde immer schlimmer. Die Augen der drei Männer tränten vom beißenden Qualm. Petrie stemmte den Fuß noch fester gegen das Gaspedal und wußte dabei genau, daß sie dieses höllische Tempo nicht mehr lange beibehalten konnten.

Plötzlich bremste er hart, der Wagen verlor rasch an Geschwindigkeit. Links vor sich sah der Engländer die schattenhaften Umrisse eines Felsens. Er änderte ein wenig die Fahrtrichtung und lenkte den Wagen um den Felsen herum auf den alten Kurs.

Auf dieses Manöver hatte einer der Sizilianer, ein großer, scharfgesichtiger Mann, gewartet. Mit gezogenem Revolver sprang er an Scelbas Seite auf das Trittbrett des langsamer dahinrollenden Fahrzeugs.

Carlo!

Scelba schoß ihm zwei Kugeln mitten ins Gesicht. Im nächsten Moment war sein Neffe verschwunden. Petrie erhöhte wieder das Tempo und preßte seine Finger auf die Hupe. Der Mafia-Boß auf dem Nebensitz hatte gerade seinen kleinen Familienstreit bereinigt.

Einen zweiten Sizilianer, der Carlo gefolgt war, erfaßte der Wagen mit dem Kotflügel und schleuderte ihn beiseite. Im Fond schoß Johnson unablässig auf die schattenhaften Gestalten.

Im nächsten Moment lichtete sich der Rauch. Sie hatten den Hinterhalt durchbrochen. Vor ihnen stoben herrenlose Pferde in alle Himmelsrichtungen davon.

Petrie zog das Tuch vom Gesicht und warf es aus dem Fenster. Mit hohem Tempo steuerte er den Wagen in das Hügelland hinab. Rasch warf er einen Blick auf seine Uhr. 9.30 Uhr. Ihnen blieben kaum noch fünfzehn Stunden, um nach Messina zu gelangen. Und sie hatten nicht einmal die Hälfte der Insel überquert.

Genau um 9.30 Uhr dankte im nördlichen Kalabrien auf dem italienischen Festland General Rheinhardt Gott für die dichte Wolkenbank, die immer noch auf den Berggipfeln lag. Sie hielt die alliierten Bomberverbände fern. Er stand auf einer Bodenwelle über einem Fluß und hatte den Hörer eines Feldtelefons in seiner Hand, während er zuschaute, wie seine Leute eine Notbrücke über den Wasserlauf schlugen. Dieser Zeitverlust war zwar verdammt ärgerlich, doch bald würden sie wieder auf dem Vormarsch sein. Er warf einen Blick zurück auf die Straße, wo sich eine deutsche Panzerkolonne staute. Die Besatzungen saßen am Straßenrand und aßen.

Die Gestalt des Generals versteifte sich, als die Stimme von Kesselring durch den Draht kam.

»Warum geht's nicht vorwärts?«

Die Stimme des Feldmarschalls klang scharf.

»Die Brücke ist in die Luft geflogen. Zeitzünderbomben, wahrscheinlich von alliierten Saboteuren gelegt. Wir hatten Glück. Die Bomben gingen nur wenige Minuten vor Ankunft der Kolonnenspitze hoch.«

»Wie lange wird der Vormarsch dadurch verzögert?«

»In zwei Stunden, vielleicht auch schon etwas früher, sind wir über den Fluß.«

»Um 21 Uhr ist die 29. Panzerdivision an der Straße von Messina!«

»Das wird kaum möglich sein, Herr Feldmarschall.«

»Um 21 Uhr, keine Minute später!«

Kesselring legte auf.

Rheinhardt fluchte leise. Er würde genau um 21 Uhr dort sein.

6.

Freitag, 9.30 Uhr bis 12.30 Uhr

Zwei Stunden später stand die Sonne hoch am Himmel und röstete die drei Männer im Wagen, während sie am Rand eines Hochplateaus entlangfuhren, wo sich ihnen ein weiter, grandioser Ausblick über die niedriger gelegenen Teile der Insel bot. Der Anblick verschlug den Männern die Sprache. Die Landschaft ringsum sah aus, als sei sie durch eine gigantische Erdverschiebung geformt worden, die mit ihren ungeheuren Gewalten bizarre Berge mit nadelspitzen Gipfeln aus der Erdoberfläche nach oben geschoben hatte, während in anderen Teilen tiefe Schluchten und steile Felsabstürze entstanden waren. Wohin Petrie auch seinen Blick lenkte, die Felslandschaft war ein einziger Horrorgarten – mit Abgründen, Erdrutschen, Gipfeln und Felstürmen. Er konnte sich nicht erinnern, jemals eine solch wilde Landschaft gesehen zu haben – auch nicht während seiner Arbeit als Bergwerksingenieur. Eine ganze Armee konnte hier verschwinden, ihre Soldaten am Durst krepieren, ohne daß man je wieder eine Spur von ihnen fand. Petrie lenkte den Wagen mit einer Hand und vertrieb mit der anderen eine lästige Fliege. Wenig später fuhren sie am verwesenden Kadaver eines Maultieres vorbei, und plötzlich war das Wageninnere voller Fliegen. Fluchend versuchten die Männer, die lästigen Insekten mit den Händen zu vertreiben.

»Wäre es nicht langsam mal wieder Zeit, unsere Kehlen anzufeuchten?« schlug Scelba vor.*

---

* Eine übliche Redensart der Mafia, nebenbei auch Zeichen der Freundschaft, zumindest einer zeitweiligen Freundschaft.

»Später. Erst vor einer Stunde haben wir jeder unsere Ration Wasser getrunken«, entschied Petrie.

»Wie weit sind wir gekommen?« fragte Johnson rauh.

Petrie warf einen Blick aufs Armaturenbrett und stellte eine kurze Berechnung an. Doch Scelba kam ihm mit der Antwort zuvor.

»Wir sind jetzt etwa achtzig Kilometer gefahren. Ich glaube, ich sollte euch vorwarnen. Bis Scopana wird die Straße noch schlechter.«

»Haben Sie sonst noch irgendwelche netten Überraschungen auf Lager?« fragte Johnson sarkastisch.

Scelba wandte sich auf seinem Sitz um und starrte Johnson durch seine getönten Augengläser an.

»Ich bin nur der Meinung, Sie sollten wissen, was uns noch bevorsteht. Im Moment ist es noch nicht sehr heiß. Warten Sie einmal bis Mittag, dann werden wir in einem Glutofen sitzen. Sie sehen, Sizilien ist in Europa einzigartig. Die Sonne scheint, der eisenharte Boden und die Felsen nehmen die Hitze auf und reflektieren sie, so daß...«

»Sehr interessant«, unterbrach ihn Johnson aufgebracht. »Doch vielleicht könnten Sie Ihren Anschauungsunterricht in Heimatkunde bis nächste Woche verschieben, wenn ich ein eiskaltes Bier vor mir stehen habe...«

Er schwieg abrupt. Die Vorstellung des kühlen Getränks war so intensiv, daß er den Geschmack auf der Zunge zu spüren glaubte. Innerlich verfluchte er Scelba. Der Capo zuckte die Schultern und schaute wieder nach vorn. Petrie wiederholte seine Antwort.

»Achtzig Kilometer also bis jetzt, Ed. Wir machen gleich eine Pause und trinken einen Schluck.«

Bis Scopana hatten sie noch ein gutes Stück zu fahren. Dort sollten sie sich mit Gambari treffen, dem italienischen Agenten, der den Untergrundsender in Messina betrieb. Petrie hatte den Agenten bisher nie persönlich kennengelernt. Bis Messina hatten sie dann weitere zweihundert Kilometer zu fahren. Knapp dreizehn Stunden blieben ihnen noch, um die

Hafenstadt an der Meerenge zu erreichen. Und jede Stunde entfernten sie sich mehr und mehr von ihrem vorgegebenen Zeitplan, denn auf diesem teuflischen Pfad, den die Sizilianer hochtrabend als Straße bezeichneten, kamen sie nur im Schneckentempo voran.

Ihr unfreiwillig langer Zwischenstopp in Palermo, hervorgerufen durch die Konfiszierung des bereitgestellten Wagens durch die Carabinieri, hatte alles durcheinander gebracht. Hinter Scopana würden sie die Küstenstraße nach Norden nehmen, überlegte Petrie. Vielleicht konnten sie so ein wenig von der verlorenen Zeit aufholen. Hinter Scopana...

Aber wie viele quälend lange Stunden waren es noch bis zu ihrem Treffen mit Gambari?

Scelba rutschte unruhig auf seinem Sitz hin und her.

»Wenn Sie Messina noch vor Mitternacht erreichen wollen, müssen wir uns beeilen.«

»Auf dieser Straße, bei dieser Hitze!«

Johnson kochte vor hilflosem Zorn. Scelba warf ihm einen langen Blick zu. Dann wandte er sich an Petrie und machte ihn auf eine Abkürzung aufmerksam. Weit vor ihnen umrundete die Straße eine große Klippe und gabelte sich unterhalb in Richtung Petralia und Scopana. Von diesem Punkt führte eine Nebenstrecke nach Norden zu einem kleinen Dorf namens Puccio. Eine gut ausgebaute Straße verband dieses Dorf mit Scopana.

»Wir sparen Kilometer und Zeit, wenn wir diese Strecke nehmen«, behauptete Scelba.

Petrie zog mit einer Hand eine auf Seide gedruckte Karte von Sizilien aus seiner Tasche und breitete sie auf seinen Oberschenkeln aus. Scelbas Vorschlag war gut: Von der Küste führte eine Überlandstraße dicht an Puccio und Petralia vorbei nach Scopana.

»Glauben Sie, die Nebenstrecke an der Gabelung ist mit dem Fiat befahrbar?« fragte er.

Über seine Schulter hinweg warf Johnson einen Blick auf die Karte – und schauderte. Eine durchgehende Linie markierte auf der Karte die sogenannte Landstraße zweiter Ordnung, auf der sie gerade fuhren. Die Nebenstrecke war aber nur ein Gestückel einzelner Striche. Was dies unter hiesigen Verhältnissen bedeuten mochte, wagte er sich nicht vorzustellen.

»Ich bin diese Strecke nur einmal mit einem Maultier geritten«, gestand Scelba. »Doch ein guter Fahrer wie Sie müßte es schaffen.«

»Okay, an der Gabelung sehen wir weiter«, entschied Petrie.

Schweigend fuhren sie durch das öde, sonnendurchglühte Land. Die einzigen Geräusche waren das einschläfernde Dröhnen des Motors, das lästige Summen der Fliegen und das Knarren der heißen Ledersitze, wenn einer der drei Männer sich bewegte. Unterhalb der Hochebene war die Hitze noch schlimmer, die bizarre Landschaft tanzte in flirrendem Dunst.

Sie aßen lustlos ein wenig von ihrem Reiseproviant – eine Scheibe fettiger Salami, etwas Käse und einige Korinthen – und spülten die Bissen mit dem Rest aus der Chiantiflasche, die während des Überfalls einen Treffer erhalten hatte, hinunter. Nach dem Essen genehmigte Petrie jedem zwei Schluck Wasser, doch zu seinem Erstaunen nahm Scelba nur einen Schluck und reichte die Feldflasche weiter.

»Ich bin dieses Klima hier gewöhnt. Vielleicht werden wir das Wasser noch dringend brauchen«, erklärte er auf Petries erstaunten Blick.

Er hatte vorher also nur nach dem Wasser gefragt, weil er dachte, seine Begleiter würden vom Durst geplagt. Der Mafia-Boß tat dies bestimmt nicht aus reiner Menschenfreundlichkeit. Er wollte nur sichergehen, daß die beiden Männer Messina erreichten, damit er später auch wirklich Bürgermeister von Palermo wurde.

Ich hatte recht mit meiner Einschätzung, dachte Petrie grimmig. Er ist der einzige, der uns weiterhelfen kann.

Fünf Minuten nach ihrem kärglichen Mahl entdeckten sie

das erste Anzeichen einer drohenden Gefahr. Die Straße hatte die Hochebene verlassen und führte nun über einen Paß, der sich immer noch verengte. Zu beiden Seiten stürzten die Hänge steil ab.

Plötzlich war Johnson hellwach. Er hielt seine Hand über die Augen, um sie vor dem grellen Sonnenlicht zu schützen, und spähte angestrengt nach Süden.

»Jim, da draußen ist ein Reiter!« rief er warnend.

Petrie widerstand der Versuchung, den Blick von der Straße zu wenden, und stoppte den Wagen. Den Motor ließ er laufen. Fluchend wandte er sich um.

»Da drüben – auf dem großen Felsen!«

Der Amerikaner wies ihm die Richtung. Petrie konnte nichts entdecken. Vorsichtig kletterte er aus dem Wagen. Dicht vor ihm stürzte die Wand Hunderte von Metern fast senkrecht ins Nichts, er hatte gerade genügend Platz zum Stehen. Der Amerikaner stellte sich zu ihm und deutete über die Motorhaube hinweg.

Ja, Ed hatte sich nicht getäuscht. In der flimmernden Hitze tanzte tatsächlich eine Reitersilhouette auf dem Buckel eines massiven Felsens. Wie zum Teufel hatte der Kerl das Pferd da hinaufbekommen?

Auch Petrie hielt seine Hände über die Augen und starrte angestrengt zu dem Reiter hinüber, einem Mann in Armeeuniform, kaum ein paar hundert Meter von ihnen entfernt. Sekunden später war er plötzlich verschwunden, vergangen wie ein Spuk. Ohne Zweifel hatte er den Fiat gesehen.

»Wer, zum Teufel, war das?«

Johnson wischte sich den Schweiß aus dem Nacken.

»Ein italienischer Soldat. Er hat uns gesehen.«

»Nur einer – hier draußen allein?«

»Genau das macht mir Sorgen. Ich glaube nicht, daß er allein ist.«

Der Reiter war südlich der Straße aufgetaucht. Petrie ließ seine Blicke über die trostlose Landschaft ringsum schweifen, eine Wildnis ohne Wasser, ohne Bäume, ohne Leben. Er entdeckte sie schließlich im Nordosten, wo ferne Berggipfel im Glanz der Sonne verschwammen. Eine Kolonne uniformierter Gestalten wanderte zu Fuß über einen anderen Grat. Sie führte einige Maultiere mit, auf deren Rücken Zylinder festgezurrt waren, die wie Mörserrohre aussahen.

Petrie deutete kurz hinüber.

»Ein paar Dutzend – mindestens. Meiner Meinung nach gehören sie zu einer Einheit italienischer Gebirgsjäger.«

»Himmel, und wir fahren extra diesen Weg, um keinen Soldaten zu begegnen.«

»Nur wenigen Soldaten«, korrigierte ihn Petrie. »Diese Einheit macht sicher nur eine Feldübung. Man rechnet bestimmt nicht mit Saboteuren. Was gäbe es hier auch schon zu sabotieren?«

»Glaubst du, wir werden ihnen begegnen?«

»Schon möglich. Sie haben Leute auf beiden Seiten der Straße. Wir werden versuchen, zwischen ihnen hindurchzuschlüpfen.«

Das war nur ein schwacher Trost, wie sich Petrie insgeheim eingestand, während er sich wieder hinters Steuer schwang. Der Reiter im Süden, die Fußtruppe im Norden konnten Anzeichen dafür sein, daß über das Gebiet Truppen verteilt waren, möglicherweise auch auf der Straße vor ihnen marschierten. Er löste die Handbremse und fuhr langsam weiter. Die Straße stieg jetzt steil an, unter den Rädern spritzte lockeres Gestein zur Seite und verschwand über die Steilwände in der Tiefe. Scelba warf hin und wieder einen Blick durch das Seitenfenster und verzog jedesmal das Gesicht beim Anblick der senkrecht in die Tiefe stürzenden Wände. Johnson ließ keinen Blick von dem immer schmaler werdenden Band der Straße vor ihnen. Sie hatten gerade die Steigung überwunden und rollten wieder bergab, als Petrie hart auf die Bremse trat. Ein primitives Gatter, ein Querbaum auf hölzernen Dreibeinen, versperrte ihnen den Weg.

»Was, zum Teufel, hat das nun wieder zu bedeuten?« fragte er irritiert.

Der Capo zuckte die Schultern. Hier wurde sicher nicht die Straße ausgebessert. Johnson zündete sich eine Zigarette an.

Petrie stieg aus, um die Sache aus der Nähe in Augenschein zu nehmen. Irgend etwas an dem Gatter hatte seine Aufmerksamkeit erregt. Der Engländer warf einen Blick in den Abgrund auf der Nordseite, packte dann den Querbaum und die Dreifüße und stieß sie über den Straßenrand in die Tiefe.

»Da stand etwas auf einem unleserlichen Schild«, sagte er, als er zurückkam. »Ich konnte den Text nicht entziffern. Wir fahren einfach weiter.«

Kaum hundert Meter weiter sollten sie erfahren, warum die Straße gesperrt worden war. Sie rumpelten über die verrottete Fahrbahn durch unzählige Schlaglöcher, als sie eine Explosion vernahmen, deren Knall als rollendes Echo durch die Wildnis hallte. Petrie trat sofort auf die Bremse. Ein Schauer von Felssplittern und Geröll prasselte auf den Fiat herab. Vor ihnen wallte eine dichte sandfarbene Staubwolke empor und nahm ihnen jegliche Sicht. Erst als der Staub langsam zu beiden Seiten in die Tiefe sank, erkannten sie das ganze Ausmaß der Katastrophe. Die Straße wurde wieder sichtbar – zumindest das, was noch davon übrig war. Fast die Hälfte des schmalen Grates war in der Tiefe verschwunden.

»Mein Gott, was war das?« rief Johnson bestürzt.

»Eine Landmine!«

Petrie wischte sich seine verschwitzten Hände an der Hose ab und musterte die Straße. Sie hatte sich ein wenig verbreitert, seit sie die Sperre passiert hatten, doch das Stück, das die Explosion überstanden hatte, war verdammt schmal.

»Die Gebirgsjäger haben dieses Stück hier vermint. Wahrscheinlich enthielt das Schild an der Sperre eine Warnung. Das war verdammt knapp, Gentlemen. Unsere Situation ist, um es deutlich auszudrücken, beschissen. Wir können nicht umkehren und, zumindest theoretisch, auch nicht weiterfahren. Wir stecken ganz schön in der Klemme!«

Petrie untersuchte das restliche Stück der Straße, setzte

vorsichtig Fuß vor Fuß. Er spürte wieder das Kribbeln in den Fußsohlen, die zuerst die fürchterliche Wucht der Explosion zu spüren bekamen, sollte eine Mine unter ihnen detonieren. Es war für ihn ein altvertrautes Gefühl. Links neben ihm lauerte der tiefe Abgrund, doch Petrie hielt seinen Blick starr auf den Boden vor sich gerichtet, untersuchte ihn nach Spuren, die darauf deuteten, daß das Straßenstück vor ihnen auch vermint worden war. Seine Knie schienen ihn kaum zu tragen, seine Nerven waren zum Zerreißen gespannt. Sein Verstand befahl ihm umzukehren. Jeden Augenblick konnte die Wucht einer gewaltigen Explosion seinen Körper zerreißen. Die Angst, nicht die glühende Sonne, trieb ihm den Schweiß aus den Poren. Er ging noch ein paar Schritte weiter und kehrte dann, keineswegs weniger vorsichtig, um. Mit kantigen Gesichtern schauten ihm seine beiden Gefährten entgegen.

Petrie stieg in den Wagen und löste die Handbremse.

»Wir müssen es riskieren.«

»Du bist dir doch im klaren, daß dein Spaziergang keine Garantieerklärung ist?« sagte Johnson leise.

»Ich habe nichts entdeckt, was auf weitere Minen schließen läßt, Ed.«

»Die Dinger, die ganze Felswände aus den Angeln heben, sind ja auch nicht für menschliche Leichtgewichte bestimmt«, beharrte der Amerikaner.

»Nun hör schon mit deiner Unkerei auf. Ich möchte mich auf die Straße konzentrieren.«

Der Amerikaner hatte genau den Punkt angesprochen, der unter Umständen tödliche Folgen haben konnte. Das Gewicht eines Menschen ließ keine Minen hochgehen, die zur Zerstörung von Fahrzeugen bestimmt waren. Panzerbrechende Minen, die ein leichtes Fahrzeug wie den Fiat pulverisieren konnten. Doch ihnen blieb nur die Flucht nach vorn, nach vorn über das verwitterte Straßenstück, dessen Erschütterung durch die Stöße des sich nähernden Wagens schon eine Mine zur Detonation gebracht hatte.

Petrie fuhr so langsam wie möglich, ohne dabei den Motor abzuwürgen. Als sie sich dem gesprengten Straßenstück näherten, schätzte er rasch seine Breite. Es schien gerade breit genug für den Wagen – wenn ihnen nicht noch ein Stück bei der Überfahrt unter den Räder wegbrach. Langsam krochen sie voran. Scelba preßte seinen schweren Körper fest in den Sitz, hinten war Johnson in die Mitte gerutscht, um die Balance des Fahrzeugs nicht zu gefährden. Petrie steuerte den Wagen ein wenig näher an den Abgrund auf Scelbas Seite heran, um die abbröckelnde Felskante auf seiner Seite möglichst wenig zu belasten.

Vieles konnte jetzt geschehen, dachte Petrie. Die Detonation einer Mine würde den Wagen in den Abgrund schleudern, doch wären sie dann schon tot. Der schmale Grat, über den sie fuhren, konnte weiter einbrechen und sie mit in die Tiefe reißen. Oder er verfehlte mit den Vorderrädern den tragenden Untergrund um wenige Zentimeter und steuerte sie alle drei in die Ewigkeit. Die Tiefe der Schlucht neben der Straße schätzte Petrie auf etwa dreihundert Meter.

Der Motor röhrte, sonst war es entsetzlich still im Wagen. Nur einmal knarrte das Sitzpolster, als Scelba sich bewegte.

Fast gleichzeitig hörten die Männer im Wagen das entfernte Brummen von Flugzeugmotoren. Petrie steckte den Kopf aus dem Wagenfenster, sah unter sich das Trittbrett über die Abbruchkante der Straße schweben, hob den Blick und entdeckte einige Flugzeuge auf Parallelkurs zum Paß. Beaufighters, alliierte Jagdflieger auf der Suche nach Opfern, die auf alles schossen, was sich bewegte. Rasch schaltete er die Zündung aus und brachte den Wagen zum Stehen. Die Flieger drehten nach Osten ab und verschwanden im Dunst.

»Unsere Freunde«, sagte Petrie über die Schulter. »Jagdflieger...«

»Ich wäre jetzt auch lieber da oben als hier unten«, knurrte Johnson.

Petrie startete den Wagen und ließ ihn vorwärtskriechen. Die Straße stieg wieder steiler an, der Wagen hüpfte leicht.

Und da geschah es! Das rechte Vorderrad sackte weg. Petries Körper versteifte sich. Großer Gott, der Wagen rutschte weg...

Mit einem harten Schlag setzte das Chassis auf, der Wagen kam zum Stehen. Das Vorderrad war in ein tiefes Schlagloch geraten. Petrie legte den Rückwärtsgang ein und gab vorsichtig Gas. Die Räder rutschten ein wenig auf dem Geröll, faßten dann und zogen den Wagen aus dem Schlagloch.

Petrie schaltete. Er mußte den Wagen beschleunigen, um ihn mit etwas mehr Tempo über das Loch zu manövrieren – mit kaum ein paar Zentimetern Abstand zum Abgrund auf beiden Seiten. Der Wagen rollte vor, das Vorderrad sackte in das Loch und kam wieder hoch. Petrie drehte das Steuerrad eine Spur nach links, weil der Wagen nach rechts driftete, und zwang ihn sofort durch erneutes leichtes Gegensteuern in die ursprüngliche Fahrtrichtung zurück. Scelba hatte während des Manövers seine ungerauchte Zigarre zwischen den Fingern zerkrümelt, und Johnson starrte unverwandt auf das sich verbreiternde Straßenstück vor ihnen, als könne er den Wagen mit seinem Blick auf dem schmalen Grat festhalten.

Wenig später hatten sie wieder sicheren Grund unter den Rädern, und Petrie erhöhte das Tempo. Sie hatten das verminte Gebiet hinter sich gelassen.

Johnson machte als erster den Mund auf.

»Diese Jäger haben mir den Rest gegeben. Ich dachte, sie würden uns angreifen.«

»Was mit Sicherheit auch passiert wäre, wenn nicht der Staub in der Schlucht den Wagen mit einer solch dicken Schicht überzogen hätte. Sie wirkte wie eine Tarnschicht, die Jäger haben uns nicht gesehen.«

Sie fuhren eine Weile schweigend weiter, bis Scelba erklärte, daß die Paßstraße bald auf eine Hochebene hinunterführen würde.

»Dort können Sie dann wieder schneller fahren«, sagte er mit unbewegtem Gesicht.

Petrie umfuhr zwei vorspringende Klippen und folgte der

Straße über einen sanft abfallenden Hang in eine Talmulde, die ein wasserloses Flußbett in zwei Hälften teilte.

Das trockene Flußbett war nicht leer. Ein Zug von zwanzig oder mehr italienischen Gebirgsjägern kampierte zu beiden Seiten der Straße. Die Soldaten saßen auf dem Boden und aßen oder lagen faul herum. Hinter ihnen, halb verborgen unter einer Zeltplane, stand ein abgeprotzter Mörser.

Petrie fuhr mit gleichbleibender Geschwindigkeit auf die Soldaten zu. Mit einer Hand schützte er die Augen vor den Lichtreflexen der Sonne, die jetzt direkt von vorn auf die Windschutzscheibe fiel. Hastig kamen einige Soldaten, an ihrer Spitze ein Unteroffizier, auf den Wagen zugelaufen. Der Anführer zog beim Laufen seine Pistole und fuchtelte wild damit herum. Petrie ließ den Wagen ausrollen und bremste ihn vor dem Mann ab.

»Ihr verdammten Idioten, seid ihr wahnsinnig geworden?«

Der Unteroffizier war völlig außer Atem und brachte die Worte nur stoßweise hervor. Er zielte mit der Pistole auf Petrie.

»Da oben kurven feindliche Maschinen herum. Die Lichtreflexe auf eurer Scheibe sind meilenweit zu sehen. Ihr habt dadurch meine Leute in Gefahr gebracht. Sie könnten jetzt alle tot sein. Bei Gott, ich werde euch unter Arrest stellen für die Dauer der Übung. Ihr seid festgenommen – alle!«

Sie waren ausgestiegen und standen in der prallen Sonne beim Wagen, während der Unteroffizier ihre Papiere studierte. Die drei Soldaten hinter ihm ließen sie nicht aus den Augen. Ihre Gewehre hielten sie schußbereit im Anschlag.

Der Anführer war offensichtlich mit ihren Ausweisen nicht zufrieden. Mißtrauisch blätterte er darin herum. Scelba musterte inzwischen die Soldaten in der Nähe, als suche er unter ihnen nach einem vertrauten Gesicht. Die Situation war brenzlig. Petrie gab sich keinen Illusionen hin. Der Unteroffizier war so wütend, weil die Lichtreflexe der Scheibe beinahe die alliierten Flieger angelockt hatten. Dafür wollte er sie festnehmen.

»Auch finde ich es merkwürdig, daß ihr über den Grat gefahren seid, obwohl ein Teil der Straße gesprengt worden war. Zudem seid ihr unbefugt in militärisches Sperrgebiet eingedrungen, habt einfach die Straßensperre nicht beachtet. Dies allein ist schon ein schweres Vergehen.«

»Wir wären bei lebendigem Leib da oben auf dem Kamm geröstet worden«, protestierte Petrie.

»Immerhin noch besser als von den Minen in den Himmel geblasen zu werden«, gab der Unteroffizier grob zurück.

»Ich verstehe Ihren Ärger«, meldete sich der Capo zu Wort. »Sie kennen meinen Namen und wissen, wer ich bin. Ich habe Verbindungen in Messina...«

»Zur Hölle mit Ihren Verbindungen. Sie behaupten, ich kenne Ihren Namen. Das wundert mich. Woher soll ich wissen, daß diese Papiere nicht gefälscht sind, können Sie mir das sagen?«

Er wedelte mit den Ausweisen vor Scelbas Nase hin und her.

»Mir gefallen eure Gesichter nicht – und eure Papiere auch nicht.«

»Sie machen da einen schweren Fehler«, sagte Scelba. »Als Sizilianer habe ich das Recht, auf der Insel umherzureisen...«

»Hören Sie eigentlich keine Nachrichten, Mann?«

»Und was sagen die?«

»Daß britische Soldaten heute morgen in dieser Gegend mit dem Fallschirm abgesetzt worden sind. Also – ihr steht alle unter Arrest, bis eure Identität überprüft worden ist. In ein paar Stunden bringt euch ein Lastwagen nach Enna, wo die Abwehr euch sicher ein paar Fragen stellen wird.«

Scelba machte eine wegwerfende Handbewegung.

»Diese Meldungen kursieren doch ständig in ganz Sizilien. Und nie war etwas Konkretes dahinter. Hier grassiert im Moment das Spionage-Fieber.«

»Ihr seid verhaftet!« bellte der Unteroffizier.

»Sind in Ihrer Einheit Sizilianer?« fragte Scelba.

»Natürlich, doch jetzt haben wir genug Zeit mit unnützem Gerede verschwendet. Mitkommen!«

Petrie warf Johnson einen warnenden Blick zu, als sie hinter dem wütenden Unteroffizier den Hang hinunterstolperten. Dicht hinter ihnen folgten die drei Soldaten. Weiteres Argumentieren war hier sinnlos. Daß diese Gerüchte gerade jetzt wieder hochkochten, war verdammtes Pech. Doch zeigten sie, welch extreme Spannung die gesamte Insel erfaßt hatte. Als hinter ihm der Motor des Fiat ansprang, wagte er einen Blick über die Schulter. Ein weiterer Soldat steuerte den Wagen den Abhang hinunter. In seinem Zorn hatte der Unteroffizier vergessen, das Fahrzeug zu durchsuchen, doch würde er dieses Versehen sicher bald bemerken. Auf dem Boden vor den Rücksitzen lag immer noch der Sack mit dem Sprengstoff.

Die Soldaten in der Talmulde warfen ihnen feindselige Blicke zu. Einer entsicherte sogar sein Gewehr, doch auf den scharfen Befehl des Unteroffiziers legte er es wieder zur Seite. Die Sonnenreflexe auf der Windschutzscheibe haben uns hier keinerlei Sympathie eingetragen, dachte Petrie sarkastisch. Sie gingen auf eine Höhle unter einem großen Felsüberhang zu, vor der ein Posten aufgestellt war.

Plötzlich blieb Scelba stehen und schaute einen Mann an, der beim Anblick des Capo seine Mahlzeit unterbrach. Einer der Soldaten drückte dem Capo die Spitze des Bajonetts in den Rücken, doch Scelba rührte sich nicht von der Stelle und warf dem Mann einen solch drohenden Blick zu, daß dieser unsicher zurückwich. Der Capo winkte den Unteroffizier zu sich heran.

»Dieser Mann da kennt mich, Herr Unteroffizier. Er hat meine Papiere nicht gesehen – fragen Sie ihn also, wer ich bin. Vielleicht kann Sie das vor einem sehr schweren Fehler bewahren!«

»Wir werden eure Identität in Enna...«

»Fragen Sie ihn bitte!«

Der Unteroffizier zögerte. Etwas im Verhalten des Capo schien ihn einzuschüchtern. Petrie hielt den Atem an. Alles hing jetzt von der Reaktion dieses Mannes ab, von der Stärke des Zweifels, den Scelba in ihm geweckt hatte. Mit einer ungeduldigen Handbewegung fragte der Unteroffizier den Soldaten, der aufgesprungen war und Haltung annahm: »Sie kennen diesen Mann?«

»Das ist Vito Scelba.«

»Wer ist das?«

»Ich habe für ihn im Hafen von Messina gearbeitet. Er ist ein bedeutender Mann mit weitreichenden Beziehungen.«

Scelba änderte seine Taktik.

»Ich will Ihnen doch nur unnötigen Ärger ersparen, Unteroffizier. Sie tun Ihre Pflicht, was ich durchaus billige. Auch ich tue nur meine Pflicht, wenn auch auf andere Art. Sie haben nun den klaren Beweis für die Echtheit meiner Identität, und für diese beiden Männer da kann ich persönlich bürgen.«

»Sie haben es eilig?«

Der Unteroffizier wurde unsicher. Er haßte es, gegebene Befehle zurückzunehmen, doch seine Furcht vor einflußreichen Leuten war größer. Außerdem hatte Scelba ihm mit seinen Worten den Rückzug erleichtert.

»Da wir jetzt einen Beweis für Ihre Identität haben, sieht die Sache natürlich anders aus...«

»Ich möchte nur so schnell wie möglich weiterfahren. In den Docks von Messina warten dringende Reparaturen auf uns«, erklärte der Capo freundlich. »Klugerweise hat Ihr Gefreiter meinen Wagen hierher gebracht. Mit Ihrer Erlaubnis werden wir jetzt einsteigen und unsere Fahrt fortsetzen.«

Innerhalb von zwei Minuten hatten sie ihre Papiere zurück und fuhren aus der Mulde. Johnson hatte beim Einsteigen den Sack mit dem Sprengstoff zwischen seine Füße genommen und ihn mit den Beinen gegen die Sicht von außen geschützt.

»In der italienischen Armee dienen viele Sizilianer«, sagte Scelba, als das Lager der Soldaten hinter ihnen verschwand.

»Trotzdem haben wir unwahrscheinliches Glück gehabt. Sie hätten mit Sicherheit den Wagen durchsucht.«

»Daran hatte ich auch schon gedacht«, antwortete Petrie trocken und konzentrierte sich ganz aufs Fahren.

Weit vor sich sahen sie die große Klippe, die Scelba in Zusammenhang mit der Abkürzung von Puccio aus erwähnt hatte.

Mit stetiger Geschwindigkeit rollten sie über die schlechte Straße, und hin und wieder reflektierte die Windschutzscheibe die Sonnenstrahlen. Während Petrie wieder mit der einen Hand die Augen schützte, überdachte er Scelbas Vorschlag. Sie würden eine Menge Kilometer sparen, wenn sie die Abkürzung über diesen Maultierpfad nahmen.

Wenig später näherten sie sich der Klippe, als Petrie hoch über sich ein schrilles Heulen vernahm. Er schaute aus dem Fenster, zog rasch den Kopf zurück, brachte den Wagen zum Stehen und drehte die Zündung aus.

»Raus hier, geht in Deckung! Ed, schnapp dir den Sack!«

Er nahm seine Jacke, beugte sich über die Sitzlehne nach hinten und zerrte die Mauser aus dem Wagen. Johnson war schon draußen. Etwas hämmerte in die Wagentür auf Petries Seite. Der Engländer kroch über den Beifahrersitz ins Freie und eilte geduckt hinter den beiden Gefährten her, die von der Straße weg auf einige Felsen zuliefen. Das Heulen des herabstürzenden Flugzeugmotors wurde immer lauter.

Im letzten Moment erreichten die Männer die Deckung der Felsen und warfen sich dahinter flach auf den Bauch. Petrie hob den Kopf und spähte zur Straße hinüber. Im Tiefflug donnerte das Flugzeug heran, deutlich war das RAF-Emblem am Rumpf zu erkennen. Aus allen Bordwaffen eröffnete der Jäger das Feuer. Das Heulen des Motors, das Rattern des Maschinengewehrs und die dumpfen Explosionen der Abschüsse aus der Bordkanone vereinten sich zu einem ohrenbetäubenden, höllischen Crescendo. Gesteinssplitter prasselten gegen die Felsen und schossen als Querschläger durch die Luft. Die Einschläge der Bordwaffen liefen in einer fast schnurgeraden Linie die Straße entlang auf den Fiat zu. Kugeln durchsiebten das Dach und ließen die Windschutzscheibe zerplatzen. Die drei Männer machten sich so klein wie möglich und behielten die Köpfe unten.

Im nächsten Moment war's vorbei, und das Brummen des Flugzeugs verebbte in der Ferne. Petrie richtete den Oberkörper auf. Johnson schüttelte benommen den Kopf. Scelba hielt sich seine linke Hand. Aus einer Wunde tropfte Blut.

»Bleibt weg vom Wagen!« warnte Petrie. »Er brennt.«

»Verdammte Bastarde!«

Johnson starrte dem Flugzeug nach. Er war außer sich vor Wut.

»Und so was gehört zum gleichen Verein!«

»Es war der Wagen. Mit seiner dicken Staubschicht sah er aus wie ein getarntes Feindfahrzeug«, versuchte Petrie ihn zu beruhigen.

Er war aufgestanden und schaute dem Flugzeug nach. Plötzlich runzelte er die Stirn. Der Motor hustete ein paarmal und setzte dann völlig aus. Die plötzliche Stille war erdrückend. Sekundenlang stand die Maschine still in der Luft, dann bewegte sie sich wieder – in rasender Fahrt abwärts.

»Was machen die denn?« fragte Johnson, der neben Petrie stand und den Sturzflug der Maschine verfolgte.

»Motorschaden!«

»Du meinst...?«

»Sie schmieren ab!«

Am Himmel erschienen plötzlich zwei weiße Punkte und blähten sich zu Halbkugeln. Zwei dunkle Schatten baumelten an Fallschirmen der Erde entgegen. Mit einem herzhaften Fluch wandte sich Petrie zu Scelba um, der sich den Staub von den Kleidern klopfte.

»Scelba, kommen diese zwei Flieger irgendwo in der Nähe von Puccio herunter?«

Scelba nahm die Hände über die Augen und beobachtete

eine Weile die Fallschirme. Aus dem Fiat schlugen Flammen hoch.

»Ja, irgendwo bei Puccio«, nickte der Capo.

Petrie fluchte noch heftiger. Johnson schaute ihn erstaunt an.

»Du hast dich doch nicht so aufgeregt, als sie den Fiat zersiebten. Was ist nun schon wieder los?«

»Die zwei da mit ihren weithin sichtbaren Fallschirmen könnten uns Ärger machen. Vergiß nicht, ohne den Wagen müssen wir zu Fuß nach Puccio laufen.«

Petrie drehte sich zu Scelba um.

»Gibt es in diesem Nest ein Telefon? Na, wenigstens etwas. Also Ed, wir müssen so schnell wie möglich nach Puccio. Von dort aus kann ich Gambari in Scopana anrufen. Die Nummer, unter der er dort erreichbar ist, hat er uns nach Tunis durchgegeben. Ich hoffe, daß er uns in Puccio abholen kann.«

»Klingt vernünftig.«

»Doch diese beiden Flieger da können uns ganz schön in die Suppe spucken und uns den einzigen Vorteil, den wir haben, zunichte machen. Bis jetzt weiß der Feind immer noch nichts von unserer Anwesenheit.«

»Verstehe. Sie würden uns zum zweiten Male empfindlich treffen. Beim ersten Mal war's der Wagen.«

»Sieht ganz danach aus.«

Petrie schaute Scelba zu, der sich das Blut von der verletzten Hand schüttelte. Die Verletzung war nur leicht. Petrie hatte für alle Fälle einen kleinen italienischen Verbandskasten mitgenommen und versorgte die Wunde.

»Sie hatten verdammtes Glück, Scelba, der Splitter hat das Handgelenk nur gestreift. Ein paar Zentimeter tiefer, und er hätte die Hand sauber abgetrennt.«

Der Capo streifte ihn mit einem ausdruckslosen Blick und wischte sich den Schweiß von der Stirn.

»Ich habe Freunde in Puccio.«

»Von jetzt an werden wir auch Freunde dringend nötig haben – alle, die wir kriegen können.«

Petrie warf einen Blick auf seine Uhr. 12.30 Uhr. Die Sonne stand hoch im Zenit und verbrannte Sizilien mit ihrer mörderischen Glut. Und in dieser Hitze mußten sie nach Puccio laufen.

Hinter sich vernahm der Engländer eine leichte Detonation. Der Tank war explodiert, eine schwarze Qualmwolke stieg wie ein Signal senkrecht in den Himmel und verriet dem Feind deutlich ihren Standort.

»Wir müssen verschwinden«, stieß Petrie hervor. »Denn hier dürfte es bald von Carabinieri nur so wimmeln.«

7.
Freitag, 14.00 Uhr bis 15.30 Uhr

Um 14.00 Uhr, gerade noch zehn Stunden bis zur Stunde Null, stolperten drei Männer einen Hügel empor. Sie verschnauften oben einen Augenblick und sahen hinab. Etwa dreihundert Meter unter ihnen lag das kleine Dorf Puccio. Die Häuser standen auf einer niedrigen Hügelkuppe, aus ihrer Mitte ragte wie ein Monument die Kirchturmspitze in den Himmel. Nicht weit von den drei Männern ritt ein schwarz gekleideter Priester auf einem Esel auf das Dorf zu. Sonst war weit und breit keine Menschenseele zu sehen.

Erschöpft sanken die drei Wanderer zu Boden, mit ihren Blicken verfolgten sie die kleiner werdende Gestalt des Geistlichen, des einzigen sich bewegenden Objekts in einer sonst toten Welt. Eineinhalb Stunden lang hatten sie die Sonne bei ihrem Marsch über das Land ertragen müssen. Ihre Strahlen brannten auf ihre schweißnassen Rücken, und der Boden reflektierte die Hitze.

Petrie hatte sich als Schrittmacher betätigt. Die beiden anderen waren ihm mit schmerzenden Beinen und schleppenden Schritten gefolgt. Nur ihrem eisernen Willen hatten sie es zu verdanken, daß sie schließlich die Hügelkuppe über dem Dorf erreichten. Ihre Zungen klebten am Gaumen, ihre Körper schienen völlig ausgedorrt. Nur das monotone Knirschen von Geröll unter ihren Stiefeln war noch bis zu ihrem Verstand vorgedrungen. Es war eine solch gnadenlose Tortur, daß Scelba sogar seine unvermeidliche Zigarre weggeworfen hatte.

»Das muß die Straße nach Scopana sein«, krächzte Johnson nach längerem Schweigen.

Er deutete auf ein blasses Band, das etwa einen halben Kilometer unterhalb von Puccio in östlicher Richtung verlief.

»Mir gefällt das Dorf nicht, es ist mir zu ruhig. Warum marschieren wir nicht gleich zur Straße und halten einen Wagen an?«

»Weil vielleicht keiner kommt.«

Petrie beobachtete die verlassene Straße.

»Ich gehe allein ins Dorf«, sagte er und fuhr sich mit der Zunge über die aufgesprungenen Lippen.

»Du bist verrückt!«

»Allein, Ed! Dies ist unsere einzige Chance. Das Dorf wirkt recht verlassen. Zu dritt würden wir soviel Aufsehen erregen wie eine Gesandtschaft des Völkerbundes.«

»Bald werden die Carabinieri nach den Fallschirmspringern suchen...«

»Sie können auch schon da sein«, warnte Scelba. »Von hier aus können wir den Marktplatz nicht einsehen.«

»Da hat ein einzelner Mann erst recht größere Chancen, ihnen zu entkommen«, entgegnete Petrie. »Seht ihr den kleinen Hügel hier auf unserer Straßenseite? In genau einer Stunde treffen wir uns dort. Wenn ich nicht da bin, wartet nicht auf mich. Beschafft euch ein Fahrzeug – mit Waffengewalt, wenn nötig, und fahrt nach Scopana. Ed, du hast Gambaris Telefonnummer im Kopf. Ruft ihn an, sobald ihr angekommen seid. Das ganze Unternehmen steht und fällt dann mit dir, Ed.«

»Was ist, wenn du es nicht rechtzeitig schaffst? Angenommen, wir sind dann schon weg?«

Petrie lächelte matt.

»Dann versuche ich, euch nachzukommen. Hör zu, Ed. Bis jetzt haben wir schon geschafft, was der arme Lawson nicht überlebt hat. Wir sind auf Sizilien. Uns bleibt noch ein wenig Zeit, Messina zu erreichen. Und der wichtigste Punkt: Keiner weiß, daß wir hier sind. Das sind die Fakten. Und darauf sollten wir aufbauen. Solange ich über Gambari eine Transportmöglichkeit auftreiben kann, sind wir noch im Geschäft. Allerdings, mit einem gestohlenen Wagen können wir Ärger kriegen.«

»Ist der Mann, dieser Gambari, Italiener?« fragte Scelba.

»Italo-Amerikaner«, log Petrie. »Ich mache mich jetzt auf den Weg. Wer sind Ihre Freunde in Puccio?«

Der Capo zog einen schweren Siegelring vom Finger und gab ihn Petrie. Er brauchte dafür ein paar Minuten, denn seine Finger waren von der Hitze geschwollen.

»Tragen Sie ihn, er könnte Ihnen nützlich sein. Meine Freunde werden ihn erkennen und wissen, daß wir einander eng verbunden sind. Ach ja, meine Freunde: Der Kolonialwarenhändler, der Sattler, der Leichenbestatter...«

Der Capo machte eine vage Handbewegung. Johnson lächelte säuerlich. Der Leichenbestatter. Das paßte: Scelba, der für Leichen sorgte, und der Bestatter, der sie begrub. Eine perfekte Partnerschaft.

Mit seinem feuchten Taschentuch wischte sich der Amerikaner den Schweiß aus dem Nacken. Petrie erhob sich und tauschte mit ihm die Mauser gegen den Glisenti-Revolver. Bei dieser Hitze wäre es verdächtig gewesen, die Jacke zu tragen, um die Mauser zu verbergen. Man sollte das Mißtrauen der Leute nicht grundlos schüren.

»Gib auf dich acht, Jim«, sagte Johnson. »Das Nest ist mir etwas zu friedlich.«

»Ich passe schon auf. Wir treffen uns in einer Stunde.«

Während er mit der Jacke überm Arm den Hang hinunterging, bemerkte Petrie, daß das Dorf ähnlich vielen anderen Dörfern auf Sizilien in einem desolaten Zustand war. Die Häuser waren verfallen, die Schindeln teilweise von den Dächern gerutscht. Das Dorf machte den Anschein, als sei es erst kürzlich Ziel eines schweren Luftangriffs gewesen, doch Petrie bezweifelte, daß hier auch nur eine einzige Bombe heruntergekommen war. Armut war die Visitenkarte dieser trostlosen Insel, und man tat gut daran, überall sonst auf der Welt geboren zu werden als in diesem von der Mafia beherrschten Höllenloch.

Die Häuser schienen noch enger zusammenzurücken, je näher er dem Ort kam. Das Dorf machte den Eindruck eines Weilers, in dem man nie jemanden sehen kann, aber selbst ständig das Gefühl hat, beobachtet zu werden.

Selbst bei Nacht hätte Petrie sofort bemerkt, daß er sich einem sizilianischen Dorf näherte. Der Gestank von Tierdung und häuslichem Unrat war unverkennbar. Ganze Fliegenschwärme fielen über ihn her, mit müden Handbewegungen versuchte er, sie zu verscheuchen. Mit der rechten Hand umklammerte er den Griff des Revolvers in der Jackentasche.

Im Dorf verengte sich die Hauptstraße zu einer schmalen, ansteigenden Gasse, deren Decke aus festgetretener Erde bestand. Zwischen den Häusern waren Leinen gespannt, auf denen Wäsche trocknete. Petrie kam an einem Haus vorbei, dessen Eingang weit offen stand. Auf dem Steinboden lagen Sättel und Zugtier-Geschirre. Hier wohnte also der Sattler, einer von Scelbas Freunden. Petrie ging weiter. Er hatte an dem Haus des Sattlers keine Telefonzuleitung entdecken können.

Petrie verlangsamte seine Schritte und betrachtete den kleinen Marktplatz von Puccio, der am Ende der Gasse auf der Hügelkuppe sichtbar wurde. Wie das ganze Dorf wirkte er zur Mittagszeit öde und verlassen. Nur ein paar Maultiere waren im Schatten einer Mauer angebunden.

Die Tiere wandten die Köpfe und äugten zu ihm herüber. Nichts rührte sich. Petries Blick blieb an einer Telefonleitung hängen, die auf eine kleine Taverne links von ihm zulief. Der Lebensmittelladen war geschlossen, doch die Tür der Bar stand einladend weit offen. Petrie wischte sich die schweißnassen Hände an der Hose ab, umfaßte mit festem Griff den Knauf der Pistole in der Jackentasche und ging entschlossen auf den Eingang der Taverne zu.

›Bei Mario‹.

Die ausgebleichten Buchstaben über einem offenen Fenster mit schmutzigen Vorhängen konnte man gerade noch entziffern. Petrie trat durch die offene Tür. Der Anblick der

Flaschen hinter dem Bartresen, einer grob geschnittenen Holzbohle, die den hinteren Bereich des Raumes abteilte, machte seinen Durst fast unerträglich. Die Taverne war klein und niedrig, es roch nach saurem Wein, die Luft war trotz der geöffneten Fenster stickig.

Die Maultiere schienen ihn neugierig zu beobachten, jede seiner Bewegungen zu verfolgen. Ein Dutzend Tische waren vor der Theke aufgestellt. An einigen saßen ein paar Sizilianer und würfelten. Sonnengebräunte Gesichter unter Baskenmützen hoben sich bei seinem Eintritt, scharfe Augen musterten Petrie, dann wandte sich die Aufmerksamkeit der Gäste wieder ihrem Spiel und ihrem Wein zu. Petrie ging zum Tresen und bestellte bei dem dunkelhaarigen jungen Mädchen dahinter einen Wein.

»Einen Wein, und eine Flasche Mineralwasser.«

Das Mädchen besaß flinke, kluge Augen, die Petrie rasch musterten. Einen Augenblick lang blieben sie an Scelbas Ring hängen, als Petrie beiläufig seine rechte Hand auf den Tresen legte. Sie zögerte, nahm eine Flasche und entkorkte sie. Ihre Blicke begegneten sich für den Bruchteil einer Sekunde, dann rief sie mit scharfer Stimme einen Namen.

»Arturo!«

Einer der Spieler erhob sich und schlenderte heran. Die Hände hatte er in die Taschen geschoben. Mit einer heftigen Bewegung stellte das Mädchen die Flasche neben Petries rechte Hand mit dem Ring. Der Bauer wartete gleichmütig, bis das Mädchen ein zweites Glas füllte und es ihm zuschob. Petrie bezähmte seine erwachende Ungeduld und hob sein Glas.

Das Telefon, ein uraltes Monstrum, hing dicht neben ihm an der Wand, von der der Verputz abblätterte. Der Engländer wartete erst einmal die Entwicklung der Dinge ab, ehe er sich an das umständliche Zeremoniell wagte, ohne das kein Telefongespräch auf Sizilien zustande kam.

Der Bauer, ein kleiner, untersetzter Mann mit einem Galgenvogelgesicht, hob ebenfalls sein Glas.

»Salute!«

Mit diesem einen Wort gab er Petrie, ehe er zu seinem Tisch zurückkehrte, zu verstehen, daß er den Ring gesehen hatte. Petrie ließ nochmals seine Blicke durch den Schankraum schweifen und reichte dann dem Mädchen einen Fünfzig-Lire-Schein.

»Ich hätte gerne eine Telefonverbindung mit Scopana«, sagte er mit gedämpfter Stimme. »Behalten Sie den Rest, bis Sie wissen, was es kostet.«

Er nannte die Nummer, die er sich eingeprägt hatte, und trank ein zweites Glas Wein. Das Mädchen drehte an der Kurbel des Telefons und wartete, wobei sie die Hand in die Hüfte stützte. Ja, es würde ein umständliches Zeremoniell werden. Zu den vielen Dingen, die Petrie während seiner Dienstzeit bei der Felucca Boat Squadron gelernt hatte, gehörte die Erfahrung, daß man sich im Feindesland nie länger als unbedingt nötig unter fremden Dächern aufhalten sollte. Aus einem unerfindlichen Grund gefiel ihm die Atmosphäre in der Taverne nicht. Das Klicken der Würfel, die Bauern, die gemächlich ihren Wein tranken und gelegentlich mit einer Handbewegung die Fliegen verscheuchten – all dies erschien ihm seltsam unwirklich. Und doch war dies das wirkliche, echte Sizilien, in dem Tag um Tag auf die gleiche Weise verrann. Abgesehen von der Rationierung merkten diese Menschen hier kaum, daß da ein Krieg geführt wurde.

»Es dauert nicht lange«, versicherte ihm das Mädchen und wechselte ein paar Worte mit den anderen Gästen in ihrem eigenen Dialekt. Nicht lange – das konnte auf dieser Insel eine Ewigkeit bedeuten, dachte Petrie.

Das monotone Klicken der Würfel ging weiter. Das Geräusch ließ Petries ohnehin angespannte Nerven vibrieren. Er unterdrückte das Verlangen, die Taverne sofort zu verlassen und aus dem Dorf zu verschwinden. Statt dessen beobachtete er die Männer an den Tischen. Arturo und drei oder vier andere Bauern waren ganz in ihr Spiel vertieft, der Sizilianer hatte Petries Anwesenheit anscheinend völlig vergessen. Dafür musterte ihn der Mann am Nebentisch, ein schlanker Einheimischer mit einigen Narben im Gesicht, um so intensiver. Für einen Sekundenbruchteil kreuzten sich ihre Blicke. Sofort senkte der Mann den Kopf und beschäftigte sich wieder mit den Würfeln.

In Petries Innerem schrillten die Alarmglocken. Der Ausdruck im Gesicht des Mannes gefiel ihm ganz und gar nicht. Petrie zwang sich zur Ruhe und versuchte, seine Gedanken zu ordnen. Ich sehe fast wie ein Einheimischer aus, überlegte er, was also hat des Mannes Aufmerksamkeit erregt? Das Verhalten von Arturo, als er neben ihm stand?

Als Petrie zufällig den Blick zur Theke wandte, entdeckte er, wonach er schon seit dem Betreten der Taverne Ausschau gehalten hatte: den Hinterausgang in dem kleinen Zimmer hinter dem Tresen. Die Tür stand halb offen. Im Ernstfall hatte er also einen zweiten Fluchtweg. Er nahm noch einen Schluck Wein. Im gleichen Augenblick hob das Mädchen eine Augenbraue.

»Die Verbindung!«

Sie drehte wild an der Kurbel und hob einen Finger.

»Ah ja, Scopana!«

Mit einem schwachen Lächeln hielt sie ihm den Hörer hin. Petrie nahm ihn und lehnte sich mit dem Rücken gegen die Wand, so daß er die Gaststube überblicken konnte. Das Ganze entwickelte sich zu einer verdammt verzwickten Angelegenheit.

»Ich möchte gerne Signor Gambari sprechen«, sagte er mit leiser Stimme. »Es ist dringend.«

»Es tut mir leid, aber er ist nicht hier. Wer spricht da?«

Es war eine sonor klingende, beherrschte Männerstimme, die Petrie die schlechteste Nachricht mitteilte, die es in seiner Situation gab. Einer der Bauern an Arturos Tisch stand auf und verließ die Taverne. Petrie überlegte einen Moment, ob die Stimme am anderen Ende der Leitung tatsächlich bei der Antwort gezögert hatte.

»Wer ist denn da?«

Der Tonfall der Stimme klang schärfer.

Petrie holte tief Atem. Er mußte es einfach riskieren!

»Ich bringe die Ladung Orangen aus Palermo.«

Das war die Erkennungsparole. Diesmal zögerte der Mann am anderen Ende tatsächlich mit der Antwort.

»Der Preis ist zur Zeit nicht sehr hoch. Wie groß ist die Ladung?«

Petrie versuchte, sich seine Erleichterung nicht anmerken zu lassen. Der Mann hatte die vereinbarte Antwort gegeben, also sprach er mit Gambari.

»Neunzig Kilo, Signore. Leider haben wir Probleme, sie nach Scopana zu schaffen.«

»Wo ist die Ladung jetzt?«

»In Puccio, einem Dorf am...«

»Ich kenne den Ort. Ich könnte hinüberfahren und die Ladung abholen. Das Problem wäre also nur der Wagen. Habe ich das richtig verstanden?« Gambaris Worte waren knapp und präzise. Er sagte nur das Nötigste. Eine Welle der Erleichterung erfaßte Petrie.

»Ja, wir haben keinen. Doch sollten Sie mich und meine beiden Begleiter besser außerhalb des Dorfes einsteigen lassen...«

»Auf der Straße nach Scopana?« fragte Gambari.

»Nicht zu weit vom Ort entfernt jedenfalls.«

»In einer Stunde bin ich da. Ich fahre einen grauen Mercedes. Das amtliche Kennzeichen ist ML 4820. Ich komme allein. Wir treffen uns an der Abzweigung nach Cefalù. Wenn Sie von Puccio kommen, ist es die Straße links. Geradeaus geht es nach Scopana. Alles klar?«

»Ja, vielen Dank. Wie weit ist...«

»Die Abzweigung liegt etwa einen Kilometer östlich von Puccio«, sagte Gambari. Seine folgende Bemerkung klang beiläufig. »Sie sind spät dran mit der Lieferung, Signore.«

Sehr vorsichtig, der Signor Gambari, dachte Petrie. Ja, sie waren verdammt spät dran. Laut Plan hätten sie schon um zehn Uhr morgens in Scopana sein sollen.

»Etwas mehr als vier Stunden, Signore.«

»Ich werde an der Abzweigung auf euch warten.«

Die Leitung war tot. Keine überflüssigen Worte, nur das bedeutsame Klicken am anderen Ende. Petrie reichte dem Mädchen den Hörer. In diesem Augenblick betraten drei Männer den Schankraum und nahmen am Tisch direkt neben der Tür Platz. Der eine hatte am Tisch neben Arturo gesessen, der andere trug eine mehlbestäubte Lederschürze. Der Kolonialwaren-Händler. Scelbas Freunde sammelten sich, um sich den Mann näher anzusehen, der den Ring des Mafia-Bosses trug.

Petrie steckte sein Wechselgeld ein und ging auf die Tür zu. Plötzlich blieb er wie angewurzelt stehen.

Draußen zerrissen das Knattern von Motorrädern und das tiefe Brummen von Lastwagen-Motoren die Stille. Bremsen kreischten auf der Piazza, schwere Schritte näherten sich im Laufschritt dem Eingang. Petrie wich zurück und wollte sich gerade am Tresen vorbeidrücken, um durch die Hintertür zu verschwinden, als eine Handvoll Carabinieri mit aufgepflanztem Bajonett in die Schenke stürmte. Ein Unteroffizier befahl mit barscher Stimme allen Anwesenden, sich nicht vom Fleck zu rühren. Geistesgegenwärtig füllte das Mädchen Petries Glas nach. Der Engländer lehnte sich ruhig gegen den Tresen, nahm einen Schluck und wartete ab.

Die Uniformierten stellten sich in eine Reihe entlang der Seitenwand auf und richteten ihre Gewehre auf die Anwesenden. Der Unteroffizier sah Petrie allein an der Bar stehen und fuhr ihn grob an:

»Du da, setz sich zu den anderen! Los, beweg dich!«

Petrie ging langsam durch den Raum und setzte sich an Arturos Nebentisch. Er wählte seinen Platz bewußt so, daß er dem Sizilianer zwei Tische weiter, der ihn zuvor so aufdringlich gemustert hatte, genau gegenüber saß.

Der Unteroffizier schien gern seine eigene Stimme zu hören, denn er stieß wilde Drohungen aus gegen jeden, der sich zu rühren wagte. Plötzlich nahm er Haltung an und salutierte stramm. Ein Offizier in gut sitzender Uniform hatte die Schenke betreten.

»Dies ist Hauptmann Soldano«, verkündete der Unteroffizier. »Und jetzt haltet gefälligst die Klappe, Herrschaften!«

Niemand hatte etwas gesagt. Der barsche Nachsatz war völlig überflüssig.

Petrie beobachtete den narbengesichtigen Sizilianer scharf. Der Mann schien einen inneren Kampf mit sich auszufechten. Er hatte sich schon halb erhoben, als wolle er etwas sagen, setzte sich aber rasch wieder, als er Arturos drohenden Blick bemerkte. Im gleichen Moment sagte Hauptmann Soldano, ein Italiener vom Festland: »In der Nähe von Puccio wurden zwei britische Spione gesichtet. Sie könnten sich im Dorf versteckt haben. Sind euch in den letzten zwei Stunden irgendwelche Fremden begegnet? Leute, die ihr noch nie in Puccio gesehen habt?«

Erwartungsvoll musterte der Offizier jeden einzelnen der Männer in der Taverne. Sein Blick blieb einen Moment lang an dem narbengesichtigen Sizilianer hängen, ehe er weiterwanderte. Die Bauern an den Tischen sahen sich ausdruckslos an und zuckten die Schultern. Petrie fiel auf, daß keiner von ihnen in seine Richtung schaute. Er war der einzige, der allein am Tisch saß, und obwohl er sich auf Anweisung des Unteroffiziers dorthin gesetzt hatte, fühlte er sich wie auf dem Präsentierteller. Das Mädchen hinter dem Tresen polierte mechanisch die Gläser, schaute dabei zur Decke, aus dem Fenster, zu den Soldaten hinüber – aber nicht zu ihm.

»Für ihre Ergreifung wird es vielleicht eine Belohnung geben«, sagte Soldano und rieb unmißverständlich Daumen und Zeigefinger gegeneinander. Wieder musterte er die Männer. Petrie fluchte innerlich auf das zweifache Mißgeschick, verursacht durch das Auftauchen der Jagdflieger. Zwei britische Spione! Soldano meinte ohne Zweifel die zwei Flieger, die mit dem Fallschirm abgesprungen waren. Die Bauern schüttelten nur die Köpfe. Die Spannung im Raum war fast greifbar. Jeder der Zivilisten in der Schenke wußte, daß er hier fremd war. Trotzdem gab es nur einen, dessen Reaktion sich Petrie nicht sicher war: der Sizilianer mit dem Narbengesicht. Die Art, wie Soldano den Mann ansah, überzeugte Petrie davon, daß der Sizilianer ein gekaufter Informant, ein Verräter war – genau das, was Scelba fälschlicherweise von seinem Neffen Carlo behauptet hatte. Der Engländer war sicher, daß nur die Anwesenheit von Arturo und seinen Mafiosi dem Mann den Mund verschloß. Doch es konnte nur eine Frage der Zeit sein, bis das im Moment ungleich stärkere Argument der schußbereiten Gewehre der Soldaten dem Mann seine Sprache wiedergeben würde.

»Nun, da also keiner etwas weiß und da wir gerade hier sind, sollten wir wenigstens etwas trinken«, entschied Soldano weise.

Das war Musik in den Ohren der Soldaten. Sie drängten sich zum Tresen, machten aber respektvoll Platz, als der Hauptmann herantrat und mit vollendeter Höflichkeit seine Mütze vor dem Mädchen zog, das ihm sofort mit ausdruckslosem Gesicht ein Glas Wein einschenkte.

Die Spannung unter der Oberfläche wuchs. Der Eingang wurde von Posten bewacht, und keiner der Zivilisten machte Anstalten, die Taverne zu verlassen. Das Mädchen ging herum und versorgte die Carabinieri mit Getränken. Petrie nippte ab und zu an seinem Glas und ließ den Sizilianer nicht aus den Augen. Der Mann erhob sich, um zum Tresen zu gehen. Das Manöver war leicht zu durchschauen, von Soldano so geplant, um dem Bauern die Möglichkeit zu bieten, sich ihm zu nähern und ihm seine Information zuzuflüstern. Und diese Information würde Petrie betreffen, würde ihn innerhalb weniger Minuten zum Gefangenen der Carabinieri machen.

Arturo raunte einem Mann an seinem Tisch ein paar Worte zu. Der Mann stand auf und prallte mit dem Narbengesicht zusammen. Er nahm ihm das Glas aus der Hand und sagte etwas auf sizilianisch. Dann wandte er sich ab und ging zum

Tresen, ehe der Verräter etwas erwidern konnte. Zögernd setzte sich das Narbengesicht wieder auf seinen Stuhl. Petrie rieb sich über sein stoppliges Kinn. Das war gerade noch mal gutgegangen, dachte er erleichtert. Doch für wie lange?

Eine Hand berührte ihn an der Schulter und deutete zur Bar hinüber, wo das Mädchen ihm mit der Flasche zuwinkte.

Was, zum Teufel, hatten sie vor?

Er erhob sich und bahnte sich zwischen den laut redenden Soldaten einen Weg zum Tresen. Dort nahm Arturos Freund gerade zwei gefüllte Gläser entgegen und trug sie zum Tisch zurück. Der leutselige Soldano wandte sich um und wunderte sich, daß sein Informant noch immer am Tisch saß. Petrie preßte seine Jacke gegen den Körper und versuchte, den Soldaten aus dem Weg zu gehen aus Furcht, jemand könnte die versteckte Waffe in der Jackentasche fühlen. Das Mädchen deutete mit einem Kopfnicken zum Ende des Tresens. Vorsichtig arbeitete Petrie sich dorthin vor.

Das Versteckspiel näherte sich seinem Ende. Soldano wurde die Sache zu dumm. Er ging auf den Tisch des Sizilianers zu. Wenn der Berg nicht zum Propheten kam...

Petrie nahm das Glas, das ihm das Mädchen reichte und lehnte sich an die Wand neben dem Telefon. Arturos Freund reichte dem Sizilianer das gefüllte Glas. Doch der Bauer war vorsichtig. Mit einer raschen Bewegung nahm er dem Mann das andere Glas aus der Hand und prostete ihm damit zu. Salute!

Soldano unterhielt sich mit dem Kolonialwarenhändler. Petrie lief der Schweiß in Strömen den Rücken hinab. Auch diesmal hatte er die Taktik des Carabinieri-Hauptmannes rasch durchschaut. Der Italiener hatte schon mehrere Bauern angesprochen. Wenn er also auch mit dem Narbengesicht ein paar Worte wechselte, konnte niemand daraus schließen, daß der Mann ein Informant war. Jetzt erhob sich der Bauer, der mit dem Lebensmittelhändler an einem Tisch saß, beugte sich vor und berührte das Narbengesicht an der Schulter. Nervös wandte sich der Sizilianer um und lauschte den Worten des Händlers. Blitzschnell schob sich Arturo vor und kippte den Inhalt einer Phiole in das Glas des Sizilianers.

Petrie warf dem Mädchen einen Blick zu. Mit einer versteckten Drehung des Kopfes deutete sie auf die Hintertür. Doch noch war nicht der richtige Zeitpunkt für seine Flucht. Etwas mußte geschehen, etwas, das die Aufmerksamkeit der anderen von ihm ablenkte. Vielleicht sorgte gar der Sizilianer für diese Ablenkung, wenn er die K.-o.-Tropfen in seinem Wein schluckte.

»Du gehst immer noch mit Maria?« fragte das Mädchen leichthin.

Es versuchte, den Engländer in ein Gespräch zu verwikkeln. Vielleicht dachte es, es könne dem Hauptmann auffallen, daß er die ganze Zeit mit niemandem sprach.

»Natürlich.«

Petrie nahm einen Schluck und beobachtete über den Glasrand hinweg das Narbengesicht. »Sie ist das hübscheste Mädchen in Puccio.«

»Und du wirst Maria heiraten?«

»Ich denke schon.«

Narbengesicht wurde ungeduldig oder nervös. Er stand auf und ging mit dem Glas in der Hand auf Soldano zu.

»Es ist noch zu früh, um jetzt schon ans Heiraten zu denken.«

»Das sagen die Männer immer!« rief das Mädchen. »Die Kerle sind alle Schufte!«

Sie polierte immer noch das Glas mit ihrem Tuch und vermied es bewußt, in Arturos Richtung zu schauen.

Der Plan ging nicht auf. Narbengesicht trank nicht, sondern wollte offensichtlich erst mit Soldano sprechen. Der Hauptmann stand wenige Meter von Petrie entfernt und unterhielt sich mit einem Bauern. Ein stämmiger Soldat mit geschultertem Gewehr lehnte neben Petrie am Tresen und spielte mit seinem Glas.

Du hast es versucht, Arturo, doch es nützt nichts, dachte Petrie. Von den Mafiosi war keine Hilfe zu erwarten, wenn er mit den Carabinieri in einen Schußwechsel geriet. Petrie bat das Mädchen um einen Weinbrand und hielt das Glas in der Hand, um seinen Inhalt dem Soldaten neben ihm sofort ins Gesicht und in die Augen zu schütten, sollten sich die Ereignisse zuspitzen.

Das Narbengesicht stand jetzt vor Soldano. Der Offizier hob sein Glas und trank dem Sizilianer zu.

»Salute.«

Das Narbengesicht hob automatisch sein Glas und nahm einen großen Schluck. Im nächsten Moment schrie er gellend auf und faßte sich mit der Hand an die Kehle. Der Schrei verebbte in einem schrecklichen Gurgeln. Der Bauer taumelte gegen Soldano, krümmte sich und sank vor der Bar zu Boden. Der Körper zuckte noch einige Male, dann rührte er sich nicht mehr. Die Lippen im Gesicht des Mannes hatten sich purpurn verfärbt.

Einen Augenblick war es totenstill in der Bar, dann brach ein höllischer Tumult los. Die Bauern sprangen auf und schrien wild durcheinander.

»Dottore, dottore!«

Der Lebensmittelhändler stürzte an dem wie zu Stein erstarrten Posten vorbei ins Freie. Die Soldaten brüllten laute Kommandos, versuchten die Ordnung wiederherzustellen und erhöhten das Durcheinander nur noch. Der stämmige Soldat und der Hauptmann beugten sich über den leblosen Körper des Sizilianers. Petrie blickte sich noch einmal hastig um und schlüpfte dann um den Tresen. Niemand beachtete ihn. Rasch eilte er an dem Mädchen vorbei zur Hintertür und drückte sie von außen leise ins Schloß. Er huschte durch einen engen Gang, dessen Steinboden mit Stroh bedeckt war, und öffnete vorsichtig die Tür am anderen Ende. Sonnenstrahlen fielen auf Pflastersteine, Petrie fühlte die Hitze auf seinem Gesicht. Er überquerte einen umfriedeten Platz und kletterte über die niedrige Mauer. Dahinter erstreckte sich offenes Land, ein nackter Hügelrücken fiel sanft zu einem ausgetrockneten Flußbett ab. In der Ferne konnte Petrie den abgeflachten Hügel erkennen, wo er sich mit Scelba und Johnson verabredet hatte.

Zuerst stolperte er unbeholfen den Hang hinunter, doch bald ließ seine innere Anspannung nach und seine Muskeln lockerten sich. Als er sich nach einer Weile umschaute, lagen die Häuser von Puccio schon über einen halben Kilometer hinter ihm, und nichts rührte sich dort. Er eilte weiter, um eine Deckung zu erreichen, ehe die Carabinieri auftauchten. Der Anblick des zusammengesunkenen Sizilianers ging ihm nicht aus dem Sinn. Arturo hatte ihm keine K.-o.-Tropfen in den Wein gekippt, sondern Blausäure, eine scheußliche Flüssigkeit, die die inneren Organe des Informanten in Sekundenschnelle lahmgelegt hatte. Und die Aktion war reibungslos über die Bühne gegangen. Wenn die Mafia, von der faschistischen Polizei gejagt, selbst aus dem Untergrund heraus noch so mächtig und zu solchen Aktionen fähig war, was mochte dann erst geschehen, wenn man dieses Monstrum aus seinem Zwinger befreite?

Die motorisierte Einheit der Wehrmacht rollte, eine riesige Staubwolke nach sich ziehend, in Richtung Westen auf Puccio zu, als ein grauer Mercedes sich von Osten her der Abzweigung nach Celafù näherte. Petrie und Scelba hielten sich etwa fünfzig Meter über der Straßenbiegung in einer Schäferhütte verborgen. Das Dach der Hütte fehlte völlig, ein Loch in der hinteren Mauer diente als Eingang. Wie bei den Begrenzungsmauern der Straßen hatte man auch hier unbehauene Felsbrocken lose aufeinander geschichtet. Große Zwischenräume gewährten einen ungehinderten Blick auf die Straße und auf das Gelände ringsum, das etwa einen Kilometer jenseits der Überlandstraße langsam zu einem Vorgebirge anstieg. Auch die Abzweigung nach Cefalù und zur Küste war von hier aus gut einzusehen. Die Straßengabelung war ein idealer Treffpunkt, einsam und unbeobachtet. Seit die deutsche Einheit verschwunden war, hatte sich nichts mehr gerührt.

Der Wagen näherte sich in rascher Fahrt. Petrie versuchte, das Nummernschild zu entziffern, doch der Mercedes fuhr zu schnell, hielt mit unverändertem Tempo auf die Abzweigung zu.

»Das ist nicht Gambari«, flüsterte der Engländer dem Capo zu, der mit ihm in der verfallenen Hütte auf die Ankunft des Agenten wartete.

»Dann verspätet er sich«, murmelte Scelba, und an seinem Tonfall merkte Petrie, daß der Mafioso einen Grund suchte, an dem Italiener, der für die Alliierten arbeitete, herumzumäkeln.

»Er wird schon noch kommen. Gambari ist nicht dumm und sehr zuverlässig. Und da wir gerade beim Thema sind, Scelba – ich wünsche keine Auseinandersetzung zwischen euch beiden. Denken Sie daran, wir ziehen alle an einem Strang, arbeiten für das gleiche Ziel.«

»Kummer gehört halt zu unserem Leben«, antwortete der Mafia-Boß zweideutig.

Petrie sparte sich die Antwort und beobachtete durch eine andere Mauerlücke die Straße. Sein Gesichtsausdruck verriet deutlich seine Enttäuschung, als der Wagen mit unverminderter Geschwindigkeit an der Abzweigung vorbeifuhr. Doch hundert Meter weiter trat der Fahrer plötzlich hart auf die Bremse, der schwere Wagen kam mit blockierenden Rädern zum Stehen. Der Fahrer, der allein im Wagen saß, drehte sich um und fuhr rückwärts bis zur Abzweigung zurück. Dort schob er den Kopf aus dem Fenster, schaute sich unauffällig um, lehnte sich im Sitz zurück und warf einen Blick auf seine Straßenkarte.

Die Autonummer des Wagens war ML 4820.

»Kennen Sie diesen Gambari?« wandte sich Scelba an Petrie.

»Ich habe ihn noch nie gesehen.«

»Dann müssen wir sehr vorsichtig sein.«

Der Sizilianer, der geduckt hinter der Mauer hockte, überprüfte seinen Revolver und wischte sich mit dem Taschentuch vorsorglich den Schweiß von der Stirn, damit er ihm nicht im falschen Moment in die Augen lief. Der erhöhte Standort erlaubte Petrie einen ungehinderten Blick ins Wageninnere, das außer dem Fahrer, einem glatzköpfigen Mann in einem dunklen Geschäftsanzug, leer war. War dies tatsächlich Gambari? Der Wagen trug die genannte Zulassungsnummer. Auch war der Fahrer allein, doch bewies sein seltsames Fahrverhalten eindeutig, daß er die Gegend hier nicht sehr gut kannte. Oder sollte dies nur ein Täuschungsmanöver für ungebetene Beobachter gewesen sein?

»Wir werden uns die Sache mal aus der Nähe betrachten«, entschied Petrie. »Halten Sie sich dicht hinter mir und achten Sie darauf, daß er Ihre Waffe nicht sieht.«

Petrie schob die Mauser, die er schußbereit in der Hand gehalten hatte, in das Holster an seiner Hüfte, schlüpfte in seine Jacke und zwängte sich durch den Eingang ins Freie. Der Fahrer des Wagens reagierte sofort, als er die Männer den steilen Hügelhang herunterkommen sah. Er stieg aus dem Wagen, schützte seine Augen mit der Hand vor der Sonne und schaute ihnen entgegen. Dann öffnete er die Fondtür des Wagens.

Dieses sorglose Verhalten machte Petrie mißtrauisch. Der Mann war unvorsichtig. Er sollte drei Männer an der Gabelung aufnehmen, doch nur zwei stiegen jetzt zum Wagen hinunter. Wenn er diese Sache schon so nachlässig anging, war er auch in anderen Dingen zu unvorsichtig – zum Beispiel bei seiner Abfahrt in Scopana?

Petrie unterdrückte seinen Unmut und sein Mißtrauen. Er blieb stehen und schaute in die Richtung, aus der der Mann gekommen war. Doch weit und breit war keine Menschenseele zu sehen. Die Sonne brannte ihm auf den Rücken. Petrie setzte sich wieder in Bewegung. Er hielt sich mit einer Hand am Gestrüpp und am Felsen fest, um bei dem steilen Abstieg nicht das Gleichgewicht zu verlieren. Plötzlich blieb er erneut stehen.

Der Mann unten auf der Straße hatte sich nun ganz zu ihnen herumgedreht. Seine Hände waren nicht mehr leer, als er ihnen jetzt auf italienisch einen scharfen Befehl zurief.

»Keinen Schritt weiter! Bleibt beide schön, wo ihr seid!«

In den Händen hielt er eine deutsche Maschinenpistole. Ihre Mündung deutete genau auf sie.

»Wir hofften, Sie könnten uns ein Stück mitnehmen«, rief Petrie rasch.

»Hebt die Hände über den Kopf. Du da vorne – komm herunter, aber allein!«

Petrie hielt die Hände brav in Schulterhöhe, während er vorsichtig das letzte Hangstück zur Straße hinabstieg. Scelba blieb ruhig an seinem Platz stehen. Der Fahrer des Mercedes war Anfang Vierzig, etwa einen Meter siebzig groß und breitschultrig. Die dichten Augenbrauen unter der hohen Stirn und die dunklen Haaransätze über den Ohren verliehen ihm nicht gerade ein engelhaftes Aussehen. Und doch strahlte der Mann mit der leicht gekrümmten Nase und den flinken Augen unter den schweren Lidern Vitalität und Tatkraft aus, auch einen Hauch von Kälte und Erbarmungslosigkeit. Der schwarze Schnurrbart war sauber gestutzt, der dunkle Geschäftsanzug maßgeschneidert und teuer. Neben ihm kam sich Petrie wie ein heruntergekommener Landstreicher vor. Ein schwaches, kaltes Lächeln umspielte die Lippen des Italieners, als er mit der Maschinenpistole auf Petries Brust zielte.

»Sind Sie der Überbringer der Ladung Orangen aus Palermo?« stellte er leise die Erkennungsfrage.

»Ja, aber der Preis ist zur Zeit nicht sehr hoch...«

»Ich bin Angelo Gambari.«

»James Petrie.«

Der Engländer ließ die Hände sinken, doch die Mündung der Maschinenpistole zeigte unverändert auf seine Brust. Rasch nahm Petrie die Hände wieder hoch.

»Major Petrie, ich habe da nur noch ein kleines Problem. Ich erwartete drei Männer, sehe aber nur zwei. Wo ist der dritte?«

»Direkt hinter Ihnen.«

Petrie sprach jetzt lauter.

»Und ich an Ihrer Stelle wäre hübsch vorsichtig mit der Spritze da, Angelo, denn er hat Sie schon seit Ihrer Ankunft im Visier.«

Hinter einem Felsen auf der anderen Staßenseite erhob sich Johnson und kam heran. Sein Revolver zielte auf den Rücken des Italieners. Gambari warf einen kurzen Blick über die Schulter, lächelte wieder und legte die Maschinenpistole auf den Kotflügel des Mercedes.

»So, so, Sie treffen also auch Ihre Vorkehrungen? Das ist beruhigend.«

Er wischte sich mit einem Seidentaschentuch über die Stirn und schaute zum Hang hinauf, wo Scelba mit erhobenen Händen wartete.

»Und der da ist sicher Don Vito Scelba, fürchte ich. Ich hoffe nur, Sie werden es nicht bereuen müssen, bei dieser Operation die Hilfe des Mafia-Bastards in Anspruch genommen zu haben.«

»Ohne ihn wären wir nie bis hierher gekommen«, erwiderte Petrie knapp. Dann machte er Johnson mit dem Agenten bekannt und winkte Scelba heran. »Und wir brauchen seine Hilfe dringend, um in den Hafen von Messina zu gelangen«, erinnerte er Gambari.

»Schon gut. Aber verlangen Sie nicht von mir, ihm die Hand zu schütteln. Außerdem möchte ich mit Ihnen kurz unter vier Augen reden.«

Seine Sorge erwies sich als überflüssig. Als Scelba zu ihnen trat und Petrie ihm den Italiener vorstellte, nickte er nur und begann umständlich, seine Brillengläser zu putzen.

Sie haben sich nie gesehen, überlegte Petrie, und doch merkte man sofort an ihrem Verhalten, daß sie sich zutiefst verabscheuten. Zweifellos befürchtete Scelba durch das Auftauchen des Agenten eine Schmälerung seiner Verdienste am Gelingen der Operation. Und was Gambari betraf, hatte Parridge Petrie schon in Tunis gewarnt, daß der Agent die

Mafia im Grunde seiner Seele haßte. Es war vielleicht ganz gut, sich mal anzuhören, was der Mann aus Messina zu sagen hatte.

»Die Zeit läuft uns davon«, sagte er nur und zog den Italiener mit sich zur anderen Straßenseite hinüber. Johnson und Scelba kletterten in den Fond des Mercedes. Den Sack mit dem Sprengstoff deponierte der Amerikaner auf dem Wagenboden zwischen seinen Füßen.

Außer Hörweite des Wagens blieb Petrie stehen. Der Italiener legte seine Waffe in den Graben am Straßenrand.

»Zufällige Beobachter in vorbeifahrenden Autos könnten sich darüber wundern, wenn ich sie in der Hand behalte«, erklärte er lächelnd. Dann wurde er unvermittelt ernst.

»Es hat da eine Panne gegeben. Ich glaube, Sie sollten das wissen.«

»Was für eine Panne?«

»Wir haben jegliche Verbindung nach Afrika verloren. Die Deutschen ließen vor acht Stunden meinen Sender und meine Agenten hochgehen. Sie haben ein Funkgerät mit?«

»Nein, ich habe mit eurem Gerät gerechnet. Wie zum Teufel konnte das geschehen?«

»Ich weiß es nicht. Meine Leute haben während des Funkbetriebs immer ganz besonders auf feindliche Peilwagen in der Umgebung geachtet. Ich frage mich ernsthaft, ob der Feind inzwischen nach einer neuen Taktik vorgeht.«

Gambari bot Petrie eine Zigarette an.

»Doch viel mehr Sorgen macht mir, daß Scelba mit von der Partie ist.«

»Wir brauchen seine Beziehungen.«

»Ein Vetter von mir ist ein Mafioso«, sagte Gambari heftig. »Ich zeige ihm meine Abneigung nur aus dem Grunde nicht, weil er mir manchmal nützlich sein kann. In diesem Verein sammelt sich der schlimmste Abschaum der Menschheit.«

»Wir brauchen Scelba«, wiederholte Petrie barsch.

»Es kann lebensgefährlich sein, sich mit dem Mafia-Boß einzulassen.« Gambari ließ nicht locker. »Ich habe gehört, die

Alliierten hätten ihm nach ihrer Landung in Sizilien ein offizielles Regierungsamt versprochen. Das wäre der pure Wahnsinn. Mit den damit verbundenen Vollmachten würde er nur...«

»Angelo!«

Petries Stimme klang gefährlich ruhig.

»Meine Aufgabe ist es, diese verdammte Eisenbahnfähre zu versenken. Solange sie schwimmt, kann sie jede Menge Truppen und Nachschub auf die Insel schaffen. Das könnte Tausenden unserer Jungs das Leben kosten. Noch eins: Nur Scelba verdanken wir es, daß wir es überhaupt bis hierher geschafft haben. Und nur er kann uns in den Hafen von Messina einschleusen. Die Kooperation mit der Mafia behagt mir ebensowenig wie Ihnen, doch Scelba ist für unsere Operation eminent wichtig. Er kommt mit, und damit Schluß! Von jetzt an werden Sie nur für ein Ziel leben, atmen und denken – die ›Carridi‹ zu versenken! Habe ich mich klar und deutlich ausgedrückt?«

»Ich unterstehe Ihrem Kommando«, sagte der Italiener rubig. »Gehen Sie jetzt noch nicht zum Wagen. Das könnte uns verdächtig machen. Warten Sie, bis der andere Wagen vorbei ist.«

»Ein Volkswagen!«

»Ich weiß, deshalb meine Bitte um Vorsicht.«

Der Volkswagen näherte sich in rascher Fahrt der Abzweigung. Angelo zog eine Straßenkarte aus der Tasche, entfaltete sie und tat so, als studiere er sie eingehend. Sie standen beide in der prallen Nachmittagssonne. Petrie fühlte sich entsetzlich müde. Aus den Augenwinkeln beobachtete er den näherkommenden Wagen. Auf der tief gebräunten Stirn des Italieners standen dicke Schweißtropfen, doch sonst schien ihm die Hitze nichts auszumachen. Er warf einen raschen Blick auf die Maschinenpistole im Graben. Der Volkswagen verlangsamte die Fahrt. Petrie erriet die Gedanken des Italieners. Mit leiser Stimme warnte er den Agenten:

»Keinerlei Mätzchen, wenn sie anhalten. Ich will keinen

Ärger. Wenn wir durchkommen wollen, darf der Feind nichts von unserer Anwesenheit erfahren.«

»Das kommt immer noch darauf an, wie gefährlich unsere Gegner sind«, bemerkte Angelo abfällig. »Der Wagen hält. Überlassen Sie das Reden mir, denn die Deutschen haben für die Bauern hier nur Verachtung übrig.«

Petrie warf einen Blick auf seine Uhr. Fast 15.30 Uhr. Ihnen blieben kaum neun Stunden, um Messina zu erreichen. Und jetzt stand ihnen eine weitere Verzögerung bevor.

Der Volkswagen rollte langsam heran, der Mann auf dem Beifahrersitz schaute interessiert aus dem Fenster. Hinter dem Mercedes kam der Wagen zum Stehen. Petrie fühlte sein Herz rascher schlagen. Angelo hatte sich gründlich verschätzt – zumindest, was die Gefährlichkeit dieser Gegner betraf. Die beiden Insassen des Wagens trugen schwarze Uniformen, und der Mann auf dem Beifahrersitz war Offizier. Er öffnete den Schlag und sagte etwas über die Schulter zu dem Fahrer. Dann stieg er aus, streckte sich und hakte die Daumen hinter sein Koppel. Dabei fixierte er Angelo und Petrie scharf.

Sie hatten Gesellschaft bekommen – von der SS.

8.
Freitag, 15.30 Uhr bis 19.30 Uhr

Der SS-Offizier war großgewachsen und breitschultrig. Seine Uniform saß wie angegossen. Sein Gesicht und die Haut seiner Hände waren noch blaß. Petrie vermutete daher, daß er erst in den letzten Tagen auf der Insel eingetroffen war. Wahrscheinlich war er bisher nördlich der Alpen im Einsatz gewesen.

Offensichtlich war der Mann auch ein ausgefuchster Taktiker. Er hatte kaum den Wagen verlassen, als der Fahrer, ebenfalls ein SS-Soldat, ausstieg, seine Maschinenpistole im Anschlag. Die Waffe war das gleiche Modell wie Angelos Maschinenpistole im Graben. Wie zufällig lehnte sich der Soldat gegen den Kotflügel des Volkswagens. Die Mündung seiner Waffe zielte auf die Rücken der im Fond des Mercedes sitzenden Männer.

Der Offizier hatte die Klappe seiner Pistolentasche geöffnet, seine rechte Hand hielt er dicht daneben in das Koppel gehakt.

»Wie heißen Sie?« rief er auf Italienisch zu Angelo hinüber.

»Wen interessiert das?« fragte der Italiener zurück.

Der Deutsche starrte Angelo verblüfft an, dann zog er aus der Hosentasche ein Päckchen Zigaretten hervor, steckte sich eine zwischen die schmalen Lippen und schob die Packung in die Tasche zurück. Als die Hand wieder hoch kam, hielt sie die Pistole, deren Mündung auf einen Punkt zwischen den beiden Männern deutete. Ein paar heftige Fingerbewegungen, und wir wären jetzt beide tot, dachte Petrie wütend. Das Täuschungsmanöver ließ auf einen Experten schließen, war so gekonnt und blitzschnell durchgeführt worden, wie Petrie es noch nie erlebt hatte.

»Leutnant Hauptmann von der Wehrmacht wüßte ihn gern«, entgegnete der SS-Offizier sanft. »Und Sie haben genau zehn Sekunden Zeit, meine Frage zu beantworten.«

»Ich heiße Angelo Gambari. Man merkt, daß Sie noch fremd sind auf Sizilien...«

»Ist das Ihr Wagen?« unterbrach ihn der Deutsche grob.

Angelo hatte sich wieder in seine Karte vertieft, hob erst nach einer Weile langsam den Kopf und tat erstaunt, als wundere er sich, daß der Offizier immer noch da war. Dabei schaute er den Deutschen so unfreundlich an, daß dieser die Pistole eine Spur herumschwenkte und auf Gambaris Brust zielte. Um Gottes willen, Angelo, dachte Petrie, sei bloß vorsichtig. Vielleicht kam dieser junge Bursche geradewegs aus Rußland, wo die Deutschen zuerst schossen und dann nach dem Namen fragten. Angelos Antwort konnte ihn kaum beruhigen.

»Warum?« fragte der Italiener gedehnt.

Hauptmann schien sich nur schwer beherrschen zu können. Er warf einen Blick über die Schulter zum Mercedes. Johnson hatte den Kopf gedreht und beobachtete ihn durch die Rückscheibe. Von Scelba war nur der Nacken zu sehen.

Der Deutsche schaute wieder zu Angelo hinüber.

»Ich hatte Sie etwas gefragt!«

»Ich Sie auch!«

Angelo stand lässig mit der aufgeschlagenen Karte da und starrte Hauptmann an, als habe er bei einer Gerichtsverhandlung einen Zeugen der Gegenpartei im Kreuzverhör. Seine Überlegenheit und sein beinahe arrogantes Selbstvertrauen verschlugen Petrie fast den Atem. Die Spannung steigerte sich ins Unerträgliche. Der Deutsche betrachtete abschätzend sein Gegenüber, der fast zwanzig Zentimeter kleiner war als er. Petrie ahnte, daß ihr Leben nur noch an einem seidenen Faden hing, daß der Finger am Abzug schon gespannt war. Was zur Hölle bezweckte Angelo eigentlich mit seinem Spielchen?

»Es ist ein deutscher Wagen«, sagte Hauptmann.

»Gut beobachtet!«

Ohne Vorwarnung war der Italiener in die deutsche Sprache übergewechselt, die er anscheinend fließend beherrschte. Sein Ton klang aufreizend. Hauptmanns glattes Gesicht zeigte Verblüffung und den Schatten eines Zweifels.

»Sie sprechen Deutsch?« fragte er scharf.

»Sie haben eine schnelle Auffassungsgabe«, lobte Angelo und fuhr in der Muttersprache des Offiziers fort: »Vielleicht haben Sie auch außerdem schon festgestellt, daß der Wagen ein italienisches Kennzeichen trägt.«

Angelo ließ seine Karte fallen. Sie landete genau auf der Maschinenpistole im Graben. Er bückte sich, als wolle er sie aufheben, ließ sie aber dann doch liegen. Petrie war klar, daß sich der Italiener, wenn er sich das nächste Mal bückte, mit der Waffe in der Hand aufrichten würde. Was ihnen nichts mehr nutzte, denn Hauptmann hätte sie beide schon erschossen, ehe Angelo überhaupt die Pistole in Anschlag brachte. Und sein Fahrer würde nicht zögern, Johnson und Scelba noch im Wagen zu erledigen.

Angelo hatte über sechs Monate als Spion hinter den feindlichen Linien überlebt, doch jetzt schienen seine Nerven in einem solch zerrüttetem Zustand, daß er selbstmörderische Risiken einging. Der Italiener hatte den Bogen zweifellos überspannt.

»Was ist mit den Nummerschildern?« wollte Hauptmann wissen.

»Es mag spaßig klingen«, fuhr Angelo in Deutsch fort, »aber manchmal überwinden wir Italiener tatsächlich unseren Nationalstolz und kaufen ausländische Wagen. Sie sollten froh darüber sein, denn als ich den Wagen kaufte, brauchte Deutschland dringend Geld.«

Hauptmanns blasses Gesicht wurde eine Spur dunkler, als er auf Angelo und Petrie zuging. Wenn er noch näher kam, mußte er die Maschinenpistole entdecken, die von der Karte nur zur Hälfte verdeckt wurde. Angelo machte eine rasche Kopfbewegung und schaute zu seinem Wagen hinüber. Der

SS-Offizier fuhr herum und folgte seinem Blick. Die beiden Insassen saßen immer noch regungslos im Fond.

»Was gibt's da zu sehen?« schnappte der Deutsche.

»Eine Eidechse«, erklärte Angelo unschuldig. »Eine Seltenheit hierzulande. Sie lief unter den Wagen. Was sagten Sie eben?«

Die kurze Ablenkung tat ihre Wirkung. Der Deutsche war stehengeblieben und musterte Petrie lange, ehe er sich wieder Angelo zuwandte.

»Ich möchte Sie nur daran erinnern, daß Krieg ist. Sizilien ist einer der Hauptschauplätze. Hier in der Gegend sind zwei englische Agenten abgesetzt worden. Wo sind die Wagenpapiere?«

»Im Handschuhfach des Mercedes.«

Hauptmann wollte seinem Fahrer gerade über die Schulter einen Befehl zurufen, doch Angelo unterbrach ihn.

»Einen Augenblick! Um Ihnen zu beweisen, daß ich der Besitzer bin, könnte ich selbst die Papiere holen. Doch warum sollte ich das? Sie überschreiten eindeutig Ihre Befugnisse. Weiterhin...«

»Meine Befugnisse!«

Hauptmann konnte seinen Zorn nicht länger verbergen. Die Situation wurde kritisch. Petrie war auf der Hut, verstohlen tastete er nach der Mauser unter seiner Jacke. Er registrierte die kleinsten Einzelheiten: Das Beben von Hauptmanns Nasenflügeln, die angespannte Haltung seines Fahrers, der seine Waffe fester packte, den roten Punkt auf Hauptmanns Kragen, der von Rotwein oder von Blut herrühren mochte.

»Hol die beiden da aus dem Wagen«, rief der Deutsche seinem Fahrer zu. »Sie sollen sich lang auf den Boden legen. Dann durchsuchst du den Wagen!«

Petrie überlegte, ob er schnell genug die Mauser aus dem Holster ziehen konnte, um den Offizier zu erschießen. Doch Hauptmann hielt sie mit seiner Pistole in Schach, während der Fahrer auf den Mercedes zuging und den Insassen auf deutsch etwas sagte. Gleich mußte er den Sack mit dem Sprengstoff finden, den Ed auf dem Boden zwischen den Sitzen verstaut hatte.

Angelo hob bedauernd die Hände:

»Keiner dieser beiden Männer versteht auch nur ein Wort Deutsch – und sollte Ihr Fahrer einen von ihnen behelligen, werde ich den Vorfall General Guzzoni melden.«

»Hans, laß sie in Ruhe. Sie verstehen kein Deutsch.«

»So ist's schon besser.« Angelo nickte zufrieden mit dem Kopf.

»Ich fürchte, man wird Sie innerhalb von vierundzwanzig Stunden wieder an die russische Front schicken, wenn ich über Ihre Eigenmächtigkeit Bericht erstatte.«

»Sie unverschämter Bastard!«

Hauptmann hob die Pistole und zielte genau auf Angelos Herz. Der Italiener breitete zum Zeichen seiner Wehrlosigkeit weit die Arme aus.

»Das war eine Drohung gegen einen Offizier der Wehrmacht. Ist Ihnen das klar?«

»Das war nur eine Warnung. Die Meldung geht über den Schreibtisch von General Hübner.«

»Sie kennen ihn?«

»Sie haben zwar nach meinem Namen gefragt, aber nicht nach meinem Beruf. Ich bin Rechtsanwalt. Ihre eigenen Leute haben schon häufiger meine Dienste in Anspruch genommen. General Hübner ist einer meiner Klienten. Ich habe für ihn einen kleinen Rechtsstreit bezüglich einer Einquartierung erledigt, und seitdem kennen wir uns recht gut.«

Hauptmanns Verhalten änderte sich umgehend, doch konnte man ihm seine Verärgerung und sein Mißtrauen gegenüber Gambari immer noch deutlich anmerken. Er suchte sich ein anderes Ziel – Petrie.

»He du, was hast du da in der Hand?« fuhr er ihn auf italienisch an.

»Nur das!«

Petrie hielt ihm ein Päckchen Zigaretten entgegen und grinste einfältig. »Sie möchten eine Zigarette, Signore?«

Zwei italienische Wagen näherten sich, fuhren aber mit unverminderter Geschwindigkeit an ihnen vorbei.

»Pietro! Der Herr Offizier raucht keine Zigaretten aus Stroh. Halt deinen Mund und misch dich nicht in unser Gespräch.«

Angelo wählte seine Worte so, als spräche er mit einem Idioten.

»Warum fährt ein Mann Ihres Standes mit Bauern durch die Gegend?« fragte Hauptmann. Sein Mißtrauen hatte sich verstärkt.

»Ich brauche Arbeiter, die meine Büros in Messina wieder instandsetzen. Die Engländer haben ein paar Bomben darauf abgeladen.« Angelos Stimme klang aufgebracht.

»Und jetzt kommen Sie daher, haben keinerlei Vorstellung über die Zustände hier, schwingen aber große Reden und machen alles noch schwieriger. Die Bombenangriffe der Alliierten haben halb Messina in Schutt und Asche gelegt, und seitdem sind Arbeiter dort Mangelware. Wir müssen sie uns schon vom Land holen und ihnen Wahnsinnslöhne zahlen.« Er wurde immer lauter. »Aber Sie wissen natürlich von nichts, weil Sie hier neu sind. Sonst hätten Sie es nicht seltsam gefunden, daß ein Italiener einen deutschen Wagen fährt. Und jetzt will ich Ihnen noch eine strikte Order Ihres Generalstabs in Enna unter die Nase reiben.« Angelo tobte. »Die Wehrmacht ist gehalten, im guten Einvernehmen mit den italienischen Verbündeten zu kooperieren. Im guten Einvernehmen bedeutet meiner Meinung nach aber nicht mit vorgehaltener Pistole.«

Hauptmann ließ die Waffe sinken, steckte sie aber nicht weg. »Mir kam es seltsam vor, daß Sie da so in der prallen Sonne herumstehen. Was tun Sie eigentlich hier?«

»Ich habe mich verfahren und versuche mich zu orientieren. Was meinen Sie, warum, zum Teufel, ich sonst meine Karte studiere? Hier steht nirgendwo ein Wegweiser.«

»Wohin wollen Sie?«

»Nach Scapona.«

»Dort komme ich gerade her.«

Des Deutschen Haltung war zwar immer noch steif und wachsam, doch weniger aggressiv.

»Es liegt in dieser Richtung. Doch sollten Sie wissen, daß wir befugt sind, jeden zu überprüfen, wenn uns in der Gegend Spione gemeldet worden sind.«

»Das kann man auch auf andere Art«, fauchte Angelo.

Er bückte sich schnell, hob die Karte auf und ging auf den Mercedes zu. Auf Italienisch forderte er Petrie auf, sich zu beeilen. Aus den Augenwinkeln beobachtete der Engländer den SS-Offizier. Hauptmann hatte sich nicht von der Stelle gerührt. Dabei hätte er nur zwei, drei Schritte nach vorn tun müssen, um die deutsche Maschinenpistole im Graben zu sehen.

Angelo setzte sich hinters Steuer und winkte Petrie ungeduldig zu. Der Major schob sich auf den Beifahrersitz. Angelo schloß die Tür, zog gleichzeitig einen kleinen Werkzeugkasten unter dem Sitz hervor und hob ihn auf Petries Schoß.

»Vielleicht brauchen wir das noch«, brummte er und wartete ungeduldig, bis ein Lastwagen mit italienischen Soldaten sie in Richtung Puccio passiert hatte. Petrie lüftete den Deckel des Kastens ein wenig – und schloß ihn gleich wieder. In dem Werkzeugkasten lagen drei deutsche Stielhandgranaten.

»Sie warten«, murmelte er nur, als der Italiener den Mercedes in Richtung Scopana wendete. »Der Fahrer ist schon eingestiegen.«

»Ich wünschte, daß sie in den nächsten Abgrund stürzten«, brummte Angelo und erhöhte das Tempo. »Ihr beiden da hinten – nicht umdrehen!«

Petrie warf einen Blick auf seine Uhr. Sie fuhren jetzt durch eine karge Ebene. Es war genau 15.45 Uhr. Nur acht Stunden noch bis Mitternacht, bis zur Stunde Null.

»Fahren Sie schneller«, drängte der Engländer.

Wieder donnerte ein italienischer Lastwagen in Richtung Puccio an ihnen vorbei.

»Auf der Straße ist verdammt viel Verkehr.

»Stimmt, das ist ungewöhnlich. Sonst begegnet man hier selbst jetzt im Krieg meilenweit keinem Fahrzeug. In den beiden Wagen, die an uns vorbeifuhren, als wir mit Hauptmann dort standen, saßen Offiziere. Da ist irgend etwas im Gange.«

»Hinter uns auch«, warnte sie Johnson vom Rücksitz. »Unsere Freunde folgen uns.«

Petrie fuhr herum und sah in einiger Entfernung hinter ihnen einen Volkswagen. Er schützte mit seiner Hand die Augen gegen das grelle Licht, konnte aber die Insassen nicht erkennen.

»Bist du sicher, daß es Hauptmann ist?«

»Hundertprozentig. Ich sah, wie sie auf der Straße wendeten. Sie fahren uns nach!«

Sie waren etwa vierzehn Kilometer von der Abzweigung nach Cefalù in östlicher Richtung gefahren. Rechts und links dehnte sich die völlig unbewohnte Ebene zu beiden Seiten der endlosen Straße wie ein sandiges, ockerfarbenes Meer.

»Wir nennen die Landschaft hier die Staubschüssel«, klärte Angelo sie auf und warf einen Blick in den Rückspiegel.

»Früher gab es hier mal Höfe und Felder. Doch die Sizilianer sind schlechte Bauern – sie pflanzen keine Bäume. Den Rest erledigt die Sonne. Da draußen, wo die Knochen von verendeten Mulis in der Sonne bleichen, hat sich die Natur selbst beerdigt. – Sie folgen uns immer noch. Ich beginne mich ernsthaft zu fragen, was Hauptmann vorhat.«

»Ihr Auftreten hat ihn verunsichert«, vermutete Petrie. »Doch er ist ein intelligenter Bursche – und ganz besonders vorsichtig, weil er neu hier ist. Meiner Ansicht nach wartet er nur darauf, bis wir einem Wehrmachtskonvoi begegnen, um einen neuen Versuch zu starten. Oder er folgt uns, um zu sehen, wohin wir ihn führen.«

»Beides wäre gleich schlimm«, bemerkte Angelo nachdenklich.

Wieder stob ein italienischer Laster an ihnen vorbei. »Mein Gott, ist das heute ein Verkehr hier!«

Die Straße vor ihnen war leer.

»Will er sich denn tatsächlich bis Scopana an unsere Hinterreifen klemmen?«

»Von da kam er jedenfalls. Ich glaube, in dem Dorf liegt seine Einheit. Dort kann er sich auch bei seinen Vorgesetzten die nötige Rückendeckung holen.«

»Wir verlangsamen die Fahrt, lassen sie näher herankommen und erschießen sie«, schlug Scelba vor.

»Das dürfte nicht funktionieren«, sagte Petrie. »Dafür ist er zu schlau. Außerdem müssen wir Messina erreichen, ohne einen Großalarm auszulösen.«

»Wir töten sie und lassen sie einfach liegen«, beharrte Scelba.

»Was, hier im freien Gelände? Damit der Fahrer des nächsten Armeewagens sie findet und Alarm schlägt? Nein, hier ist einfach zuviel Verkehr.«

»In Scopana kann Hauptmann uns erledigen«, sagte Angelo. »Da hat er genügend Leute.«

»Ich weiß.«

Petrie deutete mit der Hand aus dem Fenster in die Einöde.

»Bleibt die Gegend noch lange so?«

Nicht einmal einen toten Hund konnte man hier verstekken, viel weniger die Leichen von zwei ausgewachsenen Männern. In gleichmäßigem Abstand folgte ihnen der Volkswagen.

»Ja, noch kilometerweit.«

»Fahren Sie mal etwas langsamer, Angelo. Vielleicht wollen sie nur nach Scopana zurück und fahren vorbei.«

»Wollen wir wetten?« fragte Johnson.

Die Hitze im Wagen war unerträglich, doch verschwendete keiner der Insassan auch nur einen Gedanken daran, als Angelo das Tempo drosselte und Petrie sich umdrehte, um zu sehen, was die Verfolger taten. Der Volkswagen kam rasch näher, und Petrie überlegte, ob er vielleicht doch einen Fehler begangen hatte. Würden die SS-Männer nur überholen und sie dann wieder anhalten? Er warf einen Blick durch die Windschutzscheibe. Die Straße vor ihnen war immer noch leer. Der Volkswagen verringerte seine Geschwindigkeit und fuhr im gleichen Tempo hinter dem Mercedes her.

»Unsere Freunde wollen uns anscheinend noch ein Stück begleiten. Sie können wieder aufdrehen, Angelo«, sagte Petrie rauh.

»Wir sitzen also in der Falle«, bemerkte der Italiener. »Wir können sie nicht beseitigen, weil es hier kein Versteck für ihre Leichen gibt. Sie auf der Straße zu erledigen, ist wegen des Verkehrs zu gefährlich. Fahren wir aber weiter, werden wir bald noch mehr Deutschen begegnen, und dann schlägt Herr Hauptmann zu.«

»Ja, wir sitzen in der Falle«, pflichtete Petrie bei. »Wir sollten uns etwas einfallen lassen.«

Angelo erhöhte die Geschwindigkeit.

»Dabei ist das Problem verdammt einfach. Wir müssen die beiden hinter uns still und unauffällig töten und dann die Leichen und den Wagen so verstecken, daß man sie mindestens acht Stunden lang nicht findet. Sie müssen sich in Luft auflösen. Hat jemand eine Idee?«

Das Schweigen im Wagen war fast spürbar, während sie weiter durch die weite Öde auf Scopana zurollten, wo sich die SS-Leute hinter ihnen Verstärkung holen konnten. Der Volkswagen folgte ihnen im gleichbleibenden Abstand. Hin und wieder begegneten sie italienischen Lastwagen, die in entgegengesetzter Richtung fuhren und die Männer im Mercedes davon abhielten, sich hier auf der Straße ihrer Verfolger zu entledigen. Mit jeder Umdrehung der schnell rotierenden Räder schrumpfte die Entfernung nach Scopana.

»Da gibt es ein verlassenes Gehöft etwas abseits von der Straße«, meldete sich Scelba wenig später zu Wort. »Es liegt von der Straße weit genug entfernt, um unser kleines Geschäft unbemerkt erledigen zu können.«

»Und dort wohnt wirklich niemand mehr?« fragte Petrie.

»Es liegt mitten in dieser Einöde. Seit Generationen steht es leer. Die Gebäude sind verfallen. Dort kommt kaum jemand hin.«

»Wie weit ist es von der Straße entfernt?«

»Einen Kilometer.«

»Und die Zufahrtsstraße – wohin geht die?«

»Sie geht nur bis zu dem Gehöft und endet dort.«

»Sie meinen, es gibt keinen anderen Weg zurück?« fragte Angelo. »Eine Sackgasse in der Wildnis also?«

»Ja. Und buchstäblich auch eine Sackgasse für unsere beiden Freunde da – sollten sie uns folgen.«

Angelo konnte sich für diesen Plan nicht erwärmen.

»Das ist zu gefährlich. Wenn die beiden SS-Leute einfach auf der Straße warten, bis deutsche Soldaten vorbei kommen, sitzen wir in der Patsche.«

»Der SS-Offizier ist noch neu auf der Insel«, erklärte Scelba geduldig. »Er dürfte die Gegend hier kaum kennen. Sie selbst sind schon länger auf Sizilien und wußten auch nichts von der Existenz dieses Hofes.«

»Mir gefällt die Sache trotzdem nicht.«

Angelo versuchte nicht, seine Abneigung gegen den Capo zu verbergen. »Das Risiko ist viel zu groß...«

»Schluß jetzt! Wir haben den Auftrag, die Deutschen zu bekämpfen. Also hört mit den Kindereien auf. Wie weit ist es noch bis zu dieser Nebenstraße, Scelba?«

»Sie müßte gleich kommen. In etwa fünf Minuten.«

»Und wo verstecken wir den Volkswagen, wenn der Hof wirklich verlassen ist? Er darf auf keinen Fall vor Ablauf von acht Stunden gefunden werden.«

»Der Hof hat auch eine alte Scheune. Dort könnten wir den Volkswagen unterstellen.«

Johnson drehte sich um. Die Verfolger waren etwa zweihundert Meter hinter ihnen.

»Ich hoffe, die beiden sind nicht auf einer regulären Streifenfahrt«, brummte er.

»Und wenn doch?«

»Dann erwartet man sie um eine bestimmte Zeit am Standort zurück. Sind sie überfällig, wird man Suchkommandos losschicken. Und sehr viele Stellen, wo man suchen könnte, gibt es hier nicht.«

»Ed hat recht«, sagte Petrie. »Kann man den Hof von der Straße aus sehen?«

»Ja. Im weiten Umkreis ist das Land hier völlig eben. Der Hof liegt nur einen Kilometer von der Straße entfernt.«

»Und wäre somit der erste Ort, wo man suchen würde«, ergänzte Johnson Scelbas Antwort trocken. »Ich stimme mit Angelo – die Sache ist verdammt gefährlich.«

»Wir stimmen aber nicht ab, denn hier gibt's nichts zu wählen«, wies Petrie ihn zurecht. »Wir kämpfen zwar für die Demokratie, doch bei diesem Unternehmen treffe ich die Entscheidungen. Sagen Sie mir rechtzeitig vor der Abbiegung Bescheid, Scelba.«

»Sie werden selbst den Hof früh genug sehen können.«

Bleiben also gerade drei Minuten, dachte Petrie. Drei Minuten, um eine Entscheidung zu treffen, die sich in jeder Hinsicht fatal auswirken konnte. Es würde eine Todesfalle für sie sein, wenn die SS-Leute tatsächlich auf der Straße warteten, bis ein Lastwagen mit Soldaten vorbeikam. Doch auch Scelbas Plan hatte etwas für sich. Woher sollte Hauptmann wissen, daß zum Hof nur eine Stichstraße führte? Es sei denn, er besaß eine genaue Karte von der Gegend. Petrie zog seine Karte hervor und studierte sie eingehend. Dann reichte er sie Scelba über die Schulter nach hinten.

»Hier ist kein Weg, kein Hof eingetragen. Schauen Sie nochmals genau nach!«

Wenig später bestätigte Scelba Petries Worte.

»Das ist kaum verwunderlich«, sagte er. »Die Farm ist seit

über dreißig Jahren verlassen. Sie können sie dort drüben schon sehen.«

Im Süden zeigte sich eine verschwommene Silhouette, die inmitten der braunen Öde ebensogut ein Steinhaufen wie ein Haus sein konnte, verwittert und verfallen wie ein altersschwaches Mausoleum. Durch den Hitzedunst spähte Petrie hinüber, suchte nach einem Anzeichen von Leben. Angelo verlangsamte die Fahrt und hielt nach der Einmündung der Stichstraße Ausschau. Offensichtlich wartete er auf Petries Entscheidung. Bogen sie ab, würde Hauptmann sofort wissen, daß da etwas nicht stimmte. Sein Verdacht hätte sich bestätigt, denn in dieser Richtung kamen sie nicht nach Scopana, das Angelo als Ziel angegeben hatte.

Wie würde der SS-Mann reagieren? Würde er auf der Straße warten oder ihnen in der Gewißheit folgen, daß sich sein Verdacht bestätigt hatte?

Petrie wußte keine Antwort auf diese Fragen. Und zwei der vier Männer im Wagen waren davon überzeugt, daß er einen fatalen Fehler beging, wenn er von der Hauptstraße abbog. Petrie war sich immer noch unschlüssig, als in der Ferne wieder ein Lastwagen auftauchte. Wenn das ein deutsches Fahrzeug war...

»Da vorn ist die Abzweigung«, brummte Angelo. »Soll ich abbiegen oder geradeaus weiterfahren?«

»Fahren Sie langsamer. Ich möchte sehen, ob das da vorn ein deutsches Fahrzeug ist.«

»Die Farm ist zu gut einzusehen«, sagte Johnson.

Angelos Worte klangen fast flehend. »Wenn wir jetzt abbiegen, kommen wir nie nach Messina.«

Scelba schwieg und schaute zum Hof hinüber.

Der Lastwagen rumpelte auf sie zu. Der Volkswagen hatte ebenfalls die Fahrt verlangsamt, wie Johnson von hinten meldete. Sie hatten fast die Einmündung der Seitenstraße erreicht. Der Staub begrub sie beinahe unter sich. Der Lastwagen donnerte an ihnen vorbei. Es waren Italiener.

»Abbiegen«, rief Petrie. »Wir versuchen es!«

»Hauptmann hat an der Abzweigung angehalten«, rief Johnson erregt. »Er fährt nicht hinter uns her.«

Angelos Lippen wurden schmal. Er warf Petrie einen langen Blick zu. Der Engländer schwieg. Sie fuhren durch die Staubschüssel – und bekamen auch die Auswirkungen zu spüren. Die Räder des Mercedes wirbelten eine meterhohe Staubwolke auf, ein dichter Film legte sich über Motorhaube und Windschutzscheibe und verdunkelte die Nachmittagssonne. Der Wagen holperte über die mit Schlaglöchern übersäte Straße und schaukelte so wild, daß Angelo den Motor abwürgte. Während er den Anlasser betätigte, warf Petrie einen Blick zurück – und sah nichts als Staub. Der Motor sprang wieder an. Wenig später beschrieb die Straße einen Bogen, und an der Staubwolke vorbei konnte Petrie die Hauptstraße einsehen. Hauptmann bog gerade auf den Seitenweg ab. Eine Staubwolke verschluckte den Volkswagen.

»Es hat geklappt«, rief Petrie erleichtert. »Sie folgen uns. Wir müssen uns schnell überlegen, wie wir vorgehen sollen. Es darf auf keinen Fall geschossen werden, man könnte die Schüsse auf der Straße hören. Wir dürfen nur die Messer und unsere Hände benutzen. Gebt acht, daß keiner verletzt wird.«

»Außer den Krauts!« unterbrach ihn Johnson.

»Halt's Maul, Ed, und hör mir zu. Wir müssen diesen Job hier lautlos erledigen. Keiner von euch sollte dabei ein unnötiges Risiko eingehen. Ich mag keine Helden auf unserem Ausflug. Also denkt daran – der Fahrer hat eine Maschinenpistole, und Hauptmann ist verdammt flink mit seiner Waffe. Ich möchte sie nach Möglichkeit einzeln erledigen. Jeweils zwei von uns übernehmen einen von ihnen.«

»Das dürfte schwierig werden«, wandte Scelba ein. »Die Farm ist ziemlich klein.«

»Die ganze Operation ist verdammt schwierig. Das solltet ihr euch stets vor Augen halten. Also los. Ich will rechtzeitig vor ihnen auf dem Hof sein.«

Der Mercedes rumpelte durch die Schlaglöcher vorwärts. Wenig später konnte Petrie durch den Staub schon die Gebäude ausmachen. Der Dachstock des Hauses war zur Hälfte eingestürzt und verlieh dem Gebäude das Aussehen eines Kadavers, dem Geier säuberlich das Fleisch von den Knochen gerissen hatten.

Eine hohe Mauer aus aufgeschichteten Felsen umgab das ganze Anwesen. Darüber ragte das unbeschädigte Dach einer langgestreckten Scheune auf.

Johnson zog ein Messer hervor, Scelba warf einen kalten Zigarrenstummel aus dem Fenster. Niemand sprach ein Wort.

Sie fuhren durch eine Einfahrt auf den weiten Hof und hielten vor dem Wohnhaus. Die Mitte des Hofes markierte ein rechteckiger Brunnen. Die Gebäude waren zu Ruinen verfallen. Die Außenwand der Scheune war zur Hälfte eingestürzt und gab den Blick auf die Staubschüssel frei. Sie eignete sich kaum als Versteck für den Mercedes.

»Fahren Sie den Wagen hinter das Haus, damit man ihn nicht gleich sieht«, wandte sich Petrie an Angelo.

Der Italiener fuhr an der zerstörten Scheune vorbei um das Farmhaus herum, dessen Wände noch standen.

»Dies ist nicht der richtige Ort für unser Vorhaben«, begann er.

Petrie unterbrach ihn. »Uns bleibt jetzt keine andere Wahl mehr. Stellen Sie den Motor ab, vergessen Sie nicht, die Schlüssel mitzunehmen. Nun kommen Sie schon! Ed, versteck dich mit Scelba in der Scheune.«

Petrie lief um das Haus herum zur Vorderseite und ließ seine Blicke suchend über den Hof schweifen. Außer einem Mauerstreifen gab es nirgends ein Versteck, und dort würde Hauptmann zuerst nachschauen. Während Angelo ihm folgte, kam Scelba aus der Scheune gelaufen.

»Der Brunnen...«, rief der Capo.

»Zum Teufel, Sie sollen in der Scheune bleiben!« fauchte Petrie.

Der Sizilianer verschwand. Petrie lief zu dem Brunnen und leuchtete kurz mit der Taschenlampe hinein. Der Brunnen bestand aus einem gut zwanzig Meter tiefen ausgemauerten zylindrischen Schacht. Kein Lichtreflex schimmerte von unten herauf. Der Brunnen war so trocken wie ein verdörrter Knochen und kam als Versteck nicht in Frage, weil er keine Mauervorsprünge besaß, unter denen sich jemand verbergen konnte. Das Motorgeräusch des Volkswagens näherte sich – ein Umstand, für den Petrie Gott dankte. Hauptmann folgte ihnen immer noch.

»Das Farmhaus, Angelo...«

Es war der einzige Ort, wo sie sich verstecken konnten. Petrie rannte hinüber. Die Haustür war verschlossen, doch als Petrie dagegenstieß, löste sie sich aus ihren verrosteten Angeln und krachte auf die Steinfliesen des Fußbodens. Petrie ließ seine Taschenlampe aufflammen. Draußen hörte er den Volkswagen an der Mauer entlangkeuchen.

Die Luft im Haus roch dumpf und abgestanden, es roch nach Verfall. Die Möbel waren alle verschwunden, ebenso die Türen. Das Haus war leer, nur noch eine tote Hülle. In einem der Hinterzimmer fand Petrie das Skelett eines großen Vogels – und eine Hintertür, die noch intakt war. Er öffnete sie. Draußen stand der Mercedes verlassen im Sonnenschein. Petrie ließ die Tür weit offen, um den Wagen im Blick behalten zu können. Wenn die Deutschen den Mercedes unbrauchbar machten, waren sie geliefert.

Jetzt konnten sie nur noch warten, warten und darauf zählen, daß sich die Augen der beiden SS-Leute, sollten sie das Haus betreten, erst an das Halbdunkel gewöhnen mußten.

»Halt an, Hans. Mir gefällt die Sache nicht.«

Der Fahrer hielt den Wagen kurz vor der Maueröffnung an und stellte den Motor ab. Hauptmann steckte den Kopf aus dem Fenster und lauschte. Nichts, kein Motorengeräusch. Sie mußten irgendwo in der Nähe der Farm angehalten haben. Er öffnete leise die Beifahrertür, zog seine Pistole und stieg aus. Durch eine Handbewegung deutete er dem Fahrer an, ebenfalls auf der Beifahrerseite auszusteigen.

Der SS-Offizier ließ seine Blicke über die Mauer wandern. Nirgends eine Bewegung. Der Italiener hatte gelogen, als er als Ziel Scopana genannt hatte. Statt dessen fuhr er auf irgendwelchen Nebenstrecken in südlicher Richtung statt nach Osten. Oder war diese verlassene Farm hier etwa ein Treffpunkt für Spione?

»Soll ich mal die Mauer entlangschleichen?« fragte Hans und packte seine Maschinenpistole fester.

»Bist du wahnsinnig? Wir bleiben zusammen. Halte dich etwa fünf Schritte seitlich von mir. Wir gehen bis zur Mauer vor.«

Sie gingen geduckt auf die Hofeinfahrt zu. Hauptmann war mißtrauisch. Die Mauer eignete sich bestens für einen Hinterhalt. Er hob einen Stein und schleuderte ihn in hohem Bogen in den Innenhof. Der Stein prallte genau in dem Moment gegen den Brunnen, als der Deutsche um die Mauer herum in den Hof spähte. Das riesige Loch in der Scheunenwand und der leere Hauseingang gähnten ihm entgegen.

»Hier sind sie nicht«, flüsterte Hans.

Einen Augenblick lang war Hauptmann geneigt, ihm beizupflichten: Die Farm wirkte so verlassen und öde. Hauptmann erkannte, daß die Straße hier endet. Er machte eine Handbewegung. Gemeinsam huschten sie an der Außenmauer entlang. Wenig später fanden sie den verlassenen Mercedes. Hauptmann nickte.

»Als sie merkten, daß wir ihnen folgten, gerieten sie in Panik. Schau mal in der Scheune nach und komm dann zum Haus hinüber. Sie hocken sicher zitternd vor Furcht in irgendeinem Winkel.«

Hauptmann überzeugte sich davon, daß der Wagen leer war, und betrat durch die offene Hintertür das Haus. Er blieb einen Moment lang stehen, damit sich seine Augen an das Halbdunkel gewöhnen konnten, und durchsuchte dann systematisch die Räume im Erdgeschoß. Sie waren leer. Nur das Skelett des toten Vogels lag auf dem Boden.

Hauptmann war vorsichtig. Er würde warten, bis Hans die Scheune überprüft hatte. Der Fahrer konnte ihm dann Rückendeckung geben.

Der SS-Offizier trat wieder vor das Haus. Ihm kamen Zweifel. Seit ihrer Ankunft hatte sich hier nichts gerührt. Vielleicht war diesen Italienern der Schreck doch tiefer in die Glieder gefahren, als er es für möglich gehalten hatte, und sie versuchten jetzt, zu Fuß in die Wildnis hinter der Farm zu entkommen. Langsam ging er um das Haus herum. Seine Gestalt warf einen langen Schatten in den Staub. Mit gezogener Pistole näherte er sich wieder dem Mercedes. Den Blick hielt er dabei starr auf eines der Fenster im Obergeschoß gerichtet. An der Ecke des Gebäudes fühlte Hauptmann im Rücken plötzlich einen stechenden Schmerz. Petrie sprang ihn von vorne an und schmetterte den Lauf seiner Mauser brutal gegen die rechte Hand des Deutschen. Die Pistole entglitt den tauben Fingern des Offiziers. Doch der SS-Mann war schnell. Er jagte seinem Angreifer die linke Faust ins Gesicht und umklammerte Petrie, der zurücktaumelte, mit seinen langen Armen. Er hatte einen Fuß hinter Petries Ferse gestellt. Petrie stolperte und stürzte zu Boden. Der Deutsche ließ sich mit seinem ganzen Gewicht auf ihn fallen. Zum zweiten Mal traf seine Faust Petries Gesicht. Der Engländer versuchte, seine Benommenheit abzuschütteln und umklammerte den Hals seines Gegners. Hauptmann rang immer noch mit Petrie, als Angelo sich über ihn beugte, mit seinem Stilett kurz ausholte und es dem Deutschen schräg nach oben bis zum Heft in den Rücken jagte.

Der Körper des Deutschen erschlaffte. Mühsam kroch Petrie unter der Leiche hervor und richtete sich auf. Angelo starrte verwundert auf den toten Deutschen.

»Er hatte doch schon mein Messer im Rücken.«

»Es sind schon Männer mit einem Messer im Rücken noch

Hunderte von Metern gelaufen«, sagte Petrie schwer atmend. »Los, schnell zur Scheune!«

Als sie das verlassene Gebäude betraten, lag der Fahrer mit ausgestreckten Armen auf dem Boden. In seinem Nacken steckte ein Messer.

»Wir sind hier oben«, rief Johnson. »Ich wollte mich auf ihn werfen, doch Scelba war schneller.«

Die zwei Männer hockten auf einem Heuboden. Johnson kletterte die Leiter herunter.

»Scelba hat ihn mit einem Wurf erledigt – und das aus einer Entfernung von fast fünf Metern.«

»Er hätte auf den Rücken zielen sollen«, sagte Petrie nur.

»Wir hatten eben Glück.«

»Hauptmann ist auch tot. Wir müssen die Leichen verstecken.«

»Der Brunnen! Das wollte ich Ihnen doch vorhin schon sagen«, erklärte Scelba, während er die Leiter herabstieg. »Dort wird sie niemand finden. Ich kümmere mich um die Leichen, während ihr den Wagen versteckt.«

»Hier drinnen?« fragte Johnson zweifelnd.

»Nein, ich habe eine bessere Idee«, sagte Petrie. »Die Suchtrupps sollen weder die Leichen noch den Wagen finden. Schnell, Ed, fahr den Volkswagen auf den Hof.«

Scelba kümmerte sich derweil um die Beseitigung der Toten. Er packte die Leichen bei den Beinen und schleifte sie über den Hof zum Brunnenrand. Hans fiel als erster in den zwanzig Meter tiefen Schacht. Mit der Leiche des Offiziers hatte der Capo mehr Schwierigkeiten. Mit seinen breiten Schultern blieb der Körper in der engen Brunnenöffnung stecken. Scelba schob und drückte den verkrümmten Leichnam tiefer, der Schweiß lief ihm in Strömen übers Gesicht. Laut fluchend ging er schließlich zur Mauer hinüber, holte sich einen schweren Felsbrocken, hob ihn hoch über seinen Kopf und schleuderte ihn mit aller Kraft in den Brunnen. Der Brocken traf das Hindernis mit großer Wucht und riß es mit sich in die Tiefe. Scelba schleppte unermüdlich Felsen von der Mauer heran und warf sie hinunter, bis sie den Grund des Schachtes mit den beiden Leichen völlig bedeckten. Wer auch immer jetzt in den Brunnen schaute, er sah nur Steine.

Als der Capo sein grausiges Werk vollendet hatte, war auch der Volkswagen verschwunden. Johnson hatte den Wagen auf den Hof gefahren und ihn gemäß Petries Anweisungen dicht unter der baufälligen Begrenzungsmauer abgestellt. Angelo holte den Wagenheber aus dem Mercedes und benutzte ihn als Brechstange, indem er den Hebearm in eine Spalte am unteren Rand schob und ihn hochdrehte, bis die Mauer einstürzte und mit lautem Krachen den Wagen unter ihren Trümmern begrub. Zehn Minuten lang arbeiteten die drei Männer wie verrückt und schichteten Felsen über die noch sichtbaren Wagenteile, bis das Fahrzeug völlig unter den Trümmern begraben war und alles so aussah, als sei die Mauer im Lauf der Zeit von selbst eingestürzt.

»Wir haben uns zu lange mit der Beseitigung der Spuren aufgehalten«, sagte der Italiener, während er sich die schmutzigen Hände mit dem Taschentuch abwischte und ihre Arbeit begutachtete.

»Da irren Sie sich«, erwiderte Petrie. »Bis jetzt sind die beiden Toten und der Wagen die einzigen Beweise für unsere Anwesenheit auf der Insel. Sollte man sie tatsächlich finden, wird ganz Mittelsizilien in Alarmbereitschaft versetzt. Doch glaube ich kaum, daß man sie so schnell finden wird.«

Die Hauptstraße war verlassen, als sie von dem Seitenweg auf sie einbogen. Erst jetzt, während sie wieder in östlicher Richtung rollten, gestattete Petrie sich ein schwaches Gefühl der Erleichterung. Er warf noch einmal einen langen Blick zurück auf die verlassene Farm. Acht Stunden Vorsprung brauchten sie, ehe man die toten Deutschen finden durfte. Doch eher würden acht Jahre vergehen, dachte er, bis jemand das makabre Geheimnis der Staubschüssel lüftete.

Feldmarschall Kesselring kaute schlechtgelaunt auf einer Orangenscheibe herum und schaute durch das offene Fenster auf den vom Sonnenlicht beschienenen Innenhof herab. Den Hörer des Feldtelefons hielt er ans Ohr gepreßt. Die Wolkendecke über Neapel hatte sich aufgelöst, und sicherlich waren die alliierten Aufklärer schon in der Luft. In der Leitung knackte es. Kesselring preßte den Hörer fester ans Ohr. Am anderen Ende meldete sich der Kommandeur des Luftwaffenstützpunktes.

»Sie wollen die genaue Position der 29. Panzerdivision wissen, Herr Feldmarschall?«

»Ja, ich bekomme keine Verbindung zu General Rheinhardt. Konnten Ihre Flieger Kontakt aufnehmen?«

»Jawohl, ungefähr vor einer halben Stunde. Einer meiner Jäger entdeckte die Panzerkolonne südlich von Formio.«

»Soll das heißen, die Wolkendecke hat sich auch bei euch aufgelöst?« fragte Kesselring nervös.

»Nein, der Pilot sah sie nur zufällig durch ein Wolkenloch, das sich sofort wieder schloß. Ich glaube kaum, daß Feindaufklärer die Kolonne entdecken werden.«

»Wie ist die Wettervorhersage für dieses Gebiet?«

»Bis zum Abend dichte Bewölkung. Wünschen Sie benachrichtigt zu werden, wenn wir Rheinhardt nochmals sehen?«

»Ja, Honneger. Halten Sie mich auf dem laufenden. Formio, sagten Sie?«

»Ja, ein kleines Dorf im südlichen Kalabrien.«

»Ich kenne es. Wiedersehen!«

Kesselring hängte ein, trat zum Kartentisch und studierte die Karte. Ja, Formio lag weit unten im Süden, wo er es auch vermutet hatte. Die gesprengte Brücke mußte in Rekordzeit repariert worden sein. Wieder einmal schien Klaus Rheinhardt seinen Ruf als der am schnellsten vorrückende Divisionskommandeur der Wehrmacht bestätigen zu wollen. Doch diesmal hatte er sich selbst übertroffen. Bei diesem Marschtempo konnte die 29. Panzerdivision die Meerenge gegen zwanzig Uhr erreicht haben. Blieb nur noch die Frage, ob er Klaus sofort nach Einbruch der Dunkelheit nach Messina übersetzen lassen sollte.

In Gedanken versunken wanderte Kesselring durch den weitläufigen Raum. Er war davon überzeugt, daß das nächste Angriffsziel der Alliierten Sizilien hieß, was immer diese Schlafmützen im Führerhauptquartier in Ostpreußen denken mochten. Am liebsten hätte er sofort Order gegeben, daß die ›Carridi‹ von Messina nach Giovanni, dem Festlandhafen, auslief, um dort auf Rheinhardt zu warten und ihn aufzunehmen. Doch das konnte gefährlich sein. Wenn die Gestapo dahinterkam, was sich dort unten tat, meldete sie es sofort dem Führerhauptquartier. Nein, er würde noch ein paar Stunden warten, bis Rheinhardt fast an die Meerenge vorgerückt war. Bis 19.30 Uhr also.

»Das Zielobjekt wartet immer noch in Messina auf Sie«, beantwortete Angelo Petries Frage. »Mit ganzen viertausend Bruttoregistertonnen. Wie Sie ja wissen, haben Ihre Bomber fünf unserer sechs Eisenbahnfähren versenkt, ehe die Deutschen zur Verteidigung der Meerenge siebenhundert Flak- und Geschützstellen errichteten. Jetzt käme dort nicht einmal ein Vogel mehr unentdeckt hindurch.«

»Aber wir«, behauptete Petrie zuversichtlich.

Nach dem nervtötenden Dahinkriechen in Scelbas Fiat und dem Fußmarsch durch die Sonnenglut nach Puccio war es ein gutes Gefühl, auf der gut ausgebauten Straße in rascher Fahrt das Land zu durchqueren. Zwischen Angelo und Scelba herrschte Waffenstillstand. Der Mafia-Boß saß in sich gekehrt auf dem Rücksitz des Mercedes und rauchte seine unvermeidliche Zigarre. Johnson neben ihm war erschöpft in einen Halbschlaf versunken. Der Wagen rollte unablässig weiter ostwärts. Auch die Eintönigkeit der Landschaft und das gleichmäßige Brummen des Motors lullten die Sinne des Amerikaners ein. Doch schon veränderte sich in der Ferne die Szenerie. Weit vor ihnen ragten die hohen Gipfel des Nebrodi-Gebirges in den Sonnenglast, ihre gezackten Grate schwammen wie Inseln in einer dampfenden See.

»Major Petrie!«

Scelba beugte sich vor. Das Lederpolster unter seinem massigen Körper knarrte. Angelo verzog unmerklich das Gesicht. Johnson, der gerade in den Schlaf hinübergedämmert war, öffnete mühsam die Augen.

»Ich müßte mal dringend telefonieren. Vielleicht könnten wir in Scopana kurz anhalten.«

»Keine Telefonate!« Angelos Stimme klang ruhig. »Wir dürfen bis Messina mit niemandem mehr Kontakt aufnehmen.«

»Und der Sprit?« fragte Johnson. »Mit dem Rest im Tank kommen wir doch nie bis nach Messina.«

»Ich weiß. Nach Major Petries Anruf bin ich sofort losgefahren, ohne zu tanken. Doch das ist kein Problem. Ich weiß, wo ich Benzin herkriege. Wir können in Scopana nachtanken.«

»Dann könnte ich doch in der Zeit meinen Anruf erledigen«, meinte Scelba gleichmütig.

»Ich sagte doch schon – keine Anrufe. Es ist ein offenes Geheimnis, daß die Carabinieri die Leitungen anzapfen. Der Anruf von Puccio aus war notwendig – und auch der einzige!«

Petrie lauschte dem Wortgefecht der beiden, ohne einzugreifen. Sollten sie doch ruhig etwas Dampf ablassen, solange keiner von beiden zu weit ging. Aber er wußte, daß der Ursprung der gegenseitigen Abneigung tiefer saß. So trugen auch Scelba's weitere Worte gewiß nicht zu einer Entkrampfung der angespannten Situation bei.

»Sie scheinen sich ja recht sicher zu sein, unsere Freunde hier allein in den Hafen von Messina einschleusen zu können«, bemerkte der Capo spitz.

»Alles ist dafür bereit.«

»Sicher auf der Basis, daß nur die Carabinieri die Zugänge zur Anlegestelle der ›Carridi‹ bewachen?«

»Das trifft ja auch zu«, fauchte Angelo. »Die ›Carridi‹ ist ein italienisches Schiff, und die einheimischen Behörden werden den Deutschen nicht gestatten, sich in ihre Aufgabenbereiche einzumischen. Kommandant Baade hat dies einmal versucht und sich dabei eine kalte Dusche geholt.«

»Von Stunde zu Stunde wird die Lage kritischer«, sagte Scelba hartnäckig. »Jeden Moment könnte der Notstand ausgerufen werden. Die Deutschen werden dann sofort die Sicherheitskräfte im Hafen verstärken.«

»Das erfahren wir, sobald wir da sind«, gab Angelo stur zurück. »Und jetzt benutzen Sie Ihren Mund besser zum Rauchen Ihrer Zigarre. Ich möchte mich aufs Fahren konzentrieren.«

»Vielleicht ist es bei unserer Ankunft schon zu spät...«

»Major Petrie!«

Angelo wandte sich auf englisch an den Major, damit der Capo seine Worte nicht verstand.

»Ich glaube, es wäre sehr unklug, diesen Mann telefonieren zu lassen.«

»Vielleicht sollten wir erst einmal fragen, wen er anrufen möchte, und weshalb«, schlug der Engländer auf italienisch vor.

»Scelba, was haben Sie vor?«

»Es wird eine gefährliche Sache werden, Sie zu dem Pier zu bringen, an dem die ›Carridi‹ liegt«, begann der Capo wieder, seinen Anteil am Gelingen des ganzen Planes herauszustreichen. »Ihr liegt schon Stunden hinter eurem Zeitplan zurück. Deshalb muß bei eurer Ankunft alles vorbereitet sein, es darf keine weiteren Verzögerungen mehr geben. Ist das soweit alles richtig?«

»Ja«, bestätigte Petrie.

»Also muß ich unbedingt einen meiner Leute anrufen, damit er die nötigen Maßnahmen trifft.«

»Welche Maßnahmen?«

»Es gäbe drei Möglichkeiten, wie man da vorgehen könnte«, erklärte Scelba unbestimmt. »Doch nur meine Leute in Messina kennen die momentane Lage. Sie sollten daher entscheiden können, wie es weitergehen muß.«

»Das ist doch alles Blödsinn!« brummte Angelo aufgebracht, während er das Tempo drosselte, um einen Eselskarren zu überholen.

»Augenblick!« rief Petrie scharf. »Ich werde darüber nachdenken und meine Entscheidung treffen, wenn wir Scopana erreichen. Eines ist richtig, Angelo. In Messina können wir uns nicht den geringsten Schnitzer, nicht mehr den geringsten Zeitverlust leisten.«

Damit ließ er die Sache vorläufig auf sich beruhen. Es lag auf der Hand, daß Scelba bestrebt war, seine Verdienste am Gelingen der Operation zu vergrößern. Doch Petrie konnte, wollte er keine unnötigen Risiken eingehen, auf die Hilfe des Capo nicht verzichten. Andererseits war es ebenso offensichtlich, daß Angelo dem Mafioso von Grund auf mißtraute und ihn am liebsten sofort aus dem Wagen geworfen hätte. Um seinen Ärger loszuwerden, drückte der Italiener den Fuß aufs Gaspedal. Die Tachometernadel stieg zitternd an. Auf dem Rücksitz wunderte sich Johnson, als eine lange Felswand wie ein Schleier an dem Seitenfenster vorbeiflog. Petrie wischte die feuchten Hände an seiner Jacke trocken, was wenig nutzte, wenn Angelo dieses mörderische Tempo beibehielt.

»Dieser Vetter, den Sie vorhin erwähnten, lebt nicht zufällig in Scopana?« wandte er sich an Angelo.

Er wählte seine Worte bewußt vorsichtig, damit Scelba nicht merkte, daß er von einem Mafioso sprach.

»Doch. Von ihm bekomme ich das Benzin. Macht Ihnen das Kopfzerbrechen?«

»Hat Ihr Vetter noch mehr Freunde in Scopana?« fragte Petrie.

»Ja, ein paar.«

Angelo sprach wieder englisch. »Der Ort ist die Mafia-Zentrale für die Provinz. Ist das wichtig?«

»Hoffentlich nicht.«

Es konnte schon wichtig sein. Petrie dachte angestrengt nach, versuchte, den nächsten Gefahrenpunkt schon vorauszuahnen. Es war diese Eigenschaft an Petrie, die Colonel Parridge vor langer Zeit sofort erkannt hatte, eine Eigenart, die ihn aus der Gruppe der anderen Offiziere in der Felucca Boat Squadron hervorhob – die Fähigkeit, aus dem einen Auge die Gegenwart nicht zu verlieren und mit dem anderen schon in die unmittelbare Zukunft zu schauen. Aus dem, was Scelba ihm in Palermo erzählt hatte, schloß der Engländer, daß die Fahndung nach Mitgliedern der Mafia im Untergrund verschärft wurde, und da Scopana als eine der Schaltzentralen der Mafia galt, würden die Carabinieri den Ort ganz besonders scharf beobachten. Trotzdem – sie brauchten Sprit, und den bekamen sie nur in dem Ort. Petrie faltete seine farbige Karte auseinander, breitete sie über seinen Knien aus und studierte sie eine Weile. Dann fragte er Angelo:

»Was ist das für eine Eisenbahnlinie da in den Bergen unterhalb von Scopana?«

»Das ist nur eine eingleisige, selbst für sizilianische Verhältnisse sehr alte Bahn.«

Angelo runzelte die Stirn und starrte durch die Windschutzscheibe auf etwas weit vor ihnen. »Sie geht über Sala bis nach Enna, wo sich das deutsche Hauptquartier befindet. In Sala liegt eine große deutsche Transporteinheit mit einem riesigen Wagenpark. All diese Fakten habe ich nach Tunis gemeldet.«

»Wir haben die Bahn bombardiert?«

»Nein, sie verkehrt noch. Die Deutschen verlegen damit ununterbrochen Truppen von Enna in das Gebiet von Scopana. Auch das habe ich gemeldet, doch anscheinend waren eure Flieger zu beschäftigt. Der Wagen da vor uns ist ein deutscher Kommando-Wagen.«

»Mit einer Motorrad-Eskorte.«

Mit einem Schlag schien alle Müdigkeit von den Männern im Wagen gewichen. Johnson überprüfte seinen Revolver, Petrie langte nach dem Werkzeugkasten unter seinem Sitz und zog eine Stielhandgranate heraus. Dann reichte er Johnson die Mauser nach hinten.

»Nimm die erst mal, Ed, wenn du aus dem Rückfenster

schießen mußt. Zuerst die Männer auf den Motorrädern, dann den Wagenfahrer.«

Er wandte den Kopf, um seinen Worten Nachdruck zu verleihen.

»Doch vergiß nicht – nur im äußersten Notfall schießen! Wir wollen jedes Aufsehen möglichst vermeiden.«

»Verstanden!« Johnson überprüfte auch das Magazin der Mauser. »Vielleicht sollten wir einfach hinter den Deutschen bleiben.«

»Ed, die Zeit wird knapp. Wir müssen so schnell wie möglich vorwärtskommen.«

Petrie schaute wieder nach vorn.

»Okay, Angelo – überholen!«

Sie hatten sich dem Kommandowagen inzwischen auf etwa hundert Meter genähert. Zu beiden Seiten flankierten Motorradfahrer das Fahrzeug. Der Konvoi beanspruchte die ganze Breite der Straße für sich. Einer der Motorradfahrer hatte anscheinend den schnellen Wagen hinter sich bemerkt, drehte den Kopf und winkte den Mercedes zurück.

»Zum Teufel mit ihm«, rief Petrie. »Die Hupe, Angelo!«

Angelo bremste den Wagen ab und drückte in regelmäßigen Intervallen auf die Hupe. Der Motorradfahrer schaute sich nochmals um, zeigte auf den Kommandowagen und bedeutete ihnen durch heftige Armbewegungen, zurückzubleiben.

»Halten Sie den Daumen drauf, Angelo! Sie müssen uns Platz machen.«

Angelo warf Petrie einen zweifelnden Blick zu, folgte aber seiner Anweisung. Kein Mensch würde in einem Wagen, der mit gellender Hupe einem deutschen Kommandowagen hinterherfuhr, ausgerechnet ein alliiertes Sabotageteam vermuten. Außerdem waren sie verdammt spät dran.

Die Motorradfahrer und der Militärwagen wichen keinen Zentimeter zur Seite, und Angelo hielt den Finger auf der Hupe. So rasten die Fahrzeuge eine ganze Weile hintereinander her. Petrie kniff die Augen zu schmalen Schlitzen zusammen, als der Motorradfahrer auf der linken Seite mit einer Hand seine Pistolentasche öffnete. Doch im nächsten Moment tauchte aus dem Wagenfenster neben ihm eine Hand auf und machte eine kurze Bewegung.

Petrie fragte sich, wer wohl in dem Wagen saß. Der Motorradfahrer erhöhte sein Tempo und gab die linke Straßenhälfte frei. Die Hand aus dem Kommandowagen gab Winkzeichen. Endlich! Sie sollten überholen. Angelo fuhr sich mit dem Handrücken über die Stirn und begann den Überholvorgang. Zentimeter für Zentimeter schob sich der Mercedes neben das Feindfahrzeug.

Was war das? Der Fond war leer, neben dem Fahrer saß ein deutscher Offizier in Uniform, der bei ihrem Anblick salutierte. Angelo erwiderte automatisch den Gruß. Petrie fragte mit verkniffenen Lippen: »Was soll das?«

»Das ist General Ganzl, Chef des deutschen Stabes in Enna. Er ist der Kopf der gesamten Inselverteidigung.«

Petrie berührte den Stiel der Handgranate in seinem Schoß. Nur eine kleine Armbewegung...

»Weiter!« sagte er mit zusammengebissenen Zähnen.

Der Mercedes überholte den Motorradfahrer und zog auf der leeren Straße davon. Im Fond spannte sich Johnsons Hand um den Schaft der Mauser, die Muskeln seines Körpers zitterten vor Anspannung.

»Solch eine Chance bekommen wir nie wieder«, rief er.

Petrie gab keine Antwort. Bei der Erwähnung des Namens Ganzl hatte es auch ihn in den Fingern gejuckt, doch nur für den Bruchteil einer Sekunde. Sie waren nach Sizilien gekommen, um eine Eisenbahnfähre zu versenken, nicht, um einen General zu töten.

»Höflicher Bursche.« Er drehte sich kurz um. Der Kommandowagen verschwand im Dunst hinter ihnen. »Er wußte sicher von dem Befehl aus Enna, die Verbündeten freundlich zu behandeln.«

»Wir sitzen in einem deutschen Wagen«, erinnerte ihn Angelo.

»Mit italienischen Nummernschildern. Und Ganzl ist ein smarter Bursche. Er registriert solche Details.«

Sie fuhren noch eine ganze Weile. Dann zwang eine Armeekolonne sie zum Anhalten. Schon von weitem sahen sie sie über die gesamte Straßenbreite auf sich zurollen, eine endlose Schlange von Panzern, Kanonen und Lastwagen. Nur durch Angelo's schnelle Reaktion vermieden sie einen direkten Kontakt. In einer Bodenwelle riß er das Lenkrad herum und rollte von der Straße weg in ein ausgetrocknetes Flußbett. Ein kleiner Hügel schützte sie gegen die Sicht von der Straße. Dort warteten sie eine ganze Weile schweigend in der brütenden Hitze, in der keiner die nötige Energie für ein Gespräch aufbrachte.

Endlich verklangen die Motorengeräusche der Kolonne in der Ferne. Petrie ging zur Straße hinauf. Sie war leer. Wenig später fuhren sie mit hohem Tempo weiter nach Osten.

Sie näherten sich Scopana. Petrie studierte nachdenklich seine Karte, als Angelo in ein langgestrecktes Tal hinunterfuhr. An beiden Seiten wurde es von steilen Bergen gesäumt, auf deren Wipfeln und Graten kleine Dörfer so dicht am Fels klebten, daß man sich fragen mußte, wie man je dorthin kommen sollte. Petrie hatte keinen Blick für die melancholische Schönheit der Landschaft.

»Transportiert diese eingleisige Bahn auch Truppen von Scopana nach Enna?« fragte er.

»Nein, sie fährt leer zurück.«

»Ganz sicher?«

»Ja, man transportiert Truppen nur aus Richtung Enna. Noch vor wenigen Stunden habe ich mit meinem Vetter in Scopana über die Bahn gesprochen.«

Der Mercedes schoß an zwei Ziegenhirten vorbei, die mit ihrer kleinen Herde an der Straße entlangwanderten. Ihnen schien die Hitze nichts auszumachen. Petrie hörte das leise Bimmeln der Glocken an den Hälsen der Tiere.

»Bei der Rückfahrt nach Sala und Enna ist also nur das Zugpersonal an Bord?«

»Nur ein einziger Mann. Der Lokomotivführer. Im Krieg macht er auch gleichzeitig den Heizer.«

Angelo warf seinem Nachbarn einen kurzen Seitenblick zu.

»Warum interessiert Sie die Bahn so sehr?«

Petrie überhörte seine Frage. »Wie oft verkehrt der Zug?«

»Einmal in der Stunde. Man hat einen Pendelverkehr eingerichtet, der auch nachts aufrechterhalten wird. Sie haben zwei Züge auf der Strecke. Der Zug von Scopana wartet auf einem Ausweichgleis auf halber Strecke nach Enna, bis der andere durch ist. Warum interessieren sie sich so für die Bahn, wenn wir doch in Scopana tanken und dann bis Messina durchfahren können?«

»Ich denke nur etwas weiter.«

Petrie gab sich zugeknöpft. Wenig später bequemte er sich aber dann doch zu ein paar Einzelheiten.

»Zum ersten könnten sich in Scopana Probleme ergeben, wo doch die Behörden auf der Suche nach Ihren Freunden sind. Und was ist, wenn der Gegner einen Ihrer gefangenen Agenten im Verhör zum Reden bringt, und er verrät Einzelheiten über Sie und diesen Wagen? Halten Sie mal kurz an, Angelo, ich möchte etwas nachprüfen.«

Als der Wagen neben einem verdorrten Baum hielt, deutete Petrie mit dem Finger auf einen Punkt der Karte.

»Mit dem restlichen Sprit kämen wir jedenfalls noch bis dorthin, stimmt's?«

»Sie meinen die Scopana-Blockstelle, den Endpunkt der Bahnlinie. Wir haben doch den Wagen. Ich denke...«

»Beantworten Sie meine Frage, Angelo. Vielleicht können wir tatsächlich mit dem Mercedes weiterfahren. Doch ich habe so ein Gefühl, daß wir bald in Schwierigkeiten geraten.«

»Bis zur Blockstelle reicht der Sprit. Ihnen geht die deutsche Transporteinheit in Sala nicht aus dem Kopf, nicht wahr?«

»So ähnlich.«

Johnson beugte sich vor, um einen Blick auf die Karte zu werfen.

»Du willst tatsächlich ein deutsches Militärfahrzeug klauen?«

»Also gut, Ed.« Petrie drehte sich zu den beiden Männern im Fond um. »Wir liegen verdammt weit hinter unserem Zeitplan zurück, so daß wir sehr wahrscheinlich doch den direkten Weg über die Küstenstraße nehmen müssen. Ich weiß, das ist sehr gefährlich, aber nur so können wir ein wenig Zeit aufholen. Jetzt fahren wir erst mal nach Scopana.«

»In zehn Minuten sind wir dort«, bemerkte Angelo und startete den Motor.

In einem kleinen Dorf mit dem Namen Pollaza hielten sie kurz an. In einer Bar telefonierte Scelba mit Messina. Angelo trommelte mit seinen Fingern ungeduldig gegen das Lenkrad, während sie auf den Capo warteten.

»Wir verlieren kostbare Zeit«, knurrte er. »Sie hätten mich wenigstens mitschicken sollen, um zu hören, was er alles sagt.«

»Und ihm damit gleichzeitig gezeigt, daß wir ihm nicht trauen.«

»Ich traue ihm auch nicht! Er ist der mächtigste Mafioso auf der Insel.«

»Genau aus diesem Grund habe ich ihn ausgewählt, weil er der einzige ist, der uns weiterhelfen kann«, erklärte Petrie geduldig. »Still, da kommt er!«

Der Capo stieg in den Wagen. Er mied absichtlich Angelos Blick, als er ihnen mitteilte, daß in Messina alles bereit sein würde.

Angelo brummelte vor sich hin, legte den Gang ein und jagte mit aufheulendem Motor aus Pollaza. Wenig später verließen sie das Tal.

Vor ihnen lag Scopana, ein größerer Ort, in halber Höhe an einem Berghang. Sie hatten ihr Ziel fast erreicht, als Petrie sich plötzlich vorbeugte. Angelo ging sofort mit der Geschwindigkeit herab. Seine Hände krampften sich um das Lenkrad.

Das Ende einer langen Carabinieri-Kolonne verschwand gerade auf einer Seitenstraße, die von der Schnellstraße abzweigte. Petrie zögerte keinen Moment.

»Fahren Sie weiter – zur Scopana-Blockstelle!«

9.
Freitag, 19.30 Uhr bis 20.30 Uhr

Die Dämmerung senkte sich über die Insel, warmes, purpurdunkles Zwielicht umhüllte die Konturen der Landschaft. Wie ein übergroßer Glühwurm kroch der kleine Zug durch die einsetzende Dämmerung. Die Lokomotive keuchte schwer und stieß dicke, schwarze Rauchwolken in die Luft.

Aus ihrer Deckung hinter einigen Felsen, wo sie den Mercedes versteckt hatten, sahen sie den Zug schon von weitem den Hügel herunterrollen. Das Gleis führte in eine Schlucht, wo es in einem Lokomotiv-Schuppen endete. Der ganze Zug bestand aus zwei kleinen Personenwagen, die die Lokomotive hinter sich herzog, und einer langen offenen Lore davor. Die Personenwagen waren hell erleuchtet – im Krieg eine verdammt gefährliche Nachlässigkeit – und vollgestopft mit Carabinieri. Petrie vermutete, daß auf der offenen Lore noch mehr Männer saßen, konnte das aber im schwindenden Licht nicht genau erkennen.

Die Lokomotive hatte ihre besten Tage schon hinter sich. Sie besaß einen schmalen, hohen Schornstein. Von seinem erhöhten Standpunkt aus konnte Petrie den Schatten des Lokführers vor der Feuerung des Kessels erkennen, als der Zug unter ihnen vorbeirollte und dicht vor dem Schuppen mit kreischenden Rädern und einer beeindruckenden Dampfwolke zum Stehen kam.

Plötzlich versteifte sich die Haltung des Engländers.

»Das erste Problem«, flüsterte er Johnson zu. »Diesmal ist ein Heizer dabei.«

Türen flogen auf, und Männer in Uniform verließen die Waggons, kletterten von der Lore, nahmen ihr Gepäck auf und stellten sich unter den lauten Kommandos ihrer Anführer in Marschformationen auf. Innerhalb weniger Minuten marschierten sie in langen Kolonnen mit umgehängtem Gewehr auf einen Hohlweg zu.

»Die Schlucht führt zu ihrem Feldlager außerhalb von Scopana«, flüsterte Angelo. »Am besten warten wir, bis sie verschwunden sind. Hoffentlich spielt der Lokführer mit.«

»Und der Heizer. Haben Sie den zweiten Mann auf dem Führerstand nicht bemerkt?« fragte Petrie.

Johnson meldete sich zu Wort.

»Wenn die beiden nicht mitspielen, könnte ich dieses kleine Monstrum da unten auch selbst fahren.«

»Soll das ein Witz sein?« Petries Stimme klang scharf.

»Durchaus nicht. Während meiner Tätigkeit bei der Grenzpolizei habe ich manchmal einen meiner Kollegen von der anderen Seite in Mexico besucht. Sie hatten da einen kleinen Zug, der dicht an der Grenze entlangfuhr. Ich habe ihn manchmal gefahren, wenn wir gemeinsam die Grenzübergänge kontrollierten. Von meinem mexikanischen Freund habe ich gelernt, wie man so ein Feuerroß bedienen muß.« Johnson lächelte in der Dunkelheit. »Doch ein Diplom als perfekter Lokführer habe ich nie erhalten.«

Ungeduldig warteten sie hinter ihrer Deckung darauf, daß die letzten Carabinieri in der Schlucht verschwanden. Es wäre Wahnsinn gewesen, etwas zu unternehmen, ehe die Kolonne außer Hörweite war. Petrie betete, daß das Zugpersonal nicht nach Sala abfuhr, ehe sie sich aus ihrer Deckung herauswagen konnten.

Der Heizer war im Lokschuppen verschwunden, doch der Lokführer stand unter ihnen und wischte sich mit einem Taschentuch den Schweiß von Stirn und Händen. Er hatte keinen Dampf vom Kessel abgelassen, offensichtlich legte er vor der Rückfahrt nur eine kurze Pause ein. Der Glutschein der Feuerung beleuchtete jede seiner Bewegungen. Der Mann stampfte mehrmals heftig mit den Füßen auf, putzte sich die Nase und streckte sich genüßlich.

»Ich steige mal besser hinunter und kaufe ihn mir«, schlug

Johnson vor. »Er wird jeden Moment losfahren, das fühle ich.«

»Wir gehen zusammen«, entschied Petrie. »Was auch immer passiert – es darf kein Schuß fallen. An solch einem Abend trägt die Luft den Hall eines Schusses meilenweit.«

»Laßt mich vorgehen«, sagte Angelo. »Ihr tragt Bauernkleidung. Vielleicht mag der Lokführer keine Bauern. Hier ist es ziemlich einsam. In meinem Anzug wirke ich vertrauenerweckender.«

Unerwartet meldete sich Scelba zu Wort.

»Ich gehe mit Gambari, denn einer muß den Heizer übernehmen. Ich spreche ihre Sprache.«

Er langte in seine Jackentasche, holte ein Messer in einer Scheide hervor, entfernte den Schutz und ließ die Waffe mit der kurzen Klinge im Ärmel verschwinden.

»In Ordnung, gehen wir«, sagte Angelo knapp.

»Was werden Sie ihm sagen?« fragte Petrie.

»Die Wahrheit – zumindest teilweise. Meistens wirkt sie am überzeugendsten. Ich bin ein Anwalt aus Messina, dem in Scopana der Sprit ausgegangen ist. Deshalb hoffte ich hier einen Zug nach Enna zu kriegen, wo ich einen dringenden Termin wahrnehmen muß. Würden Sie mir Ihren Revolver borgen, Captain Johnson? Er ist kleiner als meine Luger. Ich lasse sie Ihnen da. Vielen Dank!«

»Wir brauchen die beiden noch«, mahnte Petrie. »Also behandelt sie dementsprechend.«

»Wenn es sich machen läßt«, entgegnete Angelo. »Ich hoffe nur, daß kein Soldat etwas im Zug vergessen hat und zurückkommt.«

»Wir geben euch von hier oben Deckung. Viel Glück!«

Der Italiener zuckte die Achseln. »Es sind doch nur zwei Mann.«

Mit Scelba im Schlepptau kletterte er vorsichtig den steilen Abhang hinunter. Dabei achtete er darauf, daß sie ständig in Deckung größerer Felsen blieben.

Unten spazierte der sizilianische Lokführer rauchend am

Zug auf und ab. Angelo vermutete, daß er den Heizer rufen und die Rückfahrt nach Sala antreten würde, sobald er seine Zigarette aufgeraucht hatte.

Die beiden ungleichen Männer erreichten den flacheren Teil des Abhanges. In dem unwirklichen Dämmerlicht schienen die Hügel zu leuchten. Sich ständig daran erinnernd, wie weit Geräusche in dieser Abendluft fortgetragen wurden, setzten der Italiener und der Capo behutsam Fuß vor Fuß. Nur das Zirpen von Zikaden durchdrang die laue Nacht.

Als sie das Gleis erreichten, zog Scelba Angelo am Ärmel und flüsterte: »Ich gehe auf der anderen Seite des Zuges entlang zum Lokschuppen und hole mir den Heizer.«

Angelo nickte nur. Der Mafia-Boß verschwand. Jetzt wurde die Sache knifflig.

Dummerweise hatte der Lokführer in den Waggons die Beleuchtung brennen lassen, die die Soldaten eingeschaltet hatten, um sich während der langwierigen Fahrt die Zeit mit Kartenspielen zu vertreiben. Typisch sizilianische Sorglosigkeit, dachte Angelo. Er spürte das beruhigende Gewicht des Glisenti-Revolvers in seiner Tasche. Leise ging er am Gleis entlang. Er hatte den Lokführer fast erreicht, als dieser sich umwandte und ihn entdeckte. Er trat seine Zigarette auf dem Boden aus und setzte den Fuß auf die erste Leitersprosse zum Führerstand. Angelo sprach ihn an. »Einen Augenblick, bitte.«

Der Sizilianer zog mit einer Hand ein schweres Brecheisen vom Führerstand. Vor der Feuerung des Kessels tanzten Funken in der lauen Luft. Angelo blieb wenige Schritte vor dem Mann stehen.

»Das da brauchen Sie nicht«, sagte er rasch. »Ich muß dringend nach Enna. Kann ich mit Ihnen fahren? Ich zahle natürlich das Fahrgeld.«

Das der Lokführer mit Sicherheit in die eigene Tasche stecken würde, dachte der Italiener. Doch der Sizilianer, ein gedrungener Mann mit einem unfreundlichen Gesicht, schüttelte den Kopf und packte die Brechstange fester.

»Dieser Zug darf laut Order des deutschen Hauptquartiers in Enna nur von Militärs benutzt werden. Außerdem fahre ich nur bis Sala.«

»Sala wäre mir auch recht«, sagte Angelo. »Vielleicht nimmt mich von dort ein Wagen mit nach Enna. Es ist wirklich sehr dringend, verstehen Sie? Mein Wagen hat in Scopana den Geist aufgegeben, und man sagte mir, ich solle hier bei Ihnen mein Glück versuchen.«

»Da hat man Ihnen was Falsches gesagt.«

»Ein leerer Zug mit einem einzigen Fahrgast. Sicher...«

Angelo zog seine Geldbörse aus der linken Tasche.

»Stecken Sie sich Ihr Geld sonst wo hin«, brummte der Lokführer unwirsch. »Sie können nicht mitfahren. Der Zug ist nur für Militärtransporte bestimmt. Und jetzt werde ich losfahren.«

Er wandte sich ab, um auf den Führerstand zu klettern, und rief mit lauter Stimme zum Lokschuppen hinüber: »Enrico!«

Es war zwecklos. Der Mann hatte gemerkt, daß Angelo kein Einheimischer war. Viele Sizilianer verabscheuten die Italiener vom Festland. Angelo zog den Revolver aus der Tasche. Der Sizilianer sah aus den Augenwinkeln diese Bewegung, sprang zu Boden und schwang das Brecheisen. Angelo wich zurück, packte den Revolver am Lauf und traf den Sizilianer mit dem Kolben am Kinn. Der Mann ließ das Brecheisen fallen und stürzte rückwärts zu Boden. Dabei schlug er mit dem Hinterkopf hart gegen die Leiter.

Zu spät hörte Angelo das Schleifen von Stiefelsohlen auf Metall. Er sah gerade in dem Moment hoch, als der Heizer auf dem Lokstand gerade die Kohlenschaufel hob, um sie ihm auf den Kopf zu schmettern. Ein schreckliches Gurgeln drang aus dem Mund des Mannes, er schwankte, als sei er nicht sicher, ob er sein Vorhaben ausführen solle oder nicht, dann sank er plötzlich in sich zusammen. Die Schaufel polterte harmlos auf das Gleis.

Hinter dem Toten tauchte Scelba auf, kniete nieder und

zog mit beiden Händen sein Messer aus dem Rücken des Mannes. Er wischte das Blatt an Enricos Jacke sauber und schob die Waffe wieder in die Scheide.

»Was ist mit dem Lokführer? Lebt er noch?«

Angelo beugte sich über den reglosen Körper neben der Lok, fühlte den Puls und schüttelte den Kopf. Dann erhob er sich und winkte vor dem rötlich glühenden Hintergrund der Feuerung den beiden anderen auf dem Hügel zu. Doch sie waren schon unterwegs.

»Es tut mir sehr leid«, sagte Angelo, gab Johnson den Revolver zurück und nahm die Luger wieder an sich. »Wir haben beide getötet. Sie waren dumm genug, mich anzugreifen.«

»Wir haben es gesehen«, entgegnete Petrie. »Hauptsache, ihr habt keinen Lärm gemacht.«

Er schaute Johnson an.

»Jetzt bist du dran, Ed. Wenigstens steht der Kessel unter Dampf. Also sieh zu, wie du das Monstrum zum Laufen bringst. Scelba, würden Sie bitte zusammen mit Angelo die Leichen in den Schuppen schaffen? Ich werfe mal einen Blick in die Waggons.«

Johnson war schon auf den Führerstand geturnt und betrachtete nachdenklich die Armaturen. Petrie wanderte langsam am Zug entlang. Die zwei Personenwagen waren uralt. Sie besaßen an den Enden Aussichtsplattformen mit Metallgeländern. Petrie kletterte auf die hintere Plattform des zweiten Wagens, stieß die Tür auf und trat ins hellerleuchtete Innere. Er fühlte sich wie auf dem Präsentierteller. Trotzdem widerstand er der Regung, die Beleuchtung auszuschalten. Vielleicht konnten die abmarschierenden Soldaten die Lichter der Waggons noch sehen.

Ein schmaler Mittelgang trennte jeweils zwei Sitze auf beiden Fensterseiten. In der Mitte des ersten Waggons, die für die erste Klasse reserviert war, entdeckte Petrie einen kleinen Waschraum. Als er auf die vordere Aussichtsplattform hinter dem Kohlentender hinaustrat, setzte sich der Zug plötzlich in

Bewegung, rollte ein paar Meter vorwärts und kam dann mit einem heftigen Ruck zum Stehen. Petrie wäre beinahe von der Plattform gestürzt.

Das konnte ja heiter werden! Ein vielversprechender Anfang: Ed freundete sich mit der Maschine an. Petrie sprang auf den Bahndamm und ging wortlos am Führerstand vorbei.

»Was, zum Teufel, hast du denn erwartet? Ich bin schließlich nicht Casey Jones!« rief Ed hinter ihm her.

Die Lore hinter der Lokomotive besaß hohe Seitenwände. Petrie kletterte auf einen Puffer und schaute hinein. Der Boden war bedeckt mit Kohlenstaub. Stellenweise schimmerte ihm etwas Weißes entgegen. Wahrscheinlich Zementstaub, dachte der Engländer. Das erklärte auch, warum einige der Soldaten sich ihre Uniformen abgeklopft hatten, ehe sie sich in die Formation einreihten. Als er wieder zu Boden sprang, eilten Angelo und Scelba vom Lokschuppen herüber.

»Ich hörte doch eben die Lokomotive losfahren!« rief der Italiener aus.

»Stimmt, leider aber in die falsche Richtung.«

Petrie stieg auf den Lokstand, wo Johnson an den Armaturen herumhantierte.

»Ich will mich zwar nicht selbst loben, Jim, aber ich glaube, ich komme mit diesem Ding hier klar. Das hier ist der Regulator, und da das Dampfablaß-Ventil. Diese Maschine hier ähnelt in vielem dem mexikanischen Klapperkasten, den ich mal gefahren habe.«

»Stammt vielleicht von der selben Firma – der Museumsstücke AG.«

Mit der Schaufel grub Petrie eine Kuhle in den Kohlenberg, legte den Sack mit dem Sprengstoff hinein und bedeckte ihn mit Kohle. Denn ohne den Sack hätten sie gleich zu Hause bleiben können. Der Werkzeugkasten mit den deutschen Stielhandgranaten stand immer noch neben den Gleisen, wo Johnson ihn abgesetzt hatte. Angelo nahm ihn mit.

Petrie erteilte seine Anweisungen. »Ed, wir fahren jetzt sofort los!«

Er lehnte sich aus dem Führerstand und rief den beiden anderen zu:

»Einsteigen, meine Herren! Der Santa Fé-Spezial fährt sofort ab. Diesmal könnt ihr nach Belieben wählen – von der ersten bis zur dritten Klasse. Bauern reisen in der Lore hinter der Lok!«

Wie er vermutet hatte, zeigte sich der Mafia-Boß, sich seiner Macht völlig bewußt, keineswegs beleidigt. Doch Angelo zuckte unter seinen Worten zusammen.

»Ich reise nur erster Klasse – als Geschäftsmann!«

Die beiden Männer bestiegen eilig den ersten Wagen vor der Lok. Angelo kam auf die Plattform hinaus.

»Was soll diese verdammte Festbeleuchtung? Für die Jagdflieger sind wir ein gefundenes Fressen. Der Zug ist meilenweit zu sehen.«

»Laßt sie brennen, bis Ed euch mit der Dampfpfeife ein Zeichen gibt. Dann löscht das Licht in jedem Wagen. Die Carabinieri könnten oberhalb des Hohlweges einen Posten aufgestellt haben, der vielleicht Verdacht schöpft, wenn der Zug nicht hell erleuchtet zurückfährt. Alles in Ordnung?«

»Wollen es hoffen.«

Angelo verschwand im Wagen. Die Tür fiel hinter ihm ins Schloß.

Petrie beobachtete Johnson.

»Ich nehme an, du weißt inzwischen, daß wir rückwärts fahren müssen. Schaffst du das?«

Johnson warf ihm einen belustigten Blick zu und betätigte wortlos einige Hebel. Der Zug setzte sich rückwärts in Bewegung, auf Sala zu, rollte etwa hundert Meter und kam dann mit kreischenden Rädern zum Stehen. Petrie wurde gegen die Seitenwand des Führerstandes geschleudert.

Johnson winkte ihm fröhlich zu. »Tut mir leid, mein Freund. Ich habe nur mal die Bremsen getestet.«

Der Zug setzte sich wieder rückwärts in Bewegung, vor der

Lokomotive die beiden Reisewagen, dahinter die Lore. Petrie lehnte sich aus dem Führerstand und ließ die warme Nachtluft über sein Gesicht streifen. Hinter sich sah er den großen Lokschuppen, jetzt für kurze Zeit Grabstätte des Zugpersonals, in der Dunkelheit verschwinden. Mit ihm versanken Palermo, Puccio, Scopana und all die Ängste und Gefahren, die hinter ihnen lagen, in der Nacht.

Petrie warf einen Blick auf seine Uhr. Genau 19.30 Uhr. Noch viereinhalb Stunden bis zur Stunde Null. Und sie hatten gerade die Hälfte der Strecke bis nach Messina geschafft.

Um 19.30 Uhr wurde Oberst Ernst-Günther Baade der verschlüsselte Funkspruch von Feldmarschall Kesselring aus dem Hauptquartier in Neapel übergeben. Baade war Kommandeur der gesamten Militärzone an der Straße von Messina. Der hochtrabende Titel besagte eigentlich nur, daß dem Deutschen alle militärischen Anlagen in dieser Region unterstanden – mit Ausnahme des ›Carridi‹-Piers. Und diese Ausnahmeregelung ließ ihn die Stirn runzeln, als er in seinem Büro die Nachricht entschlüsselte und anschließend gedankenverloren durch das breite Fenster auf die Meerenge hinausblickte, über der starke Scheinwerfer den nächtlichen Himmel absuchten.

»›Carridi‹ sofort zum Ablegen klarmachen. Bei Erhalt des nächsten Funkspruches umgehend nach Giovanni auslaufen lassen. Wenn nötig, bei Generalstab in Enna Befehlserlaubnis anfordern. Erbitte Bestätigung nach Eingang des Funkspruchs. Kesselring.«

Die Glut der Feuerung tauchte Petries Rücken in rötliches Licht, als er sich aus dem Führerstand beugte. Vor ihm war nichts als Finsternis, nur die Schatten der erleuchteten Waggons tanzten neben dem Gleis her. Am Himmel glitzerten die ersten Sterne. Bald würde der Mond aufgehen, doch das löste sein Problem auch nicht. War der Schienenstrang vor ihnen durch irgend etwas blockiert oder der Bahndamm durch einen Erdrutsch beschädigt, würden sie dies erst merken, wenn der erste Waggon entgleiste. Es war ein großes Risiko, den Zug blind durch die Nacht zu steuern, ohne die Strecke zu kennen, doch das nahm Petrie gern für das Gefühl in Kauf, mit jeder Radumdrehung dem Ziel im Osten näherzukommen.

Das Gleis war uneben – oder die Federung der Waggons ausgeschlagen – jedenfalls schwankte der Zug von einer Seite zur anderen, als Johnson jetzt das Tempo erhöhte. Die Räder hämmerten gegen die Schienen, die Wagenkupplungen ächzten, der hohe Schornstein der Lokomotive stieß dicke schwarze Wolken in die Nacht. Etwa zwei Kilometer vom Schuppen entfernt gab Petrie dem Amerikaner ein Zeichen. Johnson betätigte die Dampfpfeife. Ihr schriller Ton hallte klagend durch das Dunkel. Nach und nach erloschen die tanzenden beleuchteten Rechtecke auf dem Bahndamm, als die beiden ›Fahrgäste‹ in den Waggons das Licht ausschalteten. Nur das orangefarbene Glühen der Feuerung warf seinen Schimmer in die Landschaft und auf Johnsons Gesicht, der sich mit einer Hand auf dem schwankenden Führerstand festhielt und mit der anderen die Hebel und Armaturen bediente.

Die Fahrt in der Lok wurde langsam unbequem. Der Boden vibrierte unter den Füßen, jeder unerwartete Stoß der schwankenden Maschine gegen die Puffer der beiden geschobenen Waggons drohte die Männer von den Beinen zu heben. Mal röstete sie die Gluthitze der Feuerung, mal froren sie im kühlen Fahrtwind.

Johnson deutete auf den Kohlenberg. Das Feuer unterm Kessel brauchte Nahrung. Petrie griff zur Schaufel und begann, mit gespreizten Beinen genau in der Mitte zwischen Feuerung und Tender stehend, den glühenden Schlund mit Bergen von Kohlen zu füttern. Schließlich stoppte ihn Johnson, der nicht wußte, bei welcher Hitze der Kessel bersten konnte. »Wir wollen doch nicht gleich bis Messina durchfahren«, rief er laut.

»Schade, ich würde am liebsten damit gleich an Bord der Fähre dampfen.«

Sie waren eine Zeitlang bergab gerollt. Jetzt stieg das Gelände wieder an, und der Zug wurde langsamer. Sie schoben sich mühsam ins Gebirge hinauf. Zu beiden Seiten rückten steile Abhänge und Felsgipfel näher an den Schienenstrang heran. Die Lokomotive ächzte aus allen Fugen. Inzwischen war der Mond aufgegangen, eine schmale Sichel, die ihren bleichen Schimmer auf schroffe Gipfel, Bergsättel und Grate ergoß. Bis in die Täler und Schluchten reichte das fade Licht nicht. Petrie beugte sich wieder aus dem Führerstand. Hinter der Lore verschwand der Bahnkörper im Dunkeln, vor den beiden Waggons sah er, wie das Gleis einen Felsvorsprung umfuhr. Er zog seinen Kopf zurück und studierte im Schein der Feuerung seine zerknitterte Karte.

»Vor Sala kommt keine Station mehr, und die deutsche Transporteinheit liegt auf dieser Seite der Stadt«, sagte er.

»Wie bequem!«

»Das wurde auch langsam mal Zeit. Doch fürchte ich, sie haben nicht das, was wir brauchen.«

»Trotzdem, wir können doch nicht einfach mit diesem Ungetüm hier weiterfahren, bis wir im deutschen Hauptquartier in Enna landen. Ich dachte, du hättest es auf einen deutschen Lastwagen abgesehen.«

»Ehrlich gesagt, wäre mir ein italienischer lieber. Die Italiener sind die Eigentümer dieser Insel, und sie können anhalten, wen sie wollen. Ihre Verbundenheit mit der Wehrmacht ist so groß, daß sie gerne deutsche Lastwagen anhalten und überprüfen, um den Verbündeten zu zeigen, wer hier Herr im Haus ist. Jedenfalls habe ich das gehört. Ihre eigenen Fahrzeuge dagegen kontrollieren sie nur gelegentlich. Ja, ein italienischer wäre besser«, schloß Petrie. »Aber Bettler haben keine Wahl.«

»Genauso sehen wir auch bald aus.«

Johnson drehte sich um und schaute den Berghang empor.

»Wir nähern uns einem Tunnel.«

»Wo?«

Petrie steckte die Karte weg und schaute hinaus. Etwa einen halben Kilometer oberhalb der Bahnlinie entdeckte er das dunkle Loch des Tunnels, einen flachen Bogen unter einer fast senkrechten, Hunderte von Metern aufragenden Wand, bis zu deren Fuß das Mondlicht nicht vordrang. Petrie wies Johnson an, mit der Geschwindigkeit herunterzugehen. Johnson protestierte, sie führen ohnehin nur noch mit halber Kraft. Petrie wiederholte seinen Befehl.

»Ich überlege, was uns auf der anderen Seite erwarten mag. Entlang des Bahndammes könnte ohne weiteres eine ganze Division Gebirgsjäger biwakieren.«

Der Zug verlangsamte das Tempo, rückwärts stieß die Lokomotive auf den Tunneleingang zu.

»Halt kurz vorm Tunnelende an. Ich werde dann zu Fuß mal die Lage sondieren.«

Die Steigung verflachte, langsam rollten die Waggons aus dem Mondlicht in den Schatten der hohen Felswand. Vor ihnen ragte drohend der dunkle Tunnelschlund auf. Petrie sah vorne auf der Plattform des ersten Wagens einen Kopf auftauchen, sich in beide Richtungen wenden und wieder verschwinden. Angelo schien sich zu wundern, warum sie so langsam fuhren. Die Lok schnaufte rückwärts in das Loch hinein. Dunkelheit umgab die beiden Männer auf dem Führerstand, sie wurde nur schwach erhellt von der Glut der Feuerung.

»Wir müssen mehr Fahrt haben, wenn wir am anderen Ende herauskommen«, rief Johnson gereizt.

Es war ein langer Tunnel mit vielen Windungen. Das langsame Hämmern der Kolbenstangen dröhnte den Männern in den Ohren, und die niedrige Tunnelwölbung drückte den Dampf in den Führerstand.

»Ich kann den Ausgang sehen!« rief Petrie nach einer Weile. »Fahr weiter, bis ich meine Hand senke.«

Der Zug kam fast ohne Rucken etwa zwanzig Meter vorm

Ausgang zum Stehen. Petrie sprang auf den Bahndamm und zog die Mauser aus dem Holster. Auf der der Lok zugewandten Plattform tauchte Angelo auf. Er hielt die Luger schußbereit in der Hand.

»Sie kommen besser mit«, rief Petrie ihm zu.

Sie gingen an den dunklen Waggons vorbei. Von Scelba war nichts zu sehen. Petrie fragte nach dem Mafia-Boß.

»Er sitzt auf der anderen Seite. Wir pokern, und ich glaube, er zinkt gerade die Karten für das nächste Spiel.«

Petrie grinste in das Dunkel. Unter seinen Stiefeln kollerte loses Gestein. Noch vor einer Stunde im Mercedes hätte Angelo den Capo am liebsten erwürgt, doch hatte er schnell begriffen, daß bei ihrer Operation jeder Mann zählte. Besonders ein Mann von Scelbas Kaliber. Sicher mochte es auch ein wenig damit zu tun haben, daß Scelba ihm das Leben gerettet hatte, als die Eisenbahner ihn angriffen.

»Ihr werdet noch dicke Freunde«, scherzte Petrie.

»Mit einem Mafioso – nie! Doch in diesen Zeiten muß man sich manchmal auch solcher Elemente bedienen.«

»Das versuchte ich Ihnen schon die ganze Zeit beizubringen.«

Sie spähten am Tunnelausgang ins Freie und gingen dann noch ein Stück über das Gleis. Nichts deutete darauf hin, daß hier jemals Menschen gelebt hatten. Nur eine schmale Straße, die weiter unten die Bahnlinie kreuzte, ließ vermuten, daß tatsächlich manchmal Menschen durch diese öde Wildnis reisten.

Der Gleiskörper beschrieb dicht hinter dem Tunnel eine langgezogene Kurve und fiel stetig ab, verschwand hier und da in einer Schlucht, wurde weiter unten wieder sichtbar und überquerte auf einer Bockbrücke einen ausgetrockneten Fluß im Tal. Von hier oben sah die Brücke winzig aus, wie ein Spielzeug, doch hatte sie in Wirklichkeit eine beachtliche Länge. In einem sanft geschwungenen Bogen führte sie das Gleis über das Tal und endete auf der anderen Seite an einem ansteigenden Berghang.

»Wir sollten den anderen Zug nicht vergessen, der uns von Enna entgegenkommt«, erinnerte Petrie den Italiener. »Haben Sie eine Ahnung, wo die Ausweichstelle ist, an der wir ihn abwarten müssen?«

»Mein Vetter sagte, sie sei auf dieser Seite von Sala.« Angelo machte ein vage Handbewegung. »Ich habe nicht so genau hingehört, weil es mir nicht wichtig erschien.«

»Jetzt ist es verdammt wichtig, wenn wir einen Zusammenstoß vermeiden wollen«, brummte Petrie. »Hat er sonst noch etwas gesagt?«

»Ja, er erwähnte einen See.« Angelo schabte mit dem Daumennagel über die dunklen Bartstoppeln an seinem Kinn. »Ja, ich erinnere mich. Die Ausweichstelle liegt in der Nähe eines Sees. Es gibt nicht viele Seen auf Sizilien. Wir müßten sie rechtzeitig bemerken.«

»Das sagen Sie! Steigen wir wieder ein. Ed soll das letzte aus dem alten Stahlroß herausholen, damit wir rechtzeitig die Ausweichstelle erreichen.«

Die Erwähnung des anderen Zuges, die Furcht vor einer Kollision wirkte auf Johnson wie eine Ernüchterung – obwohl man die Art, wie er weiterfuhr, keineswegs als nüchtern bezeichnen konnte. Sie verließen den Tunnel in langsamer Fahrt, doch als sie die lange Abfahrt unter die Räder nahmen, begann der Amerikaner wild an den Armaturen herumzuhantieren. Bald donnerte der Zug rumpelnd und von einer Seite auf die andere schaukelnd über das Gleis, die Räder der Wagen ratterten, stießen und sprangen bei der immer schneller werdenden Fahrt. Das Gefälle der Strecke war sehr stark. Petrie vermutete, daß ein echter Lokführer hier besonders vorsichtig fuhr, doch die Zeit arbeitete gegen sie, und sie erreichten das unvermeidliche Stadium einer Operation, das ihm so sehr vertraut war – das Stadium, in dem man bereitwillig immer größere Risiken auf sich nahm.

Petrie ging auf die andere Seite des Führerstandes. Unter sich erhaschte er einen Blick auf die hölzerne Brückenkonstruktion. Sie war viel höher, als er geglaubt hatte. Sekunden später verschwand sie hinter einer Bergflanke. Petrie hangelte sich auf der schwankenden Plattform an die Seite des Amerikaners, um sicher zu sein, daß Johnson ihn auch verstand.

»Ed, wenn wir zur Brücke kommen, mußt du mit dem Tempo herunter. Ich werde dich rechtzeitig warnen.«

Johnson nickte und beobachtete die Kontrollinstrumente, deren Zeiger unsicher auf und ab tanzten. Bei dieser Geschwindigkeit mußten sie von der Brücke stürzen, daran gab's keinen Zweifel.

Der Zug setzte seine stürmische Abfahrt fort, donnerte durch eine tiefe Schlucht, deren hohe Wände das Mondlicht ausschlossen und das Stampfen der Räder als ohrenbetäubendes Echo zurückwarfen. Sekunden später schossen sie wieder in den Mondschein hinaus.

Jetzt war die Brücke deutlich zu sehen, eine riesige Balkenkonstruktion, viel höher und länger als erwartet. Ihre schlanken Stützen reckten sich weit über das trockene Flußbett hinauf, in dem riesige Felsen von der Größe eines Wohnhauses herumlagen.

»Bremsen, Ed!« rief Petrie, so laut er konnte.

Die Brücke kam rasch näher. Sie fuhren immer noch zu schnell, viel zu schnell, als Petrie eine Bewegung am Himmel mehr ahnte als sah. Er riß den Kopf hoch und erkannte die silbrigen Silhouetten im Mondschein.

Einer der Bomber scherte aus der Rotte aus, der Pilot drückte die Nase nach unten und begann seinen Anflug. Die Maschine wurde sehr rasch größer. Ein amerikanischer B17-Bomber beim Zielanflug! Sein Ziel war die Bockbrücke. Wieder einmal wurde ihr Unternehmen nicht vom Feind, sondern von den eigenen Luftstreitkräften attackiert. Angelos letzte Meldung nach Tunis hatte also doch bei den Taktikern am grünen Tisch Beachtung gefunden. Die Brücke mußte zerstört werden, um die feindlichen Truppenbewegungen zu unterbinden.

»Halt das verdammte Ding an!« schrie Petrie.

Johnson zögerte einen Moment und verstärkte dann den Bremsdruck. Mit schrillem Kreischen und stiebenden Funken kamen die Räder zum Stehen. Puffer donnerten gegeneinander, stießen sich voneinander ab und prallten wieder zusammen. Als die erste Bombe fiel, stand der Zug.

Der Zug war halb in einer Schlucht zum Stehen gekommen. Nur der vordere Teil der Lok und die Lore standen noch in freiem Gelände. Das Heulen der ersten Fliegerbombe zerrte an den Nerven der beiden Männer auf dem Lokstand. Sie detonierte mit dumpfem Knall, dem das Aufheulen der Flugzeugmotoren folgte, als der Bomber wieder Höhe gewann. Kurze Zeit war nur das Brummen der Flugzeuge hoch oben am Himmel zu hören.

»Wir verziehen uns besser tiefer in die Schlucht«, rief Petrie und sprang auf den Schienenstrang herab.

Im gleichen Moment tauchten Scelba und Angelo auf der Wagenplattform auf. Petrie führte sie zwischen dem Zug und der Felswand weiter in die Schlucht hinein. Gegenüber dem zweiten Waggon waren Buchten in die Felswand gesprengt, in denen verrostetes Werkzeug für Gleisbauarbeiten herumlag. Die Männer duckten sich in die Buchten.

»Wenn sie die Lok treffen, geht auch der Sprengstoff hoch«, bemerkte Petrie mit verkniffenem Mund.

»Und wir gleich mit!« murmelte Johnson.

Er wußte nicht, welches der beiden Gefühle – seine Furcht oder seine Wut – größer war.

Seine Bemerkung war nur zu wahr, das wußte Petrie. Die Druckwelle in der engen Schlucht würde sie zerreißen. Vielleicht konnten die Felsbuchten sie schützen, doch er glaubte nicht daran. Angelo und Scelba teilten sich den nähsten Alkoven miteinander. Petrie sah die Stiefelspitzen des Capo aus der Deckung hervorragen.

Über ihnen ertönte wieder dieses fürchterliche Heulen, ein Laut, an den man sich niemals gewöhnen konnte, wie oft man ihn auch gehört haben mochte. Und wie immer schien die Bombe geradewegs auf die Männer herabzustürzen, mitten hinein in die Schlucht. Unbewußt hoben sie ihre Köpfe dem todbringenden Geräusch entgegen. Sein Heulen wurde immer schriller, Hunderte Pfund Sprengkraft in einer dünnen Metallhülle fielen waagerecht aus dem Bombentrichter des Flugzeugs, drehten sich langsam in die Vertikale und sausten mit unglaublicher Geschwindigkeit auf das Ziel herab. Muskeln verkrampften sich, die Bombe detonierte, die Nerven flatterten und entspannten sich wenig. Dieses Mal noch nicht!

»Jetzt sind es deine Freunde, mein Freund«, sagte Petrie zu Johnson. »B 17-Bomber, insgesamt vier.«

»Wie nett!« Johnson fluchte ausgiebig. »Und der Feind hat noch keinen einzigen Schuß auf uns abgegeben...«

»Wie wir es auch geplant haben.«

»Dafür schmeißt uns unsere eigene Airforce schon zum zweiten Mal die Brocken aufs Haupt. Das war bestimmt nicht eingeplant, oder?«

»Sie haben es auf die Brücke abgesehen«, antwortete Petrie ruhig.

»Aber sie haben uns doch gesehen!«

»Natürlich haben sie uns gesehen. Doch dürften sie uns wohl kaum vorrangig behandeln.«

»Sie dürften...«

Der Amerikaner war vor Zorn über die Bombardierung durch seine eigenen Leute außer sich.

»Deinen frommen Glauben möchte ich haben«, rief er rauh und preßte seinen Körper tiefer in den Alkoven, als er die dritte Bombe fallen hörte, preßte sich gegen den Felsen, als wolle er sich in ihm verkriechen. Dieses Mal war die Detonation ohrenbetäubend, ihr donnerndes Grollen schien die Trommelfelle zu sprengen. Eine Wolke von Gesteinssplittern regnete auf die Waggons herab.

Petrie preßte die Hand gegen sein Ohr, um die Taubheit loszuwerden. Dieses Ei war verdammt nahe heruntergekommen.

»Sie bombardieren den Zug«, sagte Johnson laut und schüttelte sich den Staub aus dem Haar.

Petrie war anderer Meinung. Sie würden zuerst die Brücke zerstören und den Zug nur mit den restlichen Eiern bepflastern, die dann noch übrig waren. Die letzte Bombe war mit Sicherheit ein Fehlwurf, doch befanden sich die vier Männer ziemlich dicht bei der Brücke und somit mitten im Zielgebiet. Kein schöner Gedanke, nicht gerade rosige Aussichten für sie. Inzwischen kamen die nächsten Bomben herunter, Flugzeugmotoren dröhnten über sie hinweg. Insgesamt zählte Petrie zwanzig Detonationen, und einmal donnerte eine B 17 so dicht über sie hinweg, daß der Engländer deutlich den fünfzackigen Stern am Rumpf erkennen konnte.

Dann war es plötzlich sehr still. Die Männer lauschten eine Weile, ehe Petrie aus seiner Deckung heraustrat und an den Schienen entlang auf die Brücke zuging. Die anderen folgten ihm.

Der Schreck fuhr ihnen noch nachträglich in die Glieder, als sie sahen, wie nah die Brücke wirklich war. Weniger als hundert Meter hinter der Schlucht führte der Gleisstrang auf die hölzerne Konstruktion hinaus.

»Sie steht noch!« rief Johnson erleichtert. »Diese Vollidioten würden nicht mal das Weiße Haus treffen, wenn sie direkt davor ständen.«

Und einen Moment später fügte er hinzu: »Gott sei Dank!«

»Wartet hier«, befahl Petrie. »Ich werde mal ein Stück auf die Brücke hinaus gehen. Angelo, bleiben Sie bitte bei der Lokomotive. Unter den Kohlen liegt der Sack mit dem Sprengstoff.«

»Ich komme mit«, sagte Johnson entschieden. »Wenn dir schwindlig wird, kann ich dich wenigstens bei der Hand nehmen.«

Der Spaziergang über die Brücke war nicht gerade ein Sonntagsausflug. Der tiefe Abgrund zu beiden Seiten des Schienenstranges lockte verführerisch im Mondlicht, zog Petrie mit magnetischer Anziehungskraft auf sich zu. Der

Engländer schaute starr geradeaus, doch die vor ihm liegende Linkskurve wirkte gleichermaßen beunruhigend auf ihn. Er konnte sich nicht schlüssig werden, ob die Konstruktion unter ihm leicht schwankte oder nicht, als er langsam weiterging.

»Mir gefällt das da unten nicht«, sagte Johnson hinter ihm und deutete in die Schlucht.

Ein tiefer Krater hatte das Flußbett in der Nähe eines Stützpfeilers ausgehöhlt. Petrie konnte nicht begreifen, warum der Pfeiler selbst nichts abbekommen hatte. Er fror, als er sich jetzt bückte, um besser hinabschauen zu können, denn in Sizilien sanken in der Nacht sogar im Sommer die Temperaturen drastisch. Doch seine Hände waren feucht von Schweiß, er versuchte etwas zu erkennen, gab es aber bald auf. Man konnte nicht einmal sicher sein, daß der Pfeiler nicht doch beschädigt worden war.

»Wir kehren um«, sagte er leise.

Scelba erwartete sie am Eingang der Schlucht. Mit gespannter Miene stellte er die Frage, die ihn anscheinend stark beschäftigte.

»Trägt sie den Zug?«

»Das wissen wir erst, wenn wir es ausprobieren«, antwortete Petrie ausweichend.

Keiner sagte ein Wort, während sie den Zug bestiegen. Der Amerikaner wischte sich sorgfältig die Hände ab, ehe er die Armaturen berührte.

»Also hübsch langsam und vorsichtig?« fragte er überflüssigerweise.

Petrie nickte und postierte sich neben dem Ausstieg.

Zögernd setzte sich die Lok in Bewegung, blieb aber gleich wieder stehen, als weigere sie sich, auf die Brücke hinauszurollen. Johnson fluchte ausgiebig und startete einen neuen Versuch. Der Zug setzte sich in Bewegung und dampfte aus der Schlucht. Im Schneckentempo kroch er die letzten hundert Meter hinunter zur Brücke. Johnson ertappte sich dabei, wie er auf den felsigen Boden neben den Schienen starrte, als wolle er sich diesen Anblick für alle Ewigkeit einprägen. Petrie lehnte auf der linken Seite am Einstieg, von wo er die linksgezogene Gleiskurve vor dem Zug gut überblicken konnte. Im Erster-Klasse-Waggon steckten Angelo und Scelba die Köpfe aus dem Fenster.

Das Rollen der Räder klang plötzlich hohl. Sie fuhren auf die Brücke hinaus.

Die beiden Männer in dem Waggon schauten nach unten in den tiefen Abgrund. Scelba bekreuzigte sich. Es ist das erste Mal, dachte Petrie, daß der Capo seine Furcht offen zeigt. Der Engländer wunderte sich über seine eigenen Empfindungen. Seine Beinmuskeln waren hart vor Anspannung, seine Knie aber weich wie Pudding. Dieses seltsame Empfinden verstärkte sich noch, als der Zug in seiner ganzen Länge auf die Brücke hinausrollte. Sofort begann die zerbrechlich wirkende Konstruktion zu zittern und zu beben. Die Vibration war im Lokstand wie in den Waggons deutlich unter den Fußsohlen zu spüren. Das Zittern verstärkte sich, je weiter sie auf den Brückenbogen hinausdampften. Der Zug kroch langsam in die Kurve hinein und näherte sich der Stelle, an der Johnson Petrie auf den Bombentrichter im Flußbett aufmerksam gemacht hatte. Dies war der kritische Augenblick. Wenn eine der Bomben nahe genug detoniert war, um den Pfeiler zu beschädigen, dann bedurfte es nur noch eines bestimmten Drucks, um die Stütze wie ein Streichholz zu knicken. Und der Zug war, weiß Gott, schwer genug. Die beiden Männer vorne im Wagen starrten wie hypnotisiert in die Tiefe. Zitternd und stoßend rollte der Zug vorwärts.

Vielleicht ist diese Vibration ganz natürlich, versuchte sich Petrie zu beruhigen. Vor dem Krieg war er einmal in der Schweiz mit der Bahn über eine ähnliche Brücke gefahren. Auch diese Konstruktion hatte unter dem Gewicht des Zuges stark vibriert. Doch das Können der Schweizer Ingenieure durfte man mit Sicherheit höher einstufen als das von Sizilianern.

»Wie sieht's aus?« Johnson räusperte sich umständlich. »Wie weit sind wir schon?«

Seine Stimme klang gewollt zuversichtlich.

»Ein Viertel der Brücke haben wir hinter uns«, erklärte Petrie.

Er brauchte Johnson nicht anzuschauen, um seine Enttäuschung zu bemerken. Der Amerikaner hatte gedacht, daß sie den Brückenbogen mindestens schon zur Hälfte passiert hätten. Das Beben unter ihren Füßen verstärkte sich. Sie mußten genau über dem riesigen Bombentrichter sein. Ein solches Fahrgefühl wie jetzt war Petrie völlig neu. Anstatt von Seite zu Seite zu schwanken, tanzte der Zug auf den Schienen auf und ab, als habe er keinen ebenen Gleisstrang unter den Rädern. Sie näherten sich unendlich langsam der Mitte der Brücke. Der Blick zum Flußbett weitete sich. Es war kein schöner Blick für Petrie.

Im Mondlicht warfen die Stützpfeiler lange Schatten, die im schrägen Winkel abfielen, als böge sich die Brücke unter der Last des Zuges, ehe sie zusammenstürzte. Und dann entdeckte Petrie etwas, das ihm sofort den Schweiß über das Gesicht strömen ließ. Er fuhr sich mit der Handfläche über die Stirn. In der zweiten Brückenhälfte war ein Teil des Bauwerks unter dem Gleisstrang in die Tiefe gestürzt, als sei es von einem Geschoß weggerissen worden. Petrie wußte genau, was diese Beschädigung verursacht hatte. Die Bombe mußte unten im Flußbett dicht bei einem der Stützpfeiler liegen. Er hatte zwanzig Detonationen gezählt, doch woher sollte er wissen, ob ihre alliierten Fliegerfreunde nicht einundzwanzig oder fünfundzwanzig abgeworfen hatten. Die Furcht konnte einem da beim Zählen schon einen bösen Streich spielen. Doch zumindest eine Bombe lag da unten, Petrie konnte sie sehen, das Mondlicht spiegelte sich auf ihrer Metallhülle. Trotz der unheimlichen Drohung und Gefahr, die von ihr ausging, wirkte sie irgendwie jungfräulich. Vielleicht war es ein Blindgänger, vielleicht aber besaß sie auch einen Zeitzünder, der jeden Moment auf Null springen konnte.

Petrie fuhr sich mit der Zunge über die Lippen und drehte sich um. Johnson beobachtete ihn. Wortlos winkte der Amerikaner ihm zu und wandte sich ab.

Die Bombe lag dicht bei der Brücke. Detonierte sie, würde sie mindestens zwei der Stützpfeiler, eher aber drei oder vier, mit ihrer ungeheuren Explosivkraft wegpusten. Verwunderlicherweise hatten Angelo und Scelba die Bombe nicht einmal entdeckt. Wahrscheinlich konnten sie von da vorne das Flußbett nicht mehr einsehen. Vielleicht aber hatte auch die Furcht ihre Beobachtungsgabe getrübt.

Langsam schob sich der Zug vorwärts, aus dem Schornstein quollen kleine Rauchwolken. Wie hypnotisiert starrte Petrie auf die Bombe. Der erste Waggon mußte jetzt über dem Stützpfeiler herrollen, in dessen nächster Nähe sie aufgeschlagen war. Es war zwar nicht sehr wahrscheinlich, doch technisch durchaus möglich: Die Vibration der Räder konnte sich auf den Stützpfeiler übertragen, der sie wiederum an den felsigen Untergrund weitergab, auf dem er ruhte, und so den Zündmechanismus des bis dahin defekten Sprengkörpers auslösen – wenn es wirklich nur ein Blindgänger und keine Zeitbombe war. Petrie beobachtete, wie das wurstförmige Stahlgebilde unter ihnen vorbeiglitt, und als er kurz den Blick hob, bemerkte er, daß Angelo und Scelba zu ihm herüberschauten. Auch sie hatten die Bombe entdeckt! Nur Johnson fuhr bis jetzt noch in gesegneter Ahnungslosigkeit über das Teufelsei, das ihnen zum Verhängnis werden konnte.

Der Zug rollte langsam voran, die Sekunden erschienen ihnen wie Stunden. Erst nach einer kleinen Ewigkeit klang das Rollen der Räder nicht mehr so hohl. Sie hatten die Brücke hinter sich und wieder festen Grund unter den Schienen.

Petrie schwenkte mehrmals seinen Arm, der infolge der Anspannung eingeschlafen war. Er holte tief Luft und rief Johnson erleichtert zu:

»Mach dem alten Roß Feuer unterm Hintern, Ed. Vor uns liegt eine lange Steigung. Wenn wir nicht rechtzeitig vor dem anderen Zug zur Ausweichstelle kommen, sind wir bald so platt wie Sardinen in der Dose.«

Der Zug rumpelte die Steigung empor. Petrie hielt nach dem See Ausschau, der ihnen die Nähe der Ausweichstelle verraten sollte. Er vermutete ihn hinter der Bergkehre, auf die der Zug zurollte. Seine Landkarte zeigte dahinter eine kleine Hochebene unterhalb einer hohen Bergkette. Doch ein See oder gar die Ausweichstelle waren nicht eingezeichnet.

Die Zeit lief ihnen davon. Petrie befürchtete, daß sie nicht rechtzeitig die Ausweichstelle erreichen würden. Die Bombardierung in der Schlucht vor der Brücke hatte sie mehr Zeit gekostet, als sie durch die rasende Abfahrt vom Tunnel gewonnen hatten. Sie mußten unbedingt die verlorene Zeit gutmachen, sonst kam ihnen der Zug von Enna auf der eingleisigen Strecke entgegen.

Die langsame Fahrt bergauf führte durch unberührte mondbeschienene Wildnis, die so weit vom Kriegsgeschehen entfernt schien, daß man beinahe geneigt war, die Bombardierung der Brücke als bösen Traum abzutun. Auch wurde es immer kälter, je höher sie kamen. Die Jacken der Männer waren kaum geeignet, sie zu wärmen. Die Mäntel, die sie im Mercedes zurückgelassen hatten, hätten ihnen jetzt gute Dienste getan.

Wenig später merkte Petrie, daß die Steigung verflachte. Die Lok fuhr schneller, der steile Abhang zu ihrer Rechten blieb zurück. Es fiel schwer zu glauben, daß sie durch ein Hochtal fuhren, so eben war das Land ringsum. Der Zug rumpelte über ein felsenübersätes Plateau – und hier ging Petrie ein kalkuliertes Risiko ein. Ihre hohe Geschwindigkeit würde sie in einem Minimum an Zeit zur Ausweichstelle bringen, doch wuchs auch damit die Gefahr, daß sie an dieser so wichtigen Stelle vorbeidonnerten und so den See und das Ausweichgleis in ihrem Übereifer verpaßten.

Die Felsen blieben zurück, gaben den Blick frei auf eine weite, von der Sonne hartgebackene Lehmpfanne – und plötzlich sah Petrie das verdorrte Schilf. Großer Gott! Dies war der See! Die Sonne hatte das Wasser verdunstet.

»Fahr langsamer«, rief er Johnson zu.

Sekunden später entdeckte er den Weichenbock.

»Stopp!« schrie er.

Und während Johnson den Bremshebel herunterriß, sprang er ab und lief zu der Weiche zurück. In der Ferne erscholl ein langgezogener Pfiff. Der Gegenzug! Petrie zog an dem Weichenhebel. Das Ding rührte sich nicht. Seine Hände waren feucht, in seinen Muskeln spürte er kaum noch Kraft. Wieder ertönte der Pfiff, diesmal schon viel näher. Petrie packte den Weichengriff, stemmte die Füße in den Boden und zog mit aller Kraft daran. Der Hebel gab nach, und Petrie zog ihn auf sich zu, bis er sich nicht mehr weiter bewegen ließ.

»Fahr zurück, Ed!«

Der Zug hatte sich schon in entgegengesetzter Richtung in Bewegung gesetzt, schob die Lore und zog die beiden Waggons vom Hauptgleis weg auf das Ausweichgleis. Kaum war der zweite Waggon vom Hauptgleis gerollt, warf sich Petrie mit aller Kraft gegen den Weichenhebel. Diesmal ging es leichter, die Weichenzunge glitt in ihre ursprüngliche Position. Petrie hastete an den Schienen entlang zum ersten Waggon. Dicht hinter ihm ertönte jetzt der klagende Pfiff des Gegenzuges. Rasch zog sich der Engländer auf die Aussichtsplattform hoch, stieß die Tür auf und fiel fast ins Wageninnere. Mit den Füßen stieß er die Tür zu, öffnete sie jedoch wieder ein paar Zentimeter und spähte schweratmend hinaus.

Mit hoher Geschwindigkeit schoß der Gegenzug aus einer Kurve vor der Ausweichstelle heraus, eine lange Rauchfahne hinter sich herziehend. Auf dem Lokstand bückte sich Johnson zur Feuerung hinab, um nicht gesehen zu werden. Doch erwies sich seine Vorsicht als überflüssig, denn der andere Zug mit seinen vier verdunkelten Waggons brauste mit unverminderter Geschwindigkeit an ihnen vorbei. Das Stoßen seiner Räder ließ die Wagen des wartenden Zuges erzittern. Als er sich wiederaufrichtete, sah Johnson gerade noch den Schatten des letzten Wagens im Dunkel verschwinden.

Petrie war schon zur Weiche gelaufen und legte sie um. Johnson bot ihm eine Zigarette an, als er wieder auf den Führerstand kletterte, doch der Engländer schüttelte den Kopf, während er sich keuchend an den Einstieg lehnte. Das war verdammt knapp gewesen.

»Ed, du hast jetzt freie Fahrt. Also los, nach Sala, zu der Transporteinheit. Aber mit Volldampf!«

10.

Freitag, 20.30 Uhr bis 21.00 Uhr

Die Waggons zerrten aneinander, ein Beben durchlief den Zug, als Johnson ihn auf Petries Anweisung auf einem verlassenen Bahnübergang stoppte. Die Straße, die hier den Schienenstrang kreuzte, führte zum Standort der Transporteinheit. Zehn kostbare Minuten hatten sie schon in einer kleinen Schlucht in der Nähe des Überganges darauf gewartet, daß ein einzelner Armeelastwagen vom etwa vierhundert Meter entfernten Standort herüberfuhr. Doch statt dessen kam ein anderes Fahrzeug.

Von der Aussichtsplattform des ersten Waggons schaute Petrie auf einen Wehrmachts-LKW, der seine Nase an einem Felsen nahe der Eisenbahnlinie plattgedrückt hatte.

»Der arme Hund muß ins Schleudern geraten sein. Der Fahrer ist voll gegen die Windschutzscheibe gesegelt. Also – wenn außer dieser Ambulanz kein Wagen kommt...«

Der italienische Sanka fuhr mit mäßigem Tempo auf den Übergang zu. Der Fahrer erwartete offensichtlich, daß der Zug sich wieder in Bewegung setzte, ehe er auf die Bremse treten mußte. Das Fahrzeug war immer noch ein gutes Stück entfernt. Auf seinem hellen Anstrich reflektierte das Mondlicht. Die Sirene des Wagens war abgeschaltet. Also konnte es die Besatzung nicht allzu eilig haben.

Petrie erteilte rasch seine Anweisungen. Scelba beorderte er hinter die stehenden Waggons, Angelo befahl er, sich weiter oberhalb der Straße hinter einer Felsnase zu verstecken. Ed schickte er zu dem verunglückten Lastwagen hinüber, doch der Amerikaner protestierte.

»Die Ambulanz könnte Verletzte transportieren, Opfer eines Luftangriffs...«

»Okay, Ed, wenn wirklich welche drin sind, lassen wir sie weiterfahren. Doch ich glaube nicht daran. Die Sirene ist nicht eingeschaltet. Sollten sie wirklich Verwundete transportieren, tun wir so, als seien wir Banditen und hinter ihrem Geld her. Dann lassen wir sie fahren. Wir sehen ohnehin wie Strolche aus.«

»Und wenn keine drin sind?«

»Dann nehmen wir uns den Wagen.«

Johnson schüttelte ablehnend den Kopf.

»Hör zu, Ed. Während der Fahrt hierher habe ich mal überlegt, was wir brauchen, um nach Messina zu gelangen. Wir brauchen ein schnelles Fahrzeug, das uns sicher durch alle Sperren auf dieser verdammten Küstenstraße bringt.«

»Dieses Vorhaben ist ein schwerer Verstoß gegen geltendes Kriegsrecht!« beharrte Johnson.

Petries Haltung versteifte sich.

»Auch die Versenkung eines Hospitalschiffes mit verwundeten Soldaten an Bord verstößt gegen das Kriegsrecht. Trotzdem haben die Deutschen in Griechenland das Schiff mit ihren Stukas angegriffen. Glaub mir, ich weiß, wovon ich rede, denn ich war dabei, habe es mit eigenen Augen gesehen. Außerdem brauchen wir diesen Wagen doch nur dazu, um durch den Gürtel zu schlüpfen, den die Deutschen um Messina gelegt haben. Wir benutzen die Ambulanz sozusagen als Taxi.«

Er schaute zu Scelba hinüber.

»Und es wird auf keinen Fall geschossen, wenn es nicht unbedingt nötig ist.«

»Sie sind sicher nicht einmal bewaffnet«, zischte Johnson.

»Also wird es auch keine Schießerei geben«, wiederholte Petrie. »Doch sieh dich vor, Ed, vielleicht ist dieser Sanka doch nicht so harmlos, wie er aussieht.«

Der Fahrer der Ambulanz schien sich jetzt nicht mehr so sicher, daß das Hindernis rechtzeitig aus dem Weg rollen würde. Etwa zweihundert Meter vor dem Bahnübergang bemerkte er den zertrümmerten Armeelastwagen, verlangsamte die Fahrt, lenkte den Wagen auf das Wrack zu, kehrte dann aber doch auf die Straße zurück. Petrie beobachtete diese plötzliche Richtungsänderung mit zusammengekniffenen Augen, schaute nach links, wo Scelba sich hinter den Zug geduckt hatte, und dann zu Johnson hinter dem beschädigten Lastwagen hinüber.

Der Unfall wirkte irgendwie gestellt, als gäbe es da einen Zusammenhang zwischen dem haltenden Zug und dem Wrack. Petrie konnte sich die Verwunderung des Sanka-Fahrers vorstellen. Trotzdem war eine solche Reaktion recht seltsam.

Die Ambulanz rollte langsam auf den Übergang zu, das Scheinwerferlicht fiel durch die Fenster in die leeren Waggons. Etwa zwanzig Meter vor dem Zug hielt der Wagen mit laufendem Motor, was Petrie überhaupt nicht gefiel. Wenn der Fahrer jetzt wendete und denselben Weg zurückfuhr, waren sie gezwungen zu schießen. Petrie bemerkte aus seiner Deckung hinter der Aussichtsplattform, daß die Ambulanz auf dem Dach einen sehr großen Ventilator besaß, neben dem eine Antenne emporragte. Irgend etwas war seltsam an dem Fahrzeug.

Der Fahrer im weißen Kittel wendete den Kopf nach hinten und sprach mit jemandem im Inneren. Sie mußten abwarten, bis er ausstieg, um sich das verunglückte Fahrzeug näher zu betrachten. Wenn er überhaupt ausstieg!

Minuten verrannen, und Petrie fühlte ganz deutlich, daß da etwas nicht stimmte. Von seinem Platz aus konnte der Fahrer den verunglückten Armeelaster gut erkennen. Es wäre nur normal gewesen, wenn er sofort ausgestiegen wäre und den Unfallort näher inspiziert hätte.

Das ungute Gefühl in ihm wuchs, und Petrie beglückwünschte sich insgeheim, daß er den Überfall wie eine militärische Operation geplant hatte. Neben ihm legte Scelba seinen Revolver auf den Boden, wischte sich die Hände an seiner Hose trocken und nahm die Waffe wieder auf. Das Gesicht des Sizilianers blieb selbst in diesem Augenblick höchster Spannung völlig ausdruckslos – wie das Gesicht eines professionellen Killers, der schon häufig solche Situationen erlebt hatte. Petrie zuckte leicht zusammen, als der Fahrer der Ambulanz die Wagentür öffnete, ausstieg und vorsichtig auf das Wrack zuging. Dabei hielt er seinen Blick über die Schulter auf den scheinbar leeren Zug gerichtet.

An einem Punkt, von dem aus er in das Führerhaus sehen konnte, wo der Körper des Fahrers zusammengekrümmt über dem Lenkrad hing, blieb er stehen. Wieder eine falsche Reaktion! Jeder echte Sanitäter wäre beim Anblick des regungslosen Fahrers sofort losgelaufen. Doch diesem kleinen, gedrungenen Mann in der Uniform des italienischen Sanitätskorps schien der leere Zug mehr Kopfzerbrechen zu bereiten. Schon wieder warf er einen Blick zu den Waggons hinüber.

Petrie erhob sich und ging um die Plattform herum nach vorne. Die Mauser hielt er schußbereit in der Hand. Der Fahrer wirbelte herum, seine Hand fuhr unter den Kittel, doch als er die Waffe in Petries Hand sah, zog er sie rasch wieder hervor.

»Habt ihr Geld in dem Krankenwagen«, rief Petrie ihm auf deutsch zu.

»Nein...«

Der Fahrer unterbrach sich rasch. Er war Petrie in die Falle getappt, hatte auf deutsch geantwortet. Petrie hielt den Mann mit der Mauser in Schach. Plötzlich wurde die hintere Tür des Krankenwagens aufgestoßen, und ein Zivilist in einem Trenchcoat, auf dem Kopf einen weichen Hut, kletterte heraus. Mit beiden Händen hielt er eine Maschinenpistole umklammert und feuerte auf Petrie. Die Kugeln schlugen wenige Zentimeter neben dem Engländer in den Boden. Scelba zog zweimal den Abzug durch. Der Zivilist ließ die Waffe fallen und brach zusammen. Angelo kam die Straße heruntergelaufen, bückte sich blitzschnell nach der Waffe und richtete den Lauf ins Wageninnere, ohne jedoch zu schießen.

Hinter dem Fahrer tauchte Johnson auf, zog eine Luger unter dem Kittel des Mannes hervor und tastete ihn nach weiteren verborgenen Waffen ab.

»Das wäre es dann«, rief er Petrie zu. »Dieser Bursche hier ist der lebensgefährlichste Doktor, der mir je untergekommen ist. Was hat dich stutzig gemacht, Jim?«

»Sie kamen aus der Richtung des Standortes, was nichts besagen muß. Doch der Kerl da verhielt sich ziemlich seltsam. Und jetzt wollen wir uns diesen merkwürdigen Krankenwagen mal ein wenig näher anschauen. Scelba, behalten Sie diesen schießenden Medizinmann im Auge.«

Der Zivilist war tot. Petrie schenkte dem Leichnam keine Beachtung. Angelo deutete mit einer Bewegung des Pistolenlaufs in das Wageninnere. Ein kräftig aussehender Jüngling saß an einem schmalen Tisch zwischen den Liegen und hielt die Hände über dem Kopf, während er ihnen mißmutig entgegenschaute. Auch er trug die Uniform des italienischen Sanitätskorps. Auf dem Tisch lag ein Kopfhörer, daneben stand ein rechteckiges Gerät, das wie ein Funkgerät aussah. Es gehörte sicher nicht zur Standardausrüstung einer italienischen Ambulanz. Als Petrie ihn auf deutsch ansprach, schüttelte er den Kopf und sagte, er verstehe nur Italienisch.

»Na schön«, fuhr Petrie unbeirrt auf deutsch fort, »ich nehme an, dieses Gerät da vor dir ist der neueste Blutplasma-Spender, nicht wahr? Steig aus – oder wir schießen!«

Eine solche Sprache verstand der Deutsche plötzlich sehr gut, denn er kletterte hastig aus dem Wagen. Angelo ließ keinen Blick von ihm. Petrie bückte sich und zog eine Brieftasche aus der Jacke des toten Zivilisten. Die Ausweispapiere überraschten ihn nicht sonderlich. Wortlos reichte er sie an Johnson weiter.

Der Amerikaner warf einen Blick darauf und las dann laut: »Oskar Schliemann, Beamter der Geheimen Staatspolizei. Was, zum Teufel, hat das zu bedeuten?«

»Bestimmt etwas, für das sich das Alliierte Oberkommando sicher sehr interessieren wird. Schauen wir uns doch mal dieses neueste Krankenwagen-Modell näher an.«

Er bückte sich und kletterte hinein, gefolgt von Johnson. An einer Wand, wo man es vom Tisch aus bequem erreichen konnte, befand sich ein kleines Kontrollpult. Der Motor des Wagens lief immer noch im Leerlauf. Petrie spielte an den Schaltern herum. Über ihnen ertönte plötzlich ein sirrendes Geräusch. Petrie schaute nach oben. Unter dem Dach war ein großer Metallkasten angebracht. Aus diesem Kasten kam das Geräusch. Der Engländer kroch an Johnson vorbei aus dem Wagen.

Angelo zitterte vor Wut. Blitzschnell drehte er seine Waffe um und zog dem Deutschen den Kolben über den Kopf. Der Mann brach bewußtlos zusammen.

»Diese verdammten Schweine!« Der Stimme des Italieners war deutlich seine Befriedigung anzuhören.

»Was hat er denn?« fragte Johnson erstaunt und folgte Petrie.

Der Engländer deutete auf das Dach des Wagens. Der Motor unter dem Wagendach hatte den ›Ventilator‹ zu einer Metallsäule mit zwei Flügeln ausgefahren, die wie Peilantennen aussahen.

»Eine teuflische Idee«, bemerkte Petrie. »Das ist ein Funkpeilwagen, getarnt als italienische Ambulanz. Und ich bin fast sicher, daß die Italiener nichts davon wissen. Begreifst du den Zweck?«

»Nicht ganz«, gab Johnson zögernd zu.

Angelo klärte ihn auf. In seiner Stimme schwang ein bitterer Unterton mit. »Ich dafür um so besser, Major. Auf diese Weise dürften die Deutschen auch meinen Sender Orange 1 entdeckt haben. Einer meiner Leute, der in der Nähe unseres Verstecks wohnt, erzählte mir, daß er am Tag, bevor wir aufflogen, eine italienische Ambulanz in der Nähe gesehen hat. Und ich Trottel habe mir nichts dabei gedacht. Auch ich bin Ihrer Ansicht, daß die italienische Armee nichts von dieser Sache weiß ...«

»Und selbst, wenn sie es wüßte, könnte sie nichts dagegen tun, stimmt's?« Petrie deutete auf den Wagen.

»Das Ding da auf dem Tisch ist ein Peilgerät. Ich glaube, wir können dieses Fahrzeug unbesorgt als Taxi benutzen.«

Er kletterte wieder hinein und legte einen Schalter auf dem Kontrollpult um. Die Detektor-Säule versank wieder unter der Ventilator-Kappe. Mit dem Messer durchtrennte Petrie die Kabel und verbarg das Horchgerät und die Kopfhörer in einem Schrank. Auch den zusammenklappbaren Tisch ließ er in einem Fach der Seitenwand verschwinden. Mit den zwei Ledertragen an beiden Wänden sah der Wagen jetzt wieder aus wie jede Ambulanz, die Verletzte transportieren soll – und Verletzte konnte es noch geben bei ihrer Operation.

Hastig folgten die Männer Petries Anweisungen und zogen den zwei bewußtlosen Deutschen die Uniformen vom Körper. Angelo bereute schon seine Unbeherrschtheit: Einem Bewußtlosen die Kleider auszuziehen war viel mühsamer, als wenn der Mann sich selbst auszog. Mit Heftpflaster, das sie in einem der Wandschränke fanden, fesselten sie die beiden Gefangenen. Mit Watte verstopften sie ihnen die Ohren, um zu verhindern, daß die Deutschen, sobald sie ihr Bewußtsein wiedererlangten, ihre Gespräche belauschten. Sie hatten die zwei Gefangenen und den Toten in den Wagen gelegt für den Fall, daß sie schnell verschwinden mußten, und während sie die Deutschen ›versorgten‹, war Johnson auf den Lokstand gestiegen und holte den Sack mit dem Sprengstoff unter den Kohlen hervor. Als er zurückkam, schlüpften Petrie und Angelo gerade in die Uniformen des Sanitätskorps. Angelo paßte die Uniform des Fahrers wie angegossen, doch Petrie hatte Probleme. Die Jacke saß einigermaßen, doch die Hose war zu kurz.

»Wenn ich auf diese Weise meinen Lebensunterhalt in Friedenszeiten verdienen sollte, würde ich mich freiwillig zur Armee melden«, maulte Johnson und ließ den Sack auf den Wagenboden fallen. Er warf einen angeekelten Blick auf den Gestapo-Beamten.

»Brauchen Sie Herrn Schliemann eigentlich noch? Mir behagt seine Gesellschaft absolut nicht.«

»Er bleibt im Moment, wo er ist, Ed«, knurrte Petrie ungehalten, während er seinen Kittel zuknöpfte. »Der leere Zug wird den Deutschen sicherlich einige Rätsel aufgeben, sobald wir verschwunden sind. Der Armeelastwagen ist ganz offensichtlich verunglückt, und das Zugpersonal könnte aus Furcht, für den Unfall verantwortlich gemacht zu werden, davongelaufen sein.«

Johnson musterte Petrie kritisch. »Haben Sanitäter immer einen zwei Tage alten Bart?« fragte er.

»Sicher, wenn sie achtzehn Stunden durchgehend Dienst tun müssen. Die Italiener sind dafür bekannt, mit ihren Soldaten nicht gerade zimperlich umzuspringen. Jedenfalls gibt uns das einen guten Vorwand, schnell die Sperren zu passieren – wir wollen möglichst rasch zurück ins Depot.«

»Verlieren wir die Kerle unterwegs irgendwo?« Scelba deutete auf die Gefangenen. »Vielleicht mit einem Loch im Kopf. Dann können sie uns nicht mehr verraten.«

Sein Vorschlag schien keine Begeisterung auszulösen, und als er die Mienen der anderen sah, ließ der Capo das Thema schnell fallen und zuckte die Schultern. Petrie kletterte hinter das Steuer, Angelo in seiner gutsitzenden Uniform rutschte auf den Beifahrersitz. Der Tank war voll. Sicherlich war der Wagen im Wehrmacht-Transportdepot gerade aufgetankt worden.

»Ich fahre«, erklärte Petrie dem Italiener. »Sollten wir angehalten werden, und jemand muß aussteigen, dann wirkt Ihre elegante Uniform besser als meine. Mit anderen Worten – Sie steigen aus und besorgen das Reden.«

»Das ist sinnvoll«, nickte Angelo. »Sie sind der Fahrer und müssen hinterm Steuer bleiben.«

»Es sei denn, es gibt wirklich irgendwo Verletzte zu versorgen. Dann müssen wir beide aussteigen.«

Petrie startete den Motor, den er kurz zuvor abgestellt hatte. Vor ihnen stand der leere Zug verlassen auf dem Bahnübergang. Petrie hatte das seltsame Gefühl, daß er da noch stehen würde, wenn die Alliierten anrückten – sollten sie je bis zu diesem Ort kommen. Was nicht zuletzt von den vier Männern in der italienischen Ambulanz abhing.

Der Engländer schaute auf seine Uhr. Genau 21 Uhr. Wie gut, daß Parridge nicht wußte, wo sie waren. Er vermutete sie sicher schon am Ziel – in Messina.

Petrie wendete den Wagen und fuhr in Richtung Norden.

»Theoretisch sind wir schon viel zu spät dran. Sobald wir zur Küste kommen, brauchen wir jede Menge Glück«, sagte er zu Angelo.

Der Schmiß auf der rechten Wange, das Überbleibsel eines Duells aus General Klaus Rheinhardts Mitgliedszeit in einer schlagenden Verbindung, war deutlich zu sehen im Schein der Öllampe in seinem Zelt, als er sich vorbeugte, um einen Blick auf seine Armbanduhr zu werfen. Es war genau 20.30 Uhr. Durch einen Spalt des Zelteingangs konnte er auf der gegenüberliegenden Seite der im Mondlicht silbern schimmernden Meerenge von Messina das Küstengebirge der Insel erkennen. Dort lag das Ziel – Sizilien.

Der Vormarsch war im Gange. Vor dem Zelt rollte seine gewaltige Einheit durch die Olivenhaine Kalabriens zur Küste: Zwei Panzer-Regimenter mit zusammen über dreihundert Mark IV-Panzern, ein Grenadier-Regiment mit drei motorisierten Bataillonen, eine Motorrad-Einheit, ein Artillerie-Regiment mit vierundzwanzig Geschützen, ein Panzerabwehr-Bataillon und ein Pionier-Bataillon.

Der General hörte das Rattern der Panzerketten auf dem hartgebackenen Boden, hörte die Befehle der Unteroffiziere, die die Kolonnen einwiesen. Gott sei Dank war Kesselring seinem Rat gefolgt und hatte den Befehl gegeben: sofort übersetzen nach Sizilien!

»Was gibt's, Wengel?«

Oberst Wengel nahm vor dem Zelteingang Haltung an und salutierte. »Der Munitionszug ist gerade in Giovanni eingetroffen, Herr General.«

»Einschiffen lassen, sobald die Fähre angelegt hat! Ich werde auch an Bord gehen.«

Wengel salutierte und verschwand. Der Blick auf die Wasserstraße war wieder frei. Und diese Aussicht interessierte Rheinhardt ganz besonders. Denn von diesem Punkt aus, etwa zweihundertfünfzig Meter oberhalb der Meerenge gelegen, konnte er die ›Carridi‹ aus dem Hafen von Messina auslaufen sehen. Erst dann wollte er nach Giovanni aufbrechen.

11.
Freitag, 21.00 Uhr bis 22.30 Uhr

Die Scheinwerfer tasteten sich durch das nächtliche Dunkel. Petrie drückte den Fuß aufs Gaspedal, überquerte einen Paß und jagte einen langgezogenen Berghang hinunter. Rechts und links reckten sich die mondbeschienenen Gipfel majestätisch in den nachtdunklen Himmel. Auf der Paßhöhe hatten sie einen Moment lang in der Ferne das Meer sehen können, das wie Quecksilber glänzte, dann versperrte eine Felswand den Blick.

Die Straße vor ihnen verlief über eine lange Strecke völlig eben und führte mitten zwischen zwei parallel verlaufenden Bergketten hindurch. In anderen europäischen Ländern hätte man sie als Landstraße dritter Ordnung eingestuft, doch bei den hiesigen Verhältnissen war sie die beste Straße, die Petrie und seine Leute auf dieser Insel bis jetzt unter die Räder bekommen hatten. Petrie riskierte es und jagte mit Höchstgeschwindigkeit auf die Küste zu.

Neben ihm auf dem Beifahrersitz war Angelo in Schlaf gesunken, das Kinn ruhte auf seiner Brust. Durch das kleine Rückfenster des Führerhauses warf Petrie einen Blick ins Wageninnere. Johnson saß dicht hinter ihm. Scelba hatte sich auf einer der Tragen ausgestreckt und schlief ebenfalls. Sonst gab es keine Mitfahrer mehr. Die zwei deutschen Gefangenen und den toten Gestapo-Beamten hatten sie in einer leeren Scheune an der Straße zurückgelassen.

»Nimm auch eine Mütze voll Schlaf, Ed«, sagte Petrie zu Johnson. »Du wirst später kaum noch Gelegenheit dazu haben.«

»Und was ist mit dir? Du fährst jetzt schon fast den halben Tag. Ich könnte dich doch am Steuer ablösen – auch ohne

Uniform, denn hier begegnen wir ohnehin keiner Menschenseele.«

»Das kommt schneller, als uns lieb ist«, versicherte ihm Petrie. »Wie du selbst schon erwähntest, trägst du nicht das richtige Kostüm für die Rolle. Es geht schon, ich bin hellwach und bleibe auf meinem Platz, bis die Operation durchgeführt ist.«

»Du glaubst, wir schaffen es noch. Es ist schon verdammt spät.«

»Ja, solange Kesselring nicht die 29. Panzerdivision herüberschickt. Und das wird er kaum, bis man ihm alliierte Fallschirmspringer über Sizilien meldet.«

»Und wann sollen die abgesetzt werden?«

»Wenn überhaupt in dieser Nacht, dann gegen Mitternacht – bevor der Mond untergeht. Kesselring wird diese Meldung erst eine gute Stunde später in Händen halten.«

»Und wann erreichen wir Messina, wenn wir Glück haben und gut durchkommen?«

»Kurz vor Mitternacht, schätze ich.«

»Das wird verdammt knapp«, brummte Johnson.

»Ich hoffe, nicht zu knapp.«

Dieser niederdrückende Gedanke beschäftigte Petrie schon die ganze Zeit, während sie den Abhang zwischen hohen Feigendistelhecken hinabjagten. Sie erinnerten Johnson an Neu-Mexico. Der Amerikaner streckte sich auf der zweiten Trage aus, lauschte eine Zeitlang Scelbas gleichmäßigem Schnarchen und schlief dann selbst ein.

Petrie spürte keine Müdigkeit. Er hatte sein Schlafbedürfnis überwunden. In dieser entscheidenden Phase des Unternehmens waren seine Nerven so angespannt, daß er wohl kaum Schlaf gefunden hätte. Irgendwann, wenn der Auftrag erledigt war und er alle Kraftreserven ausgeschöpft hatte, würde er zusammenklappen und dann mindestens sechsunddreißig Stunden durchschlafen. Aber erst, wenn der Auftrag ausgeführt war.

Wenig später öffnete Angelo die Augen. Um sein Gedächtnis aufzufrischen, befragte ihn Petrie ausführlich über die Eisenbahnfähre.

»...sie lief vor elf Jahren in Genua vom Stapel«, erzählte der Italiener. »Sie hat eine Ladekapazität von über viertausend Tonnen und ist die größte verkehrende Eisenbahnfähre in ganz Westeuropa. Sie ist etwa hundertzwanzig Meter lang und wird von drei Achtzylinder-Burmeister & Wain-Dieselmotoren angetrieben...«

»Geschwindigkeit?«

»Sie macht Spitze 17 Knoten, doch läuft sie meistens nur mit 15,5 Knoten.«

»Wie lange braucht sie für die Überfahrt von Messina zum Festland nach Giovanni – nur für den Fall, daß wir unseren Job nicht schaffen, solange sie im Hafen liegt?«

»Die Entfernung beträgt etwa acht Kilometer. Ohne An- und Ablegezeiten braucht sie fünfundzwanzig bis dreißig Minuten.«

»Dreißig Minuten sind ziemlich wenig«, überlegte Petrie.

Das Wetter schien sich zu ändern, es wurde anscheinend schlechter. Schwere Wolkenbänke zogen von Nordwesten heran, und es kam Wind auf.

»Könnten wir es schaffen, solange die Fähre im Hafen liegt?«

»Schon möglich.« Angelo hob die Schultern.

»Doch sind während der Fahrt weniger Wachen an Bord als im Hafen am Pier.«

»Also müssen wir's erledigen, wenn sie auf See ist. Dort sinkt sie auch tiefer.«

Petrie steuerte den Krankenwagen über eine alte Brücke, die ein wasserloses Flußbett überspannte. Danach lief die Straße wieder schnurgerade zwischen den Feigendistelhecken dahin. Im Mondlicht wirkten die Kakteenarme wie verschlungene Hände, die sich zum Himmel reckten.

Hinter Petrie knallten Stiefel hart auf den Wagenboden, als Scelba sich aufsetzte, sich genüßlich reckte und dann den Ellbogen auf den Rand des offenen Schiebefensters zum Führerhaus stützte. Seine sarkastische Frage bewies, daß er die ganze Zeit ihrem Gespräch zugehört hatte.

»Und wenn der Job erledigt ist, wollt ihr sicher nach Hause schwimmen, wie? Das Wasser hat eine ganz nette Strömung in der Meerenge, Signor Gambari.«

»So weit haben wir auch schon gedacht«, fauchte Angelo. »Einer meiner zuverlässigsten Leute wird uns mit seinem Boot folgen, sobald die Fähre ablegt, und uns aus dem Wasser fischen.«

»Wir müssen etwas haben, womit wir ihm ein Zeichen geben können.«

»Ich habe eine Signalpistole in meiner Wohnung.«

»Und wohin bringt uns Ihr Mann?«

»Durch die Straße nach Malta hinüber. Doch werden wir dafür eine gute Portion Glück brauchen, denn die Meerenge wird von deutschen Schnellbooten bewacht.«

Hinter ihnen zündete Scelba ein Streichholz an und steckte seine neue Zigarre damit an. Er machte ein paar heftige Züge und fragte dann ganz beiläufig:

»Welche Farbe hat das vereinbarte Signal?«

»Grün.«

Angelo drehte sich um und schaute den Mafia-Boß scharf an.

»Warum wollen Sie das so genau wissen?«

»Weil ich meinerseits schon Vorkehrungen getroffen habe, um euch drei sicher aus der Gefahrenzone zu bringen, sobald ihr euren Job erledigt habt.«

Scelbas Miene blieb ausdruckslos. »Genauer gesagt veranlaßt Giacomo für mich alles Notwendige...«

»Wer ist Giacomo?« wollte Petrie wissen.

»Einer meiner Leute, dem ich vorhin eine Botschaft übermitteln ließ.«

»Wir brauchen ihn nicht«, sagte Angelo heftig. »Ich habe jeden einzelnen Schritt – das Eindringen in den Hafen, die Versenkung der Fähre und die anschließende Flucht – bestens...«

»Trotzdem möchte ich auch Scelbas Plan hören«, fiel ihm Petrie ins Wort. »Damit hätten wir eine Ausweichmöglichkeit, sollte Ihrem Mann etwas zustoßen, Angelo. Ist ein Spionagering erst einmal durchlöchert, kann der Gegner eine Menge Informationen sammeln.«

»Das ist wahr«, gab Angelo zu.

»Wie ist das, Scelba, können Sie uns auch mitten in der Meerenge von der Fähre holen?«

»Natürlich, sogar auf ähnliche Weise wie Angelo. Giacomo macht für alle Fälle ein Boot zum Auslaufen klar – einen Schwertfisch-Fänger.«

»Was ist das?« fragte Petrie.

»Die Schwertfisch-Angler an der Meerenge sind meine Freunde«, begann Scelba. »Sie benutzen für ihre Arbeit einen besonderen Bootstyp. Eines dieser Boote ist ein wenig frisiert und kann ein hohes Tempo laufen. Es hat den neuesten deutschen Außenbord-Motor...«

»Woher habt ihr ihn?«

»Die Docks in Messina sind vollgestopft mit Nachschubgütern vom Festland – alles mit der ›Carridi‹ transportiert. Ich habe im Hafen viele Freunde, und da erfährt man schon mal dies und das...«

Der Mafia-Boß zuckte bedeutungsvoll die Schultern.

»Wenn es soweit ist, werde ich Giacomo mit dem Schwertfisch-Fänger hinausschicken. Er wird eine Lampe am Topmast anbringen, um sich in der Dunkelheit zu identifizieren. Eine rote Lampe. Leider ist Giacomo, der Mann, der euch nach Malta bringen soll, taubstumm. Ich hoffe, daß Sie ihn wohlbehalten zurückbringen werden.«

»Unversehrt, soweit das möglich ist«, sagte Petrie kurz.

Taubstumm! Die Vorsicht des Sizilianers war schon fast teuflisch. Man konnte Giacomo später nicht ausfragen und aus ihm Informationen über die Mafia herausholen. Dieser Hundesohn hinter ihm war wirklich mit allen Wassern gewaschen. Er nötigte Petrie, wenn auch widerstrebend, Bewunderung ab.

»Da ist ein Problem, das Sie nicht bedacht haben, Angelo«, wandte er sich an den Agenten. »Ich muß, damit auch nicht das geringste schiefläuft, in den Maschinenraum der Fähre. Wir hatten Ihnen das auch von Tunis aus durchgegeben. Ist das machbar?«

»Es ist schwierig, aber nicht unmöglich. Um an genaue Informationen über die ›Carridi‹ zu kommen, sozusagen aus erster Hand, bin ich in den letzten drei Wochen bestimmt achtmal mit der Fähre hin und her gefahren.«

»Und niemand hat Verdacht geschöpft?« fragte Petrie scharf.

»Kein Mensch! Ich bin Rechtsanwalt, habe hüben und drüben Klienten. Jedenfalls habe ich ihnen das weisgemacht. Auch im Krieg kämpfen noch Leute nach den Buchstaben des Gesetzes vor Gericht gegeneinander. Während der Überfahrten habe ich mich ein wenig mit dem Chefingenieur angefreundet, einem zwielichtigen Burschen namens Volpe.«

»Zwielichtig?«

»Ja, er ist ein großer Frauenheld, der gern mit seinen Eroberungen prahlt – und Angelo Gambari ist ein angenehmer Zuhörer.« Der Italiener grinste. »Volpe hat zwei Schwächen: Frauen und Motoren. Auch trinkt er gerne einen guten Weinbrand, und durch einen Zufall, auf den ich nicht näher eingehen möchte, bin ich in den Besitz einiger Flaschen französischen Cognacs gekommen.«

»Er läßt Sie so einfach in den Maschinenraum?«

»Eher meine Flasche. Doch da ich ihm schon einige zugesteckt habe, darf ich während der Überfahrt zu ihm hinunter.«

Angelo strich sich über die Stirn. Er dachte offensichtlich angestrengt nach.

»Ja, jetzt habe ich's. Ich weiß, wie ich Sie und Johnson mitnehmen kann. Ihr müßt nur sagen, ihr hättet schon immer Maschinisten wie Volpe werden wollen. Nur seien eure Familien zu arm gewesen, um die Ausbildung bezahlen zu können. Trotzdem würden euch Maschinen faszinieren...

Volpe hört sich selbst sehr gerne reden, am liebsten vor möglichst vielen Leuten.«

Sie überquerten wieder eine Brücke und fuhren einen steilen Hügel empor. In einer Reihe aufeinander folgender Kurven mußten sie das Tempo erheblich drosseln. Bis jetzt war ihnen auf dieser Straße, die durch eine der ödesten Landstriche Siziliens führte, kein einziges Fahrzeug begegnet. Bald mußten sie auf die Straße stoßen, die Petrie zuerst von Scopana aus nehmen wollte. Er hatte diese Stecke nach intensivem Studium der Luftaufklärer-Berichte ausgewählt. Danach wurde die Straße kaum benutzt. Der Hauptverkehr rollte weiter östlich und westlich von ihr, wo zwei Überlandstraßen die Insel durchquerten.

»Und wie wollen Sie uns zum ›Carridi‹-Pier durchschleusen?« fragte der Engländer.

»Wir gehen ganz normal zum Anleger, wie die anderen Bauern.«

»Einfach so – in einem von Truppen abgeriegelten Bereich?«

Petrie warf Angelo einen kritischen Blick zu. Angelo wurde ärgerlich. Er unterstrich seine Worte mit heftigen Armbewegungen.

»Sie kennen die Umstände hier nicht. Seit Jahren benutzen die Einheimischen diese Fähren wie Autobusse. Bei jeder meiner kürzlichen Überfahrten waren auch einfache Leute, die ihr Leben lang auf dem Feld arbeiten, an Bord. Man braucht nur ein Ticket. Und Ausweispapiere natürlich. Die haben Sie!«

»Und die Deutschen lassen das zu?«

»Ihnen bleibt nichts anderes übrig.« Angelo ereiferte sich immer mehr. »Die ›Carridi‹ ist ein italienisches Schiff. Offensichtlich wissen Sie nichts über die Einstellung der Italiener zu den Deutschen. Sie mögen es seltsam finden, aber die Sizilianer haben nun mal ihre eigene Art zu leben, und um sie zu ändern, bedarf es mehr als ein paar hergelaufener Deutscher.«

»Schon gut, Angelo.«

Petries Stimme klang besänftigend. »Ich habe schon verstanden. Wir gehen also zusammen mit den anderen Bauern an Bord. Nur den Carabinieri sollten wir also möglichst aus dem Weg gehen.«

Wenig später kamen sie zu einer Abzweigung. Die Straße, die links in die Berge führte, war mit einem Wegweiser ausgeschildert: Scopana/Petralia. Das war die Straße, die Petrie ursprünglich nehmen wollte, als er in Tunis ihre Route ausgearbeitet hatte. Jetzt kannte er sich wieder aus. Sie hatten etwa dreiviertel des Nebrodi-Gebirges durchquert, und auf der mondhellen Straße waren ihnen bislang nur ein paar Eselskarren begegnet. Petrie machte sich keine Illusionen, daß dies so bleiben würde. Bald würden sie auf die strategisch wichtige Küstenstraße einbiegen, die Palermo mit Messina verband. Dort waren Straßensperren und Kontrollen – und die Deutschen.

Petrie warf einen Blick über die Schulter, als Johnson erwachte, sich gähnend reckte und ihm zuwinkte. Seine drei Begleiter zeigten deutliche Spuren von Erschöpfung. Zu wenig Nahrung und Schlaf sowie die ständige Anspannung hatten ihre Spuren in die stoppelbärtigen Gesichter gegraben. Sie sahen aus wie Soldaten, die nach schweren Gefechten in der vordersten Linie dringend eine Ruhepause brauchten. Doch leider hatten sie die schwierigsten Stunden noch vor sich. Wenn sie in Messina ankamen, würden sie ihre Kraftreserven zum größten Teil aufgebraucht haben – was nicht gerade für einen Erfolg ihrer Aktion sprach.

»Ich könnte jetzt einen Schluck vertragen«, schlug der Amerikaner vor.

Petrie nickte nur, und sie leerten gemeinsam die Flasche Mineralwasser, die er in Puccio gekauft hatte. Wenig später spürte der Engländer, daß Angelo ihn beobachtete, und aus seinem Gesichtsausdruck entnahm Petrie, daß es mit seinem eigenen körperlichen und geistigen Zustand nicht zum besten stand. Ich sehe bestimmt nicht anders aus als die anderen, dachte er grimmig. Johnson hatte Scelbas Platz an dem kleinen Schiebefenster eingenommen und fächelte sich Luft zu, um schneller munter zu werden.

»Sieht so aus, als gebe es Sturm«, brummte er.

»Das geschieht um diese Jahreszeit manchmal sehr schnell ohne jede Vorwarnung«, klärte ihn Angelo auf. »Eben war die See noch spiegelglatt, und im nächsten Moment fragt man sich schon, ob man den Sturm heil überstehen wird.«

»Wieviel Ladung kann die ›Carridi‹ bei einer Überfahrt transportieren?« fragte der Amerikaner.

»Einen kompletten Expresszug. Die Lokomotive und zehn Waggons. Oder fünfundzwanzig große Güterwagen. Und eintausendvierhundert Passagiere.«

»Eintausendvierhundert!«

Johnson pfiff lautlos durch die Zähne. Wenn man sie ein wenig zusammenpferchte, konnten bei einer Überfahrt fast doppelt so viele Menschen, also fast dreitausend Soldaten, übergesetzt werden. Mit ein paar Fahrten ließ sich schnell eine komplette Division vom Festland auf die Insel verlegen. Kein Wunder, daß die großen Tiere im Alliierten Hauptquartier so scharf darauf waren, die Fähre zu versenken.

Der Krankenwagen jagte weiter durch die Nacht. Langsam blieben die Berge zurück, sie näherten sich der Küste. Ganz plötzlich brach der Sturm los. Gerade noch fuhren sie durch die stille, kühle Nacht, doch dann versteifte sich die Brise zum Sturm, der sich mit heftigen Windböen gegen das Fahrzeug warf. Über ihnen türmten sich drohende Wolkengebirge auf und verdeckten den Mond. Im Nu hatten die Windböen eine Geschwindigkeit von fast siebzig Stundenkilometern erreicht.

Die Landschaft schien ihr Gesicht zu verändern, wenn vereinzelte Mondstrahlen zwischen den Wolkenbänken sie erhellten. Der Wind brauste immer stärker, vor den Scheinwerfern tanzten dichte Staubwirbel auf und ab. Durch eine Lücke in den Feigendistelhecken erhaschte Johnson einen Blick auf ein paar Schafe, die verängstigt in einem Pferch Schutz suchten. Ein Reiter trieb sie eilig vor sich her. Wenn die alliierte Invasion in dieser Nacht anlaufen sollte, hatten die Fallschirmspringer mit diesem Sturm sicher ihre arge Not, ganz zu schweigen von den Landungsbooten, die bei immer stärker werdendem Seegang Truppen an Land setzen sollten.

Sie näherten sich der gefährlichen Küstenstraße. Die Anspannung wuchs. Die Männer saßen kerzengerade, überprüften zum wiederholten Male ihre Waffen oder starrten angestrengt durch die Windschutzscheibe nach vorn.

Petrie fuhr langsamer. Sie mußten jetzt schon dicht bei der Küste sein, denn die Sturmböen, die vom Tyrrhenischen Meer hereinbliesen, trugen den Geruch nach Salz und Tang mit sich.

Petrie hielt an, stellte den Motor ab und steckte den Kopf aus dem Seitenfenster. Ja, sie waren am Meer. Der Salzgeruch war unverkennbar. Petrie verharrte einige Sekunden in dieser Stellung und lauschte auf Motorengeräusche von der Küstenstraße. Der kalte Wind biß auf der Haut, doch Petrie empfand seine Kühle nach der unerträglichen Hitze am Tag als angenehm. Außer dem Rauschen von Seegras, dem Heulen des Windes und dem Donnern der aufgepeitschten Wassermassen gegen die Steilfelsen der Küste hörte er keinen Laut.

»Scheint so, als wären wir immer noch allein auf der Welt«, raunte Johnson ihm zu.

»Schon möglich.« Petries Stimme klang zweifelnd. »Trotzdem müssen wir von jetzt an jeden Moment mit Problemen rechnen – schließlich befahren wir eine der Hauptnachschublinien in Sizilien.«

»Ich protestiere!«

Feldmarschall Kesselrings Stimme überschlug sich, er konnte seinen Zorn nicht länger verhehlen. »Es wäre ein ungeheurer strategischer Fehler, die 29. Panzerdivision auf dem Festland zurückzuhalten.«

Seine Hand umklammerte den Telefonhörer, als sei es Generaloberst Jodls Hals. Der hohe Offizier bat ihn, einen Moment in der Leitung zu bleiben. Die Tischuhr unter der Lampe auf Kesselrings Schreibtisch zeigte 21.15 Uhr. Der Anruf aus dem Führerhauptquartier in Ostpreußen hätte kaum zu einem ungünstigeren Zeitpunkt kommen können. Die Nachricht an Oberst Baade in Messina, unverzüglich die ›Carridi‹ zum Festland hinüberzuschicken, lag auf Kesselrings Schreibtisch, und in Giovanni wartete Rheinhardt auf die Verschiffung seiner Division. Trotzdem war es sicher klug gewesen, die Fähre nicht schon früher in Marsch zu setzen, dachte Kesselring, denn dann hätten ihm die Schreibtischstrategen im obersten Hauptquartier sicher ein paar peinliche Fragen gestellt.

Die Gestapo hatte also tatsächlich seine Leitung angezapft und das Führerhauptquartier am anderen Ende von Europa über seine Pläne informiert.

Jodls Stimme drang wieder über den Draht, kalt, unpersönlich und präzise wie immer.

»Rheinhardt bleibt in Süditalien, bis wir genau wissen, wo die Invasion stattfinden soll.«

»In Sizilien, nur in Sizilien! Strickland geht immer schrittweise vor, und der nächste Schritt von Afrika aus ist Sizilien. Dann kommt Italien. Wenn wir diesmal die Alliierten schlagen und in die See zurückwerfen, brauchen sie mindestens sechs Monate, um einen erneuten Versuch zu starten.«

»Das wissen wir alles.«

Jodls Stimme blieb ruhig.

»Eben deshalb müssen wir erst genau wissen, wo sie landen wollen.«

»Etwas genau wissen bedeutet im Krieg immer, es zu spät wissen«, schrie Kesselring ins Telefon.

Er konnte seine Wut nicht mehr zügeln. Der verdammte Gefreite mit dem Oberlippenbärtchen stand bestimmt neben Jodl und hörte das Gespräch mit, doch kam der Hund nie selbst an den Apparat. Kesselring holte tief Luft. Er war nicht bereit nachzugeben. Dieses Mal nicht!

»Ich möchte mit dem Führer persönlich sprechen, ehe ich diesen Befehl akzeptiere.«

»Eine Sekunde – hier geht's im Moment drunter und drüber.«

Also war der kleine Gefreite anwesend. Doch würde Jodl niemals zugeben, daß er Handlangerdienste leistete und die wahnsinnigen Befehle seines Führers nur weitergab. Während der Wartezeit überlegte sich Kesselring den nächsten Zug. Er durfte diesmal nicht der Verlierer sein. Rheinhardt mußte unbedingt nach Sizilien übersetzen, mochten die Verrückten in Ostpreußen befehlen, was sie wollten. Vom anderen Ende Europas hörte Kesselring, wie der Generaloberst hüstelte. Das tat er immer, wenn er aufgeregt war.

»Kesselring, der Führer ist im Moment unabkömmlich. Der Befehl bleibt bestehen. Die ›Carridi‹ ist noch in Messina, wie ich vermute?«

»Ja. Das heißt also, daß Rheinhardt unter keinen Umständen übersetzen soll?« fragte Kesselring listig. »Auch wenn definitive Meldungen vorliegen, daß der Gegner Fallschirmspringer absetzt?«

Wieder folgte ein längeres Schweigen. Kesselring grinste vor sich hin. Nun, wie schmeckt dir diese Zutat zu deinem Vegetarier-Süppchen? dachte er sarkastisch. Er hatte die hohen Herren in der Zwickmühle, das bewies die lange Pause. Wieder räusperte sich Jodl, ehe er sich meldete.

»Rheinhardt darf übersetzen, sobald Meldungen vorliegen, daß der Gegner von See her Truppen in Sizlien an Land setzt. Aber nur dann! Haben Sie verstanden?«

»Definitive Meldungen über Fallschirmspringer-Einsatz...«

Kesselring dehnte absichtlich seine Worte.

»Nur von See her!« Jodls Stimme klang scharf. »Ich wiederhole, nur bei einer Landung gegnerischer Streitkräfte von See her! Ich hoffe, Sie haben mich genau verstanden.«

»Jawohl.« Kesselring vermied es absichtlich, Jodls Worte

zu wiederholen. »Da sind sehr starke Störungen in der Leitung«, fügte er maliziös hinzu und läutete das Gespräch ab.

Zwischen den beiden Arten, Truppen anzulanden, konnte es kaum einen größeren Unterschied geben. Der erste feindliche Angriff erfolgte aus der Luft, wahrscheinlich kurz vor Mitternacht, solange der Mond am Himmel stand. Die Anlandung von See her war erst Stunden später zu erwarten. Durch sein kleines Manöver hatte Kesselring zumindest ein paar Stunden herausgeschunden. Wenn seine Ahnung ihn nicht trog und noch vor Mitternacht Fallschirmspringer gemeldet wurden, konnte die ›Carridi‹ sofort auslaufen. Er bestellte sich telefonisch Kaffee und begann seinen Befehl an Oberst Baade in Messina umzuformulieren. Es würde eine lange Nacht werden.

Es war ziemlich dunkel, als Petrie den Motor anließ und langsam weiterfuhr. Sobald sie die Küste erreichten, wurde es kritisch. Er lenkte den Wagen durch eine Kurve und gab an der folgenden Steigung mehr Gas, um das Tempo zu halten. Doch kaum hatte er die Hügelkette erreicht, bremste er ab.

Der Sturm fiel mit voller Wucht über den Wagen her. Den Männern im Fahrzeug bot sich ein dramatisches Bild. Der Blick weitete sich nach drei Richtungen, als das Licht des Mondes durch die niedrigen Wolken brach. Im Osten lief die Küstenstraße als schmales Band neben der eingleisigen Bahnspur von Palermo nach Messina, verschwand zeitweilig hinter einigen Hügeln und tauchte in der Ferne bei Milazzo wieder auf. Nach Westen zu führte sie nach Palermo. Vor ihnen im Norden lag die offene See, eine dunkle, unruhige Fläche mit weißen Schaumkronen, die gegen die verlassene Küste anstürmten und mit heftigem Donnern an dem Felsen zerrannen.

Petrie atmete tief durch. Ihre Furcht vor Militärkolonnen, Panzern und Truppen erwies sich als grundlos. Nichts und niemand war zu sehen, die tobende See schien das einzig Lebende in dieser toten Landschaft zu sein.

»Wir sind die reinsten Sonntagskinder.«

Johnson sagte diese Worte halblaut zu sich selbst. Dann bemerkte er, daß Petrie geduckt hinter dem Lenkrad saß und die Ambulanz im Schneckentempo den Abhang zur Einmündung der Seitenstraße auf die Küstenstraße hinuntersteuerte. Was, zum Teufel, hatte der Engländer jetzt schon wieder?

Im Schrittempo rollte der Wagen auf die Einmündung zu. Petrie hielt seinen Blick nach rechts gerichtet, wo der Hügel ein Stück der Küstenstraße verbarg. Unterhalb der Straße dehnte sich eine Bucht mit einem Kiesstrand, der an einem vorspringenden Hochplateau endete. Nirgendwo eine Spur von Drahtgeflechten, die auf eine Verminung schließen ließen. Nur einige Fischerboote lagen sicher vor den Wellen weit oberhalb der Wasserlinie auf dem Strand.

Petrie überquerte einen Bahnübergang und fuhr auf die Küstenstraße. Er wollte gerade nach rechts einbiegen, als er das Straßenstück, das der Hügel bis jetzt vor seinen Blicken verborgen hatte, einsehen konnte. In einem Sekundenbruchteil, wie vom Blitz einer Kamera erhellt, nahm er die Szenerie dort unten in sich auf – die Schlange ineinander verkeilter Armeelastwagen, die anscheinend zu schnell und zu dicht aufgefahren waren, die blockierte Straße, den Krankenwagen mit weit geöffneten Rücktüren...

Petrie überquerte die Schnellstraße mit aufheulendem Motor und lenkte den Wagen auf den Kiesstrand zwischen dem Kap und der Bucht zu. Das Krachen der Federung dröhnte ihm in den Ohren. Angelo starrte ihn nur überrascht an.

Johnson sprach als erster. »Was soll das, Jim?«

»Ich versuche nur, Ärger aus dem Weg zu gehen. Ein paar hundert Meter weiter unterhalb der Einmündung hat es einen Unfall gegeben. Die Straße ist blockiert, auch ein Krankenwagen ist schon da. Kannst du mir sagen, wie wir da vorbeikommen sollen – in einer Ambulanz? Da unten standen auch deutsche Lastwagen.«

»Und du willst hier abwarten, bis der ganze Spuk vorbei ist?«

Johnsons Stimme klang nicht gerade glücklich. Ungläubig beobachtete er Petrie, der ungerührt auf dem schmalen Strandstreifen unterhalb der Tafelebene weiterfuhr, wo die ausrollenden Wogen nach den Rädern des Wagens zu greifen schienen.

»Wir warten nirgendwo«, sagte Petrie schroff. »Dafür haben wir keine Zeit mehr. Wir fahren jetzt genau die Route, die ich ausgetüftelt habe. Vor unserer Abfahrt aus Tunis hatte ich mir die Luftaufnahmen dieses Küstenstrichs genau angesehen. An dieses Tafelland kann ich mich erinnern. Es ragt etwa achthundert Meter in die See vor und weicht dann genau unterhalb der Unfallstelle wieder bis hinter die Küstenstraße zurück...«

»Du willst doch nicht etwa um dieses Kap herumfahren?« fuhr Johnson auf.

»Genau das habe ich vor. Die Luftaufnahmen zeigten einen durchgehenden Strandstreifen rund um das Kap. Also, Herrschaften, betet mal schön, daß ich die Fotos richtig gedeutet habe.«

Der Sturm wurde immer stärker, türmte riesige Wogen auf und jagte sie mit enormer Wucht gegen das Kap. Der Strandstreifen zwischen dem Tafelland und der Wasserlinie war sehr schmal, kaum breiter als die Spur ihres Krankenwagens, und vor ihnen rollten die Brecher an einigen Stellen bis zum Fuß der Felsklippen. Es war nicht einfach, den Wagen hier entlangzusteuern. Häufig rutschten lockere Steine unter den Rädern weg und brachten den Wagen aus der Spur. Der Abstand zwischen dem rechten Kotflügel und der Felswand betrug oft nur Zentimeter. Wenn jetzt noch eine Stelle kommt, dachte Johnson, wo die Wogen den Kiesstreifen überspült haben, können wir zu Fuß weitergehen.

Der gleiche Gedanke war auch Petrie schon gekommen, doch die Zeit drängte jetzt so sehr, daß sie jedes Risiko in Kauf nehmen mußten. Erreichten sie Messina nicht rechtzeitig, und die Deutschen brachten neue Truppen über die Meerenge, hätten sie sich all die Mühen und Gefahren sparen können. Dann wäre alles vergebens gewesen. Es würde schwierig, die Ambulanz um das Kap zu fahren, denn eines hatten die Luftaufnahmen, aufgenommen an einem Tag mit ruhigem Wetter, nicht berücksichtigen können: den Auslauf der Brecher einer vom starken Sturm gepeitschten See.

Auf den Fotografien war der Strand nur ein schmaler Streifen gewesen, der sich am Kap stark verengte. Petrie vermutete, daß sie einen Teil der Strecke durchs Wasser fahren mußten. Einen Punkt hatte er bewußt vor seinen Gefährten zu verbergen versucht. Was war, wenn der Strand plötzlich in ein tiefes Wasserloch absackte, das man durch die anrollenden Brecher nicht sehen konnte?

Petrie schob den Gedanken beiseite und konzentrierte sich wieder aufs Fahren. Wenig später verengte sich der Strand noch weiter, rechts schimmerte die senkrechte Felswand, naß von der Gischt, im Mondlicht, links tosten die Wellenberge, deren Schaumkronen immer höher wogten, heran, brachen sich an dem Felssockel unter der Wasseroberfläche und schoben einen schäumenden Teppich unter den Wagen.

Das Grollen und Donnern der riesigen Wasserberge, die unablässig gegen das Kap anstürmten, war nervenzermürbend. Petrie fühlte etwas Feuchtes leicht gegen seine Wange klatschen und langsam hinabrinnen. Die Brandungslinie rückte immer näher, der Wind trieb die Gischt heran.

»Ed, behalte durch das Rückfenster die Schnellstraße im Auge.«

Petrie befürchtete, daß sich von Westen ein anderer Wagen näherte. Der Fahrer könnte sie sehen und annehmen, sie wollten Selbstmord begehen. Doch war die Straße nach beiden Richtungen verlassen gewesen, als sie sie überquerten. Wenn nichts dazwischenkam, konnten sie es schaffen.

Der Sturm trieb die Gischt der Wellen gegen die Windschutzscheibe. Petrie schaltete die Scheibenwischer ein. Einen Augenblick später beugte er sich vor und starrte stirnrunzelnd hinaus.

Ein Stück weiter oberhalb schien die See den Strandstreifen verschluckt zu haben, die Wogen brandeten gegen den Fuß des Kaps. Doch konnte dies bei dem diffusen Licht durchaus eine optische Täuschung sein.

Er hörte, wie Scelba sich hinter ihm räusperte, und warf rasch einen Blick zu Angelo hinüber, der sich eine Zigarette angezündet hatte und mit zusammengekniffenen Augen auf das Meer hinausschaute, als rechne er sich ihre Überlebenschancen aus. Hinter ihm sagte Johnson mit ruhiger Stimme: »Jim, ich steige aus und gehe vor dem Wagen her. Es hält uns zwar etwas auf, doch wir sollten wissen, was da vorne auf uns wartet, ehe es zu spät ist. Scelba kann die Straße im Auge behalten.«

»Gut, Ed. Schau dir den Strand in Wassernähe besonders genau an. Er könnte weggespült sein.«

Der Amerikaner öffnete die Rücktür und stieg aus. Sofort packte ihn der Wind mit enormer Wucht und schleuderte ihn fast gegen die Steilwand. Johnson zwängte sich zwischen dem Wagen und der Wand nach vorn. Seine Füße rutschten über nasses Gestein, taumelnd stemmte er sich gegen den tosenden Sturm, der sich noch zu verstärken schien. Die Gischt der Brandung näßte sein Gesicht und seine Kleider.

Trotz des Heulens des Sturmes vernahm er vor sich ein Geräusch, das keineswegs verheißungsvoll klang. Dort donnerten die riesigen Wellenberge direkt gegen die Felsen, als wollten sie das Kap zermalmen. Vornübergebeugt taumelte, stolperte und rutschte der Amerikaner vorwärts und hob nur gelegentlich den Kopf, um den weiteren Verlauf des Strandes zu erkunden. Wenig später watete er knietief in der schäumenden Brandung, um sich zu vergewissern, daß auch genügend fester Untergrund für den Wagen vorhanden war. An einigen Stellen würde Petrie eben mit den Außenrädern durchs Wasser fahren müssen.

Als er sich der Spitze des Tafellandes näherte, veränderte

das Kap seine Form. Die Steilwand wich zurück und öffnete sich zu schmalen Schluchten, die sich tief in den Fels fraßen und statt mit Kies mit Sand angefüllt waren. Sie endeten jeweils unter einer Felswand.

Das Donnern der Brandung vor der Landzunge schwoll an. Johnson hörte es deutlich über dem Brausen des Sturmes und dem Motorengeräusch des Krankenwagens, der ihm in etwa zwanzig Meter Abstand folgte. Er fragte sich, ob letztendlich die Natur mit ihrem verrückten Spiel doch Sieger über sie bleiben sollte. Immer noch stand der Mond am Himmel und schickte seine Strahlen durch ein Loch in der niedrigen Wolkendecke. In seinem bleichen Licht sah Johnson, wie sich vor ihm die Brecher an riesigen Felsen zerschlugen und eine Wolke von Gischt hoch in die Luft sprühten, die der Sturmwind zerriß und gegen die Klippen blies.

Der Amerikaner blieb stehen, um sich das Wasser vom Gesicht zu wischen. Er drehte sich um und sah hinter sich die Scheinwerfer des Wagens in einer Wolke sprühender Wassertröpfchen verschwimmen.

Sie würden nie an der Landzunge des Tafellandes vorbeikommen. Petrie mußte einen Fehler bei der Deutung der Luftaufnahmen gemacht haben, als er annahm, daß der Strandstreifen um die Landzunge herumführte. Es war auch völlig unwahrscheinlich. Ein Kap, das so weit in die See hinausragt, hatte in der Regel keinen Strand.

Johnson hob die Hand und winkte die Ambulanz näher an die Felswand heran, dann wandte er sich wieder um und stolperte vorwärts.

Die Stimmung im Wagen war gedrückt, die Insassen fühlten sich wie in einer engen Zelle gefangen. Es war kalt, doch die Männer schwitzten vor Furcht. Der Wagen schwankte, wenn die Räder über lockeres Gestein glitten, das von der auslaufenden Brandung hin und her geschoben wurde. Petrie hielt das Lenkrad fest gepackt und steuerte den Wagen mal zur Wasserseite, mal auf die Felswand zu, um sein Schwanken auszugleichen. Gerade passierte er wieder eine dieser seltsamen Sandschluchten, und Angelo warf einen sehnsüchtigen Blick in diesen Einschnitt im Fels, der zumindest Schutz von den tobenden Elementen versprach. Petrie schaute konzentriert geradeaus und versuchte, das Inselchen vor der Spitze der Landzunge auszumachen, das er auf einer der Aufnahmen gesehen hatte. Doch sie befanden sich schon in unmittelbarer Nähe der Kapspitze, und nirgends war eine Insel zu erkennen. Hatte er etwa einen Schatten auf dem Bild falsch interpretiert? Dann war es aus mit ihrem Plan, das Kap auf dem Strand zu umfahren. Er schaute nach links aus dem geöffneten Fenster. Sein Jackenärmel war schon von der Gischt völlig durchnäßt. Erschrocken blinzelte er, als er sah, was da auf sie zukam.

Eine riesige graue Wasserwand rollte heran, brach in sich zusammen und baute sich wieder auf, jagte, sich immer höher schraubend, auf den Wagen zu und drohte ihn unter sich zu begraben. Petrie stoppte und begann in höchster Eile das Fenster hochzudrehen. Angelo duckte sich instinktiv gegen die andere Tür. Die Woge würde sie zerschmettern, und der kräftige Sog eines solchen Brechers konnte den Wagen mit Leichtigkeit umwerfen und in die See spülen. Die Wand fiel erneut in sich zusammen, hüfthoch schossen ihre Ausläufer auf den Wagen zu und donnerten dagegen. Die Männer fühlten die Wucht des Stoßes, fühlten, wie der Wagen schwankte. Wasser quirlte auf allen Seiten um sie herum, lief zurück und brach sich an der nächsten anrollenden Welle. Hoch spritzte die Gischt in die Luft. Petrie versuchte, den Motor wieder zu starten. Er kam nicht. Eine Sekunde später bemerkte er, daß Johnson verschwunden war.

Johnson hatte den Brecher herandonnern sehen und sich eiligst in der letzten kleinen Schlucht in Sicherheit gebracht, einem breiten sandigen Einschnitt, der nach etwa dreißig Metern abknickte und verschwand. Das Wasser rollte hinter ihm hinein, überschwemmte den Sandboden und schwappte wieder zurück. Johnson folgte dem Wasser und verließ den

Felseinschnitt. Er gab Petrie ein Zeichen, hörte das Starten des Motors, hörte, wie er erstarb. Ein eisiger Schreck durchfuhr ihn. In die Maschine war Wasser eingedrungen.

Wieder wurde der Motor gestartet, doch erst beim dritten Versuch sprang er an, und die Ambulanz rollte weiter. Wolken verdeckten den Mond, die Scheinwerfer tasteten sich wie Lichtfinger durch das Dunkel.

Zögernd verließ Johnson den sicheren Sanduntergrund und ging weiter auf die Landspitze zu. Seine Stiefel schlitterten über nasses Gestein. Ja, Petrie hatte sich geirrt. Er konnte jetzt deutlich die riesigen Felsbrocken vor der Spitze des Kaps erkennen. Wasser umspülte sie, gegen die äußeren Felsen tobte die Brandung mit voller Wucht. Es gab keinen Strandstreifen mehr. Riesige Felsen blockierten ihren Weg.

Johnson schaute zurück – und erstarrte. Der Wagen hatte jetzt den sich stark verengenden Strandstreifen erreicht, und die äußeren Räder befanden sich bis zur halben Höhe schon im Wasser.

Die Schieflage des Wagens war es, was Johnson so erschreckte. Die Ambulanz neigte sich stark zur See hin, wo der Strand steil zur Wasserlinie hin abfiel. Nur noch ein paar Grad weiter von der Felswand weg, und der Wagen mußte seitlich umkippen. Für ein paar lange Sekunden vergaß Johnson das Donnern der Brecher, das Heulen des Windes, sogar die Tatsache, daß riesige Felsen ihnen den Weg versperrten. Er sah nur noch die gefährliche Neigung des Wagens, sah, daß Petrie nicht aufgab und den Wagen über eine trügerische Sandbank steuerte, daß die Scheinwerfer gefährlich hin- und herschwankten. Sie kamen näher, richteten sich wieder in die Waagerechte, als die Ambulanz über einen ebenen Felskeil rollte und sich der Sandschlucht näherte, in der Johnson Schutz vor der herantosenden Flutwelle gefunden hatte.

Erst jetzt ging der Amerikaner weiter auf die Landspitze zu. Dabei hoffte er inbrünstig, daß seine Augen ihm einen Streich gespielt hatten, daß es einen durchlaufenden Strand um das Kap gab. Er erreichte den ersten großen Felsen, die

Gischt der Brecher sprühte über ihn hinweg und durchnäßte ihn. Das Tosen der Wassermassen war ohrenbetäubend.

Johnson gab Petrie ein Zeichen zu warten und kletterte auf den schlüpfrigen Felsen, um zu sehen, ob sie wenigstens zu Fuß weiter kamen. Etwa zwanzig Meter oberhalb der Stelle, wo der Wagen wartete, weitete sich der Blick. Johnson sah über die Landzunge hinweg auf das offene Meer hinaus – und erkannte den vertrauten Umriß eines italienischen Schnellbootes, das auf das Kap zuhielt. Kaum dreihundert Meter vor der Landspitze, im bleichen Mondlicht deutlich zu erkennen, wendete es, um den Küstenstreifen auf dieser Seite abzusuchen.

Der Amerikaner sprang die Felsen hinunter, stolperte über gefährliche Kanten und wäre beinahe auf dem schlüpfrigen Gestein gestürzt. Er lief auf den Wagen zu und deutete dabei mit den Armen immer wieder auf die Sandschlucht. Doch entweder sahen ihn seine Gefährten nicht, oder sie konnten seine Gesten nicht deuten. Der Wagen rollte weiter auf ihn zu und war schon fast am Eingang der Schlucht vorbei. Johnson, der wie durch ein Wunder nicht stürzte, rannte weiter voran, blieb wieder stehen und winkte erneut.

Der Krankenwagen drehte in die Schlucht ab und verschwand hinter der vorspringenden Felsnase. Johnson spurtete wieder los, versuchte verzweifelt, den Schluchteingang zu erreichen, ehe das Patrouillen-Boot um die Landzunge bog. Einmal glitt er auf nassem Geröll aus und fiel hart auf die Knie. Vom Schmerz betäubt blieb er einen Moment in dieser gebeugten Haltung, dann rollte eine hohe Wogen über ihn hinweg und brachte ihn zur Besinnung. Er zog sich auf die Füße und taumelte weiter. Seine Mütze, seine Jacke und seine Hosen trieften vor Nässe. Endlich spürte er den weichen Sand unter den Stiefeln und begann schwerfällig zu laufen.

Die Ambulanz war hinter der Kehre der Schlucht verschwunden. Die Reifenspuren am Schluchteingang hatte das hereinströmende Wasser fast verwischt. Johnson hastete vorwärts, frierend, mit triefenden Kleidern. Jeden Augenblick glaubte er das Tuckern des Bootsmotors hinter sich zu hören. Aus irgendeinem Grund suchten die verdammten Hunde die Landspitze mit ihren starken Scheinwerfern ab, und Johnson befürchtete, noch in der Schlucht vom Lichtstrahl erfaßt zu werden.

Hielten sie etwa Ausschau nach Landungstruppen? Er wußte es nicht. Endlich erreichte er die Felsnase, hinter der die Schlucht abknickte. Petrie war ihm entgegengeeilt und zog ihn am Arm hinter die schützende Deckung.

»Bist du okay, Ed? Was ist los?«

Johnson blieb ihm die Antwort schuldig, er war völlig außer Atem. Statt dessen deutete er zurück zum Strand. Vorsichtig spähte Petrie um den Felsvorsprung. Im gleichen Moment tauchte das Patrouillen-Boot um die Landspitze auf und nahm Kurs auf die offene See. An Bord blitzte in Abständen eine Morselampe auf.

Petrie erschrak. Im ersten Augenblick dachte er, man übermittelte ihre Entdeckung an eine Streife auf der Küstenstraße. Doch rasch erkannte er, daß sich das Boot nur bei einer Station der Küstenwacht oben auf dem Tafelland identifizierte.

»Alles in Ordnung, Ed«, beruhigte er den Amerikaner. »Es hat uns nicht entdeckt und nimmt Kurs auf die offene See.«

»Patrouillen-Boot...«

Johnson rang nach Luft.

»Suchten mit Scheinwerfern die Küste ab... können nicht weiter... große Felsen im Weg...«

»Mach dir keine Sorgen. Es war nur ein Erkennungssignal – wahrscheinlich an die Wachstation da oben. Komm erst mal zu Atem. Du hast unsere Haut gerettet. Zieh die nassen Klamotten vom Leib und wickle dich in eine Decke. In den Schränken im Wagen gibt's genug davon.«

Er führte Johnson zum Wagen, der ohne Licht einige Meter entfernt stand. Scelba öffnete die Türen an der Rückseite, half dem Amerikaner hinauf und nickte Petrie zu, der zum

Führerhaus ging. Als er sich hinter das Steuer schwang, ging der Mond unter. In der Schlucht herrschte jetzt völlige Dunkelheit.

Der Amerikaner wollte mit Petrie sprechen, ehe er sich umzog. Er beugte sich durch das Schiebefenster.

»Jim, wir können das Kap nicht umfahren. Da liegen riesige Felsbrocken im Weg. Der Strand hört hier auf.«

Angelo drehte sich um und gab ihm eine Zigarette. Beim Aufflammen des Streichholzes sah ihn der Amerikaner lächeln. Diese Reaktion überraschte ihn.

»Es ist alles bestens, Ed«, beruhigte ihn Petrie. »Ich war mir ziemlich sicher, daß ich auf der Luftaufnahme eine kleine Insel vor der Kapspitze gesehen hatte, und doch konnten wir sie nicht entdecken. Das da ist die Insel.«

Er deutete nach links aus dem Fenster.

»Was wir immer für die Landzunge gehalten haben, ist die Insel. Sie ist vom Tafelland nur durch diese Schlucht getrennt, die zum Strand auf der anderen Seite führt. Von dort kommen wir wieder auf die Straße.«

»Du machst wohl Witze«, krächzte Johnson.

»Ich habe mich eben davon überzeugt. Wir folgen dieser Kurve, und nach ein paar Metern sind wir auf der anderen Seite des Tafellandes. Wir warten ein paar Minuten, bis das Patrouillen-Boot weg ist, dann können wir fahren. Ich will vorher nur noch mal den Strand und die Straße überprüfen.«

»Und was ist mit der Wachstation da oben?«

»Sie liegt mitten auf dem Hochplateau, genau zwischen uns und der Straße. Ich weiß das noch von der Luftaufnahme. Wir fahren wie bisher dicht unterhalb der Steilwand entlang, dann können sie uns nicht entdecken.«

Sie warteten einige Minuten. Petrie überzeugte sich, daß die Luft rein war, dann fuhren sie durch die Schlucht auf den Kiesstrand auf der anderen Seite hinaus. Der Uferstreifen war hier breiter, weil das Kap ihn vor dem starken Wind schützte. Auch die See tobte hier weit weniger heftig.

Als der Wagen sich der Böschung der Straße näherte, hielt

Petrie an und stieg aus. Er mußte eine höchstgefährliche Frage klären: Konnte man diesen Punkt der Straße, an dem sie sich jetzt befanden, vom Unfallort aus einsehen?

Vorsichtig kletterte Petrie den sandigen Hang hinauf. Hätte er es doch riskieren und einfach auf die Straße hinausfahren sollen? Jedenfalls mußte die mitten auf dem Strand geparkte Ambulanz auf jeden vorbeikommenden Fahrer seltsam wirken.

Petrie erreichte die Straße und richtete sich auf. Verlassen breitete sich ihr Band in westlicher Richtung aus und verschwand in dem Tal, wo die Unfallstelle lag. Petrie rannte zur Ambulanz zurück, fuhr den Hang hinauf und lenkte den Wagen auf der Straße in Richtung Osten. Rasch warf er einen Blick auf seine Uhr. 22.25 Uhr. Noch fünfundneunzig Minuten bis zur Stunde Null. Er drückte seinen Fuß auf das Gaspedal.

12.
Freitag, 22.30 Uhr bis 23.30 Uhr

Mit hundert Stundenkilometern jagte die Ambulanz über die Schnellstraße an der nordsizilianischen Küste entlang. Die Scheinwerfer schossen durch die Dunkelheit. Die Tachonadel zitterte. Der Wind drückte heftig gegen den Wagen.

Scelba hielt sich krampfhaft am Sitz fest, um sein Gleichgewicht zu bewahren, als der Wagen in eine langgezogene Kurve schoß. Johnson lehnte den Körper gegen die Wagenwand. Sie näherten sich Messina. Es war genau 23 Uhr. Drei Straßensperren hatten sie schon unbehelligt passiert. Wenn Petrie mit dieser Geschwindigkeit weiterfuhr, würden sie in einer Viertelstunde die Meerenge erreichen.

»Da ist schon wieder eine Sperre«, sagte Angelo knapp.

»Wir werden sie ebenso passieren wie die anderen«, bemerkte Petrie optimistisch.

»Irgendwann kommen wir damit nicht mehr durch«, unkte Johnson durch das Verbindungsfenster.

Die roten Lichter in der Ferne signalisierten schon weithin, daß sie sich einer Kontrollstelle näherten. Der Schlagbaum oder die Posten waren im Scheinwerferlicht noch nicht zu erkennen. Petrie schaltete die Sirene ein. Ein unheimlicher, Todesgefahr andeutender Heulton drang in die Nacht hinaus, warnte die Posten an der Sperre, daß dieser Wagen nicht anhalten würde, veranlaßte sie zum Öffnen des Schlagbaumes. Die Scheinwerfer erfaßten die Sperre, erfaßten Männer in Carabinieri-Uniformen, die hastig den Baum hoben und zur Seite sprangen. Der Krankenwagen schoß durch die Sperre. Angelo sah die weißen Gesichter der Posten schemenhaft vorbeihuschen. Dann stachen die Scheinwerfer wieder ins Dunkel, schwenkten in eine Kurve, ließen kurz die Schienen zu ihrer Rechten aufblitzen, zwei bedeutungslose Stahlstränge, die nach nirgendwo führten, da hier keine Züge mehr verkehrten. Zu ihrer Linken schimmerte die unruhige See silbern auf, als der Mond wieder hinter einigen Wolken hervorkam. Immer noch tobte der Sturm und trieb die Wolken wie eine dunkle Geisterflotte am Himmel vor sich her. Doch bei der hohen Geschwindigkeit schien die Wasseroberfläche nur leicht gekräuselt, ein Tanz von silbernen Wogenkämmen, die sich an der leeren, einsamen Küste totliefen.

Die vier Männer jagten an Buchten, Schluchten und Klippen vorbei, und häufig bemerkten sie draußen auf See die dunklen Umrisse von Patrouillen-Booten, die die heimischen Gewässer nach feindlichen Eindringlingen absuchten – während der Feind kaum einen Kilometer südlich von ihnen in einem Ambulanzwagen auf Messina zujagte.

»In der Nähe der Stadt haben auch die Deutschen einige Sperren errichtet«, warnte Angelo.

»Halten sie auch italienische Armeefahrzeuge an?« fragte Petrie.

»Nur selten, aber es kommt vor.«

Und im Moment, vor einer drohenden Invasion, dürften sie besonders mißtrauisch sein, dachte der Engländer und steuerte den Wagen in das Peloritanische Gebirge hinauf.

Die See wich nach Norden zurück. Die Bahnlinie wechselte über eine Brücke auf die linke Straßenseite hinüber und führte auf einer eigenen Spur durch die Berge hindurch in östlicher Richtung nach Messina. Die Straße kletterte immer höher hinauf, die Temperatur sank um einige Grade. Zum ersten Mal seit ihrer Landung auf der Insel fuhren die vier Männer durch bewaldetes Gebiet, sahen Bäume an den Berghängen.

Vor ihnen in der Nacht tauchten wieder die Lichter eines Kontrollpunktes auf. Petrie betätigte erneut die Sirene und beschleunigte.

»Seien Sie vorsichtig!« warnte ihn Angelo.

Im Mondlicht war das Rohr der Panzerabwehr-Kanone

deutlich zu erkennen, die Mündung deutete drohend in ihre Richtung. Deutsche Uniformen wurden sichtbar, über ein Dutzend Soldaten standen am Schlagbaum. Unter ein paar Bäumen auf der anderen Straßenseite hatten zwei Motorradfahrer einen italienischen Lastwagen gestoppt und prüften die Papiere. Um den Lastwagen herum vertraten sich ein paar italienische Soldaten die Beine.

Der Schlagbaum blieb unten. Petrie packte das Lenkrad fester. Seine Augen wurden schmal, als er sich der Sperre näherte. Und dann geschah etwas, das alle überraschte. Es begann zu regnen.

»Ich halte an«, sagte Petrie warnend und trat auf die Bremse. Wenige Meter vor dem Schlagbaum brachte er den Wagen zum Stehen. Für einen Durchbruch standen ihre Chancen zu schlecht. Die Kanone mit ihrer gefährlichen Reichweite wie auch die Motorradfahrer, die innerhalb von Sekunden die Verfolgung aufnehmen konnten, machten das Risiko zu groß.

Als das Motorgeräusch des Sanka zu einem gleichmäßigen Brummen erstarb, hörten die vier Männer den Regen laut gegen das Blech der Karosserie trommeln. Durch das geöffnete Seitenfenster sah Petrie einen deutschen Unteroffizier auf die Ambulanz zukommen. Die Maschinenpistole hielt er in der Hand. Völlig durchnäßt erreichte er den italienischen Sanka.

»Sie wollten wohl nicht anhalten, wie?«

Innerlich verfluchte Petrie das fließende Italienisch des Deutschen, doch schaute er dem Unteroffizier nur verwundert ins Gesicht.

»Wir sind auf dem Weg ins Hospital. Ein dringender Notfall.«

»Kein Grund, am Schlagbaum nicht zu halten. Sehen Sie die Kanone da?«

Der Deutsche wischte sich die Regentropfen vom Gesicht und deutete mit einer Hand zu dem Geschütz hinüber. Die andere hielt die Maschinenpistole schußbereit.

»Ihr Patient könnte jetzt schon ein toter Mann sein – und Sie auch!«

Der Deutsche mochte Ende Zwanzig sein. Er war ein kräftiger, etwa 1,85 Meter großer Mann, ein arroganter Bursche, ein typisches Produkt des Nazi-Regimes.

»Ihre Papiere!« bellte er und zielte mit der Pistole auf Petries Kopf.

Er war glatt rasiert, hatte wohl gerade seinen Dienst angetreten, und der Regen schien ihm nichts auszumachen. Hinter ihm waren mehrere italienische Soldaten unter den Bäumen hervorgekommen und blieben am Straßenrand stehen. Sie hatten sich offensichtlich vor dem strömenden Regen in Sicherheit gebracht, der rasch die Mulde füllte, in der die Bäume wuchsen. Dem Sanka am nächsten stand ein Unteroffizier, ein kleiner, entschlossen aussehender Mann, der die Szene neugierig beobachtete.

»Papiere!« schnarrte der Deutsche nochmals.

Irgend etwas in Petrie rastete aus. Sie waren jetzt seit fast vierundzwanzig Stunden unterwegs, hatten den Mafia-Überfall, den Jagdflieger-Angriff, die Fahrt durch die Wildnis, die Verfolgung durch die Carabinieri, die Bombardierung durch das B 17-Geschwader und einige andere Gefahren heil überstanden. Und dann wollte so ein bulliges Schwein von einem Deutschen sie kurz vorm Ziel, wo Messina schon greifbar vor ihnen lag, aufhalten?

Der Engländer sprang in den strömenden Regen hinaus, warf die Tür hinter sich heftig ins Schloß, stemmte die Arme in die Hüften und baute sich vor den Deutschen auf.

»Sie hätten tatsächlich eine italienische Ambulanz unter Feuer genommen?«

Absichtlich hatte er seine Stimme erhoben, um das Rauschen des Regens zu übertönen. Der italienische Unteroffizier trat einen Schritt näher, seine Soldaten hoben die Köpfe.

»Dies hier ist eine Straßensperre«, bellte der Deutsche. »An einer Sperre habt ihr zu halten, verdammt noch mal!«

»Und mir juckt's verdammt in den Fingern, wenn ich so etwas wie dich sehe, Freundchen. Du denkst wohl, euch gehört hier die ganze Insel, was? Wir Italiener haben hier wohl gar nichts mehr zu sagen, sind nur Dreck, wie?«

Der italienische Unteroffizier kam auf die beiden zu, blieb aber dann wieder stehen. Unmerklich schlug die Stimmung um. Auf der einen Seite der Straße sammelten sich die italienischen Infanteristen. Sie hatten die Gewehre in die Hand genommen und schauten an der Ambulanz vorbei zu der Geschützstellung, wo die deutschen Soldaten standen. Dann lenkten sie ihre Aufmerksamkeit wieder auf die beiden Akteure auf der Straße. Der deutsche Unteroffizier musterte Petrie argwöhnisch.

»Was ist mit Ihrer Uniform los?« fauchte er. »Außerdem haben Sie sich seit mindestens zwei Tagen nicht mehr rasiert. Sie sehen aus wie ein Strolch.«

Petrie deutete provokativ auf die Wehrmacht-Uniform seines Gegenübers. Zu den Italienern gewandt rief er:

»So, so, weil wir also keine hübschen neuen Uniformen haben wie dieser Angeber hier, sind wir gleich Strolche. Jetzt wissen wir, wie unsere netten Verbündeten über uns denken. Strolche hat er uns genannt. Ich helfe Verletzten, beschmiere dabei meine Uniform mit Blut und leihe mir eine andere, um weiterhelfen zu können – und dann bin ich unvorschriftsmäßig gekleidet. Zweiundzwanzig Stunden Dienst ohne Pause – und dann ist es ein Verbrechen, daß ich unrasiert bin. Ich wünschte, ich hätte es so gut wie der Herr General hier, dessen Haut so glatt ist wie der Arsch eines Chorknaben!«

Voller Absicht spuckte Petrie dem Deutschen dicht vor die Füße.

Im Wagen setzte sich Angelo vor Schreck kerzengerade auf. Seiner Meinung nach war Petrie zu weit gegangen. Auch der Deutsche versteifte sich. Unbeherrscht hob er die Waffe, um ihren Kolben Petrie über den Schädel zu ziehen. Der italienische Unteroffizier sprang vor und packte die Waffe. Einige Augenblicke rangen die beiden Verbündeten miteinander.

Unablässig strömte der Regen herab und verwandelte den Boden neben der Straße in einen schlammigen Morast. Die italienischen Soldaten sahen ihren Anführer im Handgemenge mit dem Deutschen an der Geschützstellung zu. Ein Wehrmachtsgefreiter gab einen scharfen Befehl, und alle deutschen Soldaten außer den beiden am Geschütz verteilten sich am Straßenrand.

Mein Gott, dachte Angelo, und wir sitzen mitten im Kreuzfeuer. So etwas hatte es schon einmal gegeben bei einer Auseinandersetzung zwischen Italienern und Deutschen in der Nähe von Catania. Der Vorfall wurde sorgfältig vertuscht, und die beiden Einheiten an entgegengesetze Enden der Insel verlegt.

Der Italiener stemmte seinen Stiefel hinter dem Bein des Deutschen in den Boden. Der Deutsche taumelte und löste den Griff um die Waffe. Mit einem Ruck riß der Italiener sie ihm aus der Hand, senkte sofort die Mündung und rief seinen Leuten über die Schulter zu: »Sofort die Gewehre herunter, ihr Idioten!«

Seine Männer folgten unverzüglich seinem Befehl. Der Unteroffizier fuhr schnell herum und zischte dem Deutschen zu: »Ich werde diesen Vorfall sofort bei meiner Ablösung melden.«

»Ihre Leute hätten beinahe auf meine Kameraden das Feuer eröffnet«, tobte der Deutsche.

»Dann schauen Sie mal kurz zu ihnen hinüber«, sagte der Unteroffizier.

Die Deutschen hielten noch ihre Gewehre schußbereit.

Der Italiener drehte sich um und ging ruhig davon, die Waffe des Deutschen nahm er mit. Der Mann konnte ihm nichts anhaben, er hatte nur den Angriff auf einen italienischen Sanitäter verhindert.

Der Nazisoldat fluchte laut hinter ihm her, dann schickte er seine Leute zum Geschütz zurück. Dabei vermieden es die Männer, zu ihren Verbündeten auf der anderen Straßenseite hinüberzuschauen.

Der Italiener drehte sich noch einmal um und rief dem Deutschen zu:

»Von nun an kontrollieren wir allein die italienischen Fahrzeuge.«

»Auch ich werde den Vorfall melden«, gab der Deutsche zurück.

»Das steht Ihnen frei. Vergessen Sie aber nicht zu erwähnen, daß Sie auf eine italienische Ambulanz schießen wollten.«

»Das ist eine verdammte Lüge...«

»Ich habe ganz deutlich gehört, wie Sie zu dem Fahrer sagten, er und sein Patient könnten jetzt schon tot sein.«

Der Unteroffizier ging zu Petrie hinüber, der abwartend im strömenden Regen stehengeblieben war. »Ihr Patient ist schwer krank?« fragte er.

»Er könnte sterben, wenn ich ihn nicht bald ins Krankenhaus nach Messina schaffe. Er ist Unteroffizier bei einer technischen Einheit, die Bunker baut. Ein Zementmischer ist auf ihn gestürzt. Er hat eine Chance zu überleben, wenn er bald in ärztliche Behandlung kommt. Deshalb habe ich auch die Sirene eingeschaltet. Das ist jetzt schon das zweite Mal innerhalb einer halben Stunde, daß die ›tedesci‹ uns anhalten.«

Petrie benutzte absichtlich den italienischen Ausdruck für die deutschen Alliierten. »Wenn ich noch einmal anhalten muß, kann das den Tod des Patienten bedeuten.«

Er warf einen bezeichnenden Blick zu den beiden Motorradfahrern hinüber, die auf den Sätteln ihrer Maschinen saßen.

»Sie meinen...?«

Der Unteroffizier zögerte, und Petrie drängte ihn nicht.

»Er schwebt tatsächlich in Lebensgefahr?«

»Ja. Er muß dringend operiert werden. Das ist aber nur in Messina möglich. Das Operationsteam wartet schon auf uns.«

»Sie befürchten, daß Ihnen so etwas wie eben noch einmal passiert?« fragte der Unteroffizier mit leiser Stimme.

»Es gibt zu viele Deutsche in Sizilien.«

Der Unteroffizier, der eine gewisse Ähnlichkeit mit Angelo hatte, zögerte immer noch. Der Regen prasselte nun stärker auf die Straße, und diese Tatsache schien seinen Entschluß zu beschleunigen.

»Ich gebe Ihnen die Motorrad-Streifen als Eskorte mit«, sagte er rasch. »Sie bringen Sie ohne Verzögerung durch alle Sperren. Um so schneller sind sie dann zurück.«

»Sagen Sie ihnen, sie sollen uns bis zur letzten Sperre begleiten, dann können sie sofort umkehren. Der Bursche da drinnen wird's Ihnen danken. Ich werde ihm alles nach der Operation erzählen.«

»Ich hoffe, sie verläuft gut.«

Der Unteroffizier ging schnell zu den Motorrad-Streifen hinüber. Petrie bestieg wieder die Ambulanz. Er war völlig durchnäßt. Mit dem Taschentuch trocknete er sich das Gesicht und rieb sich die Nässe aus dem Haar, während er darauf wartete, daß der Schlagbaum hochging. Im Wagen war es plötzlich sehr still, nur der Motor brummte leise, der Regen trommelte aufs Dach, und die Scheibenwischer tickten gleichmäßig hin und her.

»Es hört gleich auf zu regnen«, sagte Angelo schließlich. »Und beinahe hätten Sie wirklich einen Patienten im Wagen gehabt. Mich! Mit einem Schock, hervorgerufen durch Überstrapazierung meiner Nerven.«

Der Schlagbaum ging hoch. Einer der Motorradfahrer fuhr voraus in die Nacht, der zweite brauste neben der Ambulanz her. Sie fuhren ständig bergauf in das Peloritanische Gebirge, und die Eskorte brachte sie ohne weiteren Aufenthalt durch die restlichen Sperren. Der Fahrer vor ihnen sorgte dafür, daß die Schlagbäume oben waren, sobald die Ambulanz sich der Sperre näherte.

Wenig später hörte der Regen auf, die Wolkendecke riß auf, und der Mond ergoß sein Licht auf baumbewachsene Berghänge.

An der letzten Sperre vor dem Gipfel drehten die Motorradfahrer, salutierten kurz und verschwanden in der Nacht. Angelo wischte sich mit seinem seidenen Taschentuch den Schweiß vom Gesicht. Sie waren nun wieder auf sich selbst angewiesen. Johnson schob seinen Kopf durch das Verbindungsfenster.

»Großer Gott, Jim, du hast uns einen schönen Schrecken eingejagt. Sind wir durch?«

»Wir haben eben die letzte Sperre passiert«, antwortete Petrie knapp.

Seine Nerven waren immer noch zum Zerreißen gespannt. Während der Auseinandersetzung mit dem Deutschen war er eiskalt geblieben und hatte jede Kleinigkeit, die ihnen dienlich sein konnte, ausgenutzt. Doch wie die Dinge nun lagen, blieb keine Zeit, sich zu entspannen. Sie hatten noch viele Schwierigkeiten vor sich.

Als sie den Paß erreichten, wurde der Verkehr auf der Straße lebhafter. Deutsche Lastwagen kamen ihnen entgegen und rollten auf einer Nebenstraße nach Norden. Wenig später mußte Petrie das Tempo drosseln, weil vor ihnen ein Militärkonvoi in die gleiche Richtung fuhr. Ein Motorradfahrer donnerte auf seiner Maschine nach Westen an ihnen vorbei, gefolgt von einer Kolonne Panzerfahrzeugen. Ehe die vier Männer richtig begriffen, was los war, fuhr die Ambulanz inmitten eines Pulks von Wehrmachtsfahrzeugen, und die Nacht war voller Motorengebrumm. Das alles sah verdammt nach Mobilmachung aus.

Petrie bemerkte die Anspannung, mit der die Deutschen hinter ihren Lenkrädern saßen. Sie starrten stur geradeaus. Mein Gott, war die Invasion schon angelaufen? Die Konvois fuhren alle mit hoher Geschwindigkeit, viel zu schnell in einer solchen Nacht. Petrie betete, daß es keinen Unfall gab, denn dann hätte man die Ambulanz mit Sicherheit zur Hilfeleistung angehalten. Er fuhr nun mitten in einer Wehrmachtskolonne, vor sich einen Lastwagen, dicht hinter sich ein Panzerfahrzeug. Jemand brauchte nur überraschend zu bremsen, dann gab es eine Massenkarambolage wie in dem Tal vor der Landzunge, nur in viel größerem Ausmaß.

Sie rollten den Kamm des Passes entlang. Um sie herum dröhnten die Motoren der Wehrmachtsfahrzeuge, es schien fast, als habe der Gegner alle seine Divisionen auf Sizilien in Marsch gesetzt.

»Der Hafen!«

Angelo sagte nur diese beiden Worte. Weit unter ihnen lag Messina im Schimmer des untergehenden Mondes – der Stadtkern, der sichelförmige Hafen, die Meerenge in nördlicher und südlicher Richtung und dahinter, als dunkle Linie, die Berge Kalabriens auf dem Festland, wo der deutsche Nachschub lag. Während Petrie den Wagen zur Stadt hinuntersteuerte, rollte ein Luftangriff über die Meerenge. Lichtstrahler tasteten sich von beiden Küsten in den Himmel, und deutlich war das Grollen der Flak zu hören.

Sie hatten den ganzen Weg von Palermo bis hierher zurückgelegt, und der Feind wußte immer noch nichts von ihrer Anwesenheit. Es war genau 23.30 Uhr, als die vier Männer in der Ambulanz die Außenbezirke von Messina erreichten.

13.

Freitag, 23.30 Uhr bis 23.55 Uhr

Inmitten eines Wehrmachtskonvois rollten sie in die Stadt mit den soliden, dreistöckigen Gebäuden. Am Fuße des Abhanges bogen sie in eine breite Straße ein. Hier war ein Donnern der Flak an der Meerenge deutlicher zu hören, ihre hohlen Abschüsse vermischten sich mit dem Heulen der fallenden Fliegerbomben. Die alliierten Luftstreitkräfte bombardierten pausenlos die Küstenstreifen.

Petrie rieb sich mit der Hand über die feuchte Stirn.

»Angelo, ich möchte aus dieser Kolonne heraus. Wenn da was passiert, stecken wir mittendrin.«

»Biegen Sie die nächste Straße rechts ab.«

Petrie verlangsamte die Geschwindigkeit und vergrößerte so den Abstand zu dem vor ihm fahrenden Lastwagen. Dann betätigte er den Blinker und bog in die Straße, die Angelo ihm zeigte. Die Seitenstraße war leer, allein fuhren sie zwischen den aufragenden Häusern hindurch. Nirgendwo war ein Licht zu sehen. Es war zwar schon spät, doch Petrie wunderte sich über die absolute Verdunkelung. Hatten die alliierten Bomben die Stromversorgung der Stadt lahmgelegt? Auf Angelos Anweisung bog er nach links wieder auf eine breite Straße ein, doch auch diese war verlassen. Keine Menschenseele war zu sehen, die Häuser zu beiden Seiten erinnerten Petrie stark an die Bürogebäude in seiner Heimat. Scelba, der durch das Rückfenster schaute, wandte sich um und berührte den Engländer sanft an der Schulter.

»Halten Sie bitte an der nächsten Kreuzung an. Ich muß Sie hier leider verlassen.«

»Sie bleiben bei uns, bis wir am Pier sind!«

Es war Angelo, der antwortete, und seiner Stimme war

deutlich sein Mißtrauen anzuhören. Petrie trat auf die Bremse und hielt an.

»Wir sollten zusammenbleiben!« rief der Italiener. »Wir müssen nur kurz bei meiner Wohnung halten, dann fahren wir sofort zum Pier hinunter...«

»Was haben Sie vor, Scelba?« fragte Petrie und musterte gleichzeitig intensiv die Umgebung. Niemand war zu sehen. An der Ecke der nächsten Kreuzung war ein Café mit einer verschlossenen Garage.

Der Gefechtslärm über der Stadt verebbte einen Moment, so daß die Männer in der Ambulanz leise miteinander reden konnten. Das Brummen des Motors tönte in der Stille ungewohnt laut. Der Capo warf Angelo einen gleichmütigen Blick zu. Dann sagte er zu Petrie:

»In der Garage da steht ein Wagen. Ich muß zur Küste hinunter, Giacomo Bescheid sagen, daß Sie kommen, und mich davon überzeugen, daß alles bereit ist. Ihre Wohnung liegt in der Nähe, Signor Gambari? Das ist gut.«

Er reichte Petrie einen gefalteten Stadtplan mit einigen eingezeichneten Markierungen.

»Kommen Sie zu diesem Punkt an der Küste. Gambari kennt den Weg. Es ist nicht weit von hier. Ich warte an dieser Kreuzung auf euch.«

Petrie reichte die Karte an den Italiener weiter.

»Wie lange brauchen wir bis dort hin, Angelo?«

»Mit der Ambulanz?«

»Nein, zu Fuß. Wir müssen den Wagen loswerden, sonst fallen wir noch auf. In Ihrer Wohnung könnte ich meine alten Kleider wieder anziehen.«

»Etwa fünf Minuten. Ich wohne in der Nähe des ›Carridi‹-Piers.«

»Wir treffen Sie dann etwa um 23.50 Uhr, Scelba«, sagte Petrie nach einem Blick auf seine Uhr.

Jede Minute war jetzt kostbar, doch er war vorsichtig genug, seine Ungeduld zu verbergen, als Scelba unbeholfen aus der Rücktür stieg und dann rasch auf die Garage zuschritt. Gemäß Angelos Anweisung bog Petrie nach links in die nächste Straße. Angelo bat ihn zu halten.

»Warum hier?« fragte der Engländer und steuerte den Wagen an den Straßenrand.

Angelo sprang hinaus und rannte zur Kreuzung zurück. Johnson steckte den Kopf durch das Zwischenfenster.

»Etwas unheimlich hier. Angelo könnte nicht doch recht haben mit seinem Verdacht gegen Scelba?«

»Nein.« Petries Stimme klang bestimmt. Er warf nochmals einen Blick auf seine Uhr. »Er scheint zu vergessen, daß Scelba uns den ganzen Weg von Palermo bis hierher begleitet hat. Er wird uns jetzt bestimmt nicht mehr aufs Kreuz legen. Angelo weiß ja nicht, daß wir den Capo mit dem Bürgermeisteramt von Palermo geködert haben...«

»Warum läßt du dann Angelo zurücklaufen, wo wir doch ohnehin schon viel zu spät dran sind?«

»Nur um absolut sicherzugehen.«

Hinter ihnen wurde Motorengeräusch laut, und ein Wagen rollte über die Kreuzung. Wenig später kam Angelo zurückgelaufen und sprang in die Ambulanz.

»In diese Seitenstraße da und dann geradeaus bis zum Ende«, stieß der Italiener keuchend hervor. »Mir kam das Ganze etwas merkwürdig vor«, fuhr er wenig später fort. »Scelba hielt den Garagenschlüssel schon in der Hand, als er ausstieg. Das paßte alles zu gut.«

»Er hat eben ausgezeichnete Verbindungen«, antwortete Petrie und fuhr in eine Gasse hinein, die so eng war, daß die Ambulanz beinahe an den Häuserwänden entlangschrammte. Der ihnen bekannte Gestank nach faulendem Abfall drang durch das offene Wagenfenster. Die Straße vor ihnen war eine stockfinstere Häuserschlucht.

»Also – er stieg in den Wagen und fuhr davon. Richtig?«

»Ja, er verlor keine Sekunde. Ich fand es merkwürdig, daß da ein Wagen für ihn bereitstand.«

Der Italiener zögerte immer noch, sein Mißtrauen gegen den Mafia-Boß aufzugeben.

»Er kontrolliert die Hafenarbeiter hier«, erklärte Petrie. »Dadurch kommt er sicher von Zeit zu Zeit hierher.«

Gemäß Angelos Anweisung bog er nach rechts und dann nach links. Sie befanden sich jetzt wieder auf derselben Straße ein Stück unterhalb der Ecke, an der Scelba ausgestiegen war.

»Wir werden so weit wie möglich die Hauptstraßen meiden«, sagte Angelo und lauschte dem Geschützdonner an der Küste. Ganz schwach glaubte er auch das Brummen der Bomber zu hören.

Petrie bemerkte, daß Johnson schon seit einiger Zeit durch das Rückfenster hinausschaute. Der Amerikaner kam zum Zwischenfenster. »Ich glaube, wir kriegen Ärger. Ein deutscher Panzerspähwagen folgt uns schon die ganze Zeit im gleichen Abstand.«

»Kannst du erkennen, wie viele Männer drin sitzen?«

»Nur undeutlich. Ich glaube, es sind vier.«

»Angelo, wie weit ist es noch bis zu Ihrer Wohnung?« fragte Petrie schnell.

»Wir sind gleich da.«

Petrie fluchte laut. Im letzten Moment hatte man sie also doch noch entdeckt. Er stellte seinen Rückspiegel so ein, daß er die Scheinwerferschlitze des Spähwagens sehen konnte.

Sie näherten sich einer Kreuzung. Petrie mußte feststellen, ob die Deutschen ihnen nur zufällig bei ihrer Patrouillenfahrt durch Messina folgten. Nach dreimaligem Abbiegen würde er mehr wissen – wenn der Spähwagen dann immer noch an ihren Hinterrädern klebte. Doch es kam anders.

Mit zusammengekniffenen Augen sah Petrie, daß die Scheinwerfer hinter ihnen sich plötzlich rasch näherten. Entweder würde man sie anhalten oder nur die Ambulanz überholen.

Der Spähwagen rollte rechts neben die Ambulanz. Der Beifahrer gab Petrie mit der Hand ein Zeichen.

Kurz vor einer Ecke mit einem geschlossenen Café, dessen Tische und Stühle noch im Freien standen, stoppte Petrie den

Krankenwagen. Der Fahrer des Spähwagens rief ihm auf deutsch durch Angelos geöffnetes Seitenfenster zu:

»Stellen Sie den Motor ab. Wir möchten mal einen Blick ins Wageninnere werfen.«

»Wir sind auf dem Weg zum Krankenhaus. Ich spreche nur Italienisch«, gab Petrie zurück.

Es war zwecklos, das bewies schon die Forderung der Deutschen, das Wageninnere zu kontrollieren. Die ehemalige Besatzung der Ambulanz, die sie gefesselt in der Scheune zurückgelassen hatten, war sicher gefunden worden und hatte das Kennzeichen des Wagens weitergeleitet. Dies war die einzige Erklärung.

Der Fahrer des Spähwagens wiederholte seinen Befehl, doch diesmal in gebrochenem Italienisch.

»Ich sagte, Sie sollen den Motor abstellen. Und Sie beide steigen aus!«

Petrie nickte, ließ die Bremse los und fuhr an. Wie er erwartet hatte, blieb der Spähwagen neben ihm, doch kam die Ambulanz schneller auf Touren. Petrie nutzte diesen Zeitvorteil, preßte den Fuß aufs Gaspedal und schoß an dem Spähwagen vorbei auf die Kreuzung zu. Mit einer heftigen Drehung schlug er das Lenkrad nach rechts ein und blockierte das Fahrzeug der Deutschen.

Es kam, was kommen mußte. Angelo konnte es genau verfolgen. Der deutsche Fahrer versuchte dem Zusammenstoß auszuweichen und verriß das Lenkrad. Der Spähwagen fuhr den Bordstein hinauf, prallte gegen die Tische und krachte in das Schaufenster des Cafés. Glas klirrte, und ein Tisch fiel an den Vorderrädern der Ambulanz vorbei, die Petrie mit Vollgas die Seitenstraße hinablenkte. Johnson hatte am Rückfenster Stellung bezogen und rief jetzt: »Sie stoßen zurück – sie folgen uns.«

Ohne auf Angelos Anweisung zu warten, riß Petrie den Wagen nach links und bog aus der Seitenstraße auf eine breite, leere Allee. Die Flakgeschütze feuerten wieder, der Mond war verschwunden, doch die Lichtstrahlen der Suchscheinwerfer erhellten sekundenlang überhängende Dächer, Balkone und den Schatten einer großen Kirche.

Die Ambulanz raste die Allee hinunter. Johnson rief von hinten: »Sie sind dicht hinter uns.«

Petrie schrie, er solle sich flach auf den Boden werfen, und erhöhte das Tempo. Jede Sekunde erwartete er das tödliche Rattern der Maschinenpistole, die der deutsche Beifahrer in der Hand gehalten hatte. Der Geschützdonner steigerte sich zu einem unaufhörlichen Grollen, das über das Röhren des Motors hinweg ihre Trommelfelle beben ließ. Die Scheinwerfer tanzten nur noch gelegentlich über den Himmel. In der Ferne sah Petrie nach einer Detonation Flammen auflodern. Sie hielten genau auf dieses Inferno zu, und weiter unten erkannte der Engländer im Mündungsfeuer der Flak gerade noch rechtzeitig eine Kolonne von Lastwagen quer zu seiner Fahrtrichtung. Er bog links ein und folgte der Seitenstraße parallel zu Allee, auf der sie nach Messina hereingefahren waren. Wieder riß er das Steuer nach links, nahm die Kurve mit hartem Bremsen und quietschenden Reifen.

Für Angelo kam dieses Manöver überraschend, und er fiel gegen Petrie. Sie erreichten einen großen Platz mit Bäumen in der Mitte und hatten ihn zur Hälfte überquert, als der Spähwagen aus einer anderen Seitenstraße herausschoß und ihnen den Weg abschnitt. Petrie umrundete die Bauminsel und fuhr auf die Straße zu, aus der sie gekommen waren. Zumindest hatte es in diesem Teil der Stadt keinen Verkehr gegeben.

Sie hörten das Heulen der Bombe. Wenige Sekunden lang lähmte es die Nerven der Männer, dann ließ eine ohrenbetäubende Detonation die Erde erbeben. Ein Gebäude am Rand des Platzes schien sich plötzlich in die Luft heben zu wollen, dann senkten sich die Mauern nach außen, brachen auseinander und stürzten mit tödlicher Wucht über dem Panzerspähwagen zusammen, der gerade gewendet hatte. Petrie hielt an und schaute zu der Staubwolke und dem

Trümmerhaufen hinüber, unter dem der Spähwagen begraben lag.

»Wie weit ist es noch zur Wohnung?« fragte er schließlich mit rauher Stimme.

Angelo schüttelte benommen den Kopf, und Petrie mußte seine Frage wiederholen, ehe der Italiener antwortete.

»Drüben, hinter dem Platz – kaum eine Minute von hier«, murmelte er.

»Wir nehmen unsere alten Kleider mit und ziehen uns dort um. Ed, vergiß den Sack nicht. Also los! Wir steigen hier aus.«

An seinem Schreibtisch im Stabsquartier in Enna legte General Guzzoni, der italienische Oberkommandierende in Sizilien, den Telefonhörer nieder und schaute Kesselring an, der gerade von Neapel herübergeflogen war.

»Es gibt unbestätigte, aber glaubhafte Meldungen, daß der Feind starke Fallschirmjäger-Kontingente in der Nähe von Piano Lupo und Syracus abgesetzt hat.« Er erhob sich, nahm einen Zeigestock von seinem Schreibtisch und deutete auf zwei Punkte der großen Wandkarte. »Hier und dort...«

»Geben Sie der ›Carridi‹ den Befehl zum sofortigen Auslaufen nach Giovanni. Ich hole Rheinhardt herüber.«

»Sie wollen nicht auf die Bestätigung warten?«

»Nein. Geben Sie die Order zum Auslaufen per Funk an Baade durch«, ordnete Kesselring an und tat so, als studiere er intensiv die Karte, um Guzzoni von weiteren Fragen abzuhalten. Er konnte es niemandem erklären, aber seit er erfahren hatte, daß Strickland die britischen Streitkräfte befehligte, wußte er, daß sein Gegenspieler als nächstes Sizilien angreifen würde. Jetzt hatte er endlich Gewißheit, jetzt konnte er die 29. Panzerdivision herüberbringen. Der Gegner hatte Fallschirmjäger abgesetzt. Die Bestätigung kam zwar erst später, doch er hatte jetzt endlich handfeste Beweise, um die Herren vom Generalstab einmal kleinlaut werden zu lassen. Was sicher auch ohne sein Zutun geschehen würde, denn nichts konnte die hohen Herrschaften in Ostpreußen mehr mundtot machen als eine richtige Entscheidung, mit der ein kleiner Armeekommandeur ihnen zuvorgekommen war. Er warf einen Blick auf die Wanduhr über der Karte. Es war 23.52 Uhr.

Angelos Wohnung lag im ersten Stock eines verdunkelten Hauses. Im Lichtkegel von Petries Taschenlampe stolperten sie die Treppe nach oben. Der Italiener zog seinen Schlüssel hervor und schloß auf. Während Petrie und Johnson draußen mit gezogenen Waffen warteten, überprüfte er rasch die zwei Zimmer und zog die Verdunkelungsvorhänge zu.

»Es ist alles in Ordnung!«

Das elektrische Licht funktionierte nicht. Die Männer handelten rasch und konzentriert, ohne Zeit zu vergeuden. Angelo entledigte sich seiner Uniform und holte eine Flasche französischen Cognac. Petrie zog seine Bauernkleidung über.

Im Licht der Taschenlampe wählte der Italiener die Nummer des Mannes, der sie mit seinem Boot aus dem Wasser fischen sollte.

»Ist da Alfredo?«

Petrie bemerkte, wie sich der Italiener starr aufrichtete und sofort den Hörer auf die Gabel legte.

»Da war ein Mann am Apparat, der Italienisch mit deutschem Akzent sprach.«

»Dann muß uns Scelba von der Eisenbahnfähre holen, oder wir gehen mit ihr hoch«, rief Petrie. »Machen wir, daß wir hier wegkommen.«

Er warf sich den Sack mit dem Sprengstoff über die Schulter. Rasch verließen sie das Haus. Angelo führte sie an zerstörten Gebäuden vorbei in eine dunkle Gasse, in der immer noch ein Rest der Tageshitze und der typische Geruch sizilianischer Seitenstraßen hing. An ihrem Ende blieb Angelo stehen, spähte um die Ecke und gab den beiden Gefährten ein Zeichen, ihm zu folgen. Petrie trat auf einen großen Platz –

und verzog das Gesicht, als er mehrere Geschützstellungen mit 88-mm-Kanonen in der Grünanlage inmitten des Platzes entdeckte. Im Mündungsfeuer der Schüsse sah er eine Menge Soldaten bei den Geschützen.

»Wie weit ist es noch?« zischte er Angelo zu.

»Wir sind in einer Minute da.«

»Das glauben Sie!« keuchte Johnson außer Atem.

Das Donnern der Geschütze schwieg einen Augenblick, und deutlich waren hinter den drei Männern die raschen Schritte einer Fußstreife zu hören. Kaum eine Minute bis zum Kai, und dann werden wir angehalten, dachte Petrie grimmig. Mit einer Hand tastete er nach der Mauser unter seiner Jacke, in der anderen hielt er den Sack. Sie konnten sich hier keine Schießerei erlauben. Die Wehrmachtssoldaten waren nur ein paar Meter entfernt.

Die Fußschritte hinter ihnen wurden lauter, doch Angelo, der immer noch vorausging, behielt seinen ruhigen Schritt bei.

Der große Platz hatte noch keinen Bombentreffer abbekommen, die Steinhäuser waren unversehrt. Nur die Äste der Bäume in der Platzmitte hatte man abgesägt, um Raum für die Geschützbatterie zu schaffen.

Die Uniformierten schauten interessiert zu den Zivilisten hinüber. Die drei Männer hatten den Platz fast überquert, als über ihnen wieder das Dröhnen anfliegender Bomber ertönte. Hinter ihnen rief jemand auf deutsch einen scharfen Befehl. Im gleichen Moment erwachte der Platz aus seiner Schläfrigkeit. Drei Suchscheinwerfer flammten auf und schweiften über den Himmel, schälten ein Flugzeug aus der Nacht und bissen sich an ihm fest. Die Geschütze begannen zu feuern.

»Laufen!« schrie Petrie, der sofort ihre Chance erkannte.

Jetzt hatten sie zumindest eine gute Entschuldigung für ihr Weglaufen, sollte die Fußstreife sie doch noch stellen. Angelo lief in eine Seitenstraße und durch mehrere Gassen. Die beiden anderen hätten ihn beinahe umgerannt, als er schließlich schwer atmend stehenblieb. Sie waren im Hafen.

»Wir haben sie abgehängt. Es gibt sechs verschiedene Wege aus diesem Gassengewirr. Da wären wir.«

»Und was haben wir da Schönes?«

Grimmig deutete Petrie nach vorn.

Das Hafengebiet erstreckte sich über eine weite, freie Fläche. Im Widerschein des Geschützfeuers reckten Löschkräne ihre Ausleger in den Nachthimmel. Eine Menschenschlange schob sich langsam auf ein Tor vor einem Lagerhaus zu, über dessen Dach ein schlanker Schiffsschornstein aufragte. Es waren sizilianische Bauern, die an Bord gehen wollten, Männer mit Baskenmützen und Frauen mit dunklen Kopftüchern. Bei ihrer Flucht aus der schwer bombardierten Stadt schleppten sie ihre armselige Habe in Taschen und Tragen mit sich. Weil sie auf dem Festland etwas mehr Ruhe zu finden hofften, gaben sie sich in dem offenen Hafengelände schutzlos den alliierten Bomberverbänden preis.

»Ist das die ›Carridi‹?« fragte Petrie.

Angelo nickte.

»Sie wird wohl bald nach Giovanni auslaufen. Irgendwie haben die Leute davon Wind bekommen – wie immer.«

»Allem Anschein nach können wir heute nacht nicht so einfach durch das Tor an Bord spazieren.«

Da die Italiener ihren Verbündeten nicht den gesamten Pier überlassen wollten, sicherten die Deutschen die Anlegestelle mit eigenen Einheiten. In Linie standen Wehrmachtssoldaten entlang der Menschenschlange aufgereiht, und auf halbem Weg zum Tor kontrollierten drei SS-Offiziere die Papiere. Der Sizilianer am Haupttor dagegen warf nur hin und wieder einen Blick darauf, er schien eher eifrig bemüht, die Leute so schnell wie möglich durchzuwinken. Dafür prüfte die SS die Papiere um so genauer. Nicht alle Wartenden würden an Bord gehen können, ehe das Schiff ablegte, schätzte Petrie. Doch das kümmerte die SS-Leute kaum.

Aus dem Schornstein der Fähre quoll Rauch empor. Petrie wandte sich an Angelo.

»Wir müssen Scelba finden – schnell!«

»Hier entlang. Wenn ich nicht irre, wartet unser Gangster-Freund schon auf uns.«

Sie liefen an den Häusern entlang und blieben kurz vor einer Toreinfahrt stehen, in der ein massiger Mann vor den niedergehenden Bomben Deckung gesucht hatte.

Am Himmel drehten die Flugzeuge riesige Schleifen, kippten seitlich weg oder drehten sich im Steilflug nach oben in dem verzweifelten Versuch, dem heftigen Sperrfeuer, das ihnen von den Küstenstreifen diesseits und jenseits der Meerenge entgegenschlug, zu entgehen. Schwieg eine Batterie beim Nachladen, feuerte sofort eine andere. Durch dieses massierte Feuer gab es für keinen der alliierten Bomber ein Durchkommen.

Scelba trat erschöpft unter dem Torbogen hervor. Um den Gefechtslärm zu übertönen, ging er zu Petrie und schrie ihm ins Ohr:

»Sie können nicht durch die Hauptsperre an Bord. Aus irgendeinem Grund wird jeder scharf kontrolliert. Folgen Sie mir...«

Der Mafia-Boß führte sie etwa hundert Meter unterhalb der Menschenschlange zum Hafenbecken hinunter. Trotz des schweren Luftangriffs verlud einer der Kräne große Kisten vom Pier aufs Schiff. Scelba schaute sich rasch nach allen Seiten um, öffnete den linken Flügel eines Doppeltores einen Spalt und ließ die Männer hindurchschlüpfen, ehe er das Tor hinter sich sorgfältig verriegelte. Sie befanden sich auf einem verlassenen hölzernen Pier. Petrie rief ihm zu:

»Ist das schon der ›Carridi‹-Pier?«

»Bei Gott – nein!« Scelbas Stimme klang mürrisch. »Dieser Pier hier wird nicht mehr benutzt, man hat ihn vom Hauptkai abgetrennt.«

»Was zum Teufel wollen...«

»Kommen Sie. Das Schiff wird gleich ablegen.«

Der Capo ging vor ihnen her durch einen langen Schuppen zum Kai auf der anderen Seite, und plötzlich wimmelte es um sie herum von Männern in Arbeitskleidung. Jeder war mit einer Schrotflinte bewaffnet.

Es roch stark nach faulendem Fisch. Das Holzgerüst des Piers war morsch und verfallen.

»Halten Sie sich im Hintergrund«, warnte Scelba, dann traten sie aus dem Schuppen ins Freie hinaus.

Von der Meerenge wehte eine steife Brise herein. Das Geschützfeuer erstarb und machte einer lastenden Stille Platz. Sie hörten Wasser gegen das Stützgerüst des Piers schwappen, hörten das Brummen der abdrehenden Flugzeuge.

Am Ende des Piers unterhielten sich einige Sizilianer bei zwei großen Kisten. Sie schwiegen, als der Capo auf sie zuging. Scelba zog eine Taschenlampe hervor und schaute nach oben.

»Ihr werdet in diesen Kisten an Bord gehen«, sagte er rasch zu Petrie. Dabei ließ er die Kabine des Krans auf dem nächsten Kai nicht aus dem Auge.

»Seid ihr bereit? Zwei von euch steigen in die größere Kiste, einer hier in die kleinere. An Bord wird einer meiner Männer dreimal gegen den Deckel klopfen. Dann ist die Luft rein, und ihr könnt heraus...«

»Und wie? Liegt der Deckel nur lose auf?«

»Nein, Sie müssen nur den Schnäpper von innen öffnen.«

Scelba hob den Deckel und zeigte Petrie, wie die Verriegelung funktionierte.

»Giacomo folgt euch mit dem Boot auf die Meerenge hinaus. Alles ist bereit. Vergessen Sie nicht – er hat eine rote Laterne am Mast. Sie schießen eine grüne Leuchtkugel ab, sobald Sie von Bord gehen. Das stimmt doch, oder?«

»Ja.«

Petrie ließ sich von der nervösen Eile des Capo anstecken und fuhr ebenso schnell fort: »Doch sind jetzt Zivilisten an Bord, so daß ich den Sprengstoff vielleicht erst bei der Rückfahrt anbringen kann. Wird Giacomo uns dann auch folgen?

Er muß es, denn Angelos Mann ist aufgeflogen.«

»Er wird so oft hin und her fahren, bis er Sie aufgefischt hat.«

Der Capo ließ die Lampe viermal kurz aufblitzen. Sofort schwenkte das Seil vom Schiff herüber.

»Sie müssen jetzt in die Kisten steigen – wer reist allein?«

Angelo kletterte in die kleinere Kiste und zog den Deckel zu.

Scelba nahm Petrie ein Stück zur Seite.

»Sie werden hoffentlich dem Alliierten Oberkommando von unserer Abmachung berichten?«

»Wird gemacht, keine Sorge. Und vielen Dank für's Herbringen.«

Er schaute nach oben, wo das Rattern des Krans sich verstärkte. Hinter der hohen Mauer, die den aufgelassenen Pier vom ›Carridi‹-Dock trennte, ertönte plötzlich eine dumpfe Explosion.

»Verdammt, was war das?« fragte Petrie scharf.

»Ein kleines Manöver, um die Aufmerksamkeit der Wachen da drüben ein wenig abzulenken.«

Scelba deutete auf einen seiner Männer, der im Schuppen am Telefon saß.

»Als ich dem Kranführer das Zeichen gab, hat er meine Leute im ›Carridi‹-Dock in Aktion treten lassen.«

Hoch über ihren Köpfen schwenkte der Kranausleger über die Mauer des verlassenen Piers, und das Seil senkte sich herab.

»Steigen Sie rasch hinein«, rief Scelba hastig. »Die beiden Kisten werden gleichzeitig an Bord gehoben.«

Petrie kletterte zu Johnson. Ehe er den Deckel schloß, sah er den großen Haken dicht über den Kisten schweben – und hörte eine zweite Explosion jenseits der Mauer.

Großer Gott, war diese Bande gut organisiert, dachte er mit widerwilliger Bewunderung und verriegelte den Deckel von innen.

Von draußen klangen dumpf die eiligen Schritte der

Männer und die gedämpfte Stimme des Capo in ihr Versteck. »Beeilt euch!«

Scelba beobachtete ungeduldig, wie seine Leute geschickt Angelos Kiste näher zum Kranhaken schoben, den einige andere schon in den Tragring an Petries Kiste eingehängt hatten. Scelba gab dem Kranführer ein Lichtzeichen, der Kran hob die größere Kiste einen halben Meter an, und Scelbas Männer hängten Angelos Kiste an einen Haken an der Unterseite des größeren Behälters. Wieder gab Scelba ein Lichtzeichen, und beide Kisten mit den drei Männern schwebten am Kranhaken in die Dunkelheit. Die ganze Operation hatte kaum zwei Minuten gedauert.

Für zwei ausgewachsene Männer wie Johnson und Petrie bot die große Kiste sehr wenig Platz. Petrie hockte zusammengekrümmt auf seinen Fersen. Der Deckel drückte gegen seinen Hinterkopf. Über sich hörte er das Quietschen der Kranräder und fühlte sich plötzlich emporgehoben. Johnson hatte sich so klein wie möglich gemacht. Er kniete auf dem Sack mit dem Sprengstoff. Ihre Körperwärme ließ die Temperatur in ihrem Versteck rasch ansteigen. Das Kranseil hob sie immer höher in die Luft. Die Kisten schwankten bedenklich hin und her. »Meine Güte, bin ich froh, daß Scelba uns davon nicht schon früher erzählt hat«, murmelte Johnson.

Infolge seiner gekrümmten Haltung, seiner beißenden Furcht, der bis zur Unerträglichkeit steigenden Temperatur in der Kiste und der aufkeimenden Übelkeit durch ihr ständiges Schaukeln produzierten seine Drüsen Bäche von Schweiß.

Petrie war noch schlechter dran. Er kämpfte gegen die Erschöpfung an, die ihn in dieser engen Holzzelle plötzlich zu übermannen drohte. Er war müde, unsäglich müde. Die Lider fielen ihm zu. Ein heftiger Schmerz rumorte plötzlich hinter seiner Stirn. Er merkte, daß er die Besinnung verlor. Er grub die Fingernägel in seine bärtige Haut und bohrte sie tief ins Fleisch. Der heftige Schmerz vertrieb die Erschöpfung und machte ihn wieder etwas munter.

Die Aufwärtsbewegung stoppte, der Kran schwenkte die Kisten mit ihrer lebenden Ladung seitwärts zu der unsichtbaren Eisenbahnfähre hinüber.

Petrie hatte diese Bewegungsänderung gerade registriert, als die Kiste mit einem heftigen Ruck zur Seite kippte.

Da hingen sie nun in einer Schräglage von dreißig Grad. Ihr ganzes Gewicht lastete auf dem Schnäpper am Deckel. Entweder brach der Haltering auf der Kiste aus seiner Halterung, oder der Schnäpper verbog sich – jede Sekunde mußten sie in die Tiefe stürzen, auf das Deck der ›Carridi‹, auf den Pier aufschlagen, auf den Grund der Meerenge sinken...

Den Männern in der Kiste stand das nackte Entsetzen im Gesicht geschrieben, eine Angst, die das Herz hätte stillstehen lassen können. Zum Glück war es dunkel.

»Der Riegel hält unser Gewicht nicht aus«, preßte Johnson zwischen den Zähnen hervor. Die Furcht verstärkte seinen Brechreiz noch, schüttelte seinen Körper, kroch wie eisige Kälte in die Glieder.

»Ganz ruhig, Ed«, sagte Petrie. »Gleich geht's abwärts.«

Der Amerikaner glaubte, an seinen eigenen Worten zu ersticken. »Genau das macht mir verdammt Sorgen.«

Petries rechter Arm schlief ein, doch der Engländer rührte sich nicht aus Furcht, jede Bewegung könne die Kiste zum Absturzen bringen.

»In dreißig Sekunden sind wir heil wieder unten«, versuchte er seinen Gefährten zu beruhigen. »Fang an zu zählen.« Johnson begann zu zählen, als das Kranseil sie herabsenkte. Petrie zählte leise mit. Ihre Körper waren so steif, als ob sie in einem Starrkrampf lägen. Doch ohne ein Wort der Verständigung wußten beide Männer, daß selbst die geringste Bewegung fatale Folgen haben konnte.

Der Kranfahrer behielt die Nerven. Sehr langsam und mit größter Vorsicht ließ er das Kranseil ablaufen. Seine Hand am Hebel war ebenso feucht wie die Hände der Männer in den Kisten, die langsam Zentimeter für Zentimeter auf das Deck der ›Carridi‹ herabsanken.

Johnson und Petrie hatten bis fünfzehn gezählt, als die Kiste ein wenig tiefer sackte – mit einem kleinen Ruck, der beiden Männern fast das Blut in den Adern gerinnen ließ. Der Tragring war wieder ein Stück weiter aus seiner Halterung gebrochen. Oder der Riegel.

Petrie verbannte die Frage nach der Ursache aus seinen Gedanken. Einen Augenblick lang wußte er nicht mehr, wie weit sie beim Zählen gekommen waren.

»Sechzehn...« fuhr er mit trockenen Lippen fort, und Johnson zählte mit.

Das Herunterleiern der Zahlen gab ihnen etwas Mut und Sicherheit. Langsam wurde der Sauerstoff knapp.

Der Stoß kam bei vierundzwanzig, als Angelos Kiste das Deck berührte und die größere Kiste darüberkippte. Hände packten zu und stellten die Kisten wieder aufrecht. Irgend etwas Hartes hämmerte dreimal auf den Deckel. Petrie öffnete den Riegel und tastete mit den Fingern nach dem Haltehaken. Sekundenlang blieben die Männer unbeweglich liegen, als der Deckel endlich aufschwang und kalte Nachtluft hereinströmte. Endlich richtete sich Petrie auf, zwang seine Beine, den Körper zu tragen, zwang seine Arme, ihn zu stützen, zwang sich, aus der Kiste zu klettern.

Eine Reihe von Kisten und Behältern um sie herum schützte sie gegen zufällige Beobachter. Nur Scelbas Mann hielt sich als einziger in der Nähe auf, als Petrie den Kopf aus der Kiste hob. Der Sizilianer führte ihn zu einem Stapel mit Säcken und half Johnson gerade aus seinem Gefängnis, als auch Angelos Kopf aus der kleineren Kiste auftauchte. Petrie warf einen Blick auf seine Uhr. Das verdammte Ding mußte den Geist aufgegeben haben. Sie zeigte eine Minute vor Mitternacht.

14.

Freitag, 0.00 Uhr

Der Kran hatte das Frachtgut am Kopfende des Eisenbahndecks gestapelt, das auf dem Kai auflag. Über den Köpfen der Männer dehnte sich der mondhelle Nachthimmel. Petrie schaute sich um. Dies war der ideale Ort, den Sack mit dem Sprengstoff zu verstecken.

»Ed, du bleibst hier. Angelo und ich werden uns ein wenig umschauen...«

Er zwängte sich zwischen der Ladung und dem Schott hindurch, warf einen Blick in die Runde und winkte den Italiener heran. Der hohe Bug des Schiffes war hochgefahren, von der Landseite führte eine Rampe mit einem einzelnen Gleis zum Anleger und verband es mit dem Schienenstrang auf der Fähre. Die riesige Halle im Bauch des Schiffes wurde nur spärlich von blauen Notlichtern erhellt. Sie war leer, auf dieser Fahrt wurden keine Waggons übergesetzt.

Das Eisenbahndeck besaß drei Gleise, die sich hinter einer Weiche am Bug teilten und durch das ganze Schiff bis zum Heck liefen.

Petrie lehnte sich an das Schott und zündete sich eine Zigarette an, wobei er vorsichtig die Zündholzflamme mit der hohlen Hand abschirmte.

»Kann man von hier in den Maschinenraum?« fragte er.

»Nein, wir müssen zum nächsten Deck hinauf.«

»Noch eine Minute. Ich will mich hier erst mal umschauen.« Auch wenn die Zeit drängte, mußte er sich eine grobe Übersicht über den Aufbau des Schiffes verschaffen. Solche Kenntnisse konnten später einmal ausschlaggebend sein für den Erfolg oder Mißerfolg ihres Unternehmens.

Er schaute zur Brücke des Schiffes hinauf. Aus dem schlanken Schornstein hinter ihr quoll dicker Rauch. Die ›Carridi‹ machte Dampf zum Auslaufen.

Petrie ging auf das Waggondeck hinaus. Er kam sich vor, wie in einer großen schwimmenden Wagenhalle. Unter seinen Füßen vibrierte der Boden vom Stampfen der kraftvollen Schiffsmaschinen. Er blieb einen Moment stehen, um seine Augen an das diffuse Licht zu gewöhnen. Erst jetzt bemerkte er, daß sich eine große Anzahl Menschen in der Wagenhalle drängte. Sie hatten sich auf und entlang den Gleisen niedergelassen. Viele von ihnen waren vor Erschöpfung eingeschlafen. Die unerwartet große Zahl von Menschen zwang Petrie zu einer Entscheidung. Die Sprengsätze durften erst auf der Rückfahrt hochgehen, wenn diese armen Geschöpfe von Bord waren.

Als er sich dem Bug zuwendete, sah er zwei Zivilisten den Kai entlanglaufen. Ruhig ging er zu Angelo zurück, der in der Nähe der aufgestapelten Ladung wartete. Er lehnte sich neben ihn an eine Kiste.

»Sehen Sie, wer da kommt?«

»Gestapo!«

Es stand diesen Hunden im Gesicht geschrieben. Die Standarduniform aus gegurtetem Ledermantel und weichem Schlapphut verriet sie. Einer von ihnen war lang und dünn, der andere klein und dick.

»Laurel und Hardy«, murmelte Petrie, ehe ihm klar wurde, daß der Italiener sicher nicht wußte, was er meinte.

Die beiden Männer liefen die Rampe hinauf, blieben in der Nähe von Petrie stehen und schauten auf das Eisenbahndeck. Der eine holte eine Taschenlampe hervor und betrat die Halle. Der Lichtkegel der Lampe tanzte über die ausgemergelten Gesichter von Männern und Frauen, die sich auf dem Boden ausgebreitet hatten, verweilte bei jedem Passagier einige Sekunden lang und wanderte dann weiter.

Schließlich blieb der Lichtstrahl an Petrie hängen. Der Engländer nahm gelassen einen Zug aus seiner Zigarette und blinzelte in die Lampe. Der Gestapo-Mann ging weiter. Am

Kai hatte die SS jeden Passagier kontrolliert. An Bord machte die Gestapo eine zweite Kontrolle.

Aus dem Mundwinkel flüsterte Petrie Angelo zu: »Gehen Sie rasch zu Ed und sagen sie ihm, er soll sich in der größeren Kiste verkriechen, bis wir zurückkommen. Wir klopfen viermal – mit zwei kurzen und zwei langen Pausen.«

Während Angelo verschwand, beobachtete Petrie den kleinen dicken Gestapo-Mann bei seiner Kontrolle. Mit diesen zwei Spürhunden an Bord wurde die ganze Sache natürlich komplizierter.

Als der Italiener zurückkam, machte Petrie ihn auf eine weitere unangenehme Überraschung aufmerksam.

»Wir kriegen noch mehr nette Gesellschaft – die Sie auch nicht unbedingt zum Essen einladen würden. Schauen Sie!«

Vier SS-Männer liefen die Rampe zum Deck hinauf und stiegen hinter Petrie die Treppe zum Oberdeck empor.

»Das ist höchst ungewöhnlich«, murmelte Angelo besorgt. »Auf meinen Überfahrten war das nie der Fall.«

»Dann wird's diesmal eine besondere Fahrt. Wo ist der Maschinenraum?«

Sie stiegen die Treppe zum Oberdeck unter der Brücke hinauf, die auch die SS-Leute genommen hatten. Das Schiff schwankte auf den Wogen, als der Wind auffrischte und in der Meerenge eine schwere Dünung hervorrief. Das offene Oberdeck lag parallel zur hohen Steinmauer des Hafens, die im Norden zur Hafenausfahrt abknickte.

Der Italiener öffnete eine Metalltür unter der Brücke und betrat, gefolgt von Petrie, einen Kabinengang. Der lange Korridor lag verlassen, die Kabinentüren auf der linken Seite waren alle geschlossen.

Vor der dritten Kabine blieb Angelo stehen, öffnete die Tür und schaltete das Licht ein. »Das ist die Kabine des Zweiten Ingenieurs. Hier könnten wir uns einquartieren. Ich weiß von Volpe, daß sein Stellvertreter zu Verwandten gefahren ist. Hier wird uns also niemand stören.«

Petrie trat ein. Angelo verriegelte hinter ihm die Tür. Die

Einzelkabine war sehr schmal. An der einen Längswand befand sich die Schlafkoje, in der Ecke gegenüber war ein kleines Waschbecken installiert. In dem Wandschrank der Kabine entdeckte Petrie die Uniform des Zweiten Ingenieurs mit Goldknöpfen und Litzen. Mütze, Jacke und Hose, alles war da.

»Wie groß ist der Mann?« fragte er Angelo.

»Er hat etwa meine Figur. Warum?«

»Ich wollte es nur wissen. Ist das der Türschlüssel?«

Petrie deutete auf den Schlüssel an einem Haken über dem Waschbecken.

»Ja, wir können die Kabine abschließen, wenn wir hinausgehen.«

»Seltsam, daß der Mann sie nicht verschlossen hat, als er von Bord ging.«

»Er ist eben Sizilianer.« Angelo zuckte die Schultern. »Kommen Sie, ich zeige Ihnen den Maschinenraum.«

»Sagen Sie mir nur, wie ich dahinkomme«, antwortete Petrie drängend. »Sie gehen zum Eisenbahndeck zurück und bringen Ed und den Sack hierher, ehe die Gestapo überall herumschnüffelt. Werden diese Hunde Verdacht schöpfen, wenn die Tür hier abgeschlossen ist?«

»Wieso sollten sie? Bei meinen früheren Fahrten war nie jemand von diesem Verein an Bord.«

Rasch verließen sie die Kabine. Angelo zeigte Petrie den Kabinengang eine Treppe weiter unten, der zum Unterdeck hinunterführte.

»Unten müssen Sie sich rechts halten. Nach ein paar Metern sehen Sie dann schon die Tür zum Maschinenraum. Ich zeige Ihnen den Weg...«

»Nein. Holen Sie Ed. Wir treffen uns dann in der Kabine. Ich klopfe viermal, zweimal lang, zweimal kurz...«

Vorsichtig stieg Petrie die steile Treppe hinab, blieb auf der letzten Stufe einen Augenblick lang stehen und spähte rechts um die Ecke. Vor ihm lag ein weiterer Gang, doch der war nicht leer. Ein italienischer Posten mit einem Gewehr lehnte weiter unten an der Wand.

Petrie betrat den Gang und ging auf den Posten zu. Die Luft war hier stickiger, das Stampfen der Maschinen lauter und rhythmischer.

Der Posten stand neben einem geöffneten Schott. Das Dröhnen der Maschinen wurde sehr laut. Der Soldat warf Petrie einen gelangweilten Blick zu und ließ ihn vorbei. Offensichtlich behagte ihm das Wacheschieben um diese Uhrzeit nicht besonders. Der kurze Blick von der Seite, den Petrie durch das Schott in den Maschinenraum werfen konnte, war nicht sehr aufschlußreich. Er sah das Auf und Ab der riesigen Kolben, sah Männer in fleckigen weißen Overalls unterhalb eines Metallpodestes dicht hinter dem Schott.

Petrie verzichtete darauf, dem Gang bis zum Ende zu folgen, und stieg die nächste Treppe zum Kabinengang empor.

Wieder begegnete ihm keine Menschenseele. Als er durch die Tür auf das offene Achterdeck hinaustrat, wurde das Schwanken des Schiffes stärker. Wahrscheinlich war ein neuer Sturm im Anzug.

Unter sich auf dem Eisenbahndeck sah Petrie die Dächer von Lastwagen. Der heftige Wind ließ seine Augen tränen, und beinahe hätte er hinter der Hafenmauer etwas übersehen, das lebenswichtig für sie war. Ein einzelnes Boot mit einer roten Lampe am Mast kämpfte sich in die Meerenge hinaus. Giacomo würde also zur Stelle sein, wenn sie über Bord sprangen.

Auf der Steuerbordseite des Schiffes ging Petrie zurück. Auch hier zeigte sich niemand. Angelo hatte recht. Das Schiff war kaum bewacht. Seine Verteidigungseinrichtungen, hauptsächlich gegen Luftangriffe, bestanden aus jeweils einer zwanzig Millimeter-Vierlingsflak am Bug und am Heck sowie einigen kleineren Geschützen hinter der Brücke. Petrie wollte seinen Rundgang gerade fortsetzen, als sich neben ihm eine Tür öffnete und ein Carabiniere hinaustrat. Seine Taschenlampe flammte auf und blendete Petrie. Dann verlosch sie wieder.

»Was tun Sie hier oben?«

»Ich bin wohl die falsche Treppe hinaufgestiegen. Jetzt suche ich den Weg zum Eisenbahndeck.«

»Den Gang geradeaus und die Treppe hinab.«

Der Soldat verschwand wieder in seiner Kabine, und der Geruch nach Zigarettenrauch und Wein verwehte im Wind.

Petrie ging weiter. Er erreichte den Treppenabgang – und blieb wie angewurzelt stehen.

Laurel und Hardy kamen von unten herauf. Unter der breiten Hutkrempe starrte Petrie das brutale Gesicht des kleinen Dicken entgegen.

Die kleinen Schweinsaugen über der verknorpelten Nase und der schmale Spitzmund verliehen dem Mann ein unangenehmes, tückisches Aussehen. Er zwängte sich an Petrie vorbei, ohne ihn weiter zu beachten, blieb aber hinter ihm plötzlich stehen.

»Papiere!«

Entgegen allen Verhaltensregeln im Krieg schaltete er auf dem offenen Deck die Taschenlampe ein und ließ sie langsam über Petries Gesicht wandern. Sein hagerer Begleiter war mit verschränkten Armen vor dem Engländer stehengeblieben. Vor dem kleinen Dicken mußte man sich hüten, dachte Petrie. Er beherrschte sein Geschäft, kannte die Tricks, mit denen man Menschen überrumpelte.

Petrie zog mit der linken Hand seinen Ausweis aus der Brusttasche seiner Jacke. Die rechte behielt er in der Nähe der Mauser.

Der dicke Gestapo-Mann öffnete provozierend langsam den Ausweis und blätterte darin herum.

Aus den Augenwinkeln beobachtete Petrie seinen dünnen Begleiter. Der Mann schaute über die Reling zur Hafenmauer hinüber. Er hatte ein blutleeres Gesicht und tote Augen. Er war genau der Typ des kaltblütigen Mörders, einer der Handlanger des Dritten Reiches, die unbequeme und störende Zeitgenossen ohne Skrupel beseitigten, egal, ob sie ehrenhafte Patrioten oder Regimegegner waren, die sich weigerten, mit den Wölfen zu heulen.

Ein hübsches Gespann hatten sie sich da als Reisebegleitung ausgesucht. Dabei war der Knochige der gefährlichere der beiden. Wie Petrie ihn einschätzte, würde er pausenlos durch das Schiff streifen, sich die Leute ansehen und die Papiere wie auch die Kabinen überprüfen.

Wortlos gab ihm der Dicke seine Papiere zurück und ging mit dem Dünnen im Schlepptau den Gang hinunter.

Als Petrie die Treppe hinabsprang, legte die ›Carridi‹ gerade ab. Über ihm am Kai löste ein Mann das Haltetau vom Poller. Die Vibration der Motoren wurde stärker, das Schiff schwankte heftig.

Petrie durchquerte das Waggondeck und stieg wieder die Treppe zum Oberdeck hinauf, um festzustellen, ob der Feind nicht in letzter Minute noch Verstärkung an Bord brachte.

Die Taue klatschten ins Wasser, der Bug sank herab und verankerte sich in schmalen Schlitzen zwischen den Schienen. Langsam entfernte sich die Fähre vom Kai und steuerte rückwärts die Hafenausfahrt an.

Vom Zugdeck kamen einige Sizilianer herauf und beobachteten das Auslaufmanöver.

Eine Frage war noch offen. Wo war Giacomo jetzt?

Petrie entdeckte das rote Positionslicht steuerbord voraus auf der offenen See, als die Fähre die Hafenausfahrt erreichte. Das große Monument auf der Steinmauer schwebte wie ein dunkler Schatten vorbei und blieb hinter dem Schiff zurück.

Als die Fähre den Bug um 180 Grad nordöstlich auf Giovanni zudrehte und auf das Festland zuhielt, war Petrie schon wieder in der Kabine.

Für drei ausgewachsene Männer war die kleine Kabine zu eng.

»Ist fast so wie in der verdammten Kiste«, murrte Johnson. »Wann legen wir endlich los?«

»Sofort«, antwortete Petrie und leerte den Sack auf der Koje aus.

Johnson und Angelo nahmen sich jeder eine Luger und einige Reservemagazine. Petrie untersuchte rasch den Sprengstoff, eine weiche kittartige Masse in zylindrischer Form, betrachtete sich flüchtig die vier Zeitzünder, wickelte sie wieder in das Zeitungspapier und legte alles in den Sack zurück.

»Das ganze Zeugs hier muß ich also mit mir herumschleppen. Es ist verdammt schwer.«

Er schaute zu Angelo hinüber.

»Was sagen wir Volpe, wenn wir damit im Maschinenraum auftauchen?«

»Sie sind von Beruf Steinmetz, und in dem Sack befindet sich Ihr Werkzeug«, schlug der Italiener vor. »Bei der momentanen Rationierung ist es fast unmöglich, an neue Werkzeuge heranzukommen. Volpe dürfte sich deshalb kaum wundern, daß Sie sie ständig mit sich herumtragen. Wahrscheinlich aber wird er sich keine Gedanken darüber machen. Er ist ein sehr oberflächlicher, egoistischer Mensch.«

Er nahm eine große Pistole aus der Koje.

»Die hier ist zwar lebenswichtig, um Giacomo ein Zeichen zu geben, doch können wir sie nicht mitnehmen. Ich schlage vor, wir lassen sie erst einmal hier.«

»In Ordnung«, stimmte Petrie zu. »Diese Kabine dient uns ab sofort als Operationsbasis. Sie liegt dicht beim Oberdeck, so daß man jederzeit die Signalpistole schnell holen kann. Angelo, wie lange dauert es normalerweise, bis Passagiere und Ladung an Land sind? Wie schnell kann die Fähre in Giovanni wieder auslaufen?«

»Gewöhnlich dauert das etwa eine halbe Stunde. Doch so genau läßt sich das nie sagen.«

»Dann müssen wir es auf gut Glück versuchen, denn ich weiß nicht, wieviel Zeit ich zum Legen der Sprengsätze brauche.«

Petrie nahm den Sack und schob ihn sich vorsichtig unter den Arm.

»Unglücklicherweise hat man eine italienische Wache vor dem Maschinenraum postiert.«

Angelo fuhr hoch.

»Das ist ebenfalls neu. Doch vielleicht wirkt mein französischer Cognac auch hier Wunder.«

Er sprach von dem Schnaps, als sei es seine Geheimwaffe.

»Wir sollten wirklich jeden Ärger vermeiden, bis Sie die Sprengsätze gelegt haben.«

»Wenn's menschenmöglich ist«, unterstrich Petrie die Worte des Italieners. »Sie gehen besser voraus. Man könnte Verdacht schöpfen, wenn man zwei sizilianische Bauern aus dieser Kabine herauskommen sieht.«

Der Italiener löschte das Licht und trat auf den Gang hinaus. Er erstarrte, als er am anderen Ende die Uniform eines SS-Mannes entdeckte. Der Deutsche öffnete die Tür zum Achterdeck und verschwand nach draußen. Angelo wartete einen Moment, ob er zurückkam, und gab den anderen ein Zeichen. Rasch verschloß er die Kabinentür und ging vor ihnen her.

Am Fuß der Treppe zum Unterdeck spähte er um die Ecke und schaute dann verwundert zu Petrie empor.

»Da ist kein Posten.«

Petrie stieg zu Angelo hinab. Der Kajütgang war tatsächlich leer, das Schott zum Maschinenraum stand offen.

»Schnell, bevor er zurückkommt«, zischte der Engländer den anderen zu.

Der Gang kam ihm diesmal viel länger vor. Jeden Moment konnten auf einer der beiden Treppen die Gestapo-Leute auftauchen.

Seine Füße waren schwer wie Blei, und der Sack mit dem Sprengstoff schien ihn fast zu erdrücken. Die Luft war stickig und roch nach Öl, es war warm auf dem Gang. Wie heiß mochte es erst unten im Maschinenraum sein?

Als der Italiener warnend die Hand hob, blieben die beiden Männer sofort stehen. Angelo stand vor dem ovalen Schott. Das Dröhnen der Schiffsmotoren hallte tausendfach in Petries Kopf wider.

»Ich möchte zu Chefingenieur Volpe«, rief der Agent laut.

Der Posten stand auf der Plattform über dem Maschinenraum. »Hier darf niemand hinein«, antwortete der Soldat müde.

»Aber ich bin ein Freund des Ingenieurs.«

»Laut Befehl darf außer dem Personal niemand den Maschinenraum betreten.«

Mit einer trägen Bewegung richtete der Soldat das Gewehr auf Angelo. Jedes Aufsehen vermeiden, hatte Petrie gesagt. Angelo holte die Flasche Cognac aus seiner Tasche und schwenkte sie über dem Kopf hin und her, als er Volpe unten erkannte. Der Chefingenieur kam näher zur Plattform und versuchte, mit seiner Stimme den Maschinenlärm zu übertönen. Der Soldat verstand ihn nicht. Mit wütenden Gesten machte ihm Volpe klar, daß Angelo herunterkommen durfte. Der Soldat seufzte, schaute verblüfft die beiden anderen Männer an, die Angelo auf dessen Zeichen auf die Plattform folgten, und stieg über die Schwelle des Schotts auf den Gang hinaus, um Platz zu machen.

Wenn der Chefingenieur die Männer kannte, war alles in Ordnung. Was kümmerte es ihn? Er konnte sich vor Müdigkeit ohnehin kaum auf den Beinen halten.

Angelo stieg als erster die Eisenleiter zum Maschinenraum hinab. Petrie hielt sich am Handlauf fest und betrachtete das Herz des Schiffes tief unter sich, ein Gewirr von stampfenden Kurbeln und Hebeln. Dazwischen arbeiteten Männer mit nacktem Oberkörper.

Jeder Kolbenhub brachte sie Giovanni näher. Die Hitze traf den Engländer wie ein Schlag, eine feuchte Schwüle, die alles übertraf, was er an Strapazen bei ihrer Fahrt über die Insel ertragen hatte.

Angelo winkte ihnen vom Fuß der Leiter zu und ging zwischen den Maschinen hindurch zu Volpe hinüber, der ihnen den Rücken zuwandte und gerade mit einem seiner Leute sprach. Petrie schob sich den Sack unter den Arm, drehte sich um und begann die Leiter hinunterzuklettern.

Es war ein Alptraum.

Alle drei Männer hatten ihre letzten Reserven mobilisiert.

Petrie hatte sich am meisten verausgaben müssen. Seit vierundzwanzig Stunden ohne Schlaf, war er bei brütender Hitze quer durch Sizilien gefahren und hatte von dem Bahnübergang, wo sie den kleinen Zug verließen, den Krankenwagen nach Messina gesteuert. Gar nicht zu reden von ihrer Eisenbahnfahrt und dem langen Fußmarsch nach Puccio, nachdem die eigenen Jagdflieger den Fiat des Mafia-Bosses in Brand schossen.

Gegessen hatte er kaum etwas, und seine Nerven vibrierten unter der übermäßigen Anspannung. Er besaß kaum noch Kraft, als er jetzt die Leiter hinunterkletterte, unter einem Arm den Sack, unter sich gut sechs Meter Leere bis zum Deck des Maschinenraums.

Er hatte Schwierigkeiten, kaum daß er den Fuß auf die Leiter setzte. Die starke Hitze trieb ihm den Schweiß aus den Poren und ließ die eine Hand feucht werden, mit der er sich an den Metallsprossen festhalten mußte. Der Sack versperrte ihm den Blick nach unten, er konnte nicht sehen, wohin er seine Füße setzte, und so tastete er sich abwärts.

Er hatte gerade drei Sprossen geschafft, als ihn die Erschöpfung zu überwältigen drohte. Er fühlte sich schwindlig, die Beine wollten ihn nicht mehr tragen. Petrie biß die Zähne zusammen. Schweiß strömte ihm in die Augen, als er nach oben schaute, wo Johnson von der Plattform aus besorgt seinen Abstieg verfolgte. Diese Leiter war das reinste Folterinstrument. Petrie blieb stehen und holte tief Luft – schwüle, feuchte Luft. Danach ging es ihm eher noch schlechter, und er beschloß, langsam und gleichmäßig weiterzumachen, egal, was kam.

Da er sich nur mit einer Hand festhalten konnte, mußte er bei jeder Sprosse einen kurzen Moment seinen Halt loslassen, um mit der verschwitzten Hand die nächst tiefere Sprosse zu packen. Bruchteile von Sekunden konnte er sich nur auf seine Füße stützen, und in diesem Moment war die Gefahr am größten, daß er den Halt verlieren und auf den Metallboden des Maschinendecks stürzen könnte.

Langsam wurden seine Finger taub von der übermäßigen Kraftanstrengung. Auch seine Beine wollten nicht mehr. Senkte er einen Fuß zur nächsten Sprosse, dehnten sich die Muskeln im anderen Bein unter seinem Körpergewicht so stark, als wollten sie jeden Moment reißen. Auch der Sack wurde unerträglich schwer, als sei er mit Blei gefüllt. Petrie merkte, daß er seiner gefühllosen Hand entgleiten würde, wenn er nicht bald den Boden erreichte. Er senkte wieder einen Fuß, ließ die Sprosse los, an der er sich festgehalten hatte, und packte die nächste.

Um seine Balance zu halten und jegliches Pendeln seines Körpers zu vermeiden, mußte er den Haltearm ganz ausstrecken. Seine Unterarmmuskeln schmerzten höllisch, und er konnte schon den beginnenden Krampf spüren, als er wieder einen Fuß senkte und nach der nächsten Sprosse griff.

Großer Gott, er verfehlte sie.

Sein Körper gab nach. Der rechte Fuß stieß gegen etwas Flaches. Sein Herz schien auszusetzen vor Schreck. Erst langsam dämmerte ihm, daß er auf dem Deck stand. Er war unten.

Die Beine zitterten vor Anstrengung, als Petrie den Sack mit beiden Händen umfaßte. Er wartete, bis Johnson unten war, und ließ den Amerikaner vorausgehen.

Johnson bahnte sich vorsichtig seinen Weg durch die Maschinen und konzentrierte sich darauf, wohin er seine Hände legte. Das Dröhnen der Schiffsmotoren war ohrenbetäubend, war ein hämmernder Angriff auf seine erschöpften Nerven. Das Deck vibrierte heftig unter den Stößen der Kolben. Johnson umrundete einen hohen Metallbock und rannte gegen Angelo. Laut schreiend machte der Italiener ihn mit einem großen dicken Mann bekannt. Der Mittvierziger trug dunkle Hosen und eine fleckige Weste. Chefingenieur Volpe hatte ein fleischiges Gesicht mit der Andeutung eines Schnurrbartes unter der Nase und gierigen kleinen Augen.

»Dies ist mein Vetter Paolo«, schrie Angelo, plötzlich sehr

redefreudig. »Er wollte schon als kleines Kind Ingenieur werden, doch fehlte seiner Familie das nötige Geld...«

»Wir hier unten fahren das Schiff«, begann Volpe mit einer weit ausholenden Handbewegung unverzüglich seine Erklärungen. »Die da oben auf der Brücke meinen zwar, sie steuern die ›Carridi‹, doch die Passage dauert nur dreißig Minuten. Was kann da schon schiefgehen? Hier unten dagegen haben wir nicht Augen genug, um auf alles zu achten. Sehen Sie den Anzeiger da...?«

»Und das ist Petrie, noch ein Vetter...«

Volpe streifte Petrie nur mit einem flüchtigen Blick und ließ sich weiter über die Probleme eines Chefingenieurs an Bord eines solchen Schiffes aus.

Johnson bemerkte sofort, daß Petrie den Sack nicht mehr mir sich herumtrug. Wahrscheinlich hatte er ihn schon irgendwo gut versteckt.

Angelo öffnete die Flasche Cognac und reichte sie Volpe, der sofort einen langen Schluck auf ihre Gesundheit nahm. Johnson produzierte gespielte Bewunderung auf sein Gesicht. Als der Ingenieur ihnen kurz den Rücken zuwandte, blinzelte Petrie dem Amerikaner zu. Volpe wendete sich wieder seinen Besuchern zu.

Petrie hielt sich mit der Hand den Kopf und tat so, als würde die Hitze zu viel für ihn. Johnson rief sofort:

»Petrie ist ein wenig seekrank, doch das geht bald vorbei.«

Volpe zuckte die Schultern, bekundete damit seine Verachtung für alle Weichlinge dieser Welt und erklärte ihnen weiter die Wunder im Bauch seines Schiffes. Er unterbrach sich nur, um gelegentlich einem seiner Leute einen Befehl zuzurufen.

Bei ihrem Rundgang zählte der Amerikaner sechs andere Männer im Maschinenraum. Mit so vielen Leuten hatten sie nicht gerechnet. Es würde eine verdammt schwierige Sache für Petrie werden, unter ihren Augen die Sprengsätze zu legen. Mindestens zwei arbeiteten ständig in der Nähe der

Kolbenschächte. Johnson wußte, daß Petrie es hauptsächlich auf sie abgesehen hatte.

Wenig später bemerkte der Amerikaner zwei Dinge. Petrie war verschwunden, und oben auf der Plattform stand der Soldat und schaute in den Maschinenraum hinunter.

Johnson verschränkte die Arme vor der Brust und wanderte hinter Volpe und Angelo her in einen anderen Teil des Maschinenraums. Dabei warf er rasch einen Blick auf die Uhr. Großer Gott – nur noch acht Minuten bis Giovanni. In dieser Zeit konnte Petrie unmöglich die Sprengsätze legen und den Maschinenraum verlassen, bevor sie anlegten, zumal der Posten ihn jede Sekunde entdecken konnte.

Johnson schwitzte Blut und Wasser, während er so tat, als lausche er interessiert den Ausführungen des Ingenieurs, in Wirklichkeit aber zu dem Posten hochschielte.

Um Himmels willen, Mann, verschwinde endlich! Am besten direkt über Bord!

»Noch einen Schluck Cognac?« fragte Angelo den Maschinisten, und Johnson vertiefte sich sofort in die Anzeigeskala an einem Maschinenteil.

Volpe nahm wieder drei große Schlucke. Der Chefingenieur hatte seine Aufgaben wohl auf seine Leute verteilt. Die Männer überwachten die Kontrollinstrumente und riefen sich kurze Anweisungen zu.

Johnson spähte wieder zur Plattform hinauf. Sein Stoßgebet war erhört worden. Der Soldat war verschwunden.

»Wir befördern bei den nächsten Fahrten eine sehr wichtige Fracht, Angelo«, erzählte Volpe großspurig. »Damit dürften wir Stunden beschäftigt sein. Wir transportieren Deutsche.«

»Tatsächlich?«

Angelo tat nicht sonderlich beeindruckt und rief laut über das Stampfen der Kolben hinweg: »Ich dachte, die Deutschen benutzten ständig die Fähre.«

»Doch diesmal ist es ihre starke Panzereinheit...« gab

Volpe laut zurück – und unterbrach sich mitten im Satz, als habe er schon zu viel verraten.

»Ich mag Ihren Cognac«, schwenkte er zu einem anderen Thema über. »An diesem Anzeiger hier kann man ablesen...«

Johnson blieb äußerlich völlig ruhig. Sein Gesicht zeigte den gleichen interessierten Ausdruck wie zuvor, verriet nichts von dem Schock, den ihm die Mitteilung des Maschinisten versetzt hatte.

Ihre starke Panzereinheit...

Die 29. Panzergrenadier-Division wurde nach Sizilien übergesetzt. Also mußten die Alliierten Fallschirmspringer-Einheiten auf der Insel abgesetzt haben. Kesselring reagierte sofort und ließ die 29. Panzerdivision über die Meerenge bringen. Und die ›Carridi‹ schwamm immer noch, stampfte durch die rauhe See nach Giovanni, um dort die Deutschen an Bord zu nehmen.

Der Amerikaner bemerkte schon, wie das Schiff Fahrt verlor und die Maschinen langsamer arbeiteten. Er kämpfte gegen seine aufsteigende Übelkeit an. Petrie konnte unmöglich in dieser kurzen Zeit die Sprengsätze angebracht haben.

Volpe gab Angelo die halbleere Flasche zurück. Der Agent schraubte den Verschluß zu und steckte sie wieder in die Tasche. Er wußte, daß sie jetzt den Maschinenraum verlassen sollten.

»Wenn wir in Giovanni keine Fahrgelegenheit auftreiben, fahren wir vielleicht wieder mit Ihnen zurück«, sagte er freundlich.

Volpe kratzte sich bei dem Gedanken an die halbvolle Flasche enttäuscht am Hinterkopf. »Es tut mir leid, aber Zivilisten dürfen ab sofort nicht mehr an Bord...«

Unvermittelt begann er, seinen Leuten mit lauter Stimme Anweisungen zu geben.

Verunsichert drehte sich Angelo nach Johnson um. Die Maschinen liefen nur noch auf halber Kraft. Der Amerikaner ging auf die Leiter zu. Er wußte, was Petrie vorhatte. Der

Engländer hatte erkannt, daß es wegen der Mannschaft keine Möglichkeit gab, die Sprengsätze während der Überfahrt zu legen. Deshalb hielt er sich irgendwo versteckt in der Hoffnung, daß sich der Maschinenraum vor der Rückfahrt nach Messina für eine Zeitlang leerte. Dieser Entschluß war wieder typisch für Petrie, obwohl er genau wissen mußte, daß er dann völlig auf sich selbst gestellt war.

Johnson vermied es daher, sich nach ihm umzuschauen, als er vor Angelo die Leiter emporstieg. Außerdem gab es da noch ein Problem. Der Posten hatte drei Männer in den Maschinenraum steigen sehen, doch nur zwei kamen zurück. Als der Amerikaner durch das Schott auf den Gang trat, lehnte der Soldat mit geschlossenen Augen daneben. Erst als Angelo an ihm vorbeiging, öffnete er die Augen und schaute sich blinzelnd um.

»He, wo ist der dritte Mann?«

Johnson ging zurück und schaute ihn scharf an.

»Er war vor uns. Sie müssen ihn doch gesehen haben.«

»Ja, richtig. Jetzt fällt es mir wieder ein«, log der Posten eingeschüchtert.

Sie gingen den gleichen Weg zurück – den Gang entlang die Treppe nach oben zum Kabinentrakt. Johnson schlenderte an ihrer Kabine vorbei nach draußen auf das offene Deck. Es war leer.

Nach der Hitze im Maschinenraum empfand er die Morgenkälte besonders stark. Der Wind pfiff durch seine schäbigen Kleider und ließ ihn frösteln. Im Schatten der Brücke wagte der Amerikaner einen Blick in die Tiefe. Der Anblick, der sich ihm bot, jagte ihm einen heftigen Schrecken ein.

Unten auf dem Eisenbahndeck hatten sich die Passagiere am Bug versammelt, um möglichst rasch vom Schiff herunterzukommen. Die Fähre passierte gerade die Hafeneinfahrt von Giovanni. Sie stampfte nicht mehr so stark und glitt langsam auf den Kai zu, wo unter abgedunkelten Laternen die Wehrmacht wartete: Last- und Tankwagen, dahinter in ordentlichen Formationen Soldaten in ihren typischen Panzeruniformen, ein Zug mit zahlreichen Waggons, anscheinend ein Güterzug. Die Vorhut der 29. Panzerdivision stand zur Einschiffung bereit. Für den Amerikaner ein entsetzlicher Anblick. Hier hatte er die Ursache für das Scheitern einer Invasion vor Augen. Einer alliierten Invasion.

Das Schiff stieß gegen den Kai und kam schaukelnd zum Stillstand. Taue flogen herüber, und der Bug hob sich langsam. Alles deutete darauf hin, daß die Fähre im Eiltempo geräumt und wieder beladen wurde.

»Das macht die ganze Sache wesentlich schwieriger, nicht wahr?« flüsterte Angelo hinter ihm.

Johnson drehte sich um und ging mit dem Agenten zur Kabine zurück, verriegelte sie von innen und schaltete das Licht ein.

»Jim kann die Eier nicht legen, solange die Maschinisten ständig unten herumhängen«, sagte Johnson verzweifelt.

»Sie gehen immer nach oben«, versuchte Angelo ihn zu beruhigen. »Ich habe es selbst gesehen, als ich bei meiner letzten Fahrt mit Volpe noch einen Drink nahm. Sie glauben doch wohl nicht, daß die Männer freiwillig stundenlang da unten in der Hitze bleiben, wenn sie zwischendurch im Hafen mal frische Luft schnappen können.«

»Wenn Petrie nicht innerhalb von einer halben Stunde zurück ist, machen wir noch einmal einen Ausflug in den Maschinenraum. Was dann aber nicht so leicht werden dürfte!«

Johnson schob die Zigarette wieder in die zerknüllte Packung zurück. Er lechzte nach dem Tabakrauch auf seiner Zunge, doch die Luft in der Kabine war schon schlecht genug.

»Und das aus verschiedenen Gründen«, fuhr er fort und schaute dem Italiener hart in die Augen. »Auf dem Schiff sind dann viel mehr Menschen. Volpe erwähnte, daß keine Zivilisten mitfahren dürfen. Wir fliegen also sofort auf, wenn uns jemand sieht. Außerdem werden Sicherheitskräfte verstärkt werden.«

»Sonst noch etwas?« fragte Angelo ironisch.

»Das dürfte reichen, um uns aus dem Verkehr zu ziehen.«

Johnson zog die drei Stielgranaten hervor, die sie unter dem Kopfkissen in der Koje versteckt hatten, und wickelte sie säuberlich in eine Decke. Etwas hatte er Angelo verschwiegen. Wenn Petrie seine Sprengpakete gelegt hatte, mußte er nur die Zeitzünder einstellen, und der ganze teuflische Mechanismus tickte dann auf Null herunter. Johnson war überzeugt, daß die Güterwaggons auf dem Kai unten Munition transportierten. Die Deutschen waren dabei, die ›Carridi‹ in ein schwimmendes Pulverfaß zu verwandeln.

Vierzig Minuten später war es ihnen immer noch nicht gelungen, die Kabine zu verlassen. Ständig stampften schwere Stiefel draußen über den Gang. Sie saßen im Dunkeln, und die Zeit schien sich zu Stunden zu dehnen. Unter sich hörten sie das metallische Stoßen der Puffer, als eine Lokomotive den Munitionszug die Rampe hinauf auf das Waggon-Deck schob. Deutsche Stimmen brüllten Befehle. Es dauerte eine kleine Ewigkeit, bis die Schritte der deutschen Panzersoldaten draußen nicht mehr so häufig zu hören waren.

Zum drittenmal faßte eine unbekannte Hand von außen an den Türgriff und drückte ihn nieder, doch diesmal war ihr Besitzer hartnäckiger. Er rüttelte an der Tür, lehnte sich mit seinem ganzen Gewicht dagegen und versuchte sie aufzustoßen.

Angelo, der auf der Koje neben Johnson saß, hatte das Messer gezogen. Sein Herz schlug in rasendem Takt. Das Türschloß war nicht besonders stabil, und mit genügend Druck konnte man es leicht sprengen. Auch Johnson hielt sein Messer in der Hand. Wenn jetzt Schüsse fielen, wenn jetzt der Feind Alarm auslöste, wo Petrie unten im Maschinenraum saß, war alles aus.

Die Klinke bewegte sich wieder, die Tür erbebte unter stärkerem Druck. Irgendein Bastard, der Erster Klasse reisen möchte, dachte der Amerikaner. Nun, Erster Klasse reisen auf dieser Fahrt hieß mit einem Messer im Bauch reisen.

Das heftige Rütteln an der Tür brach plötzlich ab. Die beiden Männer auf der Koje waren schweißgebadet. Und noch ein anderer Geruch hing deutlich in der Luft: der Geruch von Angst.

Draußen entfernten sich Schritte. Die Schiffsmotoren sangen lauter, deutlich klang das Summen der Hydraulik in die Kabine, als der Bug herabgelassen wurde. Sekunden später setzte sich das Schiff in Bewegung und stieß rückwärts aus dem Hafen von Giovanni.

»Wir holen ihn jetzt«, sagte Johnson rauh.

Angelo tastete nach dem Lichtschalter und blinzelte in der plötzlichen Helle.

»In Ihrer Bauernkleidung können Sie mich unmöglich begleiten. Das ist zu gefährlich. In dieser Uniform wird man mich kaum beachten.«

Der Italiener erhob sich und musterte sich kurz im Spiegel über dem Waschbecken. Die Uniform des Zweiten Ingenieurs paßte ihm wie angegossen. Tatsächlich gefiel er sich in dieser Aufmachung recht gut. Er nahm die Mütze, die Johnson ihm reichte, und setzte sie auf.

»Ein wenig zu klein, doch es muß genügen. Wir müssen es auf diese Weise versuchen. An Land schenkt kaum jemand dem Postboten Beachtung. Die Leute akzeptieren ihn einfach. An Bord ist es ebenso – ein Mann in Marineuniform ist unsichtbar, besser gesagt, unauffällig. Ich muß mich vergewissern, wie die Lage ist.«

»In Ordnung, doch kommen Sie um Gottes willen in fünf Minuten zurück. Wir müssen Jim aus dem Maschinenraum holen, ehe der Sprengstoff hochgeht.«

Johnson steckte das Messer weg und wischte sich mit dem Taschentuch über Gesicht und Stirn.

Angelo löschte das Licht und öffnete die Tür. Er schaute sich nach beiden Seiten um. Der Gang war leer. Er trat hinaus und schloß die Tür hinter sich. Im gleichen Augenblick kam der fette Gestapo-Mann, dem Petrie den Spitznamen Hardy gegeben hatte, aus einer Nische unter der Brücke heraus. Er schaute den Italiener scharf an und kam näher. Er mußte gesehen haben, wie Angelo aus der Kabine kam. Aus dem Stirnrunzeln des Deutschen schloß Angelo, daß es nur Sekunden dauern konnte, bis der Gestapo-Mann ihn erkannte. Die Marine-Uniform schien ihn zu irritieren. Glücklicherweise war der Deutsche allein.

»Sie habe ich doch schon früher auf dem Schiff gesehen«, bellte er. »Was ist in dieser Kabine?«

»Schmutzige Overalls und Arbeitskleidung«, antwortete Angelo dreist. »Nichts, was Leute Ihres Schlages und Ihres Berufes interessieren könnte.«

Er hatte die Stimme erhoben, damit Johnson ihn hörte, und antwortete in möglichst provokativem Ton. Der Gestapo-Mann musterte ihn nochmals, ohne ihn zu erkennen, murmelte eine Verwünschung und griff nach der Klinke.

Drinnen blieb Johnson keine Zeit mehr, sein Messer zu ziehen, und er änderte blitzschnell seine Taktik.

Die Tür flog auf. Von draußen fiel ein rechteckiges Lichtfeld in das Dunkel. Der Deutsche trat ein. Johnson umklammerte mit beiden Händen den Hals des Gestapo-Mannes und zerrte ihn tiefer in die Kabine. Angelo drückte von hinten mit der Schulter nach, zwängte sich durch die Tür und warf sie hinter sich ins Schloß. Dann schaltete er das Licht ein. Johnson hatte den Deutschen auf die Koje geworfen, lag halb über ihm und hielt immer noch seinen dicken Hals umschlungen, preßte die Daumen hart gegen seine Luftröhre.

Der Deutsche erholte sich schnell von seiner Überraschung und setzte sich heftig zur Wehr. Mit der linken Faust schlug er nach dem Gesicht des Amerikaners und schob gleichzeitig seine rechte Hand unter den Mantel. Angelo packte sie, entriß ihr mit einer heftigen Drehung die Luger und griff nach der anderen Hand des Deutschen. Langsam zog er sie nach oben über den Kopf des sich heftig sträubenden Mannes und hielt sie dort fest. Johnson versuchte, den Druck seiner Hände zu verstärken. Der Deutsche öffnete den Mund und versuchte zu schreien, doch er brachte nur ein gurgelndes Keuchen heraus.

Es konnte verdammt schwer sein, einen Menschen zu töten, und der Deutsche besaß erstaunlich viel Körperkraft. Er riß seine rechte Hand aus Angelos Griff, streckte zwei Finger aus und stieß sie nach Johnsons Augen. Der Amerikaner beugte den Kopf weit zurück und hielt den Hals des Gegners eisern umklammert. Angelo packte das Gelenk der freien Hand und zwang den Arm wieder auf die Koje. Mit den Fersen hämmerte der Gestapo-Mann unaufhörlich gegen die Wand. Johnson legte all seine restliche Kraft in den Druck seiner Hände. Der Deutsche bäumte sich unter ihm auf, noch einmal zuckte er heftig mit den Beinen und lag dann still.

Erst Sekunden später löste Johnson seinen Griff und wischte sich mit der Hand über die schweißnasse Stirn. Blutverschmiert zog er sie zurück. Die Kratzer an Wange und Hals, die ihm der Deutsche mit den Fingernägeln gerissen hatte, brannten höllisch.

»Mein Gott, das war hart.«

»Wir müssen ihn hier herausschaffen«, keuchte Angelo. »Ihn über Bord werfen... es ist nicht weit...«

Johnson überlegte fieberhaft und schüttelte dann den Kopf. »Zu gefährlich – uns könnte jemand begegnen. Wir lassen ihn hier. Schauen Sie sich mal draußen um. Aber beeilen Sie sich. Und lassen Sie mir den Schlüssel hier, damit ich mich einschließen kann. Viermal klopfen, wenn Sie zurückkommen, zweimal lang, zweimal kurz...«

Angelo verließ die Kabine, hörte das Schloß einrasten und ging trotz Johnsons Aufforderung, sich zu beeilen, ohne Hast den leeren Gang hinunter. Leute, die es eilig hatten, waren immer auffällig. Er stieg sachte die Treppe zum unteren Deck hinab und spähte um die Ecke zum Maschinenraum hinüber. Man hatte den italienischen Posten durch einen deutschen Soldaten ersetzt, der eine Maschinenpistole über der Schulter trug. Wie Johnson vorausgesehen hatte, wurde die Situation immer schwieriger und gefährlicher.

Der Italiener zog sein Messer heraus, schob es hinter das Schweißband seiner Schirmmütze und ging ruhig auf den

Posten zu. Dabei wedelte er mit der Mütze, als wolle er sich Kühlung zufächeln. Ihm war klar, daß innerhalb von Minuten Alarm ausgelöst werden würde – sobald er mit dem Posten fertig war. Er mußte schnell sein, verdammt schnell. Und der erste Stoß mußte sitzen.

Der Soldat beobachtete ihn gelangweilt. Wie Angelo vermutet hatte, machte ihn die Uniform völlig unverdächtig. Doch vielleicht war da noch ein zweiter Posten auf der Plattform?

Als er sich dem Schott zum Maschinenraum näherte, drehte der Posten den Kopf und schaute hinunter. Erst als Angelo bei ihm stehen blieb und ihn auf italienisch ansprach, widmete der Mann ihm wieder seine Aufmerksamkeit.

»Ich glaube, Ingenieur Volpe ist da unten. Es gibt ein paar Fragen wegen neuer Landebestimmungen für Messina. Ich möchte ihn sprechen.«

Angelo sprach sehr abgehackt und schnell, doch der Deutsche verstand kein Italienisch. Als er die Hände hob, um sein Nichtverstehen deutlich zu machen, ließ Angelo seine Mütze fallen, griff nach dem Messer und rammte es dem Mann in die Brust. Der Soldat röchelte kurz und sackte zusammen. Angelo fing ihn auf und versuchte, ihn vom Gang zu ziehen, doch der Mann war schwer, und sein Fuß verhakte sich an der Schwelle des Schotts. Angelo hievte den Leichnam halb über seine Schulter und zerrte ihn auf die Plattform. Dort ließ er ihn zu Boden gleiten und zog ihm das Messer aus der Brust. Gleichzeitig warf er einen Blick in die Tiefe.

Volpe stand mit dem Rücken zu ihm und beobachtete seine Leute, die gerade den Bug des Schiffes um 180 Grad auf Messina zudrehten. Aus der Deckung eines Maschinenblocks erhob sich Petrie, huschte zum Fuß der Leiter und kletterte hastig hinauf.

»Sprengsätze gelegt, die ganzen Eier«, stieß er hervor, als er oben ankam. »Die Mannschaft ging an Deck, kaum daß das Schiff angelegt hatte. Ich war gerade fertig, als die Männer zurückkamen.«

Petrie schwitzte stark, er sah erschöpft aus, seine Augen lagen tief in ihren Höhlen. Unten im Maschinenraum drehte Volpe sich um, schaute verblüfft zu ihnen hoch und eilte zum Sprechrohr. Petrie zog die Mauser. Rückwärts ging der Ingenieur langsam zu seinem alten Platz zurück. Jetzt wurden auch seine Leute aufmerksam und schauten in ihre Richtung.

Volpe wird die Brücke alarmieren, sobald wir hier raus sind, dachte Petrie grimmig.

»Werfen Sie ihn herunter«, sagte er zu Angelo.

Der Italiener gab der Leiche einen leichten Stoß, und Sekundenbruchteile später schlug sie sieben Meter tiefer auf den Metallboden auf.

»Wir müssen uns beeilen«, rief Petrie und trat auf den Gang. »Wo ist Ed?«

»In der Kabine.«

»Gehen Sie vor – Sie sind in Uniform. Wenn es Probleme gibt, nehmen Sie die Mütze ab. Dann weiß ich Bescheid.«

Angelo bückte sich nach der Mütze und setzte sie auf. Rasch ging er zur Treppe und stieg, dicht gefolgt von Petrie, nach oben. Dort blieb er kurz stehen, nahm die Mütze ab und hastete den gegenüberliegenden Treppenaufgang empor.

Petrie sah das Warnsignal. Irgend jemand war da auf dem Kabinengang. Er schaute um die Ecke und sah kurz vor ihrer Kabine einen SS-Mann, der ein Knie gebeugt hatte und sich seinen Schnürstiefel zuband, eine Beschäftigung, die seine ganze Aufmerksamkeit beanspruchte.

Petrie huschte über den Gang und folgte Angelo. Der Italiener stieß die Tür zum Oberdeck auf. Der kalte Wind fuhr durch seine Kleider. Ringsum war nur Finsternis, denn der Mond war, wie von den Meteorologen im Hauptquartier vorausgesagt, in dieser Nacht um 0.30 Uhr untergegangen.

Angelo wartete auf Petrie und versuchte, seine Augen an die undurchdringliche Finsternis zu gewöhnen. In der hohen Dünung heftig stampfend vollendete das Schiff seine

Drehung. »Wir gehen über dieses Deck, dann die Treppe hinunter zur Brücke«, flüsterte Angelo dem Engländer zu. »Gehen Sie vor – und halten Sie die Augen offen!«

Angelo ging zum Bug vor. Das Schiff nahm Fahrt auf. In Richtung Messina. Es war so dunkel, daß der Italiener den Mann in dem offenen Türgang erst bemerkte, als er schon vorbei war. Er nahm rasch die Mütze ab und betete zu Gott, daß Petrie die warnende Geste sah. Der Mann im Türgang war der dünne Gestapo-Mensch, den Petrie Laurel getauft hatte. Vielleicht suchte er seinen Gefährten Hardy.

»Sie da – einen Augenblick! Kommen Sie her!«

Sein fließendes Italienisch überraschte Angelo, aber er fing sich schnell. Er drehte sich auf dem Absatz herum, machte einen großen Schritt auf den Mann zu, der auf das Deck hinausgetreten war, und rammte ihm das Messer tief in den Bauch. Gleichzeitig, als hätten sie sich abgesprochen, stieß Petrie dem Gestapo-Mann sein Messer in den Rücken. Aufstöhnend brach der Deutsche zusammen. »Über Bord mit ihm«, zischte Petrie. »Niemand darf ihn jetzt finden.«

Sie schleiften den leblosen Körper zwischen sich zur Reling und warfen ihn hinüber. Das Aufklatschen der Leiche ging im Rauschen der Wellen unter, die gegen den Schiffsleib brandeten. Sie trieb zum Heck auf die rotierenden Zwillingsschrauben des Schiffes zu. Angelo beugte sich über die Reling, doch außer der wogenden See war nichts zu erkennen.

»Hackfleisch für die Fische«, brummte er kalt und ging weiter.

Der Zwischenfall hatte sie keine zwanzig Sekunden lang aufgehalten.

In der Nähe der Treppe verlangsamte der Italiener seine Schritte und blieb schließlich stehen. Vom Deck neben der Brücke drangen Gesprächsfetzen zu ihm herauf. Da unten sprachen Leute auf Deutsch miteinander. Auf Zehenspitzen schlich der Italiener zur Reling. Über ein halbes Dutzend Panzersoldaten hatte sich neben der Brücke eingefunden und vertrieb sich die Zeit mit einem Schwätzchen.

Angelo ging zu Petrie zurück. »Deutsche Soldaten direkt unter der Brücke. Wir können da nicht hinunter. Sie stehen in der Nähe unserer Kabine.«

»Wir nehmen die andere Treppe. Haben Sie das da draußen schon gesehen? Giacomo ist Gott sei Dank zur Stelle.« Sie gingen über das Deck zurück. Steuerbord in einiger Entfernung tanzte ein rotes Licht in der Nacht. Der Mafioso hielt sein Boot auf Parallelkurs zur ›Carridi‹. Es waren auch Positionslichter anderer Boote zu sehen, so daß Giacomo nur durch sein rotes Licht auffiel.

Angelo setzte seine Mütze wieder auf und stieg die Treppe zum Kabinengang hinunter. Zu seiner Erleichterung war der Gang leer.

»Laufen!« flüsterte Petrie ihm zu.

Gemeinsam huschten sie den Gang hinunter und erreichten unbemerkt ihre Kabine. Angelo gab leise das vereinbarte Klopfzeichen und betete, daß die Panzersoldaten es nicht hörten. Sofort drehte sich der Schlüssel im Schloß, die Tür flog auf, und der Amerikaner stand mit gezücktem Messer vor ihnen. Angelo schob ihn beiseite, ging zur Koje und zog die Signalpistole unter dem Kopfkissen hervor, auf dem Hardys Kopf ruhte.

Johnson griff sich die Decke mit den Granaten. Petrie sah über seine Schulter hinweg den toten Gestapo-Mann, verlor jedoch keine Zeit mit unnützen Fragen.

»Inzwischen dürfte Volpe Alarm geschlagen haben, Ed. Also mach dich auf Ärger gefaßt – eine Menge Ärger...« Bei diesen Worten löste Petrie das hölzerne Holster von seiner Hüfte, schob es in den Schaft der Mauser und stellte die Waffe auf Dauerfeuer ein. Sperrfeuer.

Johnson zog eine der Stielhandgranaten aus seiner Decke und schob sie sich unter den Gürtel. Er steckte den Kopf aus der Tür, schaute in beide Richtungen und lief durch den Gang zum Heck. Sie mußten die Treppe hinauf zum Achterdeck, wo sie über Bord springen wollten, sobald Angelo die Signalpistole abgefeuert hatte.

Petrie war fast bei der Treppe, als zwei SS-Männer mit gezückten Pistolen auf ihn zustürmten. Im Laufen feuerte der Engländer eine kurze Salve. Die Deutschen stürzten zu Boden und rührten sich nicht mehr. Petrie erreichte die Treppe. Er betrat gerade die unterste Stufe, als oben die Tür aufflog und zwei weitere SS-Soldaten auftauchten. Petrie feuerte hinauf, sah die beiden fallen und gab zur Abschreckung noch eine Salve ab.

Eine Gestalt zeigte sich über ihm, sprang aber sofort zurück, als Petrie die Waffe hob.

»Zwecklos«, flüsterte der Mann seinen Gefährten zu, stieg über die verkrümmten Körper der beiden SS-Leute und rannte, so schnell er konnte, zum Heck.

Die Situation für Petrie und seine Kameraden wurde zusehends schwieriger. Sie hätten schon längst vom Schiff sein sollen, als der Alarm gegeben wurde.

Der Engländer lief zum Ende des Kabinenganges und stieß mit der Pistolenmündung die Tür auf. Auf dem Oberdeck hörte er Schritte von rechts in seine Richtung laufen. An dieser Stelle des Schiffes konnten sie nicht mehr über Bord springen. Man würde sie wie die Hasen abknallen.

Petrie nahm den einzigen Weg, der noch offen war – die Treppe hinab zum Eisenbahndeck. Angelo folgte ihm dicht auf, und Johnson sicherte nach hinten ihren Rückzug.

Als sie sich der Tür zur Treppe näherten, warf der Amerikaner einen Blick zurück. Am anderen Ende des Ganges hob ein Soldat gerade sein Gewehr und zielte in aller Ruhe wie auf dem Schießstand, denn das Ziel war in dem engen Gang überhaupt nicht zu verfehlen.

Mit der aufgerollten Decke unterm Arm fuhr der Amerikaner herum und zog den Stecher der Luger einmal durch. Er hatte schon etliche Preise beim Schießen auf bewegliche Ziele gewonnen. Diesmal war es der umgekehrte Vorgang: der Schütze schoß aus der Bewegung auf ein bewegungsloses Ziel.

Der Soldat taumelte nach vorn. Johnson drehte sich um

und hechtete durch die Tür. Als sie hinter ihm zurückschwang, ließ eine Kugel die Holzfüllung splittern. Johnson sprang, drei Stufen auf einmal nehmend, die Treppe zum Eisenbahndeck hinunter.

Auf allen drei Gleisen standen die Güterwaggons des Munitionszuges.

»Hier entlang!«

Petrie hatte den Amerikaner noch rechtzeitig in der anderen Waggonreihe gesehen. Johnson kletterte über die Puffer zu den beiden hinüber und folgte ihnen in einen schmalen Durchlaß entlang der Wagen, der nur spärlich von den blauen Notlichtern erhellt wurde.

Im Laufen hatte Petrie ein neues Magazin eingeschoben und hielt die Mauser schußbereit in beiden Händen, während er nach Gegnern Ausschau hielt.

Es mußte doch Wachtposten hier unten geben, zum Teufel. Dies waren doch Wehrmachts-Truppen!

Seine Müdigkeit war verflogen, seine Sinne wach und angespannt, und seine Augen hatten sich rasch an das Zwielicht hier unten gewöhnt. Mit ruhigen, gleichmäßigen Schritten ging er vor den anderen her. Irgendwo über ihnen hörte er lautes Geschrei, doch auf dem Eisenbahndeck war es überraschend ruhig, so still, daß er das Wasser gegen die Bordwände des Schiffes schwappen hörte.

Ihnen blieb nur eine Möglichkeit, das Schiff lebend zu verlassen. Sie mußten weiter nach vorn zum Bug, wo die Suchkommandos sie nicht vermuten würden.

Petrie ging gerade an einem Waggon mit halb geöffneter Tür vorbei, als ein Uniformierter ihm in den Weg trat und ihn auf Deutsch ansprach. Der Mann ahnte offensichtlich nichts Böses, und Petrie wollte jeglichen Lärm vermeiden. Der Soldat machte einen Schritt auf ihn zu. Blitzschnell hob Petrie den Pistolenlauf und zog ihn dem Deutschen über den Kopf. Sein Arm schmerzte von der Wucht des Schlages.

Lautlos brach der Deutsche zusammen. Petrie stieg über ihn hinweg, passierte drei weitere Waggons und war fast am

Bug, als er trampelnde Schritte eine Treppe herunterkommen hörte. Eine laute Stimme erteilte auf Deutsch Befehle.

»Hans, nimm dir ein paar Männer und such mit ihnen das Deck ab. Schaut zwischen und unter jeden Wagen. Leuchtet mit den Lampen die Dächer ab...«

Petrie machte kehrt und schob seine beiden Gefährten vor sich her den Weg zurück zu dem Waggon mit der offenen Tür. Dort deutete er nach oben, und sie kletterten geräuschlos hinein. Viel Platz hatten sie nicht gerade – dieser Trip schien für sie immer nur Räumlichkeiten mit verdammt wenig Platz wie Kisten oder Einmann-Kabinen bereitzuhalten.

Petrie fluchte lautlos. Jetzt sollte er auch noch das fast Unmögliche möglich machen: die Tür geräuschlos schließen.

Sein Herz schlug so laut, daß er glaubte, die anderen müßten es hören, als er die Tür Millimeter für Millimeter ins Schloß schob.

Er vernahm das harte Klappern der Stiefel auf dem Metallboden, während die Panzersoldaten das Eisenbahndeck absuchten.

Auf ihrer gut geölten Schiene glitt die Tür geräuschlos zu. Die vielgepriesene deutsche Gründlichkeit!

Petrie schaltete seine Taschenlampe ein und ließ vorsichtig den Verriegelungsbügel einrasten. Dann schaute er sich die Kisten näher an, die jeweils drei aufeinandergestapelt, den Waggon bis unters Dach füllten. Auf einer Kiste konnte er die Aufschrift 7,5 cm-LK 70 PK 41 entziffern.

Es war also tatsächlich ein Munitionszug.

»Wie lange wollen die denn noch suchen?« flüsterte Johnson nervös.

Keiner wußte eine Antwort.

Sie hockten in ihrem Versteck und lauschten auf die Schritte der Suchtrupps, die jeden einzelnen Waggon absuchten und an den Türen rüttelten.

Die Suche war schneller beendet, als Petrie erwartete. Nachdem sich die Schritte der Soldaten von ihrem Waggon entfernt hatten, wartete er noch einen Augenblick und öffnete dann die Tür einen Spalt. Er hörte noch schwache Geräusche wie Stimmen, das Klirren von Metall gegen Metall und das Platschen der Wellen gegen den Schiffsleib.

Sie durften auf keinen Fall noch länger an Bord bleiben. Jeden Moment konnten die Sprengsätze hochgehen.

Der Engländer sprang aus dem Güterwagen und schaute sich um. Niemand war zu sehen. Er winkte den beiden anderen und ging auf den Bug zu. In diesem Teil des Schiffes durften sie sich jetzt eigentlich sicher fühlen, denn er war gerade durchsucht worden.

Der Schiffsbug hob sich als dunkle Silhouette gegen den Sternenhimmel ab. Hier standen mehrere Tanklastzüge, die man hinter dem Zug aufs Schiff gefahren hatte, dicht nebeneinander.

Stufe um Stufe nahm Petrie die Treppe zum Oberdeck. Als er unter der Brücke an die Reling trat, sah er in einiger Entfernung ein schwankendes rotes Licht in der Nacht.

Giacomo war also zur Stelle und lief auf Parallelkurs zur Fähre, die sich rasch Sizilien näherte. Die beiden Gefährten traten hinter ihn.

Plötzlich zuckte Petrie zusammen. Hatte sich da eine schattenhafte Gestalt bewegt, oder spielten ihm seine Nerven einen Streich?

»Gib das Signal!« flüsterte er.

Angelo beugte sich vor, hob die Signalpistole über seinen Kopf und feuerte sie ab.

Hoch über der Meerenge leuchtete plötzlich ein grellgrünes Licht auf.

»Los, springt – beide!« stieß Petrie hervor. »Haltet auf das rote Licht zu!«

Ein deutscher Soldat kam aus dem Schatten der Treppe gerannt, blieb mit gespreizten Beinen stehen und legte das Gewehr an.

Petrie gab einen kurzen Feuerstoß ab. Als der Deutsche zusammensank, sprang Angelo. Über ihm brach die Hölle los.

Von See her näherte sich das Geräusch eines mit voller Kraft laufenden Schiffsmotors.

Johnson ließ die Decke fallen und entrollte sie.

»Hier – Granaten!«

Petrie fluchte laut.

»Spring endlich, verdammt noch mal!«

Johnson balancierte gerade auf der Reling, als der Zauber losging. Schüsse peitschten auf, Kugeln klatschten gegen Metall und Holz und jaulten als Querschläger davon.

Ein Holzsplitter traf den Amerikaner an der Stirn. Johnson stürzte in die Tiefe.

Petrie riß den Abzug der Mauser durch und gab Sperrfeuer. Dabei schwenkte er die Mündung der Waffe leicht von Seite zu Seite. Er glaubte das dumpfe Fallen von Körpern zu hören und lud rasch seine Waffe nach. Dann ergriff er eine der Stielhandgranaten, die Johnson ihm zugeschoben hatte, schlich sich zum Kajütgang neben der Brücke und warf den Sprengkörper mit aller Kraft ins Dunkle.

Diese Aktion dürfte ihm einige Zeit den Rücken freihalten. Das Röhren des Schiffsmotors kam näher, wurde immer lauter, bis es dem Engländer in den Ohren dröhnte. Ein Scheinwerfer flammte auf, blendete ihn für den Bruchteil einer Sekunde und sank dann zur Wasseroberfläche hinab.

Ein Patrouillen-Boot kam, angelockt durch die grüne Leuchtkugel, längsseits und fuhr dicht neben der Fähre her. Der Scheinwerfer tanzte über die Wellen, glitt über Angelos Kopf hinweg, kehrte zurück und hielt ihn fest.

Das Maschinengewehr ratterte los.

Der Italiener holte tief Luft und tauchte weg. Petrie lief zur Reling, schätzte die Entfernung, schleuderte die zweite Granate und warf sich flach zu Boden. Dicht neben ihm lag die letzte Granate.

Der Engländer konnte nicht sehen, was geschah. Der Sprengkörper landete mitten auf dem Schiff und detonierte, ehe die Besatzung überhaupt wußte, was los war.

Die Explosion zerriß die Treibstoff-Tanks, die mit dumpfem Knall in die Luft gingen. Sofort stand das Boot in Flammen, Splitter und Metallteile prasselten auf das Deck der ›Carridi‹ nieder. Etwas Heißes streifte Petries Nacken. Dann herrschte Stille.

Deutlich hörte der Engländer das Poltern von Stiefeln auf der Treppe, die vom Eisenbahndeck nach oben führte. Petrie lag immer noch flach auf dem Boden, als er an der Treppe eine schattenhafte Gestalt auftauchen sah. Er zog die Granate ab, rollte sie auf den Mann zu und preßte den Kopf hart gegen das Deck.

Krachend detonierte der Sprengkörper, und als Petrie den Kopf hob, war die Treppe leer.

Der Geruch von Feuer drang ihm in die Nase. Petrie sprang auf und feuerte aufs Geratewohl ein ganzes Magazin über das Deck. Wenn er über Bord sprang, durfte niemand der Reling zu nahe kommen, sonst wäre sein Leben keinen Pfifferling mehr wert.

Der Engländer schwang ein Bein auf die Reling, stemmte sich mit dem anderen vom Boden ab und sprang. Ein dunkler Wellenberg kam ihm entgegen, Wasser spritzte auf und schlug über ihm zusammen.

Petrie tauchte auf und schwamm schnell von der Fähre weg, um dem Sog der Zwillingsschrauben zu entgehen. Das eiskalte Wasser war ein Schock. Die Stiefel behinderten Petrie beim Schwimmen, ringsum war es entsetzlich dunkel, und die Wellen rollten in einer langen Dünung.

Einmal glaubte der Engländer Schüsse zu hören, doch als eine Welle ihn hochhob, sah er nur das Heck der Fähre, die mit voller Kraft auf Sizilien zulief und Petrie durch ihre eigene Vorwärtsbewegung aus der Schußlinie brachte.

Er sah auch das rote Licht, doch ständig schien es seine Position zu ändern. Petrie hoffte, daß Giacomo nicht auf den Gedanken verfiel, die See nach ihnen abzusuchen. Der Sizilianer brauchte nur an Ort und Stelle auf sie zu warten, und sie würden kommen. Mit Glück und genügend Kraft, um das Boot zu erreichen!

Die Wellen klatschten gegen sein Gesicht, schaukelten ihn, und ihm schien es, als schwimme er auf einem Meer aus Gummi. Er empfand ein seltsam leichtes, schwebendes Gefühl im Kopf. Es war alles nur Einbildung, das wußte er, dieses Tanzen und Taumeln auf den Wogen, dieses herrliche Schweben. Daß er dabei war, das Bewußtsein zu verlieren, war keine Einbildung.

Das Tuckern der ›Carridi‹ verklang in der Ferne, und er hörte nur noch das Glucksen der Wellen, wenn er seine müden Arme und Beine zu gleichmäßigen Schwimmbewegungen eintauchte – auf das rote Licht zu, das jetzt nicht mehr wanderte.

Seine Kleider sogen sich voll Wasser, ihr Gewicht zog seinen Körper tiefer hinunter.

Mit quälender Langsamkeit näherte er sich dem roten Licht. Petries Schwindelgefühl wurde stärker, und plötzlich zerrte eine heftige Strömung an ihm, wollte seinen erschöpften Körper von der roten Lampe wegtragen, die in der Dunkelheit einen tröstlichen Schein verbreitete.

Petrie lehnte sich noch einmal gegen seinen letzten Feind, die Strömung, auf, atmete die kalte Nachtluft tief ein und warf sich mit aller Kraft gegen den Sog der Wogen.

Irgend etwas streifte seine Schulter und verfing sich in seinen nassen Kleidern, zerkratzte die Haut unter seinem Hemd.

Er hing an einem Bootshaken, der sein Gewicht nur hielt, weil seine Kleider durchnäßt waren und nicht rissen. Giacomo zog ihn sanft ans Boot heran. Petrie fühlte Hände, die ihn packten, ins Boot zogen und auf den Boden legten. Johnson und Angelo beugten sich über ihn.

»Bist du in Ordnung?« fragte der Amerikaner besorgt.

»Ich fühle mich wunderbar«, stieß der Engländer keuchend hervor und schaute in ihre Gesichter, ins Licht der roten Lampe und zu den Sternen empor.

Die Ohnmacht drohte ihn wieder zu übermannen.

»Setzt mich aufrecht...«

Sie trugen ihn zum Mast, einem großen Baum mit seitlichen Sprossen, und lehnten seinen Oberkörper dagegen.

Irgendwo hatte Petrie schon einmal etwas über diese seltsamen Boote gehört: der Bootsführer stieg auf den Sprossen zur Mastspitze empor und lenkte von diesem erhöhten Standpunkt aus die Fangoperation, sobald er einen Schwertfisch ausgemacht hatte.

Petrie wandte sich an Giacomo.

»Vielen Dank!« sagte er, dann fiel ihm ein, daß der Mann taubstumm war.

Der Sizilianer war klein und gedrungen und besaß einen beachtlichen Bauch. Er deutete auf die rote Lampe am Mast, nahm eine Schrotflinte und winkte ihnen, die Köpfe herunterzunehmen. Dann zielte er kurz, die Schrotflinte bellte trocken auf, und die Lampe zersplitterte in tausend Stücke. Glas regnete herab. Giacomo hatte nur auf die am schnellsten wirksame Weise die rote Lampe gelöscht, die weithin ihre Position verriet.

»Was ist mit den Sprengsätzen?« rief Johnson mit rauher Stimme vom Außenbordmotor am Heck herüber. »Hast du sie auch an den richtigen Stellen angebracht?«

»Genau da, wo sie hingehören – alle«, versicherte Petrie. »Zwei Zehnpfünder in die Schraubentunnel. Sie gehen gleichzeitig hoch. Den großen Brocken – den Vierzigpfünder – habe ich in einem Treibstoff-Tank an der Steuerbordseite angebracht.«

»Und sie gehen alle gleichzeitig hoch?«

»So habe ich jedenfalls die Zeitzünder eingestellt. Möglich, daß trotzdem vierzig oder fünfzig Sekunden zwischen den einzelnen Detonationen liegen.«

»Was passiert, wenn sie hochgehen?«

Johnson legte seine nackten Füße auf eine Taurolle und tupfte sich mit einem Lappen, den der taubstumme Giacomo ihm reichte, das Blut von der Stirn.

»Vermutlich wird der Maschinenraum innerhalb von dreißig Sekunden unter Wasser stehen. Ich denke, die

Fähre wird bereits fünf Minuten nach der ersten Explosion sinken.«

»Die Deutschen werden den ganzen Maschinenraum auf den Kopf stellen.«

»Sicherlich. Eigentlich müßten die Sprengsätze auch schon längst hochgegangen sein. Doch keine Sorge, der Maschinenraum ist sehr unübersichtlich, dort werden sie so leicht nichts finden.«

Giacomo ging zum Heck und bat Johnson durch eine Geste, zur Seite zu rücken.

Der Sizilianer beugte sich zum Motor und zog den Startzug. Grollend erwachte der Motor zum Leben. Besorgt schaute Petrie sich um. Nirgendwo war ein anderes Boot zu sehen, doch in der Meerenge wimmelte es von Patrouillen-Booten. Er hoffte, daß die Explosionen auf der Fähre die feindlichen Schiffe von ihnen ablenken würden.

Der Motor brummte lauter, und das Boot nahm Kurs nach Süden auf Malta zu.

Vier Augenpaare starrten angestrengt in die Richtung, in der die Fähre in der Dunkelheit verschwunden war.

Und dann hörten sie, worauf sie warteten.

Die erste Detonation hallte als rollender Donner über die See zu ihnen herüber, als hätte jemand einen einzigen Schlag auf eine gigantische Trommel getan. Kein Blitz zuckte auf, auch war kein Rauch zu sehen, als drei Patrouillen-Boote die Fähre ansteuerten und sie mit ihren Suchscheinwerfern in gleißendes Licht tauchten.

Die Detonation schien die Fahrt des Schiffes in keiner Weise zu beeinträchtigen. Doch Petrie merkte sofort, als Schornstein und Aufbauten plötzlich kleiner wurden, daß die Fähre beigedreht hatte.

»Sie ändert den Kurs«, rief er laut.

»Sie läuft auf die Paradies-Bucht zu«, sagte Angelo.

»Ihre Ruderanlage ist beschädigt.« Petrie blinzelte, um besser sehen zu können. »Das nächste Ei wird ihr den Rest geben.«

Die Scheinwerfer der Schnellboote wanderten mit der Fähre auf ihrem Kreiskurs. Ihre Ruderanlage mußte schwer angeschlagen sein. Weitere Patrouillen-Boote schossen auf das manövrierunfähige Schiff zu.

Der zweite Sprengsatz, der Vierzig-Pfünder, übertraf den ersten bei weitem. Die Meerenge schien bei seiner Detonation zu erbeben, der Donner rollte über das Wasser und hallte in den Bergen wider.

In Messina und Giovanni mußten sie glauben, eine ganze Batterie von 15 cm-Schiffsgeschützen habe gleichzeitig das Feuer eröffnet.

Sekundenbruchteile später zuckte ein riesiger Blitz auf, der die Nacht taghell erleuchtete. Kurz hintereinander erfolgten weitere Detonationen.

Vom Heck des Bootes beobachtete Johnson voller Ehrfurcht das Schauspiel. Der Munitionszug flog in die Luft. Die Explosivkraft der Ladung auf dem Zugdeck war unvollstellbar.

Wieder erklang eine schwere Detonation, gefolgt von zwei weiteren. Die vier Männer fühlten ihre Druckwellen.

Die Fähre brannte. Johnson hatte ein solches Flammenmeer nie zuvor gesehen. Riesige Flammenzungen schossen aus dem Wrack empor und erhellten die Meerenge, ließen die graugrünen Wogen rötlich aufglühen.

Die nächste Explosion, deren Donnerschlag klang, als sprenge ein kleiner Ätna seine Kuppe in den Himmel, verwandelte die Fähre in eine lodernde Fackel.

Dicke schwarze Rauchwolken, aus denen hellrot die Flammenzungen emporschossen, hüllten das Schiff völlig ein. Es brannte bis zur Wasserlinie. Treibstoff floß über die Decks, Menschen und Ladung verbrannten in der höllischen Glut dieses Infernos.

Patrouillen-Boote rasten wie aufgescheuchte Hühner hin und her, wagten sich aber nicht zu nahe an die Feuerhölle heran.

Einer nach dem anderen explodierten die Munitionswaggons auf dem Zugdeck und schleuderten Trümmer durch die Luft. Ein Teil der Schiffsaufbauten war verschwunden, und man konnte vor dem Hintergrund der Flammen die Silhouette der Fähre deutlich erkennen – das jetzt völlig offene Eisenbahndeck, einen Tanklastwagen, die zerstörte Brücke und den intakten Schornstein dahinter.

Der Tankwagen verschwand in einer heftigen Explosion, die auch die Reste der Brücke und den Schornstein mit sich riß.

Weißglühende Metalltrümmer flogen weit durch die Luft und prasselten auf die Patrouillen-Boote nieder, die panikartig das Weite suchten.

Langsam sackte das Heck der Fähre ab, der Bug richtete sich kerzengerade in den Himmel. Seine Metallteile leuchteten rot, und trotz der Entfernung glaubte Petrie, das leise Zischen zu hören, als das glühendheiße Wrack in der Tiefe versank.

Keiner der Männer sprach ein Wort, sie waren wie betäubt von den Ereignissen, deren Zeugen sie eben geworden waren. Schließlich erhob sich Petrie und ging zum Bug, um die erste Wache zu übernehmen.

Dort fand ihn Johnson eine Stunde später, während sie stetig durch die Meerenge nach Süden fuhren.

Der Engländer lag zusammengerollt auf dem Boden und schlief fest.

»Daran soll er noch lange denken, dafür werde ich schon sorgen«, sagte der Amerikaner mit müdem Grinsen zu Angelo. »Auf Wache einfach zu schlafen...«

Als am Morgen die glühende Sonne über den östlichen Horizont kletterte, um Sizilien aufs neue in ihren Strahlen zu rösten, trieb das Boot ohne Treibstoff geräuschlos weitab von jeder Küste auf der langen Dünung der blaßblauen See, die silbrig im Sonnenlicht aufschimmerte.

Nur Johnson und Giacomo waren wach. Und natürlich war es der Amerikaner, der den Mast des Bootes hochkletterte und wie verrückt sein Hemd schwenkte.

Natürlich deshalb, weil vom Heck des Torpedobootes, das durch die friedliche See auf sie zuhielt, die amerikanische Flagge wehte. Das Boot würde sie aufnehmen und nach Malta bringen, weg von der sizilianischen Küste, wo alliierte Truppen in den Buchten landeten und ins Innere der Insel vorstießen – der Insel, die sie in dreiunddreißig Tagen erobern sollten.

Epilog

Manchmal gewinnen Dinge, die jetzt geschehen, erst viel später an Bedeutung.

Nach der Invasion erhielt Don Vito Scelba tatsächlich aufgrund des knappen, aber genauen Berichtes, den Petrie dem Alliierten Oberkommando gab, seine Belohnung.

Er wurde zwar nicht Bürgermeister von Palermo, aber man gab ihm statt dessen einen viel einflußreicheren und lukrativeren Posten in der alliierten Administration der eroberten Insel.

Scelba benutzte sein Amt, um seinen Einflußbereich zu erweitern, und organisierte im stillen großangelegte Raubüberfälle auf alliierte Nachschubdepots.

Die Beute warf er auf den schwarzen Markt, der erst auf Sizilien und später in ganz Italien florierte.

Eins führte zum andern. Die riesigen Gewinne seiner Schwarzmarkt-Aktivitäten halfen dem Capo entscheidend dabei, seine politische Macht auszubauen.

Gegen Kriegsende hatte er sich mit der neapolitanischen Mafia verbündet und pflegte enge Kontakte mit der Unterwelt von Marseille sowie mit der mächtigsten der fünf Familien, die die New Yorker Mafia kontrollierten.

Durch ihn erwachte die internationale Mafia wieder zu neuem Leben. Nach und nach weitete sie ihre Aktivitäten, zu denen auch Prostitution und Devisenschmuggel gehörten, über den halben Globus aus. Wenig später kam der Drogenhandel dazu.

Und speziell diese Organisation, die Scelba aufgebaut hatte, kontrollierte in der Folgezeit den Drogenhandel, der noch heute die Vitalität mancher westlicher Nationen untergräbt.

Eine Organisation, die nur ins Leben gerufen werden konnte, weil die Alliierten im Krieg die Hilfe der Mafia in Anspruch genommen hatten.

Der Anschlag gegen fast die halbe westliche Welt wurde also schon im Jahr 1943 vorbereitet.

Der Tod von Don Vito Scelba war eine Ironie des Schicksals. Er starb an der gefürchteten Lupara-Krankheit.

Der alte Mann, der wie immer in Hemdsärmeln und Hosenträgern durch Sizilien zu reisen pflegte und die Welt durch seine getönten Brillengläser betrachtete, trat an einem heißen Julimorgen aus einem Hotel in Palermo und hielt vergeblich nach seinem Wagen Ausschau.

Zehn Jahre zuvor hätte diese Tatsache ihn noch argwöhnisch gemacht, doch Scelba war nicht mehr der Mafioso, der einmal den Heizer an der Blockstelle in Scopana erstach. Ahnungslos blieb er an der Ecke stehen und wunderte sich, wo der Wagen blieb.

Ein Wagen mit vier jungen Männern, die alle Sonnenbrillen trugen, raste auf ihn zu. Aus ihren Schrotflinten eröffneten sie im Vorbeifahren das Feuer auf ihn.

Niemand eilte dem Capo zu Hilfe, als er mitten auf der Straße zusammenbrach.

Don Vito Scelbas Zeit war abgelaufen.

Über den Autor

Colin Forbes diente während des Krieges in der Britischen Armee und war hauptsächlich im Mittelmeerraum eingesetzt. Nach dem Krieg übte er zunächst verschiedene Berufe aus. 1965 schrieb er sein erstes Buch. Zwei Jahre nach seiner Veröffentlichung gab er seine Tätigkeit auf, um sich ganz der Schriftstellerei zuzuwenden. Inzwischen sind seine Bücher in fünfzehn Sprachen übersetzt worden. Veröffentlicht wurden alle in den USA wie auch in Großbritannien. Für die Bücher *Tramp in Amour*, *The Heights of Zervos*, *The Palermo Ambush*, *Year of the Golden Ape* und *The Stone Leopard* wurden schon Filmrechte vergeben. Alle Bücher, auch Target 5 und Avalanche Express, sind bei Pan erschienen.

Seine Reisen, neben der Schriftstellerei das Lieblingshobby des Autors, führten ihn durch die USA, Asien, Afrika und die meisten westeuropäischen Länder. Der Autor ist mit einer Kanadierin schottischer Abstammung verheiratet und hat eine Tochter.

Anmerkung des Autors

Diese Geschichte basiert auf wahren Begebenheiten. Die Personen im Roman sind frei erfunden. Im Jahr 1943 faßte die amerikanische Regierung auf ihrer Suche nach Verbündeten hinter den feindlichen Linien einen höchst seltsamen Entschluß. Sie bat die Mafia um Hilfe.

COLIN FORBES

»Colin Forbes läßt dem Leser keine Atempause.«
Daily Telegraph

Target 5
01/5314

Tafak
01/5360

Nullzeit
01/5519

Lawinenexpreß
01/5631

Focus
01/6443

Endspurt
01/6644

Das Double
01/6719

Gehetzt
01/6889

Die Höhen von Zervos
01/6773

Fangjagd
01/7614

Hinterhalt
01/7788

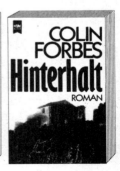

Wilhelm Heyne Verlag München

HEYNE BÜCHER TOP-THRILLER

Wer Spannung sagt, meint Heyne-Taschenbücher

50/28 – DM 10,–

01/6885 – DM 6,80

01/6556 – DM 7,80

01/7643 – DM 6,80

01/6529 – DM 7,80

01/6240 – DM 9,80

01/6954 – DM 9,80

01/6972 – DM 7,80

MOTTO: HOCHSPANNUNG

HEYNE BÜCHER

Meisterwerke der internationalen Thriller-Literatur

50/18 - DM 10,–

50/13 - DM 10,–

01/6733 - DM 6,80

01/6721 - DM 7,80

01/6744 - DM 9,80

01/6773 - DM 7,80

01/6731 - DM 7,80

01/6762 - DM 7,80